BBULMEDIA

www.bbulmedia.com

# 좀비묵시록
## 82-08

# 좀비묵시록
## 82-08

1판 1쇄 찍음 2016년 10월 11일
1판 1쇄 펴냄 2016년 10월 18일

지은이 | 박스오피스
펴낸이 | 정 필
펴낸곳 | 도서출판 **뿔미디어**

기획 · 편집 | 문정흠

출판등록 | 2002년 9월 11일 (제1081-1-132호)
주소 | 경기도 부천시 원미구 소향로 17번길(두성프라자) 303호 (우) 14544
전화 | 032)651-6513 / 팩스 032)651-6094
E-mail | bbulmedia@hanmail.net
홈페이지 | http://bbulmedia.com

**값 8,000원**

ISBN 979-11-315-7489-8 04810
ISBN 979-11-315-6934-4 04810 (세트)

# 좀비묵시록
## 82-08

박스오피스 현대 판타지 장편 소설

17

뿔미디어

# CONTENT

1

덜컹—

좀비 시체를 밟고 지나면서 장갑 트레일러가 크게 출렁인다. 이 차가 안락한 여행을 위한 편의 시설이 아니라 생존을 위한 장비라는 걸 다시 확인시켜 주는 순간이었다.

정말 승차감도 무지하게 후진데다가 그나마 붙어 있던 의자들도 다 부서지고 깨져서 엉덩이가 아프다.

"냄새 장난 아니네… 돼지 싣고 다녔던 트럭이라고 해도 믿겠다. 아우, 씨발. 토 쏠려."

신입이 코를 막고 입으로만 숨을 쉬며 투덜거렸다. 조금 과장은 있지만, 완전히 틀린 말도 아니다. 장갑 트레일러 내부는 후텁지근했고, 기름 냄새, 땀 냄새, 그리고 멀미에 시달리며 사람들이 토해놓은 토사물 냄새 따위가 한데 뒤섞여 있었다. 그 안에서 아무것도 하지 않고 숨만 쉬어도 고통스러워진다.

대신에 공간은 여유로웠다. 보안관 일행 여덟 명, 강 소위와 건대 소속 병사 셋이 탑승 인원의 전부였다. 그들은 지금 건대에서 용산까지의 직행로를, 원래 계획에 없던 이동 경로를 개척하기 위해 나선 길이다.

애초 군이 세웠던 계획대로라면 그들은 건대 쉘터에서 잠실로, 잠실 쉘터에서 재정비 후 다시 용산으로 이동했어야 한다.

하지만 잠실이 규모 여섯의 좀비들에 의해 점령당해 있는 지금, 예전에 세워졌던 모든 계획은 폐기되어 버렸다. 그러니 그들만의 힘으로 새로운 경로를 뚫어내야 이동이 가능하다.

한강 산책로까지는 별문제가 없겠지만, 중랑천을 어떻게 건너느냐 하는 문제가 관건이었다. 교량에 자동차가 너무 많이 막혀 있지 않기를 희망하고 있다.

"갑자기 걱정이 든 건데요… 이 가방 가지고 들어갈 수 있어요? 그 철로라는 곳이 어떤 구조일지는 모르겠지만, 입구에서 수색 같은 거 하지 않을까요?"

MP5 기관단총과 진우의 탄창들이 가득 채워진 가방을 두드리며 제니가 속삭였다. 그런 가방이 세 개나 된다. 유빈은 대수롭지 않게 대답했다.

"우리 가방은 강 소위님이랑 저 군인들이 메고 들어가 줄 거야. 검색 통과한 다음, 안에 들어가서 가방 넘겨주시기로 했어."

"그런 부탁을 미리 했다고요? 언제요?"

제니가 의외라는 표정을 짓는다. 하지만 걱정쟁이 다람쥐 유빈에게는 당연한 일이었다.

"응. 차에 태워 달라고 할 때, 그것까지 말을 맞췄지. 안 그러면 총을 가지고 들어갈 수 없으니까."

"총… 그럼 진우 오빠가 들고 있는 저 총은요?"

"저건 용산철로에 도착했을 때 분해해서 가방 안에 넣을 거야. 가는 동안에 혹시 무슨 일이 있으면 진우 사격 실력이 필요하니까. 물론 아무 일도 없었으면 좋겠지만……."

그렇게 해서 한 번 들어가기만 하면 그 뒤에는 가방 검사 같은 일을 당하지 않을 것 같았다. 그런 것에 신경을 쓰기엔 다들 너무 바쁠 테니까…….

총기들을 챙겨 가야 테라를 만나서 데리고 나온 뒤에 무사히 코스트코까지 돌아갈 수 있다.

"이 해머는 어떻게 하지? 이것도 뭐라고 할 것 같은데……."

보안관이 해머 손잡이를 두드리며 걱정스럽게 중얼거렸다.

"그건 그냥 철로 들어가기 전에 수풀 사이에다가 숨겨놓으면 될 거야. 어디쯤인지 위치만 기억하고 나중에 집어 오면 되잖아. 사실 진짜 걱정해야 하는 건 따로 있는데……."

유빈은 말을 다 맺지 않고 진우 쪽으로 고개를 돌렸다. 문제의 주인공, 혀를 쭉 빼고 헥헥대던 삼숙이가 뻔뻔한 눈빛으로 유빈을 마주 본다.

아직 녀석의 머릿속에서 서열 변경은 없던 모양이다. 철교 입구에서 저 녀석을 데리고 들어가게 해줄까… 그건 유빈도 강 소위도 잘 모르겠는 문제였다.

작은 개를 안고 들어온 사람들을 잠실에서 본 적이 있다고 들었지만, 저 녀석은 누가 봐도 작지 않고… 다른 사람들에게 위협적으로 느껴질 것이다. 급한 대로 대강 총 멜빵을 연결해서 목줄을 채워두기는 했는데, 그 정도 조처로 별말 없이 넘어가 줄지, 어떨지…….

"테라 누나가 그렇게 멀리 내려가 있지 않았으면 좋겠어요. 빨리 데리고 나와서 코스트코로 돌아가게."

태권소녀와 제니 사이에 앉은 규영이가 지친다는 표정을 지었다. 다들 비슷한 생각이었다. 코스트코에서 나온 지 벌써 며칠이나 지났는지도 잘 계산이 되지 않는다. 그동안에 여러 군인들을 만나고, 아슬아슬한 사건들을 겪었다.

다 원래 계획에 없던 일들이고, 진이 쪽 빠질 만큼 힘이 들었다. 빨리 목적을 달성하고 돌아가서 테라와 함께 옥상의 풀장 속에 시원하게 몸을 담그고 싶다. 다 같이 맥주를 들어 건배를 하면, 세상의 주인이 된 기분일 거다.

"수정이 언니는 고 하사님이랑 무슨 이야기를 하고 있을까?"

태권소녀가 중얼거렸다. 고 하사와 거의 대화를 하지 못했던 임수정은 친구들에게 양해를 구해 나중에 밤톨네 분대원들이 이동할 때 그편에 합류하기로 했다. 어쩌면 고 하사에게 잘 지내라는 인사를 남기는 걸지도 모른다.

"테라는 어떤 남자 좋아해?"

진우가 쑥스러워하며 물었다.

음, 잠시 생각해 보던 제니가 대답했다.

"잘 챙겨주는 사람 좋아해요. 다정다감하고, 세심하게 배려해 주고, 그러면서도 믿음직한 사람……."

"나잖아!"

보안관이 깜짝 놀랐다는 표정을 짓는다. 그러고는 과장되게 고개를 저었다.

"곤란한걸… 테라가 나한테 반하면 안 되는데……."

"그런 일은 없지. 왜냐면 너는 세심함이라는 게 뭔지도 모르니까."

진우가 아주 단호하게 말했다. 다른 친구들이 이미 한 달이 넘도록 제니나 태권소녀와 친해져 있는 상태에서 합류한 그였기에, 테라와의 만남은 조금 더 각별한 설렘이 있다. 제니를 제외하면 테라는 똑같이 처음 만나는 사이니까 함께했던 시간의 이점 같은 게 작용하지 않을 거다.

"얘, 토하려고 하는 것 같은데……."

삼식이가 신입을 가리키며 말했다. 말을 듣고 보니 정말로 얼굴이 파랗다. 아까부터 냄새 고약하다는 타령을 하더니, 도저히 못 참겠나 보다. 입을 손으로 가리고 있는 꼴이, 금방이라도 게워 올릴 기세다.

"어이, 그러지 마! 좀만 더 참아! 이제 조금 있으면 경로 문제 때문에 한 번 멈출 거야. 그때 내려서 토해!"

강 소위가 깜짝 놀라 신입에게 말했다. 지금까지 적체되어 있는 악취만으로 이미 충분하다. 신입은 땀을 뚝뚝 떨어뜨리며 숨을 골랐다.

끼이익—

속도를 늦춘다 싶던 장갑 트레일러가 멈춰 섰다. 그러고는 장갑차장이 밖에서 트레일러 벽을 탕탕, 두들겼다. 서울 숲 부근에 도착한 모양이다.

"강 소위님! 잠시 의논 좀 드리겠습니다!"

장갑차장의 목소리를 듣자마자 강 소위와 병사들은 트레일러의 문을 열었다. 장갑차장이 중랑천 방향을 가리키며 말했다.

"교량이 몇 개 보입니다. 정차된 차량들이 있지만, 저 정도라면 장갑차로 밀어내면서 이동할 수도 있을 것 같습니다. 아, 그리고 조심하십쇼. 좀비가 한 마리 걸어가다가 이 부근에서 숲 안쪽으로 들어갔습니다. 더 있을지도 모릅니다."

"하하하, 좀비 정도야 뭐… 매일 보던 건데……."

절룩거리며 트레일러 아래로 내려서던 강 소위가 센 척을 하며 웃어넘겼다. 그런 후, 곧바로 안쪽을 돌아보며 말했다.

"진우야, 같이 갈까?"

진우는 삼숙이와 함께 내렸다. 어차피 이 녀석 오줌도 뉘어놓는 게 좋을 것 같았다. 신입도 토할 장소를 찾아 급하게 그의 뒤를 따랐다.

"저 교량 쪽으로 진입해서 다시 저쪽 산책로로 진입이 가능하겠나?"

강 소위와 장갑차장이 지도를 보며 논의를 하고, 한쪽에서는 신입이 꽥꽥 토해 대는 소리를 들으면서 진우는 감개무량한 표정으로 한강을 돌아보았다.

멀리 뒤쪽으로 보이는 자벌레 건물, 저기에서 친구들을 만났다. 지금 생각해 보면 참 꿈같은 일이다.

얼!

오줌을 갈기고 난 삼숙이가 숲 쪽을 향해 짖었다. 신입이 토하는 방향이다. 진우는 고개를 끄덕여 줬다.

"그래그래, 냄새가 어지간히 구리지?"

얼―!

삼숙이가 한 번 더 짖었다. 이건 신입을 비웃는 게 아니다. 진우는 눈을 가늘게 뜨고 녀석이 짖어 대고 있는 방향을 자세히 살폈다.

그러고 보니… 주변의 풀들이 꺾여 있다. 삼숙이가 달려들려고 하는 모양을 보면 화약 냄새 나는 인간은 아니다. 진우는 의심스러운 덤불 속을 향해 총구를 겨눴다.

"뭡니까, 나와요."

그의 말을 들은 군인들도 일제히 그쪽으로 고개를 돌렸다. 그러자 잠시 후, 덤불 사이에서 한 남자가 모습을 드러냈다. 길쭉한 가방을 들고 있는 양복 차림의 남자였다.

"헉!"

열심히 토해 대고 있던 신입이 깜짝 놀라 뒤로 물러난다.

"아니… 뭐요, 당신?"

강 소위와 군인들이 물었다.

세상에, 이렇게 수상할 수가…….

남자가 귀찮다는 표정을 지었을 때, 장갑차에 탑승하고 있던 전투 병력 중 하나가 그를 알아보고 강 소위에게 말해준다.

"이분, 잠실에 계시던 분입니다."

"진짜? 야, 너 암기왕이야? 잠실에 있던 사람들이 만 단위인데, 그 얼굴을 다 기억한다고?"

"그게… 예전에 흡연 구역에서 이분이 여자 연예인이랑 같이 담배 피우는 걸 몇 번 봤습니다. 양복 입고 있는 거랑, 이래저래 좀 눈길을 끌던 사람입니다. 특히 얼굴에 저 흉터가 기억이 납니다."

"그래? 이 병사 말이 맞습니까? 잠실에 계시던 분입니까? 그럼 일행들은?"

강 소위가 물었다. 민구는 고개를 끄덕이며 대답했다.

"어제 탈출하다가 유람선이 가라앉는 바람에 다 뿔뿔이 흩어졌소. 다른 사람들 일은 모르겠소."

"허! 그래도 살아남으시려면 고생깨나 하셨겠네. 근데 왜 장갑차를 보고 피하셨습니까?"

강 소위가 물었다. 민구는 기어 들어가는 목소리로 대답했다.

"괴물인 줄 알고 무작정 쏠까 봐."

궁색한 변명인 것 같기도 하면서 동시에 말이 되기도 한다. 조금 전, 장갑차장은 강 소위에게 이 숲 쪽으로 좀비가 걸어 들어가는 걸 봤다고 했다. 사람이 돌아다닐 거라는 가능성 같은 건 아예 염두에 두지 않았던 거다.

"어쨌거나 이렇게 이 차량을 만나서 다행입니다. 그런데……."

강 소위의 눈길이 민구의 칼 가방에 쏠린다. 신원 파악이 끝났으니 소지품에 관심이 가는 건 당연한 일. 민구는 솔직히 대답했다.

"내 칼이오. 개인 물품 보관소에 맡겨뒀던 건데, 어제 군인들이 돌려줬소."

"그렇습니까? 그럼 이제부터는 저희들이 지켜 드릴 테니까 탑승 전에 칼은 일단 맡기시고……."

"아니, 나는 전에도 그런 말을 들었소. 하지만 어젯밤부터 지금까지 내 목숨은 내가 지켜야 했소, 이 칼로. 이제 그런 말은 믿지 않기로 했으니까, 칼을 달라고 할 거면 그냥 가시오. 태워

주지 않아도 됩니다."

민구는 단호하게 대답했다. 강 소위로서는 뼈아픈 이야기였다. 군인들은 어제 잠실의 수용자들을 보호하는 데 실패했다. 이 남자의 불신은 근거 없는 말이 아니다.

"후우… 갖고 타세요. 대신에 칼을 꺼내시면 안 됩니다. 용산 철로까지 모셔다 드리겠습니다."

잠시 고민하던 강 소위가 말했다. 위험 물품이긴 하지만, 총을 든 군인들과 보안관, 게다가 진우가 함께 있으니 큰 문제는 없을 것 같다. 진우의 눈은 벌써부터 사내를 경계하는 중이다.

'버리고 간다고 하기를 바랐는데……'

민구는 속으로 한숨을 내쉬었다. 장갑차를 타고 가면 아무래도 이동 시간은 단축되겠지만, 등의 물린 상처를 들키는 순간 그 몇 배의 시간을 잡아먹게 될 거다.

전에 잠실로 갔을 때, 외상이 있는 사람은 무조건 48시간 격리라는 이야기를 들은 적이 있다. 지금 그는 그렇게 허비할 시간이 없고, 또 칼을 압수당하고 싶지도 않다.

그래서 장갑차를 일부러 피했던 건데……

그런데 저 꿱꿱 토해 대는 놈과 개 때문에 다 들통이 나버렸다.

"후우~"

민구는 마지못해 트레일러에 올랐다. 일단 목적지까지 타고 갔다가 무슨 핑계를 대고 빠져나오는 수밖에 없다. 강 소위가 그를 친구들에게 소개했다.

"아, 이분은 잠실 생존자시고, 어제 이동 중에 일행들과 헤어졌다고 한다. 우리가 같이 모시고 갈 거야."

친구들이 가볍게 목례를 한다. 민구는 마주 인사하지 않고 맨 뒤의 구석으로 들어갔다. 트레일러 내부의 어두운 조명에 눈이 익숙해졌을 때 즈음, 친구들을 빤히 바라보고 있던 민구의 눈빛이 잠시 흔들렸다.

"저거, 칼 아니에요? 저렇게 큰 칼을 가지고 타도 돼요?"

규영이 호기심 가득한 눈으로 민구의 칼 가방을 바라보며 말했다. 손잡이가 저렇게 튀어나올 정도면 꽤나 큰 칼이다. 삼식이가 규영을 진정시켰다.

"괜찮아. 남이 뭘 가지고 있나 보기 전에 우리 쪽을 한 번 봐. 해머에, 총에… 우리가 훨씬 더 위험해 보일 거야."

"근데… 아무리 봐도 낯이 익어… 저 흉터… 어디에서 봤지?"

보안관이 민구를 유심히 바라보며 중얼거렸다. 상황에 어울리지 않게 새 양복을 입고 있는 놈. 수상하고 어딘가 기분 나쁘다.

민구는 여전히 놈과 시선을 마주치지 않았다.

고슴도치 머리 고릴라… 언젠가 만나기만 하면 꼭 목을 따버리라고 다짐했던 세 놈 중의 하나를 이런 데서 만나다니… 세상이 참 좁다.

하지만 지금은 이런 놈에게 신경을 쓸 때가 아니었다. 저런 사소한 일 때문에 목숨을 빚진 여자아이를 구하러 가는 길에 지장이 생기면 곤란하니까.

"야, 우리 저 사람 본 적 있는 거 맞지? 유빈아, 기억 좀 해 봐."

여전히 포기하지 않은 보안관이 유빈에게 물었다. 유빈도 가물가물하다. 분명 처음 보는 얼굴은 아니다. 그리고 좋은 추억이 있는 인연도 아니었던 것 같다. 인상으로 보아서는 건달 생활 하던 사람이니까, 보나마나 보안관이랑 치고받던 사이였을 거다.

공사를 하기 위해 이동했던 동네마다 그런 사람이 몇이나 되니 기억한다는 게 무의미하다.

제니와 태권소녀는 다른 걸 궁금해하고 있었다.

잠실에서 어제 탈출한 사람……

테라를 알고 있을지도 모른다는 생각이 들었다. 수군대던 제니와 태권소녀는 일단 말이나 꺼내보기로 했다.

"저기, 혹시 테라 보셨어요? 어제?"

태권소녀가 민구에게 물었다. 테라라는 단어에 뜨끔하면서도 민구는 대답하지 않았다. 그리고는 귀찮다는 표시를 노골적으로 하며 얼굴을 다른 쪽으로 돌려 버렸다.

테라를 찾는 놈들이 왜 이렇게 많은지 모르겠다. 하다못해 이런 떨거지들까지 난리다.

"못 들으셨나? 저기요, 아저씨. 말씀 좀 여쭤볼게요. 혹시 어제 테라 보신 적 있어요?"

태권소녀가 다시 또박또박 큰 소리로 물었다. 민구는 시선을 마주치지 않은 채 아무 대답도 하지 않았다. 못 봤다고 하면 편할 테지만, 왠지 거짓말을 하고 싶은 기분이 아니었다.

"어이, 아저씨. 사람이 물어보잖아요. 봤으면 봤다, 못 봤으면 못 봤다, 그거 한마디 대답해 주는 게 그렇게 힘들어요?"

보안관의 목소리에 가시가 돋았다. 죽여 버리고 싶던 고릴라가 끼어들자 민구도 참지 못하고 고개를 돌렸다. 민구는 보안관을 노려보며 나지막한 목소리로 말했다.

"아가리 다물어, 고릴라. 너랑 노닥거려 줄 기분이 아니니까."

"뭐? 고릴… 아! 이 새끼 기억났다! 야, 너! 이 스크래치 만들었던 새끼지!"

보안관이 벌떡 일어나며 자신의 오른팔을 툭툭, 두드렸다.

자신을 고릴라라고 부르는 놈의 목소리!

그게 기억을 되살렸다.

그날 칼이 훑고 갔던 자리는 몇 달이 지난 지금도 가느다란 흉터가 되어 남아 있다. 물론 아주 자세히 보지 않으면 눈에 띄지 않을 정도의 흉터다. 하지만 기분 나빴던 감정은 지금 이 순간, 아주 또렷하게 되살아났다.

"앉아, 보안관. 지금 여기에서 뭐하자고?"

유빈과 삼식이가 씩씩거리는 보안관을 만류하며 억지로 주저앉혔다. 잠시 발끈했던 보안관도 고개를 끄덕였다.

어차피 모든 것이 다 엎어지고 뒤바뀐 세상. 예전에 사소한 원한이 조금 있다고 해서 그걸 다 갚으려 할 필요는 없다.

그런 것보다 당장의 생존이 몇 천 배나 더 중요한 문제다. 그리고… 부하를 잔뜩 끌고 다니던 놈이 저렇게 외톨이가 되어버렸으니, 저놈도 속이 편하지만은 않을 거다.

보안관을 노려보고 있던 민구는 그 우측으로 시선을 돌렸다. 자신을 쏘아보는 매서운 눈길이 느껴졌기 때문이다.

'저놈인가?'

진우가 무표정하게 민구를 바라보고 있다. 미간을 찌푸린다거나 눈꼬리를 올린 것도 아닌데, 그 눈빛만은 서늘하기 짝이 없다. 민구는 재미있다는 표정으로 진우의 얼굴을 마주 봤다.

'사람깨나 죽여본 놈이군.'

저 보안관이라는 시끄러운 덩치보다 이쪽이 훨씬 위험하다는 걸 민구는 본능적으로 알아챘다. 그러면서도 진우가 예전에 그 훈련소 앞 고기 집에서 만났던 놈이라고는 생각하지 못했다. 그때, 놈들의 일행 중에는 저런 눈을 가진 녀석이 없었다.

이후 트레일러 안은 불편한 침묵이 계속 이어졌다. 자동차들을 들이받고 밀어서 길을 터가며 어렵게 중랑천을 건넌 장갑차는 잠시 후, 용산철로에 도착했다.

좀비들이 신경 쓰여서 그렇지, 거리만 따지면 그리 멀다고는 할 수 없다. 강 소위는 병사들과 보안관 일행, 그리고 민구를 선로 아래에서 기다리게 한 뒤, 현장 책임자를 찾았다.

"건대 쉘터에서 왔습니다! 저희가 그쪽에서 지금 보호하고 있는 생존자만 700명 가까이 됩니다."

강 소위는 장갑차장과 함께 상황을 보고했다. 보다 빠른 이송을 위해 장갑 트레일러 한 대를 더 투입하기로 결정이 내려지고, 보안관 일행과 민구를 내려놓은 장갑 트레일러는 본격적으로 민간인들을 이송하기 위해 다시 건대로 돌아갔다.

건대 생존자들의 이송이 끝나면 신체검사를 하고, 잠실 수용자들이 그랬듯 100명씩 끊어 이동시키라는 명령을 받는 것으로 대강의 공식적 업무는 끝이 났다. 철로를 내려오기 전, 강 소위는 현장의 행정병들에게 물었다.

"혹시 지금 테라가 어디 있는지 알 수 있나?"

"테라… 그 가수 말씀입니까?"

"그래. 잠실에서 이리로 왔다고 했어. 여기에서 계속 근무했으면 봤을 텐데."

행정병은 서류철을 뒤적이며 고개를 갸웃거렸다.

"그게, 요 며칠 하루에도 수천 명씩 이동해 왔기 때문에 신경을 쓸 수가 없었습니다. 혹시 이동일을 알고 계시면……."

"어제야, 어젯밤에."

"아… 그러면 서류에는 기록이 없습니다. 어제 오후까지는 100명씩 이동 희망자를 끊어서 이동을 시켰지만, 좀비들이 철책을 무너뜨린 다음부터는 마구잡이로 다 싣고 왔기 때문에… 누가 언제 왔는지 전혀 모릅니다. 어쨌든 어젯밤에 왔던 사람들은 이제 막 서울을 벗어나서 휴식하고 있을 겁니다."

행정병은 서류철을 덮으며 대답했다. 강 소위는 고맙다는 인사를 남기고 선로 아래로 돌아왔다. 초조한 표정으로 그를 기다리고 있던 친구들의 눈이 초롱초롱 빛난다. 강 소위는 부담감을 느끼며 말했다.

"어젯밤에 이동된 사람들은 서류 만들 시간이 없었대. 하지만 그리 멀리 가지는 않았다고 하니까 금방 만날 수 있을 거야. 100명씩 입장하라고 하니까, 트레일러가 민간인들 태우고 돌아오면 너희가 제일 앞줄에 서서 들어가."

친구들은 고개를 끄덕였다. 기다려야 한다는 게 마음에 들지는 않지만, 이제 다 왔으니 조금만 더 참으면 된다고 생각했다.

己

한편, 그들로부터 조금 떨어진 위치에 서 있는 민구는 어떻게 하면 눈에 띄지 않고 태양 그룹 본사로 갈 수 있을지를 궁리했다. 사람들이 더 온다고 하니 슬금슬금 뒤로 물러나다가 수풀 속으로 들어가면 될 것이다.

놈들의 건물은 용산역에서 가깝다. 지금도 고층 부분이 눈에 보일 정도다.

크르르르릉―

잠시 뒤, 건대에서 수용자들을 싣고 돌아온 두 대의 트레일러가 도착했다. 탑승자 명단을 보고하기 위해 강 소위에게 달려왔던 밤톨이 민구를 보며 깜짝 놀라 외쳤다.

"어? 형님!"

민구도 놀랐다. 칼을 넘겨주고 좀비들이 달려오는 방향으로 뛰어가던 뒷모습. 그게 다급했던 어젯밤 그가 보았던 밤톨의 마지막 기억이었다. 그런데 이렇게 둘 다 용케 살아남아서 다시 만난다니… 처음 든 감정은 한없는 반가움이었다.

"오! 살았구나!"

민구는 밤톨을 향해 아주 엷은 미소를 지으며 고개를 끄덕였다. 그런데… 곧바로 약간의 부끄러움이 밀려왔다. 녀석이 어제 칼 가방을 전해 주면서 했던 말이 아직도 기억난다.

그 칼을 좋은 데 쓸 거라는 걸 잘 안다고……

직접적으로 말하지는 않았지만, 그건 함께 이동하는 사람들을 부탁한다는 의미였다.

그런데 자신과 같이 출발했던 100인대 중에 단 한 명도 구해 내지 못했다. 나름 온몸이 으스러져라 칼을 휘두르고 죽음을 무릅쓰며 저항해 봤지만, 결국 이렇게 혼자만 남았다.

길을 터서 살려낸 사람들은 배에 탄 다음 죽었고, 2층으로 끌고 올라갔던 사람들은 태양 그룹의 헬리콥터에 자발적으로 올라 버렸다.

먹을 것 좋아하던 백인 녀석도… 그리고 결국에는 테라까지 그의 목숨을 구한 후 끌려가 버렸다. 결과만 놓고 보면 그는 아무것도 이루지 못했다.

"형님, 옷이… 하하하! 이런 건 어디에서 구하셨어요! 신수가 훤해지셨네!"

그의 속도 모르는 밤톨은 민구의 양복에 관심을 보이며 웃었다. 어제 출발했을 때는 낡은 트레이닝복 차림이었으니, 눈길을 끌 만도 하다.

민구의 표정이 굳어 있자 활짝 웃고 있던 밤톨의 얼굴도 점차 어두워졌다.

"근데… 테라 씨는……."

밤톨이 머뭇거리며 물었다. 그렇지 않아도 밤톨의 큰 리액션 때문에 관심을 집중시키고 있던 상황 속에서 '테라' 라는 이름이 나오자, 주변의 시선이 일순간 밤톨과 민구를 향해 집중됐다.

사람 좀 죽여봤을 법한 차가운 눈빛의 놈도, 고릴라도, 여자애들도, 심지어 시꺼먼 개까지도 민구를 돌아본다.

민구는 난감했다. 물어본 상대가 밤톨만 아니었다면 화를 내고 뿌리쳐 버렸을 상황이다.

"걔는… 내가 꼭 안전한 곳으로 데려다 놓을 거니까……."

불안과 기대가 가득한 눈빛으로 대답을 기다리고 있는 밤톨에게 민구가 대답했다. 진심을 담은 대답이지만, 그것으로는 설명이 부족했다. 물어본 밤톨에게도, 귀를 쫑긋 세운 채 듣고 있던 친구들에게도……. 하지만 민구는 거기까지밖에 말하고 싶지 않았다.

"잊지 않으마."

민구는 여러 가지 감정을 담은 한마디를 남기고 돌아섰다. 어차피 철로에 들어갈 게 아니니까 앞줄에 서 있을 이유가 없다. 뒤쪽에서 여자애들과 고릴라 일행이 밤톨에게 묻는 소리가 들려온다.

"테라랑 함께 간, 엄청 센 사람이라는 분이 저 아저씨였어요?"

제니가 떨리는 목소리로 물었다. 밤톨이 곤란해하며 고개를 끄덕이는 동안 보안관과 태권소녀, 진우, 유빈이 빠른 걸음으로 민구의 뒤를 쫓았다.

"어이, 스톱! 이 새끼야, 거기 서! 야! 칼자국!"

보안관의 성난 목소리가 크게 울린다. 민구는 멈추지 않았다. 아직 철로에서 가까워 군인들도 많고, 막 트레일러에서 내린 민간인들도 속속 이쪽으로 걸어오고 있는 중이다.

이렇게 사람들이 많은 곳에서 이목을 집중시킬 필요가 없다. 공연히 사고를 쳐서 칼을 빼앗기거나 체포된다면, 테라를 구하러 가는 일만 점점 늦춰질 테니까.

산책로를 따라 걸어가던 민구는 이제는 용도가 사라진 유람선 선착장 쪽으로 방향을 바꾸었다.

삐걱―

그가 발을 올리자마자 허술한 나무 바닥에서 삐걱거리는 소리가 울린다. 지난 일주일 동안, 그리고 어제 밤새도록 수많은 사람들이 밟았던 터라 낡을 대로 낡아 있다.

민구는 선착장 안쪽의 작은 가건물 안으로 모습을 숨겼다. 여기라면 구경꾼들로부터는 조금 자유로울 것 같아서다.

"서라는 말 안 들리디, 이 개새끼야! 기껏 도망 온 게 여기냐?"

바로 등 뒤까지 쫓아온 보안관이 민구의 어깨를 잡으며 욕설을 내뱉었다. 민구는 곧바로 몸을 돌리며 쫙 벌린 엄지와 검지로 놈의 울대를 후려쳤다.

일단 저 시끄러운 목청부터 잠잠히 시켜놓아야 좀 조용하게 일을 처리할 수 있을 것이다. 그런데…….

타악—

보안관은 민구의 손날을 옆으로 밀어 치고, 오히려 그의 멱살을 콱 움켜쥐었다. 민구는 왼팔 팔꿈치를 휙 돌려 막으며 멱살을 흔들려는 보안관의 얼굴을 겨눴다.

파앗—

날카롭게 뻗어오는 팔꿈치!

보안관은 놈의 멱살을 확 밀치는 것으로 그 공격을 피했다. 첫 번째 공격이 허공을 가르자마자 민구는 왼팔을 다시 백핸드로 회전시켜 보안관을 노렸고, 동시에 오른손 스트레이트를 후속타로 날렸다.

"장난하냐?"

보안관은 왼팔을 들어 민구의 백핸드를 막고, 멱살을 잡았던 오른손으로 놈의 스트레이트를 밀쳐 냈다. 그러고는 곧바로 왼손 훅을 놈의 옆구리에 찔러 넣었다.

후웅—

민구는 뒤로 스텝을 밟으며 그 공격을 피했다. 보안관의 주먹이 바람을 가르는 소리가 가건물 안에서 날카롭게 울린다.

아찔하다. 보호해 줄 수 있는 옆구리 근육이 날아가 버린 지금, 저런 걸 맞았다간 내장이 다 뒤틀려 버릴 것이다.

"테라 어떻게 했어, 이 새끼야!"

민구가 잠시 주춤한 틈을 타서 보안관은 또 한 번 그의 멱살을 잡기 위해 달려든다. 민구는 오른발 로우킥과 미들킥을 연달아 날리면서 놈의 접근을 막았다.

보안관은 다리를 들고, 팔꿈치를 내려 민구의 킥을 무력화시키며 성큼성큼 다가왔다. 딱 꼬리에 불붙은 황소 새끼 같다.

쉬익—

계속 뒤로 물러나는 것처럼 하던 민구는 한순간 방향을 바꾸며 앞으로 튀어나왔다. 그러고는 보안관의 관자놀이를 향해 빠르게 주먹을 내질렀다.

핏—

보안관이 고개를 틀어 민구의 주먹은 아슬아슬한 차이로 비껴갔다. 동시에 보안관의 오른손 어퍼컷이 민구의 턱을 노린다.

민구는 황급하게 뒤로 물러났다. 원래대로라면 허리를 뒤로 젖혀 흘려보냈어야 할 주먹이지만, 지금 그의 몸은 그런 움직임을 수행할 수 없다.

타앗—

보안관의 펀치가 스친 민구의 입술 끝에서 피가 솟아난다. 마찬가지로 보안관의 광대뼈 주위도 회초리에 맞은 것처럼 가늘고 붉게 부어올랐다.

"오! 괴물들인데!"

두 사람의 현란한 몸짓을 지켜보던 태권소녀의 입에서 탄성이 터졌다. 둘 다 한 수씩을 접고 벌이는 싸움이었다.

보안관은 민구에게서 이야기를 들어야 한다는 것 때문에 죽일 각오로 펀치를 뻗지 않았고, 부상당한 상태의 민구는 문제가 생길지도 모른다는 두려움 때문에 칼을 꺼내지 못하고 맨손으로만 싸우는 중이다.

그럼에도 가건물 주변을 에워싸고 서서 지켜보는 친구들의 넋을 빼놓기에는 충분한 수준이었다.

"그만 까불어라! 안 되는 거 알잖아!"

서로의 주먹이 두어 번 더 상대방의 얼굴 주변을 스쳤을 때, 화가 난 보안관이 민구를 밀어 쳐서 중심을 흩뜨린 뒤, 강력한 미들킥을 날렸다.

갈비뼈를 부러뜨릴 기세의, 일명 '맞고 죽어라 킥'이다. 민구는 황급하게 몸을 피했다. 그것으로도 부족해서 두 팔을 뻗어 킥의 기세를 좀 약화시켰다.

빠악—

보안관의 커다란 안전화가 민구의 옆구리 바로 근처를 때렸다. 나무판자들을 덧대 대충 만들어놓은 가건물의 벽에 금이 가고, 건물 자체가 떨릴 만큼 강력한 파워!

가까스로 흘리기는 했지만, 녀석의 다리를 막았던 손바닥이 전기가 오른 것처럼 찡하다.

'젠장……'

민구의 얼굴에 한 줄기 식은땀이 흐른다. 한 번 더 이런 스피드와 파워의 발차기가 날아든다면, 그때도 또 막아낼 수 있다는 자신이 없다.

이런 발차기를 정통으로 맞으면… 보름 정도는 요양을 해야 몸을 추스를 수 있을 만한 타격이다.

어쩔 수 없다고 판단한 민구는 오른손을 등 뒤로 돌려 쿠크리의 손잡이를 쥐었다. 이제까지는 테라를 구하러 가는 길에 문제가 생길까 봐 피를 보는 것만은 꾹 참았었다. 하지만 이제는 안 되겠다. 이 싸움을 여기에서 더 끌다가는 본 경기에 들어가기도 전에 아예 몸져눕게 생겼다.

다음번 공격이 날아올 순간을 노려서 긋겠다고 마음먹은 민구는 가건물의 문 쪽을 등지고 설 수 있도록 스텝을 밟았다.

빠르고 적당히 죽지 않을 정도로 그어준 다음, 놈과 일행들이 피에 놀라 당황해하고 있을 때 풀숲으로 달아날 계산이었다. 사람이 죽지만 않으면 군인들도 그리 열심히 쫓아오지는 않을 것이다.

"에헤이! 정정당당하게 싸워!"

등 뒤에서 뻗어오는 발차기!

민구는 깜짝 놀라 바람을 가르며 내질러 오는 발차기를 손바닥으로 쳐서 흘렸다. 그 바람에 칼을 뽑아 들 타이밍은 놓쳤다.

대체 누가?

민구가 등 뒤로 고개를 돌리자, 거기엔 웬 길쭉한 계집애 하나가 언제라도 제2차를 날릴 자세를 취하고 서 있는 중이다.

"야! 끼어들지 마! 이 새끼 존나 위험한 새끼라고!"

두 번의 경고성 펀치로 민구를 다시 가건물 안쪽으로 몰아넣은 보안관이 태권소녀를 향해 소리를 질렀다. 태권소녀도 지지 않고 맞서 소리를 질렀다.

"칼 빼려고 하니까 막아준 거잖아! 이 밥통아!"

"아우! 그걸 누가 몰랐을 것 같냐? 다 계획적으로 그렇게 하도록 놔둔 거야! 저 새끼가 뽑고 이쪽으로 그을 테니까 등짝을 차서 삐게 하려고 했었다고! 왜인지는 모르겠지만, 저놈 오른쪽이 시원치 않아서 그쪽 칼을 뽑으라고 유도한 건데!"

보안관은 민구가 칼을 그었을 방향과 각도까지 설명해 주며 유치하게 잘난 척을 해 댔다.

민구로서는 견디기 어려운, 모욕적인 순간이었다. 아무리 몸이 온전치 않다고는 해도 이런 놈에게 이런 취급을 받을 수는 없다.

"…너희, 그냥 다 죽어라."

민구는 마세티와 쿠크리의 손잡이를 동시에 쥐었다. 가건물 밖으로 뛰쳐나가면서 마세티로 고릴라의 목을 치고, 쿠크리로 저 계집애를 그을 생각이었다.

나머지 놈들은 칼을 휘두르는 동안 알아서 피할 거라고 생각했다. 어차피 죽이든 다치게 하든 군인들에게 잡히면 골 아파지는 건 매한가지다.

스릉—

마세티와 쿠크리가 칼집에서 절반 정도 빠져나오자 빠개진 벽 틈으로 들어오는 빛을 받아 칼날이 현란하게 번쩍인다. 바로 그때였다.

타앙—

고막을 흔드는 한 발의 총성!

민구는 동작을 멈추고 옆으로 시선을 돌렸다. 그의 왼쪽 어깨 옆 판자에 연기가 피어오르는 동그란 총알구멍이 생겨났다. 그리고 그 총알보다 더 날카로운 눈빛이 그의 심장을 찌른다.

"됐어, 거기까지."

진우가 짧게 말했다. 민구는 목소리가 나는 방향을 돌아보았다. 조금 전, 트레일러 안에서부터 서늘한 눈빛을 쏴대던 놈이다. 그 녀석이 그를 향해 총구를 겨누고 있었다.

민구는 조금 전의 경고 한 방이 일부러 빗나가게 쏜 것이라는 걸 잘 알고 있었다. 이놈은 이 좁은 가건물 안에 자기편이 함께 들어 있는데도 아무 거리낌 없이 방아쇠를 당겼다. 그만큼 자신이 있는 것이다.

그리고 언제라도 사람의 심장을 쏴서 뚫을 만한 배짱도 있다. 그러니 싸움은 승패가 갈린 거나 마찬가지다. 민구는 칼을 다시 칼집 안에 넣었다.

"보안관, 너도 밖으로 나와. 너무 과열된 것 같다."

진우가 보안관에게 말했다. 아직 분이 다 풀리지 않은 보안관이 펄펄 뛴다.

"야! 너까지 왜 끼어들고 난리야, 이 새끼야! 이 칼잡이 새끼 편들고 싶어?"

"그런 게 아니야. 지금 상황을 봐. 꼭 다구리 놓는 것처럼 됐잖아. 저 사람은 혼자고, 우리는 너, 혜주, 그리고 지금 나까지 끼어들었어. 그러니까 승부를 보더라도 룰을 정해놓고, 깔끔하게 끝을 내란 말이야."

"아니! 그러니까 내가 언제 끼어들어 달라고 부탁했냐고! 어우! 답답해!"

가슴을 치면서도 보안관은 순순히 가건물 밖으로 걸어 나왔다. 다구리를 놓는 모양새라는 게 그도 싫었다. 이런 식으로 싸우면 이겨도 이긴 게 아니니까.

그리고 흥분하는 바람에 잠시 잊고 있었는데, 지금 상황은 이기는 게 중요하지도 않다. 테라가 어디 갔는지를 알아내는 게 가장 급선무다.

"거기 뭐야? 총소리!"

철로 위쪽의 병력들이 깜짝 놀라 고개를 내밀며 소리를 지른다. 하필이면 좀비들과 대치하고 있지 않을 때, 이런 총소리가 나버렸다.

제니와 함께 달려온 밤톨이 얼른 기지를 발휘해서 외쳤다.

"오발입니다! 수풀 속에 좀비가 있는 줄 알았습니다!"

"그런데?"

"바람이었습니다!"

밤톨의 거짓 보고를 들은 장교는 별 의심 없이 고개를 끄덕였다. 하루에도 수천 마리씩의 좀비들이 모여들고, 또 죽어 나가는 곳이니만큼 민간인이나 아군을 쏘는 경우만 아니라면 오인 사격이 그리 문제가 되지는 않는다.

맥없이 물리느니, 바람에 흔들리는 갈대라도 일단 쏴보는 게 낫다. 그것이 한 달 이상의 전투를 치르고 살아남은 이들이 얻은 교훈이었다.

보안관이 가건물 밖으로 나가 버린 뒤, 민구도 천천히 그곳을 걸어 나왔다. 눈에 띄지 않고 싸우기 위해 들어갔던 곳인데, 싸움이 끝나 버렸으니 거기 더 버티고 서 있을 이유가 없었다.

시간이 넉넉한 상황도 아니고, 지친 몸을 채찍질해 가며 싸우는 거라 마음도 초조하다.

"거기에 서요."

민구가 태연하게 걸어 나오자 산책로 위에 서 있던 진우가 당황해하며 총구를 겨눈다. 민구는 녀석을 빤히 쳐다보았다.

조금 전, 그가 칼을 거둔 것은 승패가 갈렸기 때문이지, 녀석의 총알이 무서워서가 아니었다.

"쏘고 싶으면 쏴, 나는 멈출 생각이 없으니까. 대신에 빨리 결정해라. 조금 전 승부는 네가 이겼지만, 내가 몇 걸음 더 가까이 가고 나면 그때는 어떨지 모른다."

민구는 차갑게 내뱉었다. 그 말을 하는 동안에도 그는 성큼성큼 걸었다. 당연히 보안관이 막아섰다.

얼—!

삼숙이가 사납게 짖는다. 이래서야 도돌이표처럼 다시 또 처음으로 되돌아가는 거다. 총구를 아래로 내린 진우는 삼숙이 녀석을 진정시키고 나서 민구에게 말했다.

"싸우자는 게 아닙니다. 그냥 잠깐 이야기만 좀 하자는 거예요."

"나는 별로 그럴 기분이 아니야."

보안관과 코끝이 닿을 만큼 가깝게 마주 선 채 민구가 말했다. 보안관이 사자처럼 낮고 굵게 으르렁거렸다.

"나도 너 같은 새끼랑 노닥거릴 마음 없어. 그러니까 한 가지만 말해! 테라 어디에 있어?"

"너한테 말해줄 것 같으냐, 고릴라? 그 계집애가 어디 있든지 너랑 무슨 상관인데?"

"잘난 척 작작해, 이 새끼야! 저 군인이 뭐라고 했는지 알아? 테라는 엄청 센 사람이랑 같이 용산으로 갔으니까 걱정하지 말라고 했다고! 그런데 지금 이 꼴인 거야! 너 혼자 여기 와 있는 거라고! 너를 믿었던 저 군인한테 부끄럽지도 않냐? 나 같으면 쪽팔려서라도 그렇게 잘난 척은 못 할 거다. 테라 어디에 버리고 왔어?"

보안관이 밤톨을 가리키며 말했다. 민구에게도 삐아픈 이야기이긴 하지만, 뭐 하는 놈들인지도 모를 떨거지들에게 그녀의 정보를 알려주고 싶지 않았다. 이놈들이 태양보다 나은 놈들이라는 보장도 없다.

"관심 끊어. 내가 해줄 말은 그것뿐이다."

민구는 보안관을 밀치며 걸어 나가려고 했다. 당연히 보안관은 녀석의 팔을 잡아 꺾으려 했고, 민구는 또 고릴라의 인중을 향해 스트레이트를 뻗었다. 그러는 동안 보안관의 훅이 민구의 턱을 노린다.

휙― 팍― 탁―

주먹끼리 부딪치고, 옷소매가 바람을 가르는 소리가 울린다. 민구는 피가 터진 입술을 꾹 깨물고 뒤로 물러났다.

보안관의 공격을 막아낸 팔이 저릿저릿하다. 몸만 멀쩡했더라도 이렇게 밀리지는 않았을 텐데, 역시 이놈은 칼을 빼지 않고 상대하기 어렵다.

"…형님."

제니, 유빈과 함께 서서 싸움을 지켜보고 있던 밤톨이 슬프게 그를 부른다. 그의 목소리를 듣자 민구도 몸에서 힘과 전의가

쪽 빠져나가 버리는 것 같았다.

밤톨의 그 짧은 한마디는 많은 의미를 담고 있었다. 그의 믿음을 배신한 것 같아 마음이 아프고, 이 꼬맹이 놈들을 대번에 제압하지 못할 만큼 약해져 버린 자신의 비루한 몸뚱이가 싫다.

어쩌다가 이렇게 여기저기에서 채이고 원망을 당해야 하는 존재가 되어버린 건지…….

"좀 진정하세요. 이분들도 좋은 분들입니다."

밤톨은 겁내는 기색 없이 다가와 민구에게 말을 건넸다. 그 말은 별로 참고할 대상이 되지 않는다. 밤톨이 참 괜찮은 놈이라는 데에는 이견이 없지만, 이 녀석의 사람 보는 눈은 형편없다. 민구 자신에게도 '좋은 사람'이라는 말을 아무렇게나 했던 녀석이니까.

"특히 저 진우 요원이라는 분은 건대에서 사람들을 정말 많이 살렸다고 합니다. 저만 해도 어젯밤에 크게 신세졌고요. 그리고… 이분들, 테라 씨를 정말 간절하게 찾는 이유가 있어요."

밤톨의 말이 끝날 무렵, 빙 둘러싸고 서 있던 일행들 중 하나가 앞으로 걸어 나왔다. 이 더운 날씨에 후드 셔츠의 후드를 뒤집어쓰고, 수건으로 얼굴까지 가린 계집애였다.

"어어, 안 돼! 제니야, 가까이 오지 마! 위험해!"

보안관이 후드를 막아선다. 후드는 보안관의 팔에 붙잡힌 채 민구를 향해 공손하게 허리를 숙여 인사를 했다. 그러고는 후드를 벗고 수건을 얼굴에서 끌어 내렸다.

"저… 제발 부탁드려요. 테라… 지금 어디에 있는지 알려주세요."

그녀의 간절한 얼굴을 보며 민구는 약간의 충격을 느꼈다. 이 계집애의 이름도 잘 모르겠지만, 그녀가 테라와 각별한 사이라는 것만은 확실히 알아볼 수 있었다.

잠실야구장 전광판에 붙어 있던 테라의 광고 사진… 그 옆에서 함께 웃고 있던 얼굴이다.

"저는… 이미 한 번 테라를 구하지 못하고 도망쳤어요. 이번에는 꼭 구하고 싶어요. 그래서… 저처럼 안전하고 행복하게 살 수 있도록 해주고 싶어요."

제니는 눈물이 맺힌 눈으로 간절하게 부탁했다. 이 사내의 입에서 그녀가 죽었다는 말이 나올까 봐, 그것이 너무 두렵다.

제발… 어딘가에 살아 있기를… 그리고 이 사내가 그 장소를 알려주기를… 제니는 바랐다.

"으음……."

민구의 입에서 신음이 새어 나온다. 그는 혼란스러웠다. 이 계집애와 테라가 같은 팀이었다는 것은 알겠다. 하지만 그렇다고 해서 온전히 신뢰할 수 있을까?

진우라는 놈도 그렇고, 이 보안관이라는 놈도 그렇고, 정정당당한 걸 좋아하고 자존심이 어지간히 강해 보이지만… 그것으로 백 퍼센트 신뢰할 수 있는 것일까?

그걸 잘 모르겠다. 배신이 난무하는 사회에서 자라온 그에게, 낯선 이에 대한 신뢰라는 건 꽤나 어색한 개념이었다.

그때, 그들이 모여 서 있는 선착장 쪽으로 두 사람이 더 다가오는 중이었다. 조금 전, 다른 민간인들과 함께 두 번째 트레일러를 타고 도착한 임수정과 고 하사다.

"여기에서 뭐해? 다들 줄 서 있는데. 철로로 빨리 가야 테라를 만나지."

임수정과 고 하사는 뒤쪽에 서 있는 삼식이와 규영이에게 다가가 물었다. 삼식이가 곤란하다는 듯 머리를 긁적인다.

"아, 지금 저 사람이 테라가 어디에 있는지 아는 것 같은데, 자꾸 고집을 부리고 말을 안 해줘서요."

"테라? 그럼 어제 철로에 가 있던 게 아니라는 거야? 근데 저 사람은 테라 행방을 어떻게 알아?"

임수정이 걱정스러운 표정으로 중얼거렸다. 그사이 고 하사는 한 발짝 앞으로 걸어 나갔다. 보안관과 대치 중인 사내. 먼발치이긴 하지만 어딘가 낯이 익다.

10여 미터 이내로 거리를 좁히자 그제야 얼굴이 좀 보인다.

"어라?"

민구의 흉터를 알아본 고 하사가 반가운 감탄사를 터뜨렸다. 초주검 상태로 건대에 들어와 자신이 살려낸 남자가 멀쩡히 서 있다는 게 너무 기뻤다. 어디에서 구했는지, 양복도 아주 멀끔하다.

"어휴, 선생님! 이제 많이 나으셨네요? 다행입니다!"

고 하사가 특유의 까불거리는 말투로 말을 걸며 민구에게 다가갔다. 민구도 당연히 고 하사를 알아보았다.

생명의 은인. 며칠 동안이나 똥오줌을 받아내 준, 고마운 사람. 그 고 하사가 하필 이렇게 곤란한 상황에서 인사를 건네온다. 민구는 자신을 둘러싸고 있는 이 여러 명의 사람들을 만난 이후 처음으로 고개를 숙였다.

"군인 의사 선생."

"네, 반갑습니다! 아니, 근데 여기 분위기 왜 이래요? 뭔가 되게 심각한데요? 유빈아, 무슨 일이야?"

고 하사가 보안관 일행과 친근하게 대화하는 걸 보며 민구는 큰 압박을 느꼈다. 평생 잊지 않겠다고 했던 은인이 테라에 대해 말하라고 하면… 그는 어떻게 해야 하는 걸까?

이쪽에도 목숨을 빚졌지만, 테라도 그를 살려줬기에 문제가 간단치 않다.

"…저 애들이랑 아는 사이요?"

물어보는 민구의 목소리는 고통스러웠다. 고 하사가 '아뇨, 잘 모릅니다'라고 해주기를 바랐다. 그냥 수용자와 군인 의사 정도의 사이였다면 고 하사가 중간에 개입될 일도 없으니까.

그러나 고 하사의 대답은 민구가 기대한 것과 정반대였다.

"아아, 애들이 제 목숨 여러 번 구해줬습니다. 얘들 아니었으면 전 아마 벌써 며칠 전에 좀비로 변해 있었을 거예요. 이 녀석들… 정말 좋은 친구들이에요."

민구의 속도 모르면서 고 하사는 엄지까지 척 치켜세운다. 민구는 힘없이 고개를 끄덕였다.

그때, 한 방의 카운터펀치가 더 민구에게 퍼부어졌다.

"어머! 민구… 민구 씨? 세상에!"

임수정의 목소리. 그녀는 믿을 수 없다는 듯 입을 가린다. 비 오는 밤 강서 정수장에서 짧은 시간 동안 함께 있었지만, 저 얼굴은… 특히 저 흉터는 잊을 수가 없다.

으음, 이건 또 무슨……

눈을 가늘게 뜨고 임수정을 바라보며 기억을 더듬던 민구도 뒤늦게 그녀를 알아보았다.

"그… 먹물 여자? 강서 정수장?"

임수정이 고개를 끄덕인다.

그 냉장고 안에 넣어두고 왔던 여자가… 아직까지 살아 있었다니…….

민구는 믿기지가 않았다.

그때보다 조금 더 야위기는 했지만, 그래도 건강해 보인다. 얼굴에 그늘도 없다.

"에? 수정 씨, 저분이랑 아는 사이예요?"

고 하사가 물었다. 임수정이 대답해 준다.

"네, 그… 기억나시죠? 7월 14일에 정수장에 좀비들이 몰려들어왔을 때… 제가 머리를 찢고 기절했었다고… 말씀드렸잖아요. 그때, 저분이 절 냉장고 안에 숨겨주셨어요."

"허! 그래요? 그럼 내가 잘해 드렸어야 할 의무가 확실히 있던 분이네! 와~ 이런 기연이 다 있군요!"

고 하사는 눈을 동그랗게 뜨고 신기해한다. 민구에게도, 임수정이 살아 있다는 건 꽤나 의미가 있는 일이었다.

좀비 세상이 되어버린 후, 지금까지 그와 얽혔던 거의 모든 사람들은… 죽었다. 그나마 밤톨이 용케 살아남아 줬지만, 그냥 그 정도까지였다. 그리고 이제는 테라에게까지 불행의 그림자가 드리워져 있다.

그런데 한 달이 훌쩍 넘은 뒤, 이 자리에서 임수정을 다시 만난 것이다.

그와 맨 처음 인연이 얽힌 여자, 당연히 죽었을 거라고 생각했던 여자를…….

사방에 폐만 끼치는 것 같아 암흑처럼 암담했던 마음에 한 줄기 여유로운 빛이 비쳐 든다. 민구는 조금 감격한 목소리로 말했다.

"잘 살아남았군… 정말 장해."

"제가 장할 건 별로 없어요. 계속 도움만 받았으니까요. 처음엔 민구 씨, 그리고 군인들… 테라… 그리고 여기 이 친구들……. 딱 죽었다고 생각했을 때, 이 친구들을 만났죠."

임수정은 담담하게 자신을 도와줬던 사람들을 나열했고, 맨 마지막에 보안관 일행을 지목했다. 민구가 다시 물었다.

"테라… 걔를 아나?"

"네, 잠실에서… 그 격리실 아시죠? 거기 동기였어요. 낙담하고 있을 때, 기운을 차리게 도와줬죠."

"이 언니가 저희한테 테라가 살아 있다는 걸 알려줬어요. 전 그때까지 죽었다고만 생각했었거든요."

제니가 끼어들어서 다시 한 번 간절한 눈빛을 보낸다. 민구의 마음속에 굳게 쌓여 있던 벽은 이미 무너지고 난 뒤였다.

자신과 함께 싸웠던 밤톨, 생명의 은인인 군인 의사, 그리고 자신의 이름을 걸고 살려준다 약속했던 먹물 여자……. 그들 모두가 보안관 일행에게 큰 도움을 받았다고, 믿을 수 있는 좋은 사람들이라 말하고 있다.

이보다 많은 보증인은 이제 더 이상 필요 없을 것 같다. 게다가 테라의 단짝이었던 아이도 그 일행이다.

무엇보다도 중요한 건… 이놈들이 꽤나 강하다는 사실이다. 고릴라는 물론이고, 발차기를 날렸던 길쭉한 계집애도, 그리고 저 진우라는 총잡이도… 나름 대단한 놈들이다. 침을 줄줄 흘려 대는 저 시꺼멓고 덩치 큰 개새끼도 전력으로는 나쁘지 않다.

이놈들과 함께라면 태양 그룹을 치러 갈 때 분명히 훨씬 승산이 커진다.

"여기 있는 사람들은 다 믿을 수 있나?"

마음을 굳힌 민구는 가까이 있는 보안관을 제쳐 두고 진우에게 물었다. 진우는 주변을 둘러봤다. 원래부터 함께 계획을 짰던 그들 일행 아홉 명은 물론, 고 하사, 강 소위, 그리고 제니의 사인을 받으러 왔던 밤톨… 다 믿을 수 있는 사이다. 밤톨은 낯선 사람이기는 하지만, 이미 이 사건에 깊이 개입되어 버렸다.

싸움이 나는 동안에 잠시 기웃거리던 다른 민간인들은 이미 관심을 거둔 지 오래였다. 그들에게는 좀 더 안전한 곳으로 이동하는 게 말싸움 구경보다 훨씬 중요한 일이었으니까.

"그렇습니다."

진우는 진지한 얼굴로 고개를 끄덕였다. 민구는 낮게 한숨을 쉬고 나서 입을 열었다.

"테라에 대해 얼마나 알지?"

"행방만 몰라요. 특별한 애라는 건 압니다. 아주 특별한 아이죠."

다른 말이 나오기 전에 유빈이 먼저 대답했다. 민구의 질문을 듣자마자 유빈은 그게 면역에 관한 일을 돌려 묻는 말이라는 걸 알아차렸다.

그리고 그 이야기가 강 소위와 고 하사의 귀에 들어가 봐야 서로에게 별로 좋을 게 없다는 판단을 내렸다.

만약 그들이 테라가 면역자라는 걸 알게 된다면, 그들은 군과 진우, 그 둘 중에 한쪽을 배신해야 하는 상황에 처한다. 그러느니 아예 모르는 편이 낫다.

"…그래?"

민구는 유빈을 유심히 살펴봤다. 지금까지 전혀 눈에 띄지 않던 놈인데, 의외로 눈치가 빠르고 말주변도 제법이다.

"…걔는 지금 태양 그룹에 끌려갔다. 본사 건물에."

민구는 멀리 꼭대기가 보이는 본사 건물을 가리켰다.

아—! 제니가 가슴을 쓸어내리며 안도의 한숨을 내쉰다. 어디로 갔든 일단 살아 있다는 게 제일 중요했다. 구해내는 건 그 다음의 문제다.

"또… 태양 그룹이네. 하여간 이 개새끼들……."

보안관이 이를 빠득, 갈았다. 이 칼자국 새끼도 어지간히 마음에 들지 않지만, 태양 놈들이 끼치는 민폐에는 델 바가 아니다. 조금 살 만해진다 싶으면 번번이 이렇게 발목을 잡고 늪으로 끌어당기려 든다.

"근데 아저씨는 뭐했어요? 테라 끌려가는 동안."

태권소녀가 곤란한 질문을 던졌다. 민구는 잠시 고민했다. 눈에 두들겨 맞은 멍자국이 남아 있는 저 녀석은 군인들에게 테라가 면역자라는 걸 알리고 싶지 않은 눈치인데… 결국 민구는 자기가 조금 모자란 놈이 되기로 했다.

"사연이 길지만… 짧게 말하자면, 완전히 뻗어서 손끝도 못 움직였다고 해야 될 것 같군."

"쳇, 그래놓고 기운 차리자마자 새 옷 쪼가리 주워 입은 거야?"

여전히 민구가 마음에 들지 않는 보안관이 시비조로 중얼거렸다. 제니가 얼른 보안관을 뒤로 잡아당겼다. 겨우 말문이 터진 사람의 성질을 건드려서 좋을 게 하나도 없다.

"어쨌든 테라 구하러 가시던 길이죠? 그 칼도 그렇고, 장갑 트레일러를 피했던 것도 그렇고."

진우가 물었다. 민구가 고개를 끄덕이자 진우가 무표정한 얼굴로 말했다.

"그럼 목적이 같네요. 같이 가시죠. 저희도 태양 그룹 그 검은 군복 입은 놈들만 보면 눈에서 불이 나는 것 같으니까. 보안관이 저렇게 틱틱거려도 뒤에서 덤비는 놈은 아니니까, 저희 믿으셔도 됩니다."

"내가 뒤를 치면 어쩌려고?"

조금 장난기가 동한 민구가 짓궂게 물었다.

"그럼 나한테 뒈지는 거… 웁!"

보안관이 목소리를 높이려다가 제니에게 입을 막힌 채 제지당했다. 진우는 여전히 무표정하게 대꾸했다.

"그 정도 자존심도 없는 사람으로는 보이지 않았습니다."

그렇게 말하며 진우는 가슴에 걸고 있는 소총의 총열 덮개를 가볍게 두드렸다. 마치 '만약 그렇다면 내가 곧바로 죽일 거다'라고 경고하는 것 같다.

"근데… 군인 형아들은 아무것도 안 해요? 소중한 국민이 끌려가서 감금되어 있다는데… 그리고 바로 저 코앞의 건물에서 사람을 좀비 밥으로 주고 있다는데… 그걸 그냥 둬요? 강 소위 아저씨가 건대 대장이라면서요? 장갑차 끌고 가서 다 쏴 죽여 버리고 항복 받으면 안 돼요?"

지금까지 입을 다물고 있던 규영이 강 소위에게 물었다. 강 소위는 무겁게 한숨을 내쉬었다. 이 순진한 소년이 그런 생각을 하며 답답해하는 것도 이해할 수 있다.

미련한 박 소위가 그 동영상을 봤다면 아마 이 소년과 비슷한 판단을 했을 것이다.

"아… 그건 진짜 부끄러운 질문이구나."

강 소위는 카트 위에 앉은 규영의 어깨를 짚으며 힘겹게 말했다.

"부끄러워하지 말고 그냥 쳐들어가요."

"아니… 그게 좀… 여기 있는 군인들 말이지, 네 눈에는 어떻게 보일지 모르겠지만… 다들 나름의 임무라는 게 있거든. 예를 들어 저 철로 위에 있는 전차량 군인들은 좀비들이 몰려올 때 싸워야 하고… 우리 타고 왔던 장갑 트레일러만 해도 계속 사람들을 싣고 왔다 갔다 하잖아. 그러니 지금 갑자기 태양 그룹으로 쳐들어가겠다고 병력이나 장비를 뺄 수가 없어."

규영이 납득하는 표정을 짓자 강 소위는 이야기를 계속 이었다.

"또 설사 여유가 있다고 해도 군대라는 건 그리 가볍게 움직이는 조직이 아니야. 엄청난 크기의 폭력을 가진 집단이니까 가벼워서도 안 되고, 감정적이어서도 안 된다고. 우리가 움직이려면 공식적인 명령이 있어야 돼. 그런데 내 의견 같은 건 여단장님께 닿기까지 아주 오래 걸리거든."

"저기도 높은 사람 있지 않아요? 아까 강 소위 아저씨가 보고 하던 사람 말이에요."

"응, 그 사람 정도로는 안 돼."

규영을 납득시키기 위해 강 소위는 조금 거짓말을 했다. 사실은 말이 안 통할 거라는 게 더 큰 문제다. 이곳 철교를 담당하는 장교에게 섣불리 핸드폰을 들이밀어 봐야 이게 진짜 태양 그룹이라는 증거가 어디 있냐는 핀잔이나 돌아올 뿐이다. 강 소위는 그런 정도의 눈치는 있다.

"대신에 유빈이가 복사해서 준 그 동영상, 그건 내가 나중에 꼭 우리 중대장님께 보고할게. 그분은 현명하고 올곧은 분이기도 하고, 지금 여단장님과 함께 작전 회의에도 참가하시니까 반드시 기회를 얻어내실 거야. 그러면 여단장님도 가만히 계시지는 않겠지."

"그럼 그때까지는 아무것도 못한다고요? 그냥 진우 형이랑 보안관 형이 잘 싸우라고 기도만 할 거예요?"

규영은 또 못마땅한 표정을 지었다. 적지 않게 실망한 모양이다. 강 소위는 고개를 저었다.

"공식적으로는 그런 거지. 그런데 말이야… 공식적으로 그렇다고 해서 전혀 손을 쓸 수 없느냐고 묻는다면, 그건 또 이야기가 다르긴 하지. 대한민국 군대에서는 한 가지 전제 조건만 채우면 모든 일이 허락되거든."

"그 전제 조건이 뭔데요?"

"뭐… 그런 게 있단다. 나머지는 형들이랑 이야기할게."

강 소위가 규영의 머리를 쓸어주며 씁쓸한 미소를 지었다. 아직 어린 이 소년에게 대한민국 군대에서는 '걸리지만 않으면' 뭐든지 해도 된다는 말을 하기는 좀 꺼려진다.

진우네 일행이 태양으로 쳐들어가겠다고 했을 때부터 그는 나름 약삭빠른 계획을 세워두고 있었다.

실수를 가장한 강력한 한 방!

그게 그가 이 친구들을 도우면서도 건대 쉘터의 사람들도 다 이송시키고, 아무도 처벌 받지 않는 방법이었다.

부끄럽지만, 지금 그에게 허락된 권한은 그 정도밖에 안 된다.

"언제쯤 쳐들어갈 생각이야?"

강 소위는 유빈과 진우에게 물었다. 유빈은 초조한 얼굴로 태양 그룹 본사 건물을 바라보며 입을 열었다.

"그걸… 잘 모르겠어요. 마음은 급한데, 성급하게 달려들기가 영 꺼림칙해서… 저기도 지금까지 아무 문제 없이 돌아가고 있었던 데잖아요. 그럼 벽이랑 문이 엔간히는 높고 단단하다는 이야기일 텐데… 그걸 쉽게 뚫고 들어갈 수 있을지… 저는 저 회사 건물이 어떻게 생겼는지도 모르거든요."

"그건 몇 분 뒤에 장갑 트레일러 다시 돌아왔을 때, 장갑차 기관포 조준경으로 보면 될 거야. 내가 보여 달라고 요청할게. 뭐, 보나마나 벽도 높이 세워져 있고, 정문도 단단히 셔터를 내려놨겠지만."

강 소위가 말했다. 그의 대답을 들은 유빈은 조금 전보다 더 미간을 찌푸리며 고민에 잠겼다.

처음부터 넘어야 할 산들이 너무 많다.

건물의 내부 구조에 대해서도 아무런 사전 지식이 없는데…….

그렇게 걱정하고 있는 유빈을 향해 강 소위가 목소리를 낮춰 속삭였다.

"벽이랑 정문 정도는 내가 뚫어준다."

# ㅋ

"아, 준비 다 됐어?"

내부 회선 전화기가 울리자 오 박사는 수화기를 집어 들고 여유롭게 물었다. 평소보다 아주 온화해진 태도다. 그러지 않을 이유가 없다. 엄청난 종류의 면역자가 그의 손아귀 안에 있으니까.

안경테를 만지작거리며 잠시 저쪽의 보고를 듣던 오 박사가 딱 잘라 말했다.

"아니, 아니, 그거보다 조금 더 많이 준비해. 몇 번 이야기해야 알아듣냐? 식사실이 좀비들로 바글바글해야 한다니까. 한 열댓 마리 더 끌고 와서 집어넣어. 그거 다 되면 다시 보고해. 뭐? 어떻게 뒤처리를 하냐고? 그게 걱정이냐? 그냥 대가리에 구멍을 뚫어서 다 죽이면 되잖아, 이 멍청아!"

자기 할 말을 다 하자마자 오 박사는 수화기를 던지듯 내려놓았다. 그러고는 소파에 기대앉아 있는 테라를 돌아봤다.

"어지러워요?"

"…네."

고개를 숙이고 있던 테라가 작은 목소리로 대답했다. 밤새도록 뛰어다닌데다 민구를 구하기 위해 피를 많이 흘렸고, 오 박사도 혈액 샘플을 몇 차례나 채취해 갔다. 거기에 좀비와 한방에 갇힌 동안 받은 스트레스까지…….

가만히 앉아 있기만 해도 눈앞이 빙글빙글 돌았다. 이제 조금 쉬고 싶다.

"그러니까 뭐 좀 먹으라는데도… 왜 그렇게 고집이 세요?

응? 예쁜 아가씨가 말이야."

오 박사는 테라의 맞은편 테이블로 와서 턱 걸터앉으며 또 담배를 피워 물었다.

테라는 대꾸하지 않았다. 자신의 미래가 끔찍한 인간들의 지배 아래 놓이게 된 첫날인데도 자꾸 깜빡깜빡 눈이 감긴다. 그만큼 피곤하고, 몸도 마음도 괴롭다.

"어이, 어이, 정신 차려요! 졸면 안 돼. 나랑 같이 한 30분짜리 기록 영상 하나만 찍자고요. 오늘은 그것까지만 하고 나면 재워줄게. 응? 알았어?"

테라의 고개가 아래로 떨어지자 오 박사는 그녀의 볼을 가볍게 두드려 깨웠다. 테라는 눈을 비비며 잠을 떨어내기 위해 애를 썼다.

조금만 누워서 자고 싶은데… 이 오 박사라는 사람에게는 그런 부탁 따위 하고 싶지 않다.

똑똑—

그때, 문밖에서 노크 소리가 들려왔다. 오 박사는 고개도 돌리지 않고 물었다.

"뭐야?"

"지시하셨던 커스텀입니다."

"오! 오! 그래! 들어와! 쓸 만한 게 좀 있었나?"

오 박사는 반가운 표정을 지으며 문을 열었다. 여직원 둘이 종이 상자를 들고 들어온다.

"거기 내려봐. 어디 보자……."

여직원들이 테이블 위에 상자를 올려두자 오 박사는 담배를 문 채 그 안에 든 물건들을 하나씩 꺼내 늘어놓았다.

옷이었다. 흰 블라우스들. 그리고 흰 여자 속옷들. 널찍한 테이블 위는 금방 흰 블라우스와 속옷들로 덮였다.

"원피스 종류는 없었어?"

블라우스만 계속 나오자 오 박사가 질린다는 듯 투덜댔다. 여직원들은 겁에 질려 고개를 끄덕였다.

"원피스는 몇 장 안 됩니다. 나름 모으기는 했는데, 흰색은 드물어서……."

그녀들이 모아 가져온 것은 태양 그룹 본사의 여직원들이 가지고 있던 옷가지들이다. 흰색 옷이면 드레스든, 블라우스든, 속옷이든 뭐든지 가지고 오라는 오 박사의 명령에 따른 것이다.

"야, 이건 너무 크잖아. 쟤가 이걸 어떻게 입어… 슬립은? 그런 것도 없어?"

테라에게 너무 큰 흰색 원피스를 바닥에 집어 던져 버리며 오 박사가 투덜댔다. 정말 건질 만한 옷이 없다. 결국 그가 골라 든 것은 77사이즈의 흰색 실크 블라우스였다.

"그래… 이 정도 크기면, 쟤가 입었을 때 미니 원피스 비슷하겠어. 그렇지 않아?"

오 박사의 질문에 여직원들은 무조건 고개를 끄덕였다. 이 미친놈이 뭘 하려는 건지는 모르지만, 공연히 골 아픈 일에 휘말리고 싶지 않다.

여직원들을 내보낸 오 박사는 테라의 앞에 커다란 흰색 블라우스와 흰 속옷 상하의를 내려놓았다.

"지금 입고 있는 거 싹 다 벗고 이걸로 갈아입어요."

테라는 오 박사와 옷가지들을 번갈아 바라보았다. 영문을 모르겠는 일이지만, 어쨌든 그녀는 오 박사가 자리를 비켜주기를 기다렸다. 하지만 그는 그럴 생각이 추호도 없었다.

"아아, 뭐? 내가 볼까 봐? 아니, 그런 걱정 하지 마요. 난 그런 건 관심 없으니까요. 내 새디즘은 유치한 누드 따위보다 훨씬 더 높은 수준에서 만족을 얻거든. 그냥 내가 자리를 지키는 이유는 테라 씨를 혼자 내버려 둘 수가 없어서예요. 혹시 이상한 맘 먹고 그러면 안 되잖아요. 이렇게 귀한 사람인데… 자, 어서 갈아입어요. 정 불편하면 열 셀 동안 눈은 감고 있을게."

그래도 테라가 순순히 지시를 따르지 않자 갑자기 안색이 변한 오 박사는 인터폰의 단추에 손가락을 올려놓았다.

"좋은 말로 할 때, 빨리 갈아입어라! 내가 셋 센 다음에도 그 지랄로 멀뚱멀뚱 앉아만 있으면 아까 그 얼굴 꿰맨 친구 불러서 걔가 갈아입혀 주도록 한다. 농담인 것 같냐? 하나……! 둘!"

오 박사는 테라를 빤히 노려보며 숫자를 세었다. 그의 눈이 사납게 씰룩거린다. 자신의 명령이 조금만 늦게 이행되어도 도저히 못 견디는, 지랄 맞은 성격이다.

"읏……."

테라는 벌떡 몸을 일으켰다. 곧바로 어지럼증이 밀려왔지만, 한 손으로 소파 등받이를 짚고 선 채 원피스 아래로 손을 넣어 속옷을 내렸다.

어차피 해야 할 일인 것 같은데, 공연히 봉변까지 당해가며 할 필요는 없다. 그리고 원피스는… 입고 있는 채로 속옷을 갈아입을 수 있으니까……. 테라는 스스로를 달랬다.

"거 봐, 잘할 수 있었잖아. 그런데 왜 그렇게 큰소리 날 때까지 시간을 끌어요? 별것도 아닌 일인데. 다 갈아입으면 머리라도 좀 빗어요. 박스 안에 브러시가 있을 거예요."

테라가 벗은 속옷을 발 사이로 빼고 있을 때, 오 박사가 만족한 표정을 지으며 인터폰에서 손을 뗀다. 하지만 그녀가 속옷을 벗었다는 사실 때문에 특별히 흥분했거나, 뭔가를 훔쳐보려거나 하는 기색은 없었다. 누드에 관심이 없다는 말은 사실인 모양이다.

"아, 벗은 옷은 거기 빈 박스에 넣어요. 가지고 있어도 되고, 버리고 싶으면 버려요. 어차피 그 이상한 흰 블라우스는 오늘만 입을 거고, 내일부터는 다른 옷을 준비해 줄 테니까, 특별히 원하는 옷이 있거나 하면 나한테 알려주고. 쉐도우 실드에 이야기하면 며칠 내로 구해 줄 겁니다."

다시 평온해진 오 박사는 의자에 몸을 기대앉으며 느긋하게 담배 연기를 내뿜었다. 테라가 돌아서서 요령껏 옷을 갈아입는 동안, 오 박사는 시선을 서류들에 둔 채 길고 흰 손가락으로 지휘까지 해가며 콧노래를 흥얼거렸다.

"다 입었어요."

낡은 드레스와 입고 있던 속옷들을 박스 안에 차곡차곡 개서 넣어놓은 후, 블라우스 단추를 잠근 테라가 말했다.

흰 속옷에 헐렁한 흰 블라우스… 대체 어떤 이상한 짓을 하고 싶어 이런 걸 입히는 건지 불안하다.

그래도 그녀에겐 한 가지 믿음은 있었다. 이 사람은 면역자가 얼마나 특별하고 귀한지 정도는 안다. 그러니 오늘 이 자리에서 죽는 일은 없을 것이다.

"그래… 어디 좀 볼까? 돌아봐."

턱을 쓸며 다가와 테라의 앞뒤를 살피며 디자이너 흉내를 내던 오 박사가 몇 가지 주문 사항을 말했다.

"좋아요! 좋은데, 단추는 하나 더 풀어요. 그리고 신발이 영 튀네. 흰색이 아니라서… 그거는 촬영하는 동안 잠깐 맨발로 있으면 될 거고… 그 허리를… 아무 끈으로나 좀 묶어서 포인트도 주고, 원래 입고 있던 옷 정도의 길이로 맞춰요. 지금은 블라우스가 길고 너무 펑퍼짐해서 영 매력이 없어."

딱히 저항할 이유도, 기운도 없어서 테라는 순순히 그의 지시를 따랐다. 그렇게 하고 있는 동안 다시 인터폰이 울렸다. 식사실의 세팅이 준비를 마쳤다는 보고였다.

"그래, 대기하고 있어. 금방 가지."

오 박사는 테라를 앞세우고 문을 나섰다. 엘리베이터를 타고 식사실이 있는 8층으로 이동하는 동안 그는 어디로 가는 건지, 뭘 할 것인지에 대해 한마디도 일러주지 않았다.

그래서 테라는 몇 개 되지 않는 키워드만 가지고 여러 가지 상상을 조합하며 계속 불안에 떨어야 했다.

"저, 지금… 뭘 촬영하러 가는 건가요?"

결국 두려움을 참지 못하고 테라가 먼저 질문을 던졌다. 오 박사는 그녀의 얼굴을 힐끔 내려다보며 말했다.

"두려워요? 후후후, 지금 그 눈빛은 마음에 드는데… 뭐, 이제 금방 알게 될 거니까."

그리고 그는 테라를 식사실로 끌고 갔다. 그곳에는 이미 많은 인력들이 대기하고 있었다. 연구원들, 기계 관리 직원들, 그리고 메이저와 네 명의 쉐도우 실드 대원이 오 박사를 향해 인사를 건넨다.

"이게 그 카메라인가? 어디… 화질 좋은 거야? 풀 HD 정도는 되어야 하는데… 아, 그리고 음질은 어때? 아래층 소리만 들어오는 거 맞지?"

식사실의 중앙에 배치되어 있는 동영상 촬영용 카메라와 집음용 마이크를 보고 오 박사가 관심을 보인다. 테라의 눈은 더욱더 공포에 질렸다.

이 방의 분위기가 싫다. 저 촬영 도구들, 그리고 중앙에 드리워진 크레인, 창을 통해 보이는 아래층의 기괴한 구조, 그리고 대기하고 있는 사람들의 흥분한 숨결… 곧 뭔가 아주 끔찍한 일이 일어날 것 같다.

"흐으으으으……"

떨고 있는 것은 테라만이 아니었다. 방의 양쪽 철창 안에는 남녀 각각 열 명 정도씩이 다들 발가벗겨진 채 갇혀 있었다. 그들은 서로에게 의지하듯 바짝 달라붙어 울음소리를 흘려 댄다.

"오, 이걸로 가, 갈아입혔구나. 깨, 깨, 깨끗하니 좋은데……"

메이저가 테라의 복장에 관심을 보이며 다가왔다. 테라의 다리를 훑던 그의 시선이 흰 블라우스 끝자락에 사심 가득하게 멈춰 있다. 하루 사이에 꿰맨 부위가 더 부어오른 그의 얼굴은 이제 정말 괴물처럼 보인다.

나머지 쉐도우 실드 대원들도 붉게 달아오른 얼굴 가득 테라에 대한 호기심을 드러내고 있었다. 다들 술을 마시던 도중에 이 촬영을 위해 잠시 끌려 나온 터라 평소보다 몇 배나 더 흥분된 상태였다.

"아래쪽 준비는 어때? CCTV 좀 연결해 봐."

오 박사는 엔지니어들 쪽으로 가서 물었다. 그의 말이 떨어지기가 무섭게 아래층의 상황을 보여주는 화면이 연결됐다. 투명한 폴리카보네이트 격벽 안쪽에 두 손으로 헤아릴 수 없을 정도 규모의 좀비들이 우글댄다.

막 안전장치를 해제하고 풀어놓은 좀비들의 갈비뼈 주변에는 나사못 구멍이 뻥 뚫려 있다. 기분이 좋아진 오 박사는 손뼉을 쫙, 치며 주변을 돌아보았다.

"오케이. 이거는 이만하면 충분한 것 같고… 그러면 준비는 대충 다 된 것 같지? 촬영 들어가 보자. 누가 카메라 맡을 건가?"

"접니다……."

잔뜩 주눅이 들어 있는 젊은 남자 직원이 손을 들어 올린다. 앞으로 일어날 일들이 어떤 것인지 대충 알기에 그의 목소리와 손은 바르르 떨린다. 그걸 외면하지 못하고 두 눈을 부릅뜬 채 계속 지켜봐야 한다는 게 너무 두렵고 싫다. 오 박사는 아주 진지한 어조로 그에게 촬영 원칙을 지시했다.

"리얼리티를 살려야 하니까 기본적으로 제1원칙이 와이드 샷이야. 화면의 줌이나 패닝 같은 건 내가 별도로 지시할 때, 그때만 하는 거야. 그리고 컷은 절대로 없어. 합성처럼 보이고 싶지 않으니까, 절대 끊거나 빈번한 이동 같은 건 하지 마. 테이크 하나로 쭈욱 간다. 알겠지?"

오 박사는 타르코프스키가 빙의된 사람처럼 미장센에 대해 장황한 주문을 늘어놓았다. 항상 테라를 화면의 정중앙에 놓아서 긴장감을 고조시켜야 한다는 것까지 전달하고 나서 그는 테라를 돌아보았다.

"자, 테라 씨. 그럼 시작합시다. 그 샌들 벗고, 저기 저 사람 따라가요."

테라는 오 박사의 손가락이 가리키는 방향을 돌아보았다. 두꺼운 방호복을 입은 직원이 크레인 앞에 서서 내려갈 준비를 하고 있다.

시간을 끌었을 때 어떤 위협이 가해지는지는 이미 여러 번 경험했다. 그러니 순순히 따르는 게 훨씬 현명하다. 테라는 분홍색 샌들을 벗고, 방호복의 곁으로 걸어갔다.

"고, 고, 공조 장치를 돌려서 바, 바람이라도 좀 부, 불게 할까? 저, 저 브, 블라우스 자락이 퍼, 퍼, 퍼, 펄럭이는 편이 더 누, 눈길을 끌지 않겠어?"

테라가 방호복에 안겨 아래층으로 내려지기 직전에 메이저가 긴급 제안을 했다. 오 박사도 그게 꽤 그럴듯하다고 생각했는지, 직원을 시켜 아래층 방의 공조 장치를 조작했다. 그러고는 크레인 아래의 바닥을 열었다.

기이이이잉—

식사를 매달아서 작은 회장에게 주던 크레인이 천천히 아래로 내려간다.

휘이이잉—

아래층 방의 내부에서는 꽤나 강한 바람이 휘몰아치고 있었다. 테라의 길고 검은 머리카락과 헐렁한 블라우스 자락이 정신없이 흔들리며 춤을 춘다.

"읍!"

머리카락을 쓸어 넘기던 테라는 바람 속에 섞여 날아오는 비릿한 냄새에 코를 막았다. 소독약 냄새와 좀비의 악취로도 온전히 지워지지 않은 피 냄새였다.

"손 치워요, 테라 씨! 얼굴이 나와야 돼! 어이! 올라오기 전에 개 얼굴에서 손 치우고 와!"

카메라 옆에 앉아 모니터를 들여다보고 있던 오 박사가 신경질적으로 소리를 지른다. 테라와 함께 내려왔던 방호복이 테라의 손을 잡아 아래로 내렸다. 그러고는 허둥지둥 크레인에 올라타서 다시 위쪽으로 올라갔다.

"좋아! 테라 씨! 여길 봐요!"

사선으로 기울어진 위층의 유리 바닥 너머로 오 박사가 떠들어 대는 소리가 들려온다. 테라는 불안함이 가득한 얼굴로 자신이 서 있는 곳을 둘러보았다.

꽤 넓은 방이었다. 천장도 높고, 가로세로 모두 널찍하다. 그리고 바닥과 벽이 모두 푹신한 쿠션 재질로 덮여 있다. 멀리 방의 끝 쪽에는 골목처럼 움푹 들어간 곳이 보인다. 물론 일부러 거기까지 가서 그 내부를 확인할 용기 같은 건 나지 않았다.

'이 방은 뭘까… 왜 이런 곳과 저런 장치를 만들어놨을까……'

죽이지 않을 거라고 믿으면서도 테라의 가슴은 심하게 떨렸다.

카메라와 유리창 주변에 모여 서 있는 사람들… 저들의 호기심 가득한 저 눈빛은 대체 어떤 사건을 기대하고 있는 것인가.

작은 회장에게서 겪은 일 때문에 그녀의 상상력은 점점 더 끔찍하고 수치스러운 방향의 두려움을 만들어낸다.

그렇게 불안과 공포에 몸을 떨고 있을 때, 그녀의 등 뒤에서 삐익— 하는 경고음과 함께 투명 격벽이 열렸다.

그라아아아아—

좀비들의 포효!

테라는 흠칫 놀라 뒤를 돌아보았다. 골목 안쪽에서 수십 마리의 좀비들이 어기적거리며 걸어 나온다.

"웃!"

본능적으로 달아나려던 테라가 바닥에 무릎을 찧으며 넘어졌다. 아까부터 계속해서 그녀를 괴롭히던 어지럼증과 피로가 공포에 의해 증폭된 것이다.

테라가 이를 딱딱 부딪치며 일어나기 위해 버둥거리고 있는 동안에도 좀비들은 계속 앞쪽으로 걸어온다. 엄청난 악취가 바람에 실려 방 전체를 가득 채웠다.

"하아아~ 하아아~"

가까스로 몸을 일으킨 테라는 어깨를 움츠린 채 구석으로 피했다. 좀비들이 자신을 보지 못하는 걸 이미 경험했지만, 그래도 무섭다.

갑자기 그 법칙이 깨지고 좀비들이 이빨을 드러낸 채 달려들지도 모른다는, 원초적인 공포가 그녀의 심장을 꽉 옥죈다. 코너로 도망간 테라는 머리를 감싸 안고 바닥에 주저앉았다.

그르르르르—

좀비 한 마리가 그녀의 팔을 툭, 건드리고 지난다. 테라는 깜짝 놀라 옆으로 움직였다. 이제 넓은 방 안에는 좀비들이 가득하다. 그 어디에도 숨을 곳이 없고, 요령껏 피하지 않으면 계속 접촉이 일어날 수밖에 없는 상황이 됐다.

"으흐으으으… 으으으……."

테라는 숨소리조차 내지 않기 위해 이를 악물었다. 바로 몇 센티 앞을 눈에 흰 막이 덮인 좀비가 천천히 지나간다. 녀석은 사선으로 된 유리창 너머의 위층 사람들을 노리고 있었다.

그 옆으로 지나는 좀비는 광대뼈 주변부터 입술, 그리고 목까지의 피부와 근육이 모두 벗겨져 있다. 검붉게 말라붙은 피딱지가 환한 조명 아래에서 너무도 선명하다.

"무서워… 싫어……."

테라는 두 손으로 눈을 가린 채 흐느꼈다. 어젯밤 달빛과 플래시에 의지해서 좀비들 사이를 지났던 것도 무서웠지만, 이렇게 밝은 곳에서 적나라한 좀비들의 모습을 보는 것도 피가 얼어붙는 것 같은 일이다.

이제야 오 박사가 뭘 하고 싶었던 건지 알 수 있었다. 좀비들 사이에서 멀쩡하게 생존해 있는 면역자의 모습… 그걸 화면으로 기록하려는 참인가.

테라는 좀비들이 자신을 스쳐 지나갈 때마다 몸서리를 치며 이 끔찍한 촬영이 빨리 끝나기만을 기다렸다. 하지만 그녀의 예상은 틀렸다. 오 박사가 원했던 건 그 정도로 단순한 영상이 아니었다.

"기가 막히는구만! 저렇게 좀비들이 많은데 단 한 마리도 저년을 인식 못해! 역시 밤새도록 찾아다닐 만했어! 근데 저년, 저거… 어지간히 비싸게 구네. 얼굴을 왜 저렇게 가리고 지랄이야. 애초에 손을 묶어서 내려보낼 걸 그랬나……."

모니터 안에 비친 화면을 보며 오 박사가 투덜댄다. 주연배우년이 영 협조적이지 않기는 하지만, 그럼에도 불구하고 그림 자체는 아주 괜찮다.

넓은 방 안을 가득 메운 채 어슬렁거리는 좀비 떼, 그 사이에서 멀쩡히 생존해 있는 미소녀. 바람에 날리는 그녀의 풍성한 블라우스 자락과 그것에 대비되는 가늘고 긴 다리를 보며 오 박사는 자신의 안목에 새삼 감탄했다.

"자, 주연 단독 샷은 이걸로 충분히 찍은 것 같고… 그럼 조연들을 투입해 볼까?"

오 박사가 손짓을 하자 메이저가 고개를 끄덕였다.

"며, 며, 몇 명이나 넣을까?"

"음, 처음이니까 일단 하나만 넣어볼까? 그렇게 해야 주제 의식이 명확히 전달될 것 같은데. 대비도 선명해지고. 여자로 해, 여자."

쉐도우 실드 대원들은 곧바로 여자들이 갇힌 철창을 열었다. 안쪽의 여자들은 서로에게 달라붙어 비명을 지르며 끌려 나오지 않으려 애를 썼다.

"아, 이런 개년들이 짜증나게!"

두어 번 헛손질을 하던 쉐도우 실드 대원이 욕설과 함께 주먹 세례를 퍼부었다. 여자들의 비명은 더욱 커지고, 앞쪽에서 매질을 당한 여자는 코에서 피를 철철 흘리며 쓰러져 버렸다.

잠시 저항이 뜸해진 틈을 타, 쉐도우 실드 대원은 한 젊은 여자의 머리채를 꽉 움켜잡고 끌어냈다. 그사이 다른 대원들은 철창 문을 다시 잠갔다.

"끄아아— 흐으윽! 살려주세요! 살려주세요!"

머리채가 잡힌 여자가 두 손을 싹싹 비비며 애원을 한다. 쉐도우 실드 대원은 전혀 들리지 않는 사람처럼 크레인 아래까지 그녀를 질질 끌고 갔다. 그러고는 그녀의 배에 거친 발차기를 먹었다.

"윽!"

여자는 배를 움켜쥐고 숨넘어가는 소리를 냈다. 그녀에게 저항할 만한 기력이 남지 않는다는 걸 확인한 쉐도우 실드 대원은 안전용 벨트를 걸어 크레인과 자신의 몸을 연결했다. 혹시라도 발판이 열렸을 때, 함께 떨어지는 불상사를 막기 위한 장치다.

사실 이 샘플용 인간들은 근 며칠 동안 물 한 모금 제대로 마시지 못한 상태여서 저항할 만한 기력 따위 있을 리가 없지만, 그래도 조심해서 나쁠 건 없다.

"일어나."

쉐도우 실드 대원이 명령했다. 머리끄덩이가 당겨진 여자가 비틀거리며 일어나자 발판이 조금씩 열린다.

아래층에서 기다리고 있는 좀비들의 반응이 열기를 띠고, 여자의 바짝 마른 입술에서 다시 애원이 터져 나왔다.

"안 돼요… 제발! 제발! 살려주… 끄아아!"

등을 세게 걷어차인 여자는 말을 다 맺지 못하고 아래로 떨어져 내렸다. 펄쩍펄쩍 뛰고 있던 좀비들은 그녀가 떨어지자마자 달려들어 이빨을 박아 넣었다. 그녀의 몸 위로 열 마리가 넘는 좀비들이 덮쳐든다.

"아아악! 끄으으!"

살이 찢기고, 팔다리가 뽑혀 나가는 끔찍한 고통 속에서 여자는 비명을 질러 댔다.

그것도 잠시. 한 좀비가 그녀의 얼굴을 덮친 채 코와 입술을 뜯어내기 시작하자 여자의 비명은 피가 식도와 기도를 역류하는 끄르륵, 소리로 바뀌어 버렸다.

"안 돼……."

테라는 머리를 쥐어뜯으며 울부짖었다. 자신과 비슷한 또래의 여자가 순식간에 좀비들에 의해 해체되는 걸 지켜보고 있으면서도 아무 도움을 줄 수 없다는 게 너무 괴롭고 슬프다.

떨어져 내린 여자가 사방에 피를 흩뿌린 채 몇 개의 조각으로 나뉘기까지는 그야말로 순식간이었다. 테라가 어떤 반응을 보이기도 전에 다 끝이 났다. 여자의 피 냄새가 방 안 가득 번졌다.

"으흐흐흑! 왜… 이런 짓을 하는 거야……."

테라는 눈물을 터뜨리며 주저앉았다. 좀비들은 아직도 뜨거운 피가 뚝뚝 떨어지는 여자의 살점을 입에 문 채 테라의 곁을 스쳐 지난다.

"아… 이거, 너무 금방 끝나 버렸네… 역시 하나 가지고는 안 되겠다."

오 박사는 입맛을 다시며 안경을 끌어 올렸다. 좀비들이 너무 빨리 여자를 덮치는 바람에 화면에 생생함이 없다.

"역시 한 서너 명은 있어야 그림이 나오겠군. 근데… 서너 명이라고 해봐야 어차피 떨어지는 구멍이 하나잖아……."

"차, 차, 차례차례 떠, 떨어뜨리면 되, 될 것 같아… 머, 먼저 하, 하, 한 놈을 떠, 떨어뜨리고. 조, 조, 좀비들이 그, 그 새끼를 뜯어 먹을 때, 그, 그놈들 등짝 위로 다, 다른 연놈들을 밀면……."

흥미롭게 지켜보고 있던 메이저가 의견을 냈다. 오 박사의 생각에도 그 정도면 스펙터클할 듯하다.

"그래. 그러면 이번에는 남자 셋, 여자 둘, 이렇게 가보자. 남자 먼저, 그다음엔 여남여남, 이 순서로."

결정이 내려지고, 철창 주변에서는 또 한바탕 소란이 벌어졌다. 끌려 나오지 않으려고 안간힘을 쓰며 버티는 사람들과, 그들에게 매질을 하고 끌어내는 대원들의 비명과 욕설이 방 안을 쩌렁쩌렁 울린다.

"아, 씨발. 시, 시끄러워! 그, 그, 급소를 차버리면 되잖아! 이, 이렇게!"

참다못한 메이저가 걸어가 저항하는 남자의 사타구니를 걸어찼다. 남자는 펄쩍 뛰어오른 뒤, 급소를 움켜쥐고 엎어졌다.

"자! 이, 이, 이렇게 해서 끄, 끌고 가면 펴, 편하지! 이 멍청아! 그, 그, 그걸 계속 드, 등짝만 때리고 앉아 있냐?"

엎어진 남자의 머리카락을 움켜쥐고 크레인 앞으로 끌어다 놓은 시범을 보인 뒤, 메이저는 잘난 척을 하며 푸르뎅뎅한 얼굴로 씨익 웃었다.

안전 고리를 착용한 대원이 계속 매질을 해서 사람들이 고개를 들지 못하도록 하는 사이에, 다시 발판이 열렸다.

"안 돼! 싫어요!"

급소를 맞고 끌려온 남자가 가장 먼저 밀려 떨어졌다. 이번에도 어김없이 좀비들이 달려들어 남자의 몸 여기저기를 덮치고 잡아 뜯으며 깨문다.

까드득! 우득! 찌이이익!

끄아아아―!

살이 찢기고 뼈가 부러지는 소리, 관절이 빠지는 소리에 남자의 단말마가 겹쳐지면서 식사실 아래층은 지옥으로 변해 버렸다.

남자의 살을 뜯기 위해 몰려든 좀비들이 열 마리가 넘었을 때, 대기하고 있던 쉐도우 실드 대원들은 두 번째와 세 번째 희생자를 잇달아 차서 떨어뜨렸다.

"흐윽!"

좀비의 등짝 위로 떨어져 내린 사람들은 비명을 지르며 곧바로 몸을 일으켰다. 그러고는 달아나기 위해 뛰었다.

이 방이 밀실이라는 것을 알면서도 가만히 죽음을 기다릴 수는 없던 것이다. 하지만 그 처절한 몸부림조차도 철저하게 봉인당했다.

그라아아—

끄르륵—

좀비들은 뛰어나가려는 남녀의 앞을 가로막고 목과 얼굴에 이빨을 박아 넣었다. 그 힘을 이기지 못해 쓰러진 희생자들의 팔과 다리, 몸에도 금방 좀비들이 달라붙었다.

"또 간다!"

쉐도우 실드 대원들은 낄낄거리며 두 명의 제물을 더 떨어뜨렸다. 식사실은 이내 피투성이가 되었다. 뜯겨 나간 살덩이에서 튀긴 피가 사방을 붉게 물들였다. 지옥이다.

"끄아아아! 으으으으!"

테라는 눈과 귀를 가리고 울부짖었다. 아니, 울부짖는다고 생각했다. 그러나 그녀의 경직된 성대는 아무 소리도 내지 못했다.

흡사 악몽에 시달리는 동안 소리가 목구멍을 뚫고 터져 나오지 못하던 그때와 똑같이.

도와야 한다는 생각은 있었지만, 두 다리는 얼어붙어서 움직일 줄을 모른다. 너무… 무섭다.

사람이 죽는 것도 보았고, 좀비들도 처음 본 게 아니었지만, 이렇게 가까이에서 좀비들이 사람을 산 채로 찢어발기는 건 완전히 다른 이야기다.

"헉!"

살아 있는 사람의 살을 뜯어 먹기 위해 달려가는 좀비가 테라를 치고 지나간다. 테라는 옆으로 넘어졌다. 어쩔 수 없이 홉떠진 그녀의 눈앞에서는 한 남자가 얼굴이 뜯겨 나간 채 죽어가고 있다.

핏! 피핏—!

좀비들이 남자의 팔목을 반대로 꺾어 뜯어내자 핏줄기가 세차게 뻗는다. 그녀가 걸치고 있는 흰 블라우스 위로, 블라우스가 가려주지 않는 그녀의 흰 목덜미와 다리로……

붉고 뜨거운 피를 뒤집어쓴 테라는 기겁을 하며 소매로 얼굴을 닦고, 구석을 찾아 기었다. 감각을 마비시키고 싶다. 뇌의 안쪽 어딘가 신경이 아주 팽팽하게 당겨지는 게 느껴졌다.

"좋아! 테라 쪽으로 줌인! 저거거든! 내가 흰 옷을 입혔던 이유가! 피가 아주 선명하게 돋보이잖아! 응? 어때, 메이저? 구원을 위한 성녀처럼 보이나?"

테라의 블라우스가 붉은 피로 물들자 오 박사는 기분 좋게 웃었다.. 미친 사이코 새끼 덕분에 새디즘의 새로운 극한을 지켜보면서 흥분한 메이저가 홀린 듯한 표정으로 고개를 끄덕였다.

"그, 그 서, 성녀 싸, 싸대기 때리고 싶어… 이, 입술을 터, 터, 터뜨려서 그 피, 피를……."

피가 흥건히 흘러나온 방 안에서 순식간에 여섯 명이 끔찍하게 죽어갔다. 그리고 테라의 정신도 극한의 고문을 받고 있었다. 그런데도 오 박사의 표정은 점점 굳어갔다. 어딘가 못마땅한 모양이다.

"야, 멈춰봐. 촬영 그만해."

오 박사가 명령했다. 카메라를 맡았던 직원은 그 말이 떨어지자마자 구석으로 달려가 구역질을 해 대기 시작했다. 직원을 흘겨본 오 박사는 다시 모니터로 시선을 돌린 뒤 중얼거렸다.

"이거… 아무래도 다시 찍어야 할 것 같아… 저년이 면역자라는 건 알겠는데, 임팩트가 부족해. 뭔가 말이지… 아주 덩치가 큰 좀비가 있었으면 좋겠어. 딱 보기만 해도 기가 질리는, 그런 거 있잖아. 저 테라라는 년이랑 완전히 다른 이미지의 위압감을 주는 좀비."

어깨를 부풀리며 과장스럽게 큰 덩치를 표현하던 오 박사가 연구원들에게 명령했다.

"보존소로 가서 덩치 크고 인상 더러운 좀비 찾아와. 딱 보기에도 엄청 강해 보여야 돼. 그로테스크하고! 에… 40분 준다."

"테라 씨, 수고 많았어요! 근데 말이지, 지금 촬영분… 이거, 몇 가지 문제가 좀 있어요! 그래서 다시 한 번 찍어야 할 것 같

아. 다음번 촬영까지 시간이 좀 있으니까 잠시 쉬고 있어요! 금방 아래 정리하고 올려줄게요! 아… 그리고 두 번째 촬영 때는 좀 더 카메라를 정면으로 봐줬으면 좋겠는데… 생 초짜도 아니고, 연예인이 이러면 곤란하지. 어차피 좀비들 무섭지 않잖아."

그로테스크하고 커다란 덩치의 좀비를 찾기 위해 연구원들이 보존소로 뛰어나간 뒤, 오 박사는 바이크를 켜고 데리에게 말을 걸었다. 구석에 쪼그리고 앉은 테라는 아무 대답도 하지 않았다.

초점 없는 눈은 바닥에 고정되어 있고, 핏기 없는 입술은 계속 바르르 떨린다. 다른 사람들의 피를 뒤집어써서 젖은 그녀의 검은 머리카락에서는 핏물이 뚝뚝 떨어졌다.

"어라? 쟤년, 저거… 왜 저래? 돌아버렸나? 그럼 안 되는데… 젠킨스가 뭔 소리를 했는지 아직 듣지도 못했는데 말이지."

오 박사가 걱정스러운 말투로 중얼거리자 메이저가 피식대며 웃었다.

"저, 저, 저런 거 보통 내, 내, 내 방 끌려온 년들이 이, 이, 이틀째 많이 보이는 패, 패턴인데… 후후후."

"그래? 다들 저렇게 미쳐?"

"미, 미친 게 아니야. 미, 미, 미친 척하는 거지. 호, 혹시 그러면 그, 그만 패고 놔줄까 해서. 저, 저, 저러다가도 뜨, 뜨거운 걸로 좀 지, 지지면 곧바로 사, 사, 살려 달라고 빌지. 다, 담뱃불이나 라, 라이터 같은 거 말이야. 후후후. 내, 내가 제정신 드, 들게 해줄까?"

메이저는 혀로 퉁퉁 부은 입술을 핥으며 콧김을 뿜어 댄다. 테라가 무척이나 마음에 드는 모양이다. 오 박사는 킥킥거리며 웃었다.

"들었어요, 테라 씨? 당신, 큰일 나게 생겼어. 빨리 정신 차려야 될 것 같은데? 다음 촬영 세팅 끝날 때까지도 그 상태면, 나는 인류의 안녕을 위해서 당신을 이 야만인 새디스트한테 넘길 수밖에 없다고요! 담뱃불로 지진다네! 하하하!"

웃음소리를 남긴 뒤에야 오 박사는 마이크를 껐다. 그는 일부러 메이저와의 대화까지 테라에게 다 들려줬다. 생각이 조금이라도 남은 년이라면 어떻게 해야 하는지 잘 알고 있을 것이다.

"이봐, 야만인 새디스트. 조금만 더 참고 다른 년들이랑 놀아. 저건 말이지, 황금 피가 흐르는 년이야. 아니, 금으로도 모자라. 다이아몬드 블러드라고 해야 할까? 그러니까 저년은 건드릴 생각 말라고. 저 피를 쪽쪽 뽑아서 우리 크게 한몫 잡아보자."

오 박사는 메이저의 단단한 복근을 툭, 치며 웃었다. 메이저도 듣기 싫지 않은 이야기여서 함께 킥킥거린다. 그들이 다른 사람들의 죽음과 고통을 보며 낄낄대는 동안, 엔지니어들은 뒷수습을 위해 바쁘게 움직였다.

먼저 식사실 가득 퍼져 있는 좀비들을 다시 격리 구역 안으로 불러들였다. 방법은 작은 회장 좀비를 격리시킬 때와 동일했다.

격벽 안쪽에 마련된 또 다른 크레인에 사람을 매달아서 늘어뜨린다. 그러면 좀비들은 사람 냄새에 홀려 그쪽으로 이동한다.

물론 앞의 놈들이 잡아먹어 버리면 이 미끼가 못 쓰게 되어버리니까, 놈들이 다가올수록 조금씩 위로 매달린 사람의 높이를 끌어 올린다.

"어우, 저걸 언제 다 치워."

좀비들을 격리시키고 난 뒤, 방호복을 입은 채 크레인을 타고 내려가며 직원들이 작게 투덜댔다.

여섯 명의 성인에게서 흘러나온 피의 양은 엄청나서, 바다에 흥건한 웅덩이가 몇 개나 생겼다. 직원들은 긴 호스를 끌어내려서 피를 빨아들이고, 약품을 사용해 말라붙은 핏자국을 닦아냈다.

"이건 어떻게 처리합니까?"

조각난 신체를 산업폐기물 처리용 플라스틱 드럼에 담던 직원이 머리가 잘려 나가지 않은 채 죽어 있는 희생자들의 시체를 가리키며 물었다. 오 박사는 별 고민 없이 대답했다.

"드릴로 머리 뚫어서 폐기해. 어차피 샘플 많으니까. 그전에 일단 테라부터 올려."

테라는 억지로 일으켜 세워진 뒤, 방호복의 손에 안겨 위쪽으로 다시 끌어 올려졌다. 오 박사는 가볍게 손을 흔들어주고 나서 연구원들에게 명령했다.

"걔 피 닦고 옷 갈아입혀. 누가 내 방으로 가서 옷 박스 좀 가져와라. 흰옷 잔뜩 들어 있을 거야."

"…이제 그만해요. 충분히 찍었잖아요."

연구원들이 달라붙어 피를 닦아주는 동안 울음을 멈춘 테라가 중얼거렸다.

"응?"

오 박사는 같잖다는 얼굴로 테라를 돌아본다.

"뭐라고 하는지 안 들려요, 테라 씨. 그렇게 웅얼거리면."

"그만하라고요. 필요한 거 충분히 다 찍었잖아요. 제가 좀비들한테 안 보이는 거… 그리고 제 옆에서 돌아다니던 게 진짜 사람 잡아먹는 좀비들이라는 거. 그런데 왜 또 사람들을 죽이려고 해요. 이제 그만둬요."

테라는 오 박사를 노려보며 말했다. 공포와 분노 때문에 그녀의 목소리는 심하게 떨린다. 철창 안에는 아직도 많은 사람들이 울부짖으며 살려 달라고 애원하는 중이다. 그들의 피를 또 보고 싶지 않았다.

"충분히 찍었다는 건 테라 씨의 일방적인 생각이고… 내 높은 안목은 아직 만족이 안 됐어요. 그러니까 협력 좀 해달라고. 한 번만 더 갑시다. 그리고 말이죠… 무고한 사람들 죽는 꼴이 그렇게 보기 싫으면 이번에는 제대로 해요. 좀비들 사이에 당당하게 서서 카메라도 응시하고, 좀 멋지게! 내가 어떤 그림 원하는 건지 다 알면서 시치미를 떼고 그래? 안 그러면 매일 이 짓을 할지도 모르니까."

오 박사는 빙글거리며 끔찍한 이야기들을 지껄였다. 밤을 꼬박 샜지만, 그는 조금도 피곤하지 않았다. 놀라운 면역 특성의 백신을 개발 중이라는 근거로 이 동영상을 군에 흘릴 것이다.

좀비들에게 인지되지 않는 슈퍼 면역자!

그것은 곧 슈퍼 군인의 탄생을 예고하는 것이기도 하다. 1인용 백신의 가격으로 전차 한 대 값을 부른다고 해도 멍청한 장군들은 앞다투어 그 거래를 받아들일 터이다. 좀비 세계 최강의 스텔스 병사들을 얻는 거니까.

그러니 이 광고용 동영상을 아주 잘 찍을 필요가 있다. 장엄하면서도 무시무시하고, 그러면서도 생동감 있고 아름답게, 또 동시에 아무리 멍청한 놈들이라도 알아볼 수 있을 만큼 면역자의 강점이 두드러져야 한다.

"아니요… 그만해요. 이제 제발… 다른 사람들이 죽는 것도 싫고… 나도 미쳐 버릴 것 같아요. 디는 못 견디겠어요."

테라는 피투성이 블라우스 소매에 얼굴을 묻고 흐느꼈다. 차라리 빨리 실험실에 감금된 채 피를 뽑혔으면 좋겠다고 생각했다.

이건… 너무 끔찍하다. 흐느끼는 그녀의 모습을 가만히 보고 있던 오 박사가 또다시 빙글거리며 말했다.

"내가 분명히 말했을 텐데요. 나도 새디스트라고. 그렇게 애원하는 것 따위는 내게 안 통해요. 테라 씨가 고통스러워할수록 이 게임은 나의 것이 되는 거니까. 아, 그리고 미쳐 버릴 것 같다고 했던 말… 설마 그거 협박 아니겠죠? 아까 메이저가 하는 말 분명히 들었잖아. 웬만한 급성정신병은 담뱃불로 지지면 낫는다는군. 내 생각에도 그럴 것 같긴 해. 그러니까 미쳐 버리는 거에 대해서는 너무 걱정하지 말라고."

4

민구와 친구들 일행은 산책로에서 벗어나 한적한 풀숲 속에 모여앉아 있었다. 친구들과 민구의 사이는 약 2미터. 가끔 유빈이 질문을 던지기는 했지만, 대화가 자주 이어지지는 않았다.

말 그대로 서먹하다.

그들이 대열 밖으로 나와 있는 것에 신경 쓰는 군인은 거의 없었다. 어차피 가야 할 길은 철로 한 방향뿐이기도 하고, 자기 살길은 자기가 챙겨야 하는 분위기였다.

열심히 줄을 서서 기다리는 사람들 챙기고, 가끔씩 밀려드는 좀비들 상대하는 것만으로도 벅차다.

"더는 못 기다리겠군. 그냥 먼저 간다."

초조하게 미키마우스 시계를 들여다본 민구가 담배를 바닥에 비벼 끄며 일어섰다. 무의미하게 시간이 흘러가는 걸 더 견디지 못하겠다. 유빈이 그를 만류했다.

"잠깐만요. 강 소위님이 담을 부숴준다고 했으니까 조금만 기다리죠. 그렇게만 되면 훨씬 시간이 덜 걸릴 거예요."

"그게 언제인데… 이제 충분히 기다렸잖아."

"아니… 그렇지 않아요. 저기 역 주변이 전부 높은 담으로 막혀 있어서 군의 도움이 없으면 들어가 보기도 전에 잡힐 거예요. 그리고 지금은 어차피 계속 좀비들이 돌아다니고 있어서 접근도 못하고요. 그러니 조금만 더 기다려요. 계획도 없이 무작정 간다고 테라를 데려올 수 있는 게 아니잖아요. 최악의 경우, 아저씨가 놈들을 다 물리친다고 해도 헬리콥터가 날아 올라가 버리면 끝이에요. 그러니 아주 빠르게 단시간에 해치워야 하는 겁니다."

유빈의 말을 들은 민구는 못마땅한 표정으로 태양 그룹 빌딩이 있는 방향을 돌아봤다.

이 녀석의 말이 맞을지도 모른다. 아까부터 저 총에 달린 작은 망원경을 가지고 열심히 살피고, 땅에 그림까지 그려가며 뭐라고 혼자 웅얼대는 폼이 제법 약아 보였다.

하지만 이렇게 담배만 축내고 앉아 있으려니 자꾸 그 계집애의 얼굴이 눈앞에 어른거려 미치는 것 같다. 빚진 것은 반드시 갚아야 한다.

"한 가지 마음에 걸리는 건… 지금 저 주변에 워낙 좀비들이 많이 돌아다니고 있다는 거예요. 담에 구멍이 나면 저놈들도 안으로 들어가 버릴 거고… 거기까지는 좋은데, 그랬다가 혹시 테라도 좀비들 때문에 곤란해지는 건 아닌지……."

유빈이 마음속에 담아뒀던 걱정거리를 중얼거린다. 민구가 조용히 말했다.

"걔는 괴물들에게 보이지 않아. 바로 옆에 있어도 모른다고. 그러니까 괴물들이 안으로 들어간다고 해서 걔가 곤란해질 일은 없어."

"에? 정말이요? 그런 게 말이 되나?"

유빈은 믿을 수 없다는 표정을 지었다. 하지만 민구의 얼굴은 거짓이 담겨 있지 않았다. 하긴… 면역자라는 것도 임수정으로부터 듣기 전에는 상상해 보지 않았던 개념이니까.

으흠, 유빈은 고개를 끄덕였다.

"그렇다면 지원이 더욱 필요하네요. 아저씨도 조금만 더 기다려요."

"젠장……."

초조한 마음에 담배나 한 대 더 피우려고 하는데, 담뱃갑이 텅 비어 있다. 민구가 혀를 차며 담뱃갑을 구겨 버리자, 옆에서 새 담뱃갑이 날아왔다.

그걸 잡은 민구가 돌아보니, 키가 훌쩍 크고 기생오라비같이 생긴 녀석이 씩 웃는다.

'여자깨나 후렸겠구만…….'

민구는 녀석을 빤히 쳐다보며 담배를 꺼내 물었다. 그러고는 시선을 돌려 장갑 트레일러 쪽의 강 소위와 고 하사를 바라봤다. 하필이면 고 하사가 끼어 있어서 뭐라고 잔소리도 할 수 없는 신세다.

그때, 강 소위는 고 하사와 바짝 붙어 앉아서 유빈이 준 핸드폰의 동영상을 보고 있었다. 이미 한 번 봤던 내용이지만, 작은 회장 좀비가 사람의 살을 물어뜯을 때마다 그와 고 하사는 필요 이상 큰 소리로 과장된 반응을 보이며 몸서리를 쳤다.

"으아, 이건 진짜 너무하네… 어떻게 사람이 이런 짓을……."

그러고선 가끔 한 번씩 뒤를 흘끔거린다. 장갑 트레일러가 급유를 위해 잠시 멈춰 서 있는 지금, 그들이 하필이면 장갑차장석에서 빤히 보이는 위치에 자리를 잡고 이 짓을 하고 있는 건 장갑차장을 이 작전에 끌어들이기 위해서다.

어차피 고급 장교들에게 보고해 봐야 씨알도 안 먹힐 거라면, 인간적으로 대화할 수 있는 계급들을 목표로 삼는 게 낫다.

"어후~ 고되네요. 대체 몇 시간 동안 이걸 타고 다닌 건지… 근데 대체 뭘 보시기에 그렇게 호들갑을 떠십니까? 사람 힘들게 일하다가 잠깐 쉬는데 아는 체도 안 하시고."

장갑차 상부에 걸터앉아 담배 한 대를 피우며 모처럼 한숨을 돌리던 장갑차장이 그들의 등에 대고 말을 건다. 어제 새벽, 전투를 함께하면서 튼 안면이라 하루 만에도 꽤나 찐득해진 사이다.

하지만 강 소위와 고 하사는 장갑차장의 목소리를 못 들은 척하고 계속 동영상만 쳐다봤다.

"어우! 꺼요, 꺼! 이건 너무 심해! 꿈에 나올까 무섭네, 젠장! 아우, 토 쏠려."

고 하사가 호들갑을 떨었다. 결국 장갑차장은 아래로 뛰어내려서 그들 옆으로 다가왔다.

"아이구, 참내… 뭐가 그렇게 재미있습니까? 같이 좀 봅시다. 휴대폰이네요? 요새 이런 거 어디에서 구합니까?"

장갑차장이 고 하사와 강 소위의 사이에 끼어들며 양팔로 어깨를 끌어안는다. 강 소위는 화들짝 놀라는 시늉을 하며 얼른 휴대폰의 화면을 꺼버렸다.

"어! 웅! 언제 왔어요? 어휴, 바로 옆에 오는 줄도 몰랐네!"

"아니… 계속 불렀는데 대답이 없으시더라고요. 근데 그게 뭐기에 그렇게 정신없이 보십니까? 재미있는 거예요? 혹시… 야한 거?"

장갑차장이 은근한 미소를 지으며 어깨를 으쓱거린다. 강 소위는 시치미를 뚝 떼고 고개를 저었다.

"아, 아닙니다, 그런 거. 이거… 그냥 잊어버리세요. 보시지 않는 편이 좋은 거라서… 아직은 극비이기도 하고……."

"그래요, 잊어버려. 이 하사를 위해서 하는 소리예요. 에이, 뒷맛이 영 안 좋아. 쯧."

고 하사도 거들고 나섰다. 강 소위의 연기가 시원치 않아서 가만히 지켜보고 있을 수가 없다. 예상치 못한 거절에 장갑차장은 당연히 떨떠름한 표정을 짓는다.

"아니… 뭡니까? 둘이서 사람 따돌리는 것도 아니고… 계속 재미나게 보시는 것 같더구만… 나도 같이 좀 봅시다!"

걸려들었구나!

강 소위와 고 하사는 은밀하게 눈빛을 교환했다.

큼큼, 가볍게 헛기침을 한 뒤, 강 소위가 주변을 둘러보며 목소리를 낮춰 입을 열었다.

"다른 사람도 아니고, 어제 같이 싸운 전우가 그렇게 말하니까 보여줘야겠네요. 그런데 이거, 진짜 극비예요. 어디 가서 이런 걸 봤다고 하면 안 됩니다. 그것만 약속해 줘요. 우리도 상부에 보고하기 전에 한 번 몰래 본 거라서."

장갑차장은 눈을 반짝이며 대번에 고개를 끄덕인다. 가뜩이나 한 달이 훌쩍 넘도록 뭔가를 시청하지 못한 채 살았는데, 거기에 극비라고까지 하니, 이보다 더 구미가 당기는 건 흔치 않다.

"경고합니다. 이거, 진짜 잔인해요."

고 하사가 끼어들어 한 번 더 시간을 지체했다. 장갑차장은 콧방귀를 뀌었다. 신체가 훼손되고 토막 난 좀비들과 매일 부대끼며 얼마를 살았는데, 이제 와서 잔인하니까 경고한다니… 우습지도 않은 소리다.

"알았어요. 경고 다 알아들었고, 극비인 것도 알았으니까… 봅시다."

장갑차장의 대답을 듣자마자 강 소위는 휴대폰의 화면을 켜고 다시 재생 버튼을 눌렀다. 일시 정지되어 있던 작은 회장 좀비가 크레인에 매달린 사람의 내장을 뜯기 시작했다. 마침 신 차장의 내레이션이 들어가 있는 동영상이었다.

— 이렇게 잔인한 일이 태양 그룹 본사 내에서 매일 몇 차례

나 벌어집니다. 아무 죄도 없는 사람들을 잡아다 좀비 먹이로 주는 겁니다. 좀비가 되어버린 회장의 아들 새끼 끼니를 챙겨 줘야 한다는 이유로… 이들은 X—1에 의해 몸의 근육이 마비 되어 있기 때문에 비명 한 번 지르지 못합니다. 그리고 이렇게 죽어간 사람들이 또 좀비가 되어 실험실에 해부용으로 보내집 니다.

내레이션이 흐르는 동안 작은 회장 좀비의 식사는 끝이 났다. 심장이 멈춘 사람에게서 피투성이 입을 떼어낸 작은 회장 좀비 가 카메라를 올려다보며 울부짖는다.

"…이, 이게 지금… 뭡니까? 태양 그룹이라고요? 저기 저 빌 딩?"

장갑차장은 어안이 벙벙해져서 태양 그룹 본사 건물을 가리 켰다. 강 소위와 고 하사는 진지하게 고개를 끄덕였다. 잠시 명 해져 있던 장갑차장이 도리질을 하며 현실을 부정하기 시작했 다.

"아니, 이거 뭔가 조작이거나 잘못된 이야기입니다. 아무리 세상에 법이고 뭐고 다 무너졌다지만, 그래도 어떻게……."

"그랬으면 좋겠는데… 증거가 너무 명확해요. 그러니 믿지 않을 수가 없어. 동영상도 이거 하나만 있는 게 아니라고요."

장갑차장은 조금 전과 완전히 달라진 표정이 되어 입술을 굳 게 다물고 다음 동영상을 골라 재생시켰다. 내용도, 촬영 각도 도 비슷한 동영상이었다.

작은 회장 좀비는 크레인에 매달려 있는 희생자에게 달라붙 어 숨이 끊어질 때까지 물어뜯는다. 다만, 죽어가는 사람이 다 르다. 이번에는 훨씬 더 나이가 든 사람이었다.

"후우우……."

미간을 찌푸린 채 지켜보고 있던 장갑차장의 입에서 분한 마음이 가득 담긴 한숨이 새어 나온다. 두 개의 동영상을 더 지켜본 후, 그는 화면을 정지시키고 잠시 먼 하늘로 시선을 돌렸다.

"어제 하루만… 천 명이 넘는 민간인이 태양 그룹 헬리콥터를 타고 그쪽으로 이동했습니다. 제가 장갑 트레일러에 사람들을 싣는 바로 옆에서… 그물 같은 통에 태우는 걸 봤어요. 그 사람들도 지금 이런 신세란 말이에요?"

그가 가장 화가 나는 건 바로 그 지점이었다. 이런 짓을 하기 위해 사람들을 태우고 가는 동안, 잠실의 병사들이 목숨을 걸고 시간을 벌어줬었다.

헬리콥터가 떠오를 때, 이제 살았다는 안도감을 느끼며 환하게 웃던 그물 속의 얼굴들이 눈에 선하게 그려질 것 같다.

"후우우~ 뭐, 비슷하지 않을까요? 믿고 싶진 않지만……. 그래도 어쨌든 이렇게 빼도 박도 못할 증거가 나왔으니까, 앞으로는 못 그럴 겁니다. 여단장님께 보고 올라가면 상응하는 조치를 취하시겠죠."

강 소위가 대답했다. 장갑차장은 고개를 끄덕이면서도 여전히 마뜩치 않았다. 여단장은 지금 경기도 아래까지 내려가 있다고 들었다. 이 초급 장교가 저 핸드폰을 가지고 거기까지 내려가서… 여러 단계의 보고를 두루 거친 뒤에 여단장이 그걸 보고… 작전 회의를 열어 병력을 보낼 것인지, 아니면 시찰단을 파견할 것인지 대응 방안을 논의하고…….

그 모든 게 단시간에 제대로 끝이 날 리가 없다. 그러면 앞으로도 꽤 오랫동안 저 건물 안에서는 이런 개 같은 짓이 반복적으로 벌어질 게 뻔하다. 그리고 만약 들통이 나더라도 정말 정의가 실현될 수 있는지는 미지수다.

"근데… 이런 게 어떻게 알려지게 된 겁니까? 이런 짓을 하고 있었으면 저놈들도 보안에 얼마나 신경을 썼을 텐데요. 그것도 하필이면 강 소위님 손에……."

장갑차장이 물었다. 강 소위는 그의 등 뒤를 가리켰다.

"저기 저 친구들이 준 겁니다. 이건 꼭 상부에 알려야 한다고 목숨을 걸고 구해온 자료거든요……."

장갑차장의 시선이 강 소위의 손끝을 따라 이동했다. 10여 미터 뒤에서는 어제 그와 여러 병사들을 경악시켰던 사제 군인 진우가 보안관, 유빈과 함께 진입에 대해 논의하고 서 있다.

"아아, 저 친구들이 그랬군요. 근데 저 총 든 친구는 신분이 뭔데 개인화기 휴대를 허용 받고 있습니까? 군의 통제를 받는 것도 아닌 것 같던데……."

장갑차장은 어제부터 도통 이해할 수 없었던 걸 물었다. 지원 사격을 받았을 때는 참 요긴하고 고마웠지만, 시간이 지날수록 납득이 안 됐다. 전술 조끼도, K-2도 모두 군용 표준 장비가 아니라는 점도 신기했다.

"그냥 좋은 놈이라고만 알고 있읍시다. 쟤 신분 하나가 뭐 그렇게 중요한 문제도 아니고… 여러 사람 구해낸 우리 편, 그 정도면 충분하잖아요."

강 소위가 대답했다. 이번에는 뻥을 치지 않았다. 부사관쯤 되면 특수 요원이라는 말도 안 되는 소리에 넘어가 줄 리도 없고, 그 뒤에 이어질 사연과도 부합되지 않는 면이 있다. 장갑차장이 고개를 끄덕였다.

"강 소위님 말씀이 현답이네요. 좋은 우리 편… 맞습니다. 어차피 사방에 총 든 어린애들이 수두룩한데, 쟤 하나 더 있다고 뭐가 달라질 것도 없고요. 음, 여기까지는 다 이해가 된 것 같은데… 아직 모르겠는 게 있어요. 저한테 이걸 왜 보여주신 겁니까?"

"아니, 보여주기는 누가 보여줘요! 이 하사가 와서 자꾸 졸랐잖……"

"에이, 왜 이러십니까? 제가 무슨 어린애도 아니고, 이제 보니까 딱 저를 꼬신 모양새인데… 굳이 그렇게까지 하셨을 때에는 강 소위님도 뭔가 원하는 게 있던 거잖습니까. 솔직하게 말해주세요. 뭡니까, 그게?"

장갑차장은 선수끼리 번거롭게 굴지 말자는 듯 손사래를 쳤다. 강 소위는 고 하사와 얼굴을 마주 봤다. 이쯤 되면 좀 어려운 부탁의 말을 꺼내도 될 만큼 분위기는 충분히 무르익었다.

"저 친구들이 이 동영상을 넘겨줬다고 했잖습니까. 말하자면 우리 모두 다 저 친구들에게 큰 빚을 지고 있는 겁니다."

강 소위가 운을 띄웠다. 장갑차장도 충분히 납득하는 표정이다. 사실 빚진 걸로 따지면, 어젯밤 남쪽 철책으로 우회시켜 준 것만 해도 엄청나게 크게 졌다. 강 소위는 목소리를 비장하게 바꿔서 말을 이었다.

"그런데 쟤들 일행이… 아마 그 비디오 구한 사람이 아닐까 싶은데… 태양에 잡혀갔습니다. 어젯밤에, 다들 정신없을 때.

그런 상황인데 말입니다… 쟤들은 저한테 그 친구 구해 달라는 부탁 한 번을 하지 않습니다. 자기들이 알아서 하겠다고 저렇게 주섬주섬 준비하고 있는 거예요. 제가 잠깐만 기다려 달라고 했습니다. 그냥 보내기가 너무 창피하고 부끄러워서요."

"하지만… 돕고 싶어도 우리가 뭘 해줄 수 있습니까? 건대에도 아직 사람이 남아 있지만, 어차피 이 주변 소형 쉘터들 다 대피시키기 전까지는 아무것도 할 수 없는데… 역시 저 친구들한테 여단장님 명령이 내려올 때까지 기다리라고 해야만 하나?"

장갑차장이 물었다. 그 말을 하는 동안에도 그의 표정에는 안타까운 감정이 드러난다. 강 소위는 승부수를 던졌다.

"아뇨, 그러는 동안에 이 핸드폰 내놓으라고 고문당하다가 죽을걸요? 동영상 봤잖아요. 말릴 수는 없어요. 그보다… 어젯밤 좀비들 섬멸할 때, 40㎜ 기관포 몇 발이나 쐈습니까? 아직 여유가 좀 있지 않습니까? 매번 따로 잔여 포탄 수를 보고하거나 어디에서 소진했는지 알려야 하는 의무가 있어요?"

"…관심도 없죠. 요즘 같은 때, 그걸 어떻게 기억하겠습니까? 길에서 좀비들 만나면 곧바로 갈겨야 하는데."

"그러니까, 오늘 나랑 같이 건대로 돌아가는 길에… 좀비 떼좀 만난 걸로 합시다. 접근 방향은 북동쪽, 한 열 발 땡기다 보면 그중 한두 발이 다른 데 꽂힐 수도 있는 거 아닙니까. 태양그룹 빌딩 담벼락이라든가… 정문 같은데… 쟤들이 진입하기 쉽게……."

강 소위가 목소리를 낮춰 말했다. 그의 제안을 들은 장갑차장은 당황하기보다는 오히려 도울 수 있는 방법을 찾아 기뻐하는 것처럼 보였다.

다행이다!

"그렇군요… 굳이 우리가 좀비랑 교전했다는 말도 필요 없어요. 오늘 이 근처를 오가는 장갑 트레일러가 몇 대인데… 그냥 입 싹 씻으면 아무도 모를 겁니다. 좋습니다, 알려주세요. 저 건물 어디를 날리면 저 개새끼들이 좆 되는 건지. 40㎜ 기관포도 좋지만, 현궁 한 방 날려서 초토화시키면 아주 속이 시원할 것 같습니다."

"어, 정말입니까? 그… 승무원들이랑 이야기 먼저 해보셔야하는 거 아니고요?"

"훗, 쟤들한테는 제가 하늘입니다. 그리고… 무슨 걱정이 있어야 입도 맞추죠. 말했잖습니까, 누가 쐈는지 아무도 모를 거라고. 우리는 그냥 잽싸게 갈기고 사라지면 되는 겁니다."

아직도 분노의 기색이 역력한 장갑차장은 담배 연기를 내뿜으며 자신 있게 대답했다. 강 소위와 고 하사는 그의 손을 덥석잡고 감사를 표했다.

"고맙습니다, 이 하사님! 덕분에 군인 체면 좀 세울 수 있게됐어요!"

이후 은밀한 계획은 급물살을 타고 빠르게 구성되었다. 어찌보자면 굉장히 간단하기도 한 계획이었다.

보안관 일행과 민구가 태양 그룹 본사에 가까이 갔을 때, 미리 정해둔 시간에 맞춰 40㎜ 기관포를 남쪽 벽과 정문 쪽으로날려 큰 구멍을 뚫는다. 20센티 두께의 강판을 관통하기 위해만들어진 철갑탄이니까 그 정도는 아주 쉽게 수행할 수 있을 거다. 만약 여의치 않으면 대전차미사일인 현궁을 날려 버리면 된다.

5

"갔다 올게."

유빈은 규영의 머리를 쓸어주며 인사를 했다. 일행이 나뉘는
건 정말 싫지만, 이 일은 위험하고 목숨을 보장 못한다. 그러니
여기 남는 게 현명한 선택이다.

"무슨 변동 사항이 있으면 선로 벽에 적어놓으면서 사람들
따라 이동할게요. 그러니까 나중에 우리 찾으러 내려올 때, 유
심히 보면서 와요. 알았죠?"

규영이 태권소녀와 제니의 손을 꼭 잡으며 몇 번이나 같은 말
을 한다. 녀석은 혹시 길이 엇갈려 헤어지게 될까 봐 무척이나
두려운 모양이다. 제니와 태권소녀는 녀석의 손을 잡고 잠시의
작별을 아쉬워했다.

"그래. 조심하고 힘내! 우리 금방 끝내고 뒤따라갈 테니까,
무서워하지 말고."

"야, 야, 수정이 누나랑 규영이 걱정은 하지 마라. 내가 누구
냐? 알아서 잘 돌볼 테니까 빨리 돌아오기나 해."

신입이 근엄하게 말했다. 제니까지도 따라가겠다고 고집을
피우는 마당에 이놈만은 변함없이 안전한 곳에 남는 편을 택했
다.

참 한결같은 녀석…….

어쨌든 녀석이 챙겨주겠다고 하니, 규영이 걱정은 좀 덜 수
있을 것 같다. 물론 신입보다 임수정에게 더 많이 기대하는 중

이지만.

"몸조심해. 아무도 다치면 안 돼."

임수정이 간절한 목소리로 말했다. 자신이 말해줬던 이야기에서부터 시작된 테라 찾기. 그 끝까지 함께 가보고 싶은 마음이었지만, 지금 그녀가 따라나서는 건 오히려 짐이 된다. 그러니 이럴 때는 한발 물러나서 할 수 있는 일을 하며 기다리는 수밖에 없다.

"제니야, 다시 생각해 봐. 내 생각에는 너도 수정이 누나랑 같이 남아서……."

"아뇨, 전 따라갈 거예요. 왜 오빠는 자꾸 저를 떼어놓으려고 해요? 저 총도 쏠 줄 알게 됐잖아요. 제 앞가림은 할 수 있어요. 그리고 오빠도 지키고 싶어요."

남았으면 좋겠다는 말을 유빈이 다시 꺼내자 제니는 세차게 고개를 저었다. 면역자니 뭐니, 테라를 되찾아와야 하는 이유들은 거창하게 대지만, 사실 테라가 가장 보고 싶은 건 제니 본인이다. 그런데 그런 일을 친구들에게만 미뤄두고 혼자 안전한 곳에 피해 있는 건 말이 안 된다.

그리고… 만에 하나 이 친구들이 돌아오지 못할 만큼 위험해진다고 해도, 그녀 역시 그 위험 속에 같이 있고 싶다.

제니는 남들의 눈에 띄지 않게 유빈의 손을 꼭 쥐어 자신의 마음을 표현했다. 결국 유빈도 못 당하겠다는 표정을 지으며 승낙했다.

"가자! 여기서 별로 멀지도 않아. 직선으로 가면 1킬로미터 조금 넘는 정도. 그래도 서둘러야 돼. 강 소위님이랑 약속 정해놓은 사격 시간이 40분도 안 남았어."

장갑차장으로부터 넘겨받은 지도를 보며 진우가 말했다. 친구들은 각자의 장비와 배낭을 메고 수풀 속에 몸을 숨긴 채 경비하는 군인들 몰래 한강대로 방향을 향해 달렸다.

선봉에는 민구와 보안관이 나란히 섰다. 누가 주문한 것도 아닌데, 둘 다 자신이 가장 앞에서 달리며 길을 터야 한다는 강박관념이 있는 사람들처럼 군다.

"야, 붙지 마! 왜 자꾸 네가 리더인 척하는데? 그냥 내 뒤에서 따라오라고!"

"닥쳐, 고릴라! 너처럼 멍청한 놈이 일을 그르칠까 봐 걱정이 되니까 그러는 거다."

"뭐가 어째? 혼자만 살아남은 주제에 잘난 척해봐야 안 통해, 이 새끼야!"

"적어도 네 앞에서는 잘난 척해도 될 것 같은데?"

군용 지도에 표시되어 있는 샛길에 도달했을 때까지도 둘의 어깨싸움은 끝나지 않았다. 보다 못한 태권소녀가 보안관의 팔을 잡아당겼다.

"잠깐 이야기 좀 하자, 보안관."

보안관과 함께 뒷줄로 빠진 태권소녀가 진지한 말투로 이야기를 시작했다.

"너 있지, 저 사람한테 감정이 있는 건 잘 알겠는데… 그래도 '야'라고 부른다든지, '이 새끼, 저 새끼' 해가며 욕은 하지 마. 보기에 되게 안 좋아."

"뭐야… 너, 기껏 사람 붙잡아놓고 그런 잔소리가 하고 싶냐? 저런 깡패 새끼 편들려고?"

보안관은 도무지 귀담아듣고 싶어 하지 않는다. 다시 앞으로 뛰어가려는 그를 태권소녀가 붙잡았다.

"나는 너를 좋아하니까 네가 두 살이나 어려도 나한테 반말하고 가끔 '계집애'라고 부르는 거 괜찮아. 다 이해해. 하지만 저 아저씨랑 너랑 나이 차이가, 너랑 규영이 나이 차이보다 더 커 보인다고. 너 한 번 입장을 바꿔서 생각해 봐. 만약에 규영이가 너보다 싸움 잘한다고 너한테 '이 새끼, 저 새끼'라고 부르면, 넌 그거 참을 수 있어?"

규영이의 예를 들자 보안관의 기세도 조금 누그러졌다. 대답이 궁해진 보안관이 조그맣게 중얼거렸다.

"규영이는 그런 애가 아닌데……."

"그럼 너는 그런 놈이야? 나중에 싸울 때는 싸우더라도, 같이 움직이는 동안에는 그렇게 부르지 마. 네가 욕할 때마다 저 사람이 아니라, 네 값어치가 떨어지는 것 같아 보여. 나는 그게 속상하단 말이야."

"후우~ 뭔가 야단맞는 것 같아서 기분이 별로인데……."

보안관이 볼멘소리를 하자, 태권소녀는 그의 덥수룩한 머리를 거칠게 헝클어뜨리며 미소를 지었다.

"네가 아까 말했지? 저 사람 지금 옆구리가 정상이 아니라고. 그래… 너보다 약해. 약한 사람한테 잘해줄 수 있잖아, 너. 나한테 잘해줬듯이 말이야."

"약하다고? 네가? 장난치냐?"

보안관이 눈살을 찌푸리자, 태권소녀는 녀석의 등짝을 후려쳐서 앞으로 쫓아버렸다. 보안관은 다시 진우와 삼숙이를 앞질러 가며 생각에 잠겼다.

음… 인정하기 싫지만, 확실히 혜주의 말이 틀린 것 같지는 않다.

그라아아아아—

군이 설치해 둔 철제 계단을 통해 용산대로에 올랐을 때, 근처를 지나던 좀비들이 그들을 맞았다. 대략 열 마리 조금 넘는 정도. 진우가 총을 겨누려고 할 때, 민구와 보안관이 동시에 손을 들어 제지했다.

이제 태양 그룹까지 거리는 700여 미터 이내. 총소리는 가급적이면 내지 않는 게 좋다.

"형씨, 내가 왼쪽에 설게! 나는 오른팔을 주로 쓰고, 형씨는 지금 왼손이 더 편한 것 같으니까! 그러면 서로 겹칠 일 없겠지."

그때까지 입을 꾹 다물고 있던 보안관이 위치에 대해 제안을 했다. 그에게서 '형씨'라는 말이 나오자, 그 갑작스런 변화에 민구는 잠시 당황스러워한다.

"…너 편한 대로 해라. 어차피 난 두 팔 다 잘 쓰니까 아무 데라도 상관없어."

"젠장, 잘 쓰기는 개뿔!"

보안관은 툴툴대면서도 애초에 말했던 대로 왼쪽을 향해 뛰어나가며 해머를 높이 들어 올렸다. 민구도 가방에서 마세티를 뽑아 왼손으로 꽉 움켜쥐었다.

그라악— 카아아악—!

순식간에 덮쳐 오는 좀비들!

보안관은 해머로 맨 앞에서 달려오는 좀비의 대갈통을 날렸다.

빠작―!

목뼈가 완전히 뒤로 꺾인 좀비가 맥없이 무릎을 꿇는다. 보안관은 녀석에게 눈길도 주지 않고 두 번째 놈의 턱을 올려쳤다. 그러고는 한 번 더 크게 스윙을 해서 세 번째 놈의 얼굴에 정면으로 한 방을 먹였다.

그사이 민구도 세 마리째의 괴물과 맞서고 있었다.

서걱―!

강력한 일격에 잘린 괴물의 머리가 허공에 떠오른다. 민구는 마세티를 찔러 네 번째 놈을 밀어내고, 다시 방향을 돌려 녀석의 턱과 목을 베어냈다.

등의 나이프 홀더에 끼워진 쿠크리 손잡이를 오른팔로 움켜쥐고, 그것을 중심축 삼아 부족한 옆구리 근력을 대신하는 중이다.

불과 4미터 넓이도 되지 않는 좁은 보도 안에서 길고 무거운 무기를 휘두르면서도 보안관과 민구는 서로의 동선 안에 들어가지 않았다.

해머가 뒤로 젖혀지면 민구가 알아서 마세티를 뒤로 빼고, 민구가 마세티를 백핸드로 휘두르면 보안관이 먼저 회전 반경 밖으로 피한다.

둘 다 믿기지 않을 수준의 운동 능력과 동체 시력, 그리고 감각을 가지고 있기에 가능한 일이었다.

"허, 둘이 아주 오랜 단짝이라고 해도 믿겠는데? 꼭 미리 짜놓고 움직이는 것 같아."

진우의 탄약 가방을 짊어진 삼식이가 감탄한다. 녀석의 말대로 보안관과 민구 콤비는 대단히 강력했고, 또 효율적이었다. 덕분에 열 마리가 넘던 좀비들이 순식간에 모두 처리됐다.

"후우우~"

민구는 칼날에 묻은 체액과 찐득한 피를 털어내고는 마세티를 가방 안에 넣었다. 그러면서 그는 보안관과 해머를 슬쩍 돌아봤다.

주인을 닮아 엄청나게 무식한 무기다. 이 정도 무게의 칼을 휘두르는 것도 만만치 않은데, 저 무거운 걸 계속 휘둘러 가며 팔랑팔랑 뛰어다니다니… 녀석의 힘이 놀랍다.

흥, 역시 고릴라답군.

"여덟 시 사십 분이야. 이제 진짜 시간 많지 않아. 다음번에 또 좀비들 나오면 내가 빨리 잡고 갈게."

수고했다는 듯 보안관의 어깨를 두드려 준 진우가 말했다. 삼숙이는 아직 거리가 꽤 되는 태양 그룹 본사를 노려보며 낮게 으르렁거린다. 녀석에게도 그곳에서 뿜어져 나오는 악의 기운이 느껴지는 모양이다.

보안관 일행 일곱 명은 빠른 속도로 보도를 내달렸다. 가장 무거운 짐을 지고 있는 삼식이와 유빈의 숨이 가빠진다. 그리고 그들은 5분여 만에 강 소위와 입을 맞춰뒀던 약속 장소에 도착했다.

대로에서 벗어나 골목 안으로 들어간 일행은 구식 5층 건물의 계단을 뛰어올랐다.

"자, 이제 15분 동안 대기."

2층 벽에 기댄 진우는 시계를 확인하고 가방에서 물을 꺼내 입술을 축였다. 다들 배낭을 멘 채로 숨을 돌렸다. 이제 15분

후면 그들은 다시 돌이킬 수 없는 전쟁 속으로 뛰어들어야 한다.

⬨ ▼ ⬨

"으으으, 추워… 가뜩이나 으스스한데……."

태양 그룹 연구원이 팔짱을 끼며 몸서리를 친다. 바로 옆에서 NFC 태그를 통해 좀비들의 정보를 파악하고 있던 두 번째 연구원이 잔뜩 코가 막힌 목소리로 대꾸한다.

"뭐… 당연하지. 이 보존 로커 내부는 영하 55도니까. 아무래도 여기까지 냉기가 새어 나올 수밖에 없어."

"야, 근데 테라도 그렇게 해놓으니까 아주 섹시하더라. 나는 하의 실종 와이셔츠는 제니 전유물이라고만 생각했었는데."

팔짱을 끼고 있던 연구원 1이 중얼거렸다. 연구원 2도 동의한다.

"그것도 그렇고… 걔가 막 괴로워하니까 그게 더 자극적인 면이 있었지. 애가 딱 상처 받기 쉬워 보이는 비주얼이잖아… A821056… 에이, 이것도 아니네. 193이니까 키는 꽤 큰데, 덩치도 그렇고… 생긴 게 너무 멀끔해."

A821056의 로커를 당겨 열어 실물을 확인한 연구원 2가 실망스러워한다.

"그럼 빨리 닫아. 깨어날라! 아니면 안전장치를 걸고 보든가! 하여간 남자라는 것들은! 섹스 이야기는 좀 나가서 해!"

좀비를 실어 나르기 위한 카트에 기대서 있던 연구원 3이 조바심을 낸다. 연구원 2는 가볍게 낄낄거리며 로커를 닫았다.

"야, 괜찮아. 어차피 그렇게 빨리 해동은 안 돼. 꽁꽁 얼어 있다고. 에, 다음 후보는… 어후, 마음 급해 죽겠네. 아직 40분 안 지났지?"

"그렇기는 한데… 서둘러라. 오 박사, 그 새끼가 빡 돌면 우리부터 식사실에 처넣는 수가 있다."

연구원 4가 시간을 확인하고 나서 경고조로 말했다. 다들 같은 대학원 출신이어서 동네 친구처럼 스스럼없는 사이들이다.

반대편 벽 쪽의 로커들을 확인하고 있던 연구원 1이 불만스럽다는 듯 웅얼거린다.

"사실 시간이 좀 걸리는 일이기는 하지. NFC로 차트를 읽어온다고 해도 그냥 몸무게나 키 정도지, 그게 얼마나 그로테스크한지는 안 보여주니까 일일이 눈으로 확인을 해야 하잖아."

"그딴 변명은 오 박사한테 네가 직접 해. 나는 찍히기 싫으니까. 그냥 아까 그 190 넘는 남자로 가져가고 말자. 이 많은 걸 언제 다 확인해?"

연구원 4의 말에 모든 연구원들이 새삼스럽다는 표정으로 넓은 보존실을 돌아봤다. 가로 1.5, 세로 0.6미터의 보존용 로커 박스가 빼곡하게 들어차 있다. 그 철제 상자 하나하나가 모두 다 살아서 이 건물로 들어왔던 사람들이다.

"정말 징그럽게 많이 죽이기는 했네… 씨발, 우리 지옥 가겠다."

"에이, 아니지. 우리가 무슨 죄가 있어. 그냥 위에서 시키는 대로 처리만 한 실무자들인데. 우리는 벌 받을 대상이 아니야. 그런 것보다 전에 완전히 끔찍한 꼴로 좀비가 된 년을 하나 보기는 했는데, 뭐더라… 에취!"

차가운 실내 기온 때문에 저절로 재채기가 난다. 영하 55도로 좀비를 보존시키는 방법은 오 박사가 개발한 것이 아니라, 국방연구소에 심어둔 프락치가 좀비에 대한 모든 데이터를 처음 작은 회장에게 넘겼을 때부터 포함되어 있던 정보다.

깨끗한 상태로 재사용해야 하는 좀비들은 이곳에 보관한다. 덕분에 이 커다란 건물 내에서 이곳 12층의 보존실이 가장 많은 양의 전력을 사용하는 곳이다.

"아! 기억났어! 메이저한테 끌려가서 일주일인지 며칠인지 버틴 그거 말이지! 엄청 괴물 같은 여자!"

연구원 2가 손뼉을 치며 기억난 것을 떠든다. 연구원 4도 고개를 끄덕였다.

"그래그래! 그 시리얼 넘버 기억나?"

"아마… 그게… E9104596… 이건가?"

연구원 2는 태블릿을 NFC 스티커에 가져다 댔다. 정보가 화면에 떠오른다.

"그래… 이거 맞나 보다. 어후, 몸무게 봐라. 무슨 멧돼지도 아니고."

연구원 2는 곧바로 로커를 열어 눈으로 확인을 했다.

E9104596. 참혹하게 멍들고 찢어진 경순의 얼굴이 나타나자, 연구원들은 가볍게 탄식했다.

"으아, 맞은 애도 대단하지만, 이 지경이 될 때까지 때린 메이저… 진짜 그게 인간이냐?"

"좀 더 당겨보면 더 끔찍해. 갈비뼈가 부러져서 피부를 뚫고 나왔어. 어쨌든 잘됐다. 이거 가져가면 좋아할 거 같다. 혹시 모르니까 아까 그 남자 A821056도 같이 가져가자. 정 그렇게 기괴하고 싶으면 메스로 몇 군데 그어놓으면 되잖아."

"서둘러! 지금 여덟 시 오십팔 분 막 지났다고! 10분도 안 남았어!"

A821056의 로커 쪽으로 걸어가며 연구원 4가 또 짜증을 부렸다.

2장
난폭하게! 잔인하게!

1

  강 소위와 고 하사, 그리고 장갑차장인 이 하사를 태운 장갑차는 한강대로 끝자락에 멈춰 서 있었다. 빠른 이동을 위해 트레일러는 산책로 한쪽에 잠시 떼어놓고 왔다.

  어차피 건대로 돌아가는 길이어서 트레일러 안은 텅 빈 상태니까 그렇게 세워놓아도 문제가 될 건 없었다.

  "공팔 시 오십구 분."

  시계를 확인한 장갑차장이 조준경에 눈을 가져다 대고 방아쇠를 당길 준비를 마쳤다.

  거리는 900, 목표는 직각으로 서 있는 콘크리트 벽.

  이건 놓치려야 놓칠 수가 없는 목표다. 딱히 조준까지도 필요 없지만, 그래도 계속 열영상 카메라를 확인하는 이유는, 혹시 벽 너머에 무슨 변화가 있지 않은가 하는 노파심 때문이다.

하지만 여전히 빌딩 외부엔 오가는 사람이 없다. 오직 넓은 태양열발전 패널들이 뜨거운 열기를 발하고 있을 뿐이다. 그것이 장갑차장의 목표다.

이왕 때릴 거면 아주 아프게 때린다는 것이 그의 좌우명이다. 그래서 오늘 그는 벽에 구멍을 뚫고, 그 너머의 발전 패널들을 나 박살 낼 생각이었다. 대놓고 쳐들어가지는 못하지만… 그래도 태양 그룹, 저 개새끼들을 아주 가루로 만들어주고 싶다.

"좀비들은 어때요? 아직도 그 주변에 많습니까?"

전투 병력 탑승 공간에 앉아 있는 강 소위가 물었다. 장갑차장은 고개를 끄덕였다.

"규모 삼… 정도는 족히 될 것 같습니다. 그 주변을 빙글빙글 돌고 있는 중입니다."

저 좀비들은 구멍이 뚫리면 가장 먼저 안으로 뛰어 들어갈 놈들이다. 말하자면, 진우 일행의 첨병이랄까.

"공구 시 정각!"

언제라도 전속력으로 퇴각할 준비가 되어 있는 운전수가 시간을 알려주자, 장갑차장은 곧바로 40㎜ 기관포의 방아쇠를 당겼다.

쾅— 쾅— 쾅—

잇달아 발사된 세 발의 철갑탄이 빠르게 날아간다. 그러더니 태양 그룹 본사 빌딩을 외부로부터 보호하고 있던 단단한 콘크리트 벽에 직경 3미터가 넘는 커다란 구멍을 만들어냈다. 장갑차장은 명중을 확인하고 나서 다시 방아쇠를 당겼다.

쾅— 쾅—

이번에 장전되어 있던 포탄은 근접 복합 기능탄이었다. 뚫려 있던 구멍 안으로 빨려 들어간 두 발의 복합 기능탄은 목표물로 상정되어 있던 태양열발전 패널의 앞에서 폭발하며 수백 개의 파편을 흩뿌렸다.

쾌창— 쾌창—

주차장을 가득 메운 채 설치되어 있던 태양열발전 패널과 4층까지의 모든 유리창이 산산조각 났다. 마지막으로 현궁이 날아가 폭발하자 열영상 카메라에 비친 태양 그룹 본사 건물 앞마당과 주차장은 금세 뜨거운 불덩어리로 변해 버렸다.

빙고!


보존소 내의 연구원들이 가장 처음 인지한 것은 음속을 돌파해 날아오는 철갑탄들의 파열음이었다.

쑤앙— 쑤웅— 쑝—

그리고 곧바로 진동과 함께 강력한 폭발음이 고막을 흔들었다.

쾌쾌앙—!

보존소 천장의 조명들이 빠르게 점멸한다. 이 모든 것들이 첫 파열음을 듣고 무슨 소리인지 미처 추론해 보기도 전에 일어난 일이었다.

"큭!"

A821056의 로커를 열고 있던 연구원 4가 진동에 깜짝 놀라 뒤로 넘어졌다.

쿠당탕—!

당겨져 나온 로커가 바닥을 때리며 쏟아졌다. 로커 안에 들어 있던 커다란 남자 좀비의 몸이 충격으로 들썩거리자 연구원들은 일제히 비명을 질렀다.

"시끄러워! 그냥 튕긴 거야! 움직인 게 아니라 튕긴 거! 나오자마자 해동이 될 리가 있냐? 소리 그만 지르고, 이거 빨리 카트에 담아! 근데 지금 이거 뭐야?"

연구원 1이 로커로 달려가 A821056을 제대로 상자 안에 넣으며 소리를 질렀다. 그때, 또다시 파열음이 들려왔다.

쑤웅— 쑤웅—

연구원들의 눈에 공포에 사로잡혀 커졌다. 그들은 또다시 밀려올 진동에 대비해 자세를 낮췄다.

쿠쿵— 쿠우웅—

이번 진동은 조금 전의 것보다 훨씬 약했다. 연구원들은 서로의 얼굴을 마주 보며 안도의 한숨을 내쉬었다.

바로 그 순간.

팟—

불이 꺼졌다.

끼이잉—

묵직한 소음과 함께 냉동장치가 회전을 멈춘다.

"헉! 이… 이거 뭐야! 으아아아!"

갑자기 암흑 속에 휩싸인 연구원들은 비명을 지르며 두 팔을 내저었다. 출입문 위에 붙어 있는 야광 표지판만이 유일하게 눈에 보이는 사물이다.

지금 이 방 안에는 수백 마리의 냉동 좀비들이 있고, 냉동장치는 작동이 중지돼 버렸다. 그리고 그들은 이미 두 마리의 아주 거대하고 그로테스크한 좀비들을 로커 밖으로 끄집어내 놓은 상태다. 당연히 두려울 수밖에 없다.

콰아앙—!

또다시 건물을 뒤흔드는 진동.

이번 것은 이제까지의 모든 폭발을 다 합친 것보다 더 사나웠다. 바닥에 쓰러진 연구원들은 허우적거리며 울부짖었다. 지진인지 폭격인지 모르지만, 이제는 끝이라는 생각밖에 들지 않는다.

"으아아아! 으으! 안 돼! 안 돼! 아아아!"

아무것도 보이지 않는 상황 속에서 벽을 짚어가며 걷던 연구원 4가 A821056에 발이 걸려 넘어지며 죽는다고 소리를 지른다.

그의 비명을 들은 다른 연구원들도 덩달아 악악! 소리를 지르며 내달리다가 중심을 잃고 쓰러졌다.

핏— 핏— 파아악—

그때, 다시 조명이 깜빡이다가 불이 환하게 밝혀지고 냉동장치가 가동되는 소리가 방 안 가득 울린다.

우우우웅—

그런 후, 개방되어 있는 두 개의 로커 틈에서 차가운 바람이 불어 나온다.

삐리릭—

모든 로커가 잠기는 소리가 동시에 울렸다.

"이거… 뭐야? 왜 이래?"

눈물이 그렁그렁해진 연구원 3이 주변을 돌아보며 물었다. 연구원 1이 벽에 찧었던 머리를 문지르며 일어난다.

"이거는 지금 보조 전원이 가동되는 것 같고… 밖에서 뭔가… 큰 폭발이 있었는데? 아마 태양발전 패널이나 설비 같은 게 파괴되지 않았을까?"

"야! 그딴 소리 나중에 하고, 빨리 이거 들어 올려! 다시 넣었다가 꺼내야 돼! 이러다가 다 녹는다고!"

연구원 2와 4는 A821056의 몸뚱이를 다시 로커 안에 집어넣기 위해 안간힘을 썼다. 카트의 높이 조절이 되기 때문에 로커째로 카트에 담는 건 어렵지 않은데, 이렇게 시체를 로커 상자에 담는 건 어렵다. 특히 190센티가 넘는 남자 좀비여서 연구원 둘만의 힘으로는 벅차다.

"히이익! 저, 저것도 넣어야 돼!"

연구원 3이 비명을 지르며 가리킨 것은 E9104596의 로커였다. 바닥에 비스듬히 떨어져 내린 경순의 시체는 기이한 각도로 꺾여 있다.

"우리 지금… 얼마나 됐지? 전원이 끊겼던 게? 저, 저게 더 급한 거 아닌가? 저건 몸무게도 120킬로그램이 넘는데……."

연구원들은 반쯤 정신이 나가서 우왕좌왕하며 진땀을 흘렸다. 네 명이 힘을 모아서 마침내 A821056의 로커를 제자리에 끼워 넣은 연구원들은 이마의 땀을 닦으며 경순의 시체 쪽으로 뛰었다.

"들어! 끄응차!"

경순의 몸을 들어 철제 상자 안에 넣으려는데, 이번에는 상자가 말썽이다. 폭발의 진동 때 흔들리며 바닥에 사선으로 끼어버린 철제 상자는 꽉 채워진 빗장처럼 도무지 움직이지를 않는다.

"야! 일단 좀비는 빼! 빼고 상자부터 꺼내서 카트 위에 올려!"

연구원 4가 지휘를 해보려 한다. 하지만 다들 마음은 급하고, 팔의 힘은 빠져간다. 그러면서 두려움만 점점 커졌다.

"그냥 나가야 하는 거 아닌가? 일단 보안 요원들을 동행해 온 다음에⋯⋯."

"그러면 그사이에 이거는 100퍼센트 해동된다고!"

"그러라고 해! 보안 요원이 처리하면 되잖아!"

"그냥 닥치고 들어 올려! 시간 내에 할 수 있으니까!"

연구원들의 의견이 갈리고, 그러면서 시간은 또 흐른다. 그렇게 낑낑거리면서도 네 명이 달려들어 용을 쓰자, 결국 경순의 시체를 로커 상자 내부에 집어넣는 데까지는 성공했다.

이제 카트의 높이를 올려서 로커를 제자리에 다시 집어넣기만 하면 된다.

위이이잉―

카트 손잡이의 버튼을 누르자 유압식 높이 조절 장치가 위로 올라갔다.

철컹―

높이를 맞춘 로커 상자의 끝부분에 달린 도르래가 빈 구멍의 홈에 정확히 맞았다. 그제야 연구원들의 입에서는 안도의 한숨이 터져 나왔다. 이제 밀어 넣기만 하면 된다.

바로 그때!

확―

경순이 하나밖에 남지 않은 눈을 떴다. 흰 막이 덮인 눈동자가 빠르게 좌우를 훑는다. 연구원들은 비명을 지르며 로커를 안쪽으로 밀어 넣으려 했다.

지금 잠시 해동이 되었어도 저 안에 들어가 얼리기 시작하면 금방 다시 냉동 참치처럼 빳빳하게 굳으니까.

촤르륵—!

도르래가 구르며 철제 상자가 빠르게 안쪽으로 밀려 들어간다. 다 끝난 것처럼 보였다.

쿵—

벌떡 몸을 일으키던 경순의 이마가 다른 좀비들의 로커 상자를 들이받는다. 그 바람에 푸시 버튼이 눌려진 위쪽의 로커가 푸슈욱— 하는 소리와 함께 아주 조금 앞쪽으로 열려 나온다.

그으으— 그롸아!

E9104596은 그녀의 얼굴과 가장 가까이에 있던 연구원 1의 목을 콱 움켜쥐고 로커 밖으로 빠져나오기 위해 버둥댔다.

"끄으윽! 으아아아! 도, 도와줘!"

E9104596의 솥뚜껑 같은 손에 목이 졸린 연구원 1이 동료들을 향해 비명을 질렀다. 하지만 아무도 그를 도우려 하지 않았다. 나머지 세 연구원은 곧바로 앞쪽의 문을 향해 내달렸다.

삐익—

열림 버튼을 눌렀는데도 문은 열리지 않는다. 연구원들의 공포는 이제 극에 달했다.

"이거 왜 이래?"

꽈드득— 꿀쩍! 꿀쩍! 우드드득!

뒤쪽에서는 끔찍한 비명과 함께 E9104596이 연구원 1을 잡아먹는 소리가 울려온다. 연구원 4는 뒤쪽을 돌아보았다. 연구원 1의 생명이 얼마나 남아 있는지 확인하고 싶어서였다.

통상적으로 좀비 한 마리는 사람을 그렇게 단시간에 죽이지 못한다. 상당한 통증과 과다 출혈, 그리고 쇼크가 함께 수반되어야만 희생자의 목숨은 끊어진다. 그러니 연구원 1이 조금은 시간을 벌어줄 것이라고 기대했다.

그런데… E9104596의 경우는 일반적인 사례와 거리가 상당히 멀었다. 엄청난 덩치와 근육에서 뿜어져 나오는 완력 때문에, 머리를 잡힌 연구원 1의 목은 매우 비정상적으로 꺾여 있었다.

저래서야 살점이 제대로 뜯겨 나가기도 전에 목이 부러져서 즉사하게 생겼다.

삐— 삐— 삐—

계속 열림 버튼을 누르고는 있지만, 여전히 문은 굳게 잠겨 있다. 세 연구원들은 발을 동동 굴렀다. 연구원 1의 비명이 조금 전부터 들려오지 않는다는 게 너무 불길하다.

"아! 알았어! 이거 뭔지 알겠다! 디폴트값이 '잠김'으로 되어 있는 거야! 정전되었을 때!"

연구원 3이 벽을 치며 소리쳤다. 그 말을 들으니 이 상황이 당연히 이해가 간다. 퓨즈를 끊거나 정전을 유도해서 은행 금고를 털 수 없는 것과 같은 이치다.

어떤 이유에서든 한 번 전원이 끊기면, 다시 전기가 공급되더라도 자물쇠는 단단히 잠기고 그 모드가 유지되는 것이다.

"그럼 어떡해? 어떻게 나가?"

연구원 2가 울먹이며 물었다. 연구원 3은 얼굴을 감싼 채 떨리는 목소리로 중얼거린다.

"외부에서… 하아, 하아… 아이디카드를 대고 열어주면 되는데… 그러면 잠김 모드가 해제되는데……."

"그거 말고! 지금 밖에 누가 있어서 그걸 열어주겠어?"

"오, 오 박사가… 화가 나서라도 잡으러 오지 않을까? 이제 40분이 지났거든……."

연구원 3이 입술을 떨며 대꾸했다. 불안하게 흔들리는 눈동자만 봐도 그녀의 사고가 정상이 아니라는 걸 알 수 있다.

"그사이에 다 죽지, 씨발! 그걸 말이라고 해! 저 괴물 좀비 년이……!"

연구원 2가 말을 다 맺지 못하고 뒤를 돌아본다. 목이 반쯤 뜯겨 나간 연구원 1의 시체가 바닥에 떨어져 있고, E9104596이 그들을 향해 천천히 등을 돌린다.

"으아아아아!"

지금까지 잠자코 상황을 지켜보고 있던 연구원 4가 연구원 2의 뒷덜미와 팔을 잡아 기합 소리와 함께 E9104596 쪽으로 밀어 쳤다.

이게 무슨 상황인지 아직 이해하지 못한 연구원 2의 눈에 공포심만이 가득하다.

턱—!

연구원 2가 부딪쳐 오자마자 E9104596의 커다란 두 손은 그의 어깨를 꽉 잡았다.

엄청난 힘! 갈퀴 같은 손가락이 살을 파고드는 것만으로도 견딜 수 없는 고통이 느껴진다.

카드득—!

E9104596이 연구원 2의 볼을 움푹 뜯어낸다. 피가 솟아올랐다.

"끄아아아악! 야이, 씨발! 아아악!"

연구원 2가 원망 가득한 비명을 질러 대는 동안 연구원 4는 연구원 3의 뺨을 두들기며 다그쳤다.

"정신 차려! 저 새끼가 먹히는 동안에 나가야 돼! 기억해 봐! 디폴트값을 바꾸는 방법 없어? Lock에서 Unlock으로만 교체하면 되잖아! 그런 다음에 여기 전원을 다시 껐다가 켜면 되는 거 아니야?"

그가 연구원 2를 제물로 골라 던지고 연구원 3을 놔둔 이유는 그녀가 이곳의 시스템에 대해 뭔가 조금이라도 더 알고 있는 것처럼 보였기 때문이다.

가쁜 호흡으로 생각에 잠겨 있던 연구원 3이 고개를 끄덕인다.

"그래… 있다! 있어! 그… 원래는 말이 안 되는 건데… 여기는 사용 전력량이 워낙에 크니까 그런 편법이 가능할 거야… 그래… 그건 될 수도 있어……."

"뭔데? 그렇게 웅얼거리지만 말고 똑바로 말을 해! 아니면 행동을 하든가! 응? 뭐냐고, 그 편법이라는 게!"

연구원 4가 어깨를 잡고 거칠게 흔들자, 연구원 3은 광인처럼 웅얼거렸다.

"모든 로커… 저걸 다 개방해. 그러면… 온도를 유지하기 위해서 냉동장치가 영하 55도 이하로 계속 가동될 거라고. 엄청난 과부하지. 그런데… 지금은 보조 전력에서 전기를 공급 받고 있잖아. 그러니까 메인 시스템에서 AI가 선택을 할 수밖에 없어…

이 보존소를 계속 유지하느냐, 아니면… 여기만 셧다운시키고 나머지 구역 전체를 정상적인 상태로 유지하느냐, 이 두 가지 선택지 중에서 말이야… 그리고 AI니까 보존소가 프라이머리로 설정되어 있지만 않으면 당연히……."

"자기도 포함된 시스템을 살리는 걸 선택하겠지. 그래, 그거 말이 되는 거 같다. 근데… 그래봐야 잠김이 디폴트인 건 변함이 없잖아. 애초에 여기 갇힌 것도 전원이 끊겨서 그런 건데."

이야기가 다시 처음으로 돌아간 것 같아 연구원 4의 등에서는 식은땀이 흘러내렸다. 하지만 연구원 3은 그의 예상과 조금 다른 가설을 내놓았다.

"시스템에서 리셋을 시도해 볼지도 몰라… 센서 이상이라고 인지할 테니까… 모든 개폐 장치를 한 번 가동해 보고 접촉 센서가 정상인지부터 확인하면… 그때 나갈 수 있어."

그녀의 말이 끝나기도 전에 연구원 4는 힐끔 뒤를 돌아보았다. 아직 연구원 2는 숨이 붙어 있다. 간간이 비명을 지르고 하는 걸 보면 적어도 30초 이상은 더 버텨줄 수 있을 것 같았다.

바꿔 말하면, 30초 뒤에는 저 괴물 좀비가 다음 먹잇감을 찾으려 들 것이다. 되든 안 되든 연구원 3의 아이디어를 실행에 옮겨보는 수밖에는 없다.

문제는… 저 괴물 좀비다. 저 커다란 덩치가 버티고 있는 옆을 스쳐 돌아다니며 로커들을 눌러 밖으로 빼내야 한다. 연구원 4는 연구원 3을 E9104596 쪽으로 밀며 로커를 열라고 지시했다.

"무… 무서워! 못해!"

"닥치고 해! 안 그러면 진짜 뒈진다고! 익! 익!"

연구원 4는 여기저기 뛰어다니며 로커들을 눌러 아주 조금씩만 개방시켰다.

치이익—

냉기가 빠져나오기 시작하자 보존소 내부의 기온은 금세 영하로 떨어졌다. 그런데도 아직 과부하가 걸릴 기미는 없다.

그와아아악—

E9104596이 연구원 2의 얼굴에서 입을 떼며 포효한다. 연구원 2는 얼굴에 피부가 남은 부분이 거의 존재하지 않을 만큼 끔찍하게 손상된 채 숨을 거뒀다.

"하아~ 하아~!"

연구원 4는 문 쪽에 바짝 붙어 숨을 죽였다. 연구원 3은 아직도 E9104596이 다가오는 걸 눈치채지 못한 채 로커를 열고 있다.

"헉!"

E9104596의 손에 붙잡힌 연구원 3의 입에서 신음이 터져 나온다. 그리고 곧바로 E9104596은 그녀의 팔을 물어뜯기 시작했다.

"까아아악!"

연구원 3이 비명을 지르는 순간, 마침내 시스템이 보존소의 전원을 끊었다. 그리고 잠시 암흑 속에서 살이 찢기는 소리와 째지는 비명만이 연구원 4의 신경을 긁어 댔다.

연구원 4는 문을 밀어보려 애를 썼다. 수동으로라도 열 수만 있다면… 손톱이 들리고, 손가락의 살갗이 벗겨져 스테인리스 재질의 표면에 피가 묻어난다.

팟―

다시 불이 들어온다. 그리고…….

우웅! 덜컹!

여기저기서 로커의 자물쇠가 여닫히는 소리가 들린다.

연구원 3의 가설이 맞았다!

연구원 4는 입구에 바짝 달라붙어 선 채 굳게 잠겨 있던 문이 열리기를 기다렸다.

우드득―

등 뒤에서 들려오는, 목뼈가 부러지는 소리!

스르릉―

마침내 길고 긴 감금이 끝나고, 문이 열렸다. 연구원 4는 복도를 향해 발을 내디뎠다. 그러고는 다음 발짝을 내딛기 위해 어깨를 틀었다.

턱―

그의 뒷덜미에 강력한 힘이 가해진다. 그는 더 나아가지 못하고 그 자리에 주저앉고 말았다.

와작!

목덜미를 파고드는, 날카롭고 단단한 이빨!

연구원 4는 어깨를 움츠리며 악을 썼다. 그는 어떻게든 달아나 보려 몸부림을 쳤다.

찌지직―

입고 있던 흰 가운의 솔기가 뜯겨져 나가고, 그는 앞으로 고꾸라지며 코를 바닥에 짓찧었다. 겨우 E9104596에게서 풀려난 연구원 4는 입과 코의 피를 훔치며 복도를 내달렸다.

머리로는 이미 가망이 없다는 것을 잘 알고 있는데, 그럼에도 그는 달아나는 것을 멈출 수가 없었다.

"괜… 괜찮아… 하이아∼ 하이아∼ 별거 아니라고. 소독하면… 나을 수 있어……."

엘리베이터에 오른 연구원 4는 자신의 숙소가 있는 5층을 누르면서 열린 문틈으로 복도를 내다봤다.

그롸아아아아—

E9104596의 포효가 긴 메아리를 만들며 울려온다. 활짝 열린 채 전원이 끊겨 멈춰 버린 보존소에서는 아직 남아 있던 차가운 냉기가 쉼 없이 뿜어져 나오고 있었다.

## 己

"우리도 들어가자."

2층 창문을 통해 길 건너의 태양 그룹 본사 상황을 살피던 진우가 말했다. 좀비들은 불길에 홀려 건물 안으로 들어갔고, 사태를 수습하기 위해 뛰어나온 보안 요원들이 그 좀비들을 향해 MP5를 난사하고 있다.

검은 군복의 수는 총 여섯 명. 저놈들이 현장 보고를 마치고 다시 건물 안으로 들어가 버리기 전에 처리해야 한다.

"여섯 명 전부 내가 맡는다!"

앞장서서 계단을 뛰어 내려가며 진우는 역할을 확실히 선언했다. 총 든 놈들을 친구들에게 맡기는 건 너무 위험하다.

얼—!

삼숙이도 이를 드러내며 그를 쫓아왔다. 진우는 커다랗게 구멍이 뚫린 벽 앞에 서서 몸을 숨긴 채 안쪽을 엿봤다.

투투투투투— 투투투투투—

검은 군복들은 불타오르는 주차장 방향의 좀비들을 향해 열심히 MP5를 갈겨 대고 있다. 사실 이 정도 불길이라면 좀비들이 알아서 타 죽을 테니까 특별히 제압을 할 필요조차도 없다.

'입구에 셋, 계단 아래에 둘, 주차장 부근에 하나…….'

놈들의 위치를 파악한 진우는 곧바로 몸을 내밀며 방아쇠를 당겼다.

탕탕탕— 탕, 탕— 타앙—

딱 여섯 발. 그리고 여섯 명의 검은 군복은 거의 동시에 피를 흩뿌리며 바닥에 쓸려졌다. 진우는 지체하지 않고 건물 내부를 향해 뛰었다. 그의 뒤를 따르던 민구가 끌탕을 한다.

"젠장, 다 죽이면 어떻게 하라는 거야! 하나쯤은 살려뒀어야지!"

"맨 앞의 놈은 숨을 붙여놨습니다."

진우는 뒤를 돌아보며 말했다. 그러고는 다시 삼숙이와 함께 건물 내부로 뛰어 올라갔다.

투투투— 투투둑— 투투둑—

안쪽에서 대기 중이던 쉐도우 실드 대원들에게 진우의 3점사가 퍼부어졌다. 불과 20분 전만 해도 공고한 요새 같던 태양 그룹 본사의 1층은 이제 그들에게 함락되었다.

"어이."

민구는 가장 건물에서 멀리 떨어져 있던 보안 요원에게 다가가 총을 멀리 차버린 뒤, 녀석의 귀를 잡고 고개를 들어 올렸다.

"끄ㅇㅇ~ 끄ㅇㅇ!"

녀석은 정말 진우의 말처럼 아직 살아 있었다. 손가락이 뭉텅 날아간 녀석의 오른손에서는 피가 물총 줄기처럼 솟아오른다.

민구는 녀석의 귀를 있는 힘껏 당기면서 오른팔을 뒤로 돌려 쿠크리를 뽑아 들었다. 그러고는 나직하게 물었다.

"어젯밤 잡아온 계집애… 지금 어디에 있어?"

보안 요원이 고개를 저었다.

"무… 무슨 계집애요? 여자가 한둘입니까?"

"답이 틀렸어…….."

민구는 여전히 녀석의 귀를 꽉 움켜쥔 채 평온한 어조로 말했다. 그러고는 곧바로 쿠크리의 날을 녀석의 왼팔에 대고 슥— 그었다.

"끄아아아악!"

녀석은 펄쩍 뛰어오르며 비명을 질렀다. 어쩌나 사납게 몸부림을 쳤는지, 민구에게 붙잡혀 있던 귀가 절반가량 쭉 찢어졌다.

"으윽! 끅!"

그것이 또 고통스러워 녀석은 피가 뚝뚝 떨어지는 손을 귓가에 가져다 댄다. 그래봐야 이미 손가락이 거의 남아 있지 않은 오른손으로는 상처를 감싸 쥘 수도 없다.

쿠크리에 깊이 베인 녀석의 왼팔 상완부에서는 피가 줄줄 흘러나오고, 쉼 없이 이어진 고통에 녀석의 몸은 덜덜 떨렸다.

"아, 미리 알려줬어야 했던 건데, 틀린 답 말할 때마다 그을 거야……."

민구는 덜렁거리는 녀석의 귀 대신 목을 꽉 쥐며 물었다.

"걔 지금 어디에 있어?"

"어제 여기로 온 여자가 몇 백 명인지도 몰라요! 누구를 말씀하시는 건지… 으아아아악! 아아악!"

녀석은 다시 몸서리를 치며 울부짖었다. 놈의 팔에는 두 개째의 칼자국이 났다. 이번 건 더 깊고 길다. 달려드는 좀비들을 상대로 해머를 휘두르고 있던 보안관이 보다 못해 소리를 지른다.

"그냥 딱 집어서 테라 찾는다고 물어보면 서로 편하잖아! 고문하고 싶어서 안달이 난 것도 아니고, 왜 그런 선문답을 해?"

민구는 보안관을 돌아보지도 않은 채 같잖다는 듯 대꾸했다.

"이놈이 그걸 모를 거라고 생각하나? 여기가 다 발칵 뒤집혔을 텐데? 어쩌면 이놈도 어제 그 헬리콥터에 타고 있었을지 몰라. 어이, 어때? 너, 거기 타고 있었냐?"

민구가 놈의 눈앞에 바짝 얼굴을 들이대며 물었다. 놈의 숨결에서 술 냄새가 확 풍겨온다.

그때, 보안 요원이 피가 뚝뚝 떨어지는 왼팔을 세차게 휘둘렀다. 어느새 뽑아 들었는지 그의 손에는 대검이 들려 있다. 아침 햇살을 받아 번쩍이는 대검의 칼날이 민구의 무릎을 향해 날아든다.

"훗!"

민구는 코웃음을 치며 왼손으로 마세티를 뽑았다. 그러고는 칼을 대각선으로 세워 바닥을 쿵, 찍었다.

챙一!

쇠끼리 부딪치며 만들어진 날카로운 소리가 고막을 파고든다. 그리고 보안 요원의 대검은 2미터가량을 날아가 바닥에 떨어졌다.

녀석은 갑자기 자신의 눈앞에 나타나 회심의 공격을 막아낸, 마세티의 커다란 칼날을 바라보며 믿기지 않는다는 표정을 지었다. 손끝이 저릿저릿하다.

"아아, 너 큰일 났다. 큰 칼 나왔어. 이거는 조금 전 그었던 칼보다 훨씬 더 아플 텐데……."

민구는 녀석의 얼굴 주위로 마세티를 천천히 들어 올렸다. 넓고 큰 칼날에 반사된 빛을 받아 녀석의 눈 주변은 환하게 밝아졌지만, 반대로 표정은 급격하게 어두워졌다.

"자… 잘못했습니다! 살려주세요!"

녀석이 엉덩방아를 찧은 채 뒤로 물러나며 애원하기 시작했다.

턱一

민구는 마세티의 날 끝으로 녀석의 뒤쪽 어깨를 찍어 퇴로를 막았다. 어깨에 칼날이 박히자 녀석은 움찔하며 움직임을 멈췄다.

민구는 마세티를 다시 녀석의 목에 가져다 대고 지금까지보다 더 차가운 목소리로 말했다.

"삼세번째잖아. 그러니까 이게 끝이야. 어디 있어?"

녀석은 곁눈질로 마세티의 날을 보고 있었다. 칼날이 목에서 조금씩 멀어질수록 오히려 두려움이 커진다. 언제라도 저게 확 날아와 목이 뎅겅 잘릴 거 같다.

"오 박사가! 오 박사가 데리고 있습니다! 그… 그게 오 박사 방은… 15층! 야외 옥상 정원 바로 위층입니다! 건물 중앙 남쪽! 진짜예요! 살려주십쇼!"

녀석이 빠르게 주워섬긴다.

오 박사라는 놈이 데리고 있구나……

민구는 녀석의 입에서 나온 이름을 머릿속에 집어넣고, 마세 티의 칼끝으로 놈의 턱을 툭, 때렸다.

"일어나. 앞장서서 걸어."

녀석이 주춤거리고 일어난다.

뚝, 뚜두둑―

잘린 손가락들과 칼에 베인 상처 때문에 녀석의 양쪽 팔에서 는 핏방울이 계속 떨어져 내렸다.

민구가 녀석을 고문해서 답을 얻어내는 동안 다른 친구들 은 보안 요원들의 시체에서 MP5와 탄창, 그리고 삼단봉을 뺐 다. 무기를 보면 무조건 챙기고 보는 건, 이제 아주 버릇이 됐 다.

촤악―!

3단봉을 빼서 휘둘러 본 태권소녀가 만족한 표정을 짓는다. 사람을 상대로 할 때는 찌그러진 야구 배트보다 이게 좀 더 효 율적일 것 같다. 파괴력은 부족하지만, 테이크백 동작이 없어도 되니까 훨씬 빨리 대처할 수 있다.

"이것도 챙겨."

유빈은 보안 요원들의 시체에서 아이디카드를 꺼내와 친구들 의 목에 걸었다. 피에 흠뻑 적셔진 줄이 목에 닿자 태권소녀는 미간을 찌푸렸다.

"아욱! 피잖아? 이걸로 뭘 하라고?"

"아, 미안. 플라스틱에 묻은 건 대충 닦았는데… 줄은 어쩔 수가 없더라고. 그… 건물 들어가서 웬만한 문을 만나면 그걸 갖다 대야 열릴 거라고 생각해. 지하철 패스 같은 거지. 앞으로도 이 목걸이가 생기면 무조건 빼서 챙겨둬. 누가 어디를 출입할 수 있었는지 모르니까 많이 가지고 있을수록 좋아."

유빈은 피투성이 목걸이가 필요한 이유를 설명했다. 삼식이가 벽에 뚫린 구멍을 돌아보며 걱정스럽게 중얼거린다.

"근데… 불나 있는 거 좀 신경 쓰인다. 좀비들이 계속 이 근처로 몰려들 텐데, 테라 구한 다음에 여기서 어떻게 빠져나가지?"

"지금 당장은 그럴지 몰라도 불은 결국 꺼질 거고, 그러면 결국 다시 철로 쪽으로 몰려갈 거야. 거기 보니까 열기가 장난 아니더구만. 탱크도 몇 대씩 서 있고, 발전기도 왱왱 돌아가고."

유빈은 크게 걱정하지 않는 눈치였다. 일단 테라를 구해야 돌아가는 길을 걱정하는 것도 의미가 있다.

투투투둑─ 투투투투투─ 투투둑─

잠시 조용하던 건물 안쪽에서 갑자기 총성이 들려온다. 계단을 뛰어오르던 친구들은 자세를 낮추며 그 자리에 멈춰 섰다.

"진우야! 괜찮아?"

유빈이 큰 소리로 물었다. 대리석 구조물 뒤에 몸을 숨긴 채 대응사격을 하던 진우가 뒤를 돌아보며 외쳤다.

"지금 들어오지 마! 다 잡으면 부를게!"

투투투투— 투투투투—

핑— 피핑—

총소리와 빗맞은 총알이 벽에 맞고 튀는 소리가 정신없이 울린다. 진우는 삼숙이가 잘 있는지 확인한 뒤, 다시 방아쇠를 당겼다.

투투둑— 투투툭— 투투투—

일단 3점사로 제압사격을 해서 놈들이 섣불리 고개를 들지 못하게 했다. 두 놈이었다. 놈들이 총을 쏴대고 있는 위치는 로비의 맞은편에 위치한 계단 입구. 위에서 내려오는 걸 보지 못했으니, 분명 지하에서 올라온 거다.

투투투투— 투투투투투투—

또다시 총알 세례가 퍼부어진다. 자세를 낮춘 채 기다리는 진우의 머리와 등 위로 석회 가루와 잘게 부서진 대리석 조각들이 쏟아져 내렸다. 횡성으로 끌려가 영문도 모르고 치러야 했던 전투의 기억이 되살아났다.

그때, 건너편 산 중턱에서 숨 돌릴 틈도 없이 퍼부어 대던 기관총과 K—4, 그리고 저격수의 압박감에 비하면 이 정도는 아무것도 아니다.

게다가 지금 그는 햇빛이 쏟아져 들어오는 입구를 등지고 있다. 놈들은 그저 막연하게 지향 사격을 하고 있는 것뿐이다.

투투툭— 투투투— 투투투—

진우는 총구만 밖으로 내밀고 응사했다. 어차피 맞으라고 쏘는 게 아니니 대충 높이와 방향만 조절하면 된다. 그렇게 하면서 진우가 기다리는 것은 놈들 중 하나가 탄창을 다 소진하는 순간이었다.

그리고 잠시 후, 그때가 왔다.

투투투투투—

한 정의 총만이 단조롭게 울려 댄다. 대리석 가루가 정신없이 튀는 바로 그 순간, 진우는 납작 엎드리며 총구를 밖으로 내밀었다. 벽 뒤에 몸을 숨긴 채 공포에 사로잡혀 정신없이 연사를 퍼부어 대는 검은 군복의 머리와 어깨가 눈에 들어왔다.

투툭—

3점사 중 두 발이 발사되었을 때, 진우는 방아쇠에서 손을 떼고 재빨리 옆으로 굴러 다시 구조물 뒤에 숨었다.

완전히 몸을 숨기기 직전, 곁눈으로 보이는 범위에 머리가 터져 피 안개를 뿜으며 고꾸라지는 검은 군복의 모습이 얼핏 들어온다. 한 놈 잡았으니, 이제 남은 적의 사수는 하나.

투투투투투— 투투투투—

동료의 죽음에 놀라고 분노한 총소리가 또 사납게 울렸다. 하지만 방금 전의 사살 이후, 이미 승부는 기울었다.

로비 건너편 계단 벽 뒤에 숨은 녀석에게는 이제 선택할 수 있는 길이 딱 두 개뿐이다. 곱게 물러나서 자신의 동료들을 더 불러오든가, 아니면 무의미하게 서른 발을 다 쏘고 진우의 총알에 미간이 뚫려 죽든가.

투투투투— 투투투투투투—

녀석은 바보처럼 두 번째 옵션을 선택했다. 진우는 놈의 마음을 이해할 수 있다. 쉐도우 실드니 뭐니 하며 거들먹거렸지만, 총알이 마주 날아오는, 전투를 치러본 경험 같은 건 이 녀석들에게 없다.

그저 기껏해야 좀비들을 멀리서 학살하고, 민간인들을 위협하는 일에만 단련된 놈들이다. 그러니 이 상황을 제대로 파악하지 못하는 것이다.

투투……

신나게 울려 대던 총소리가 맥없이 끊긴 순간, 진우는 다시몸을 굴려 총구를 내밀었다. 빈 탄창을 잡아 빼며 벽 뒤로 엄폐하려는 녀석의 옆얼굴이 가늠자에 걸린다.

타앙─

조금 전 3점사 모드에서 발사되지 않은 채 남아 있던 세 번째탄환이 날아간다.

퍼걱─!

급하게 뒤로 빠지려던 녀석의 코와 입이 뭉텅 잘려 나가며 피가 팍, 터져 나왔다.

"끄아아악!"

녀석은 생각지도 못했던 고통에 무릎을 꿇으며 앞으로 고꾸라졌다. 녀석의 상체가 벽 밖으로 나오며 기울어지는 순간, 진우는 다시 방아쇠를 당겼다.

투투툭─

빠르게 날아간 세 발의 총알은 놈의 옆머리를 관통했고, 뇌와뼛조각, 그리고 붉은 피가 확 터지며 계단 위로 쏟아졌다.

털썩─!

녀석의 시체가 옆으로 쓰러지고, 손에 들려 있던 MP5가 바닥에 떨어진다.

"들어와."

혹시 있을지도 모를 추가 병력을 경계해서 잠시 계단을 노려보던 진우가 친구들을 향해 손짓을 했다. 일행은 타오르는 불에 홀려 있는 좀비들을 뒤로하고 건물 안으로 들어갔다.

폭발과 총격전의 여파를 고스란히 받아 폐허처럼 변한 입구와 달리, 넓고 긴 로비의 반대편은 깨끗했다.

중앙에 누워 있는 쉐도우 실드 대원 시체 세 구와 피로 붉게 물든 계단 주변만이 여기에서 지금 목숨을 건 싸움이 벌어지고 있다는 걸 보여주고 있었다.

"모자 쓰고, 이거 걸어. 다 죽였어?"

유빈이 가방에서 꺼낸 하이바와 아이디카드를 진우에게 전해주며 말했다. 정작 유빈 본인의 목에는 아직 아무것도 없지만, 저 안쪽에 죽어 있는 시체에서 빼 걸면 된다.

"음, 근데… 계단에서 올라왔어. 지하에 뭔가 있는 모양이야."

하이바 끈을 조이며 진우가 두 시 방향을 가리킨다.

"젠장, 보고 있으면서도 구조를 모르겠네. 도대체 계단이 몇 개나 되는 거야?"

보안관이 넓고도 복잡한 건물 내부를 둘러보며 중얼거렸다. 활짝 개방된 중앙을 제외하면 나머지 부분들은 암회색 대리석 기둥들과 격벽 때문에 커다란 미로처럼 보인다.

지금 눈으로 봐서 알 수 있는 것은 정면에 지하철처럼 아이디카드를 대고 지나쳐야 하는 개찰구가 길게 늘어서 있다는 사실 정도다.

초행길인 침입자들에게는 그 복잡한 구조가 꽤나 성가신 장애물이다. 하지만 그들에게는 끄나풀 안내자가 있다.

"저 밑에 뭐가 있는데?"

민구가 보안 요원에게 물었다. 녀석은 잠시 망설였다. 지하 1층에는 경비 본부가 있다. 이미 열 명이 넘게 죽어버렸으니 대기조로 있던 전투 인원들은 거의 바닥이 났겠지만, CCTV로 건물 전체를 감시하는 통제 시설은 아직 건재하다.

그곳을 이놈들에게 점령당하면, 그때는 아군의 승산이 없어진다. 그러면… 자신의 목숨은 이 잔인한 칼잡이 새끼한테 온전히 맡겨지는 거다.

"아아악! 으으! 으으으!"

진땀을 흘리며 눈치를 보고 있던 보안 요원이 갑자기 비명을 지르며 쓰러져 버둥거린다. 녀석의 왼 팔뚝에는 또 베인 상처가 생겼고, 언제 꺼내 들었는지 민구의 쿠크리 칼날에는 핏방울이 맺혀 있다.

"아아, 맞다. 너는 일단 두 번 찔러줘야 말을 하는 놈이지? 내가 깜빡했네. 일어나, 빨리 한 번 더 찌르고 다시 물어볼게."

민구는 녀석의 반쯤 찢긴 귀를 꽉 잡았다. 보안 요원은 피가 뚝뚝 떨어지는 오른손을 흔들며 울부짖었다.

"그만! 그만! 왜… 왜 이러십니까! 아악! 귀! 귀! 제발!"

"이것 봐. 두 번 찔러야 제대로 대답을 한다고 했지? 내가 괜한 소리 하는 게 아니라니까."

민구는 보안관 일행을 향해 악마처럼 웃어 보이고는 다시 쿠크리를 녀석에게 가져다 댔다. 녀석은 울음 섞인 목소리로 대답했다.

"겨… 경비 본부가 있어요! 으흐으윽! 지하에! 그만 찔러!"

"근데 왜 말을 안 하고 머뭇거렸어? 지금 막 기억날 일이 아니잖아."

"도… 동료들을 배신하는 것 같아서……."

"하하하, 아나, 이 새끼."

녀석이 거짓말을 한다고 판단한 민구는 허탈하게 웃으며 또 쿠크리를 그었다. 칼에 베인 자국이 병장 계급장까지로 늘어난 보안 요원은 또 죽는다고 비명을 지른다. 민구는 놈의 입을 꽉 틀어막으며 차갑게 말했다.

"돌아가지도 않는 머리 쓰려고 하지 말고, 솔직하게 대답해. 일이 다 끝난 다음에 너를 안 죽이고 싶게 하란 말이야."

"으음! 읍!"

보안 요원은 신음 소리를 내며 적극적으로 고개를 끄덕였다. 민구가 천천히 손아귀에서 힘을 빼자 녀석은 이를 딱딱 부딪치며 사실대로 털어놓았다.

"흐으으… 경비 본부에… CCTV 모니터가 있습니다… 잘못했습니다… 흐으으윽… 이제 정말 잘… 협조하겠습니다."

민구가 그렇게 놈에게서 답을 얻는 동안, 보안관은 복잡한 기분으로 민구를 보고 있었다. 보안 요원 놈이 가지고 있는 정보는 꼭 필요한 게 맞다. 그런데 사람을 장난감처럼 놀리며 괴롭히는 이놈의 태도는 마음에 들지 않는다.

하지만… 어차피 그 자신이 민구의 역할을 했어도 비슷한 크기의 고통을 요원 놈에게 주면서 똑바로 불라고 다그쳤을 것이다.

그러니 사실은 빙글거리며 칼로 고통을 주느냐, 아니면 화를 버럭버럭 내며 두들겨 패서 고통을 주느냐의 차이밖에 존재하지 않는다. 그게 보안관의 마음이 복잡해진 이유였다.

반면, 진우는 아무렇지도 않은 표정이었다. 세상에는 저것보다 더한 괴물들도 많다. 그리고 이런 것들을 상대하면서까지 마음에 인정을 두고 싶지는 않았다. 도리를 찾다가 후회로 가슴을 치는 건 한 번이면 충분하다.

"몇 명이 있습니까? 그 경비 본부라는 데에."

진우는 탄창을 갈아 끼우며 보안 요원에게 물었다.

"예? 몇 명이냐고요? 그… 지금 몇 명이 죽었습니까? 후우우… 후우우… 대기하고 있던 총 인원은 열둘이었습니다. 그리고… CCTV 기계를 조작하는 직원이 둘이고요."

정문 앞 주차장에서 다섯, 로비에서 셋, 계단에서 둘. 그럼 이제 경비 본부에 있던 전투 인원 중 살아남은 건… 피를 철철 흘리며 대답하는 이놈과 또 다른 한 놈밖에 없다. 지원 병력이 온다고 해도 아직 도착하지 못했을 것이다.

이 건물 모든 곳을 속속들이 지켜본다는 건 엄청난 정보다. 그 능력이 상대방에게 있다면 당연히 싸움은 어려워진다. 마음껏 활개를 치려면 그 이점부터 무조건 내 것으로 만들어야 한다.

"내려가죠."

민구를 향해 진우가 고개를 끄덕였다. 민구는 보안 요원을 앞세워서 벽에 바짝 붙은 채 계단을 향해 걸어갔다. 언제라도 방아쇠를 당길 준비를 한 진우가 민구의 옆에, 그리고 삼숙이와 친구들이 그 뒤를 따랐다.

그라아아아—

주차장 쪽에서 좀비들의 포효가 들려온다. 아직도 타오르고 있는 불길 덕에 주변의 작은 좀비 무리들이 속속 태양 그룹 건물을 향해 몰려들고 있는 것이다.

3

폭발과 두 번의 정전이 이어졌을 때, 오 박사는 무슨 일이 일어나고 있는지 전혀 인지하지 못했다. 식사실에는 외부를 볼 수 있는 창문이 아예 없기 때문에, 그는 복도까지 뛰어나가서야 정전의 원인이 뭔지 깨달을 수 있었다.

"이… 이게… 이런 좆같은……."

창문에 달라붙어 아래를 내려다보던 오 박사의 입에서 욕설이 흘러나왔다. 넓은 주차장을 거의 가득 메우고 있던 태양광발전 패널들이 완전히 박살 났다.

가로세로 1미터당 100만 원씩이나 하는 최첨단의 시설이 산산조각으로 부서진 채 검은 연기를 뿜어낸다.

총 피해 규모가 얼마나 되는지 감조차 오지 않을 만큼 심각한 타격이다. 그것에 비하면 파괴된 헬리콥터 같은 건 애교로 넘어가 줄 수도 있다.

"그럼 지금… 보조 전력이 돌아가는 건가……."

오 박사는 초조하게 중얼거렸다. 메인 발전 모듈이 회복 불가능한 상태가 되어버린 지금, 축전지와 화력발전에 의지한다는 건 그에게 남은 시간이 별로 없다는 말과 같다.

등에 흐른 땀을 식혀주는 에어컨의 바람이 갑자기 사치스럽게 느껴졌다. 현재 비축하고 있는 유류만으로는 이렇게 전기를 펑펑 쓰며 보름도 버티지 못한다.

물론 축전지가 있으니 그보다는 조금 더 여유가 있지만, 그래도 여전히 시간에 쫓길 수밖에 없다.

"왜 이런 거야? 대체 뭐가……."

단순한 폭발이라고 하기에는 너무 뜬금없는데… 혹시 공격을 받았다고?

그것도 말이 안 된다. 이런 정도의 공격력을 보일 수 있는 건 군대밖에 없다.

하지만 표면적으로 태양 그룹은 어젯밤 잠실의 군대를 도와서 수많은 사람들을 구출해 낸 협력 업체다. 갑자기 이렇게 공격의 대상으로 삼을 이유가 없다. 그리고 만약 정말로 군대가 공격을 하기로 마음먹었으면, 이렇게 몇 발만 갈기고 끝내지는 않을 거다.

"저게 뭐야! 좀비잖아!"

원인을 찾던 오 박사는 담장에 커다란 구멍이 뚫렸다는 걸 뒤늦게 깨달았다. 설상가상 그 사이로 좀비들이 뛰어 들어오고 있다.

"아, 이런… 경비 본부에 연락해! 좀비들 잡으라고! 그리고 나머지 대원들도 다 소집해야 하는 거 아닌가?"

패닉을 일으키기 직전까지 내몰린 오 박사는 경비 본부와 무전으로 교신하고 있는 메이저에게 물었다. 메이저도 심각성을 느끼고 있던 터라 곧바로 대원들의 숙소를 연결했다.

"나다. 비, 비상 상황이다."

띠리리릭— 띠리리릭—

몇 번이나 무전을 보내도 돌아오는 건 단조로운 전파 소리뿐이다. 아무도 응답하지 않는다. 메이저는 고개를 저으며 난감해

했다.

"이, 이, 이빠이 꼴았나 본데? 하, 하, 하긴 아까부터 퍼, 퍼, 퍼마셨으니까."

오 박사는 얼굴을 감싸 쥐었다. 애초에 오늘은 마음껏 즐기고 마시라고 했던 게 자신이었으니, 누구를 탓할 수도 없다.

"후우우~ 그럼 깨워! 젠장, 무전도 못 받는 놈들인데, 그걸 깨워서 싸움이나 제대로 하겠어?"

"그, 그러지. 다, 다, 당장은 거, 걱정할 거 없어. 조, 좀비들… 까짓것 몇 십 마리인데… 겨, 경비 본부에 있는 애들만 해도 여, 여, 열 명이 넘어. 추, 추, 충분히 제압 가능해. 그, 그, 그나저나 대체 이게 무, 무슨 상황이야? 뭐가 터, 터진 거야?"

메이저는 오 박사를 달래며 폭발에 대해 물었다. 담장에 생긴 구멍이 아무래도 너무 불길하다. 그냥 폭발이 일어난다고 해서 저런 형태로 콘크리트가 날아가 버리지는 않는다.

그랬기에 그 역시 첫 폭음을 듣자마자 군을 의심했다. 하지만 그들은 발목 잡힐 단서를 남기지 않아왔다. 이런 식으로 다짜고짜 응징을 당할 리는 없다.

"몰라… 모르겠으니까 일단 대원들 데리고 내려가서 아무거 로라도 저 벽 막아줘. 이러다가 건물 안까지 좀비 새끼들 들어와서 뛰어다니게 생겼어."

메이저의 어깨를 두드린 오 박사는 다시 식사실로 돌아갔다.

"보존소 갔던 놈들은? 아직 안 왔나?"

식사실 문을 열자마자 오 박사는 그것부터 물었다. 안에 남아 있던 직원들은 긴장한 얼굴로 고개를 끄덕였다.

"이런 개새끼들. 40분이면 시간도 넉넉하게 줬구만, 꼭 누구 하나 피를 봐야 일이 제대로 돌아가지. 어이, 너! 보존소로 가서 연구원들 데려와. 아직도 마냥 밍기적거리고 있으면 이제는 괴물이고 그로테스크고 다 필요 없다고 해!"

오 박사는 직원 중 한 사람을 지목해서 보존소로 올려 보냈다. 공연히 자신에게까지 불똥이 튈까 봐 지목 받은 직원은 전속력으로 복도를 내달렸다.

"마음에 드는 게 하나도 없어, 썩을!"

담배를 피워 물며 오 박사가 투덜거렸다. 이래저래 상황이 좋지 않다. 빨리 제대로 된 영상을 만들어서 군부로부터 대대적인 지원을 받지 않으면, 며칠 내로 생존에 대해 걱정하게 될 판이다.

만약 그전에 마녀 개년이 와서 태양광발전 패널이 다 작살난 걸 봐도 영 귀찮아질 테고.

"저기… 오 박사님."

담배 연기를 내뿜는 오 박사에게 여직원이 떨리는 목소리로 말을 건다. 오 박사는 신경질적으로 대꾸했다.

"뭐? 왜?"

"아니… 저기… 이분, 옷… 갈아입히고 검사 맡으라고 하셨어서……."

여직원은 테라를 가리켰다.

"아아, 그거……."

오 박사는 납득하는 표정을 지으며 테라의 복장을 살펴봤다. 조금 전 입었던 것보다 조금 더 짧고 타이트한 블라우스. 나쁘지 않다. 늙다리 장군들이 숨을 헐떡거리면서 동영상에 집중할 만한 비주얼이다.

　재질이 실크가 아니라서 고급스러움이 좀 부족하지만, 피가 튀었을 때에는 오히려 이게 더 선명한 빨간색을 낼 것 같다.

　'그래… 대체 뭐가 걱정이야. 이런 보물이 내 손에 들어와 있는데… 백신만 완성돼 봐라. 그까짓 태양광 패널, 여의도 전체를 다 덮을 만큼도 살 수 있다.'

　고개를 숙이고 있는 테라를 보며 오 박사는 비로소 마음의 여유를 조금 되찾을 수 있었다. 그의 상상력을 총동원해도 이보다 가치 있는 면역자라는 건 기대하기 어렵다.

　"좋아, 잘 골라서 입혔어. 너는 합격이다."

　오 박사는 여직원을 칭찬해 주고 나서 테라의 턱을 살짝 들어 올렸다.

　"이봐요, 테라 씨. 지금 여기에서 그렇게 잡아먹을 것 같은 표정을 짓는 건 봐줄 수 있어요. 당신이 아무리 마음속으로 저주하고 욕해봐야 실질적으로 나한테 피해 오는 건 뭐 전혀 없으니까. 그런데 다시 촬영 시작했을 때에도 또 아까처럼 얼굴 가리고 구석에 쫙 박히면… 나, 이거 몇 번이고 다시 찍을 겁니다. 그럼 그때 좀비들한테 던져지는 인간들은 전부 당신 때문에 죽는 거야. 협조하기 싫다는 당신의 그 알량한 자존심 때문에 죽는 거라고! 그거 하나만 명심해요."

　오 박사의 말을 들은 테라의 눈빛에 증오가 가득 차오른다. 어떻게 인간이 이렇게까지 사악할 수가 있는가.

　오 박사는 그녀의 볼을 손끝으로 쓸면서 이야기를 이었다.

　"그러니까 좀 순종적으로 굴란 말이에요. 우린 앞으로도 아주 한참 동안 함께 있어야 하는데, 계속 이렇게 기 싸움이나 하면서 시간과 에너지를 낭비하고 싶진 않아요. 어차피 같은 길을 가야 하는 동반자끼리 서로 웃으면서, 이왕이면 즐겁게 지냅시다."

테라는 고개를 모로 틀어 그의 손을 피했다. 그러고는 머리를 쓸어 넘기는 척하며 고인 눈물을 닦았다. 자신이 괴로워하면 할수록 이 악마 같은 인간이 더 기뻐한다는 걸 알고 있는데도, 자꾸만 눈물이 왈칵왈칵 맺힌다.

조금 전에도 '아주 한참 동안 함께 있어야 한다' 는 말을 듣자마자 끔찍해서 몸서리가 쳐졌다.

이런 식으로 얼마나 더 견딜 수 있을지… 불과 몇 시간밖에 지나지 않았는데 점점 자신이 없어진다.

☿　▼　☿

오 박사와 헤어진 메이저는 긴 복도를 가로질러 엘리베이터에 올랐다. 대원들의 숙소가 있는 21층 버튼을 누르던 메이저는 미간을 찌푸리며 옆의 거울을 돌아보았다.

빨간 얼룩. 꽤나 잔뜩 묻어 있다.

"뭐, 뭐지?"

메이저는 그 빨간 얼룩에 손을 대보았다. 끈적거린다. 그는 손끝의 냄새를 맡으며 주변을 돌아보았다.

이건… 틀림없는 피다. 닫힘 버튼 주변과 손잡이, 벽면 아래, 그리고 바닥에까지도 피가 묻어 있다.

"피, 피가 왜… 이, 이, 이런 데에……."

엘리베이터의 층수 버튼들 쪽으로 다시 고개를 돌린 메이저는 5층 버튼에서도 핏자국을 찾아냈다. 연구원들과 직원들 숙소가 있는 층이다.

"뭐, 뭔가 아주 구, 구린데?"

빠른 속도로 올라가는 엘리베이터 안에서 메이저는 이것이 어떤 상황인지를 파악하기 위해 애를 썼다.

누군가 피를 뚝뚝 흘릴 만큼 다쳤고, 그걸 수습하지도 못할 정도로 다급하게 5층으로 갔다. 의무실이 아니라 야간 교대조가 잠들어 있는 숙소로…….

조금 전의 폭발만큼은 아니지만, 이것도 꽤나 불길하고 이상한 일이다.

'애들 데리고 저기부터 내려가 봐야겠군…….'

메이저는 입술을 잘근잘근 깨물며 고개를 끄덕였다. 그러는 사이, 그를 태운 엘리베이터는 21층에 도착했다.

삐-삐-삐-삐— 삐-삐-삐-삐— 삐-삐-삐-삐-삐— 꿍짝꿍짝— 삐-삐-삐-삐—

엘리베이터 문이 열리기도 전부터 복도 전체를 뒤흔드는, 단조로운 신디사이저 음이 들려온다. 그리고 여자들의 비명과 남자들의 환호성도…….

21층에서는 EDM을 베이스로 삼은 광란의 파티가 벌어지고 있었다.

"으아, 시, 시끄러워. 이 미, 미친 새끼들!"

메이저는 인상을 찌푸렸다. 복도 끝 오른편에 위치한 작전 회의실의 문이 활짝 열려 있다. 그곳이 이 시끄러운 음악 소리의 근원이자 파티 장소인 모양이다.

"꺄아아악—!"

작전 회의실 밖으로 반라의 여자가 비명을 지르며 뛰어나온다. 그녀의 몸 여기저기에는 손으로 압박당했을 때 생기는 빨간 손자국이 나 있다.

"어딜! 하하하!"

곧바로 웃옷을 벗은 쉐도우 실드 대원 하나가 쫓아와 여자의 허리를 콱 움켜쥐었다. 여자가 울음을 터뜨리며 발버둥을 쳐도 건장한 대원의 힘을 당해낼 수는 없다. 대원은 여자를 복도 바닥에 밀어 쳐 엎드리게 하고, 곧바로 지퍼를 내렸다.

"하하하! 앙탈 부리는 거 봐라! 하하하! 그래, 더 해봐! 안 되겠지? 팔이 부러질 거 같지?"

여자가 다시 일어나려 하자, 대원은 그녀의 팔을 꺾어 제압하며 큰 소리로 웃어 댔다. 그러다 자신을 향한 시선을 느낀 대원이 메이저 쪽으로 고개를 돌린다.

"어! 대장님! 이제 합류하십니까?"

대원은 해맑게 웃으며 엄지손가락을 척 들어 올렸다. 여전히 쿵쿵거리는 비트, 그리고 이 교성과 비명…….

메이저는 이놈들이 조금 전 무전에 응답하지 않았던 이유를 알 수 있었다. 너무 많이 취한 게 아니라 너무 시끄럽게 놀고 있었던 거다.

"다, 다른 놈들은?"

여자의 속옷을 잡아 뜯고 있는 대원에게 메이저가 물었다. 대원은 작전 회의실을 가리켰다.

"전부 다 저기에 모여 있습니다. 기쁨은 나누면 두 배가 된다고 하잖습니까! 큭큭큭!"

메이저는 녀석을 뒤로하고 작전 회의실로 들어갔다. 널찍한 회의실 안은 그야말로 난장판이었다. 회의용 탁자 위에서, 바닥에서, 그리고 프레젠테이션용 강단 위에서 여자들은 유린당하고 있었다.

혹시 반항하거나 달아나려고 드는 여자들은 호되게 내동댕이쳐진 뒤, 더 모진 꼴을 보아야 했다. 부분적으로나마 옷을 걸치고 있는 걸 보면, 최근에 잠실에서 잡아온 사람들이다.

"다, 다, 다들 주목!"

메이저는 화이트보드를 탕탕! 두들기며 큰 소리로 외쳤다. 하지만 아무도 그 소리를 듣지 못했다. 최고 볼륨으로 틀어놓은 강단 스피커에서 메이저의 목소리보다 훨씬 더 큰 음악 소리가 쿵쿵 울려 대고 있기 때문이었다. 눈앞의 여자들을 능욕하고 괴롭히는 일에 너무 몰두한 까닭이기도 했다.

또르르르—

비워진 양주병이 바닥을 굴러 그의 발에 닿는다.

"새, 새끼들, 시, 신이 났구만, 신이 났어……."

십여 명의 대원들이 그 배에 가까운 여자들을 잡아와 야만의 향연을 벌이는 걸 보며 메이저는 씩, 웃었다.

모름지기 사내란 놀 때 이 정도는 해줘야 호탕함을 기를 수 있는 법이라고 그는 생각했다. 하지만 지금은 마냥 그렇게 하도록 놔두고 볼 수 없는 상황이다.

틱—

메이저는 일단 강단 스피커와 연결된 MP3 플레이어부터 중지시켰다. 천둥처럼 울려 대던 음악이 걷히자, 회의실 안에는 여자들의 훌쩍이는 소리와 애원, 그리고 남자들의 웃음소리만

이 남았다.

"주, 주, 주목!"

메이저는 강단 마이크에 대고 큰 소리로 말했다. 삐익— 하는 소음과 그의 목소리가 동시에 퍼진다. 그제야 쉐도우 실드 대원들은 하던 일을 멈추고 앞쪽을 돌아본다. 메이저는 근엄한 목소리로 말했다.

"너, 너희들, 포, 포, 폭발하는 소리 모, 못 들었어?"

"아… 네… 들었습니다만, 비상이 걸린 것 같지는 않아서……."

한창 재미있게 놀던 중에 난데없이 문책을 받는 건가 싶어서 조장들이 머쓱해한다. 일부러 반대쪽 사무실까지 이동해서 창밖을 살핀 놈이 하나도 없는 모양이다.

메이저는 짐짓 화가 난 연기를 하며 구석의 의자에 웃옷과 함께 아무렇게나 던져져 있는 무전기를 내동댕이쳤다.

"으, 음악을 그, 그, 그렇게 크게 틀어놨으니 이게 드, 들려? 응?"

대원들이 바지를 추스르며 주춤주춤 일어선다. 메이저는 성난 목소리로 말을 이었다.

"지, 지, 지금 정문이 뚜, 뚫려서 조, 좀비들이 뛰어 들어오는데, 그, 그년들 거시기가 누, 눈에 들어와? 너희 도, 도, 동료들은 조, 좆 빠지게 싸우고 있는데? 후우우~ 5분 내로 저, 전원 복장 가, 가, 갖추고 총기 보관소 앞에 지, 집합한다! 자, 자빠져 자는 새끼들 다 깨, 깨워!"

거기까지 말한 메이저는 마이크를 탁, 껐다. 회의실에서는 또다른 종류의 대소란이 벌어졌다. 대원들은 비틀거리며 자기 옷을 찾아 입고 장비를 걸친다.

퉁퉁 부은 상처투성이 얼굴이 일그러진 걸 보니, 공연히 찍혔다가는 큰일 나겠다 싶어진 것이다.

"5층부터 머, 머, 먼저 드, 들른다."

무장을 하고 엘리베이터 앞에 집합한 대원들에게 메이저가 말했다. 아직 술이 덜 깬 상황에서도 대원들은 고개를 갸웃거렸다. 정문이 무너졌다더니, 갑자기 5층은 또 뭐란 말인가.

"초, 촉이 왔어. 뭐, 뭔가 이상해."

아래로 내려가는 엘리베이터 안에서 그렇게 중얼거리며 메이저는 권총을 꺼내 들고 슬라이드를 당겼다. 그의 태도와 엘리베이터 여기저기에 묻은 핏자국을 보고 다른 대원들도 MP5의 안전 모드를 3점사로 바꾼다.

땅—

5층에 도착해 문이 열렸을 때, 점점이 떨어진 핏자국이 복도에 길게 이어져 있는 게 가장 먼저 눈에 들어왔다. 그리고 저 멀리 코너 안쪽에서 특유의 포효가 울린다.

그롸아아악— 가아악! 그롸악—!

"드, 드, 들었지?"

메이저는 한쪽 입술을 씰룩거리며 웃었다. 안색이 완전히 변한 대원들은 자신의 뺨을 쫙쫙, 때려 정신을 차리고, MP5를 앞세운 채 엘리베이터 밖으로 걸어 나갔다.

열두 명의 대원이 세 방향으로 나뉘어 진행되는 좀비 수색이 시작되었다.

"멈춰! 거기 서!"

방문 밖으로 뛰어나오는 흰 가운의 연구원을 보며 대원들이 소리쳤다. 하지만 연구원은 멈추지 않고 그들을 덮쳐 온다.

투투둑— 투투둑—

대원들은 두 번째 경고 없이 곧바로 방아쇠를 당겼다. 연구원은 머리와 가슴에서 피를 내뿜으며 벽으로 날아가 나동그라졌다.

"더 있을 거야, 수색 계속해!"

연구원 좀비의 입술과 턱에서 말라붙은 핏자국을 발견한 조장은 자신의 조원들에게 긴장을 늦추지 말라고 명령했다. 그때, 메이저의 전술 조끼에 부착된 무전기가 울렸다.

— 띠리릭, 경비실장님, 하이아~ 경비실장님, 여기 경비 본부입니다. 띠리릭.

지하 1층의 경비 본부에서 거친 숨을 몰아쉬는 목소리가 다급하게 그를 찾고 있다. 호칭을 대장이나 메이저가 아닌 경비실장이라고 부르는 걸로 보아, 쉐도우 실드 대원이 아니라 일반 직원인 모양이다.

"무, 무슨 일이야?"

— 띠릭, 저희 지금… 공격 받고 있습니다. 침입자가… 공격을 해왔는데… 바로 문 앞에… 하이아… 이건 지금 긴급 구조 요청입니다! 띠리릭.

경비 본부 직원은 얼마나 당황스러운지 계속 숨을 헐떡이고, 좀처럼 문장을 끝맺지 못했다. 메이저는 다 안다는 듯 녀석을 달랬다.

"아, 조, 조, 좀비 나, 나, 난입한 거? 이미 파, 파악하고 있다. 고, 곧 지원 나갈 테니까 거, 걱정 말고 대기해."

아마 정문에서 보안 요원들이 정신없이 좀비들을 쏴 죽이는 동안 한두 마리가 계단을 따라 경비 본부까지 내려간 모양이라고만 생각했다. 하지만 돌아오는 대답은 전혀 다른 이야기를 한다.

— *띠리릭, 좀비가… 아닙니다! 침입자입니다! 사람! 살아 있는 사람요! 무장하고 있습니다! 띠릭.*

"사, 사람이라고? 뭐, 뭐야? 혀, 혀, 현장 대기 요원들이, 있었잖아? 조, 좀비 저, 저, 정리하러 나간 애들! 걔, 걔, 걔들 불러!"

그렇게 소리치며 메이저는 한쪽 귀를 틀어막았다. 5층에서 아직 진행 중인 좀비 색출 때문에 총소리가 시끄러워서 무전이 잘 들리지 않는다.

— *띠릭, 그 대원들… 다 사살됐습니다. 지금… 하아~ 하아~ 한 명만 남아서 이 방 안에 들어와 있습니다! 띠릭.*

메이저는 엄청난 충격을 받았다. 지하 1층에서 대기하던 인원이 12명. 그럼 지금 그가 데리고 내려가는 인원의 수와 같다.

그런데 현재 남아 있는 쉐도우 실드 대원들의 1/3이 그 짧은 시간 만에 몰살당했다고?

덜컥 겁이 난다.

결국 군이 개입했구나……

"그, 그, 그, 그 치, 침입자라는 놈들… 뭐, 뭐, 뭐, 뭔데? 구, 구, 군인이야? 규, 규, 규, 규모가 얼마나 돼?"

다급한 마음에 말은 더 심하게 더듬게 되고, 메이저는 자기가 말을 하면서도 답답해서 미칠 것 같았다.

— *띠리릭, 군인 아닙니다! 그냥… 민간인들입니다! 총을 든 놈들도 보이긴 하는데… 망치를 든 놈도 있고, 칼 든 놈도 있고,*

*계집애들이랑 개까지 섞여 있습니다. 전부 일곱 명입니다! 그리고… 포로도 한 명 있습니다. 띠릭.*

점점 더 요지경처럼 느껴졌다. 열두 명의 쉐도우 실드 대원이 그런 오합지졸들에게 이렇게 순식간에 몰살을 당했다니… 말이 안 된다.

어쨌거나 메이저는 5층을 수색하던 대원들에게 돌아오라는 손짓을 하며 경비 본부를 진정시켰다.

"야! 너희들 돌아와! 지하로 간다! 빨리! 그리고 너! 문을 잠그고 버텨! 금방 간다!"

— *띠릭, 그, 그게 안 될 것 같습니다! 해머로 계속 두들겨 대는데, 자물쇠가……*

직원은 무전의 송신을 끊지 않은 채 숨을 헐떡거렸다. 상황이 아주 긴박해진 모양이다.

가만히 귀를 기울이고 있자니, 무전기 너머 저쪽에서 정말로 쾅— 쾅— 쇠문 두드리는 소리가 전해졌다. 메이저는 엘리베이터 버튼을 누르며 소리쳤다.

"야! 지, 지, 지금 가, 간다! 버, 버, 버텨!"

하지만 지하 경비 본부의 직원은 아직도 송신 버튼에서 손가락을 떼지 않고 있는 모양이다. 메이저의 목소리는 그쪽으로 전달되지 않았다.

— *아아… 어떡해. 열린다… 닥쳐! 좀 조용히 하고 있어!*

마이크를 통해 방 안의 목소리들이 고스란히 전달되어 온다.

걱정하는 직원들, 그리고 그들에게 짜증을 부리는 대원.

그림이 눈에 보이는 듯하다.

꽝—!

문이 거칠게 열리는 소리!

그리고…….

투투투투투투투— 투투투투투투— 투투투투투—

MP5의 연발 총성이 들려온다. 이건 분명 하나 남아 있던 대원이 저항하는 것이다. 메이저는 라디오 중계를 듣는 사람처럼 잔뜩 긴장한 채 무전기에 집중했다.

투투둑—

MP5의 총성이 잠시 끊기는 듯하자마자 곧바로 조금 다른 종류의 총이 발사되는 소리가 울렸다. 단 세 발. 그걸로 총성은 뚝 끊겼다. 대신 애원하는 직원들의 목소리와 개가 사납게 짖는 소리가 전해져 온다.

— *으아아악! 아아악! 살려주세요! 살려주세요!*

— *얼! 얼!*

"야! 으, 으, 응답해! 응답하라고, 이 개새끼야!"

무전기 저편에 닿지도 않을 말들을 외치며 메이저가 발을 동동 구르고 있을 때, 저편으로부터 아주 차가운 목소리가 들려왔다.

— *아가리 다물어. 너! 무전기 내려놔.*

그리고 1초도 지나지 않아 교신은 끊겼다.

— *띠리릭.*

분노로 일그러져 있던 메이저의 얼굴에 빠르게 공포가 번진다.

대체… 뭐가 어떻게 되어가는 거야…….

"살려주십쇼! 사, 살려주십쇼!"

두 직원은 납작 무릎을 꿇고 두 손을 어정쩡하게 든 채로 기계처럼 같은 말을 반복했다. 그럴 수밖에 없었다. 그들의 바로 앞에는 세 방의 총알을 맞고 얼굴이 아예 없어져 버린 쉐도우 실드 대원의 시체가 누워 있다. 쾰쾰 쏟아져 나온 피가 바닥을 타고 흘러 그들의 무릎을 적신다.

"너!"

민구는 두 놈 중 좀 더 나이가 들어 보이는, 수염 난 놈을 지목하며 CCTV 모니터를 턱으로 가리켰다.

"조금 전까지 통화하던 놈이 어떤 거야?"

벽면에 붙은 대형 모니터에는 수백 개로 잘게 나뉜 화면들이 보인다. 그 수백 개의 화면은 모두 이 건물의 이곳저곳을 보여 주고 있었다.

아무리 눈이 빠른 사람이라고 해도 짧은 시간에 모든 걸 파악할 수 없을 만큼 복잡하고 정신이 없다.

스릉—

수염의 대답이 늦자 민구는 쿠크리를 뽑았다.

"저, 저겁니다! 5층! 엘리베이터 앞!"

수염은 칼을 보자마자 다급하게 외쳤다. 모니터 안에서는 얼굴이 괴물처럼 일그러진 검은 군복 놈이 졸개로 보이는 놈들을 두 개의 엘리베이터에 나눠 우르르 몰아넣는 중이다.

엉망으로 붓고 멍든 메이저의 얼굴을 보며, 민구는 그것이 잠실에서 자신에게 발길질을 퍼부었던 검은 군복이라고는 생각하지 못했다.

"저 엘리베이터가 어디에 있는 겁니까?"

화면을 보고 있던 진우가 물었다. 민구는 수염을 경비 본부 밖으로 끌어내서 위치를 가리키게 했다.

"저, 저깁니다! 저기!"

복도로 나간 수염은 북쪽 벽에 일렬로 위치한 네 개의 엘리베이터를 벌벌 떨리는 손가락으로 가리키며 소리를 질렀다. 그러고는 빨리 벗어나고 싶어 안달이 났다.

이 자리에 서 있다가는 문이 열리자마자 엘리베이터 안에서 갈기는 총알에 벌집이 될 게 빤하다.

"엘리베이터 두 대뿐이야? 더 나뉘지 않았어?"

벽 뒤에 몸을 숨긴 채 엘리베이터를 겨냥하고 있던 진우가 소리쳐 물었다.

"응! 아까 그대로야! 계속 내려온다!"

보안관이 대답했다. 엘리베이터 입구 위쪽의 전광 표시 숫자가 5에서 4로, 4에서 3으로, 다시 3에서 2로… 하나씩 줄어든다.

진우는 놈들이 타고 있는 두 개의 엘리베이터를 조준한 채 문이 열리기만을 기다렸다. 그의 발치에는 예비용 MP5를 대비되어 있다.

"야! 근데 저 새끼들 방패 들고 있어! 저거, 총알 막을 수 있는 건가 본데?"

보안관이 다급하게 추가 정보를 알린다. 진우는 전방에서 눈을 떼지 않은 채 무표정한 얼굴로 중얼거렸다.

"어디 막아보라고 해."

띵—

두 번째 엘리베이터가 먼저 도착하는 벨 소리를 울렸다.

스르릉—

0.5초 정도의 딜레이를 두고 문이 양쪽으로 갈라진다. 보안관의 말처럼 폴리카보네이트 방패를 든 놈들이 가장 앞줄에 서 있다.

투투투투투투— 투투투부투— 투투두투

진우는 K—2의 모드를 연사로 두고 방아쇠를 당겼다. 레이저처럼 날아간 총알이 방패의 윗부분 한 영역만을 집중적으로 때린다.

티티티티팅— 티티티티팅—

문이 채 다 열리기도 전에 벼락처럼 날아드는 총알! 게다가 사나운 기세로 한 점만을 때려 댄다. 그 엄청난 운동에너지! 두 손으로 단단히 방패를 붙잡고 있던 대원의 중심이 순식간에 꺾였다.

금이 쫙쫙 가서 너덜너덜해진 방패가 뒤쪽으로 확 기울며 방어책이 사라지자 곧바로 등 뒤에서 비명과 피가 동시에 터져 나온다.

"끄아아아악—! 아으윽!"

날아든 총알이 대원들의 몸통과 벽을 때린다. 엘리베이터 내부는 순식간에 피투성이 관처럼 변해 버렸다.

티티팅— 퓨퓨욱— 티티팅— 퓨퓨퓨욱—

살과 뼈를 뚫고 들어가 총알이 박히고 꿰뚫는, 끔찍한 소리!

총격에 쓰러진 대원들이 내지르는 비명이 처절하게 울렸다.

소나기처럼 퍼부어지는 총알의 기세가 너무 사나워서 두 번째 방패 뒤에 몸을 숨기고 있던 대원도 고개를 들어 응사를 할 엄두조차 내지 못한다.

"아으윽! 닫아! 닫아!"

두 번째 방패를 든 대원이 두 팔에 힘을 줘 견디며 외쳤다. 옆구리가 터져 나간 채 쓰러져 있던 조장이 피투성이 손을 들어 아무 층이나 마구 누른 뒤, 필사적으로 닫힘 버튼을 연타했다.

통— 투통— 투투통—

닫힌 엘리베이터 문을 총알이 두드리는 소리가 울려 댄다. 엘리베이터는 다시 위층으로 올라가기 시작했다.

"아으으으! 현재 상황 보고해! 부상자 누구야? 끄으윽!"

조장이 신음 소리를 섞어가며 소리쳤다. 여섯 명의 대원 중 둘이 즉사했고, 둘이 관통상을 입었다. 머리가 박살 난 채 눈을 흡뜨고 죽어 있는 대원의 뇌가 뒤쪽 거울 전체에 확 퍼져 있다. 문이 열리고 불과 2, 3초 만에 벌어진 일이었다.

"뭐였습니까? 도대체 몇 명이나 되는 겁니까? 일곱 명이라고 하지 않았습니까? 그것도 계집애들 끼어 있는 오합지졸이라고!"

두 번째 방패를 들고 있던 대원이 물었다. 이 정도의 압도적인 화력과 마주하게 되리라고는 생각도 하지 않았다.

총으로 무장한 적과 싸우는 게 처음은 아니었다. 인간 사냥을 나가보면 가끔씩 총을 구한 놈들이 마지막 저항으로 그걸 난사해 대기도 한다.

당장 어제만 해도 우체국에 숨어 있던 세 놈 중 한 놈은 몇 발

남지 않은 총을 마구 갈겼었다.

하지만 그가 경험했던 그 어떤 상대도 지금 저 복도 너머에 있는 놈처럼 하나의 점을 이렇게 빠른 속도로 집요하게 때린 적은 없었다.

두어 발 스치고 지나가는 총격과는 몸에 가해지는 충격이 완전히 다르다. 조장은 고개를 저었다.

"하아… 하아… 놀라. 아무것도 못 봤어… 문이 다 열리지도 않았는데 곧바로 옆구리가… 하아! 하아! 대장이 뭘 잘 모르고 했던 말인가 봐… 모르겠어. *끄으윽!*"

조장은 피가 콸콸 쏟아지는 옆구리를 잡고 고통스럽게 '모른다'는 말을 반복했다. 대신 그가 분명하게 알고 있는 한 가지가 있었다. 자신이 절대 저 지하 1층으로 다시 돌아가지 않을 거라는 사실이다.

철컥—!

첫 번째 엘리베이터를 격퇴한 진우는 곧바로 K—2의 탄창을 갈아 끼웠다. 기계 같은 정확도와 속도로 재장전이 끝났을 무렵, 두 번째 엘리베이터의 문이 열린다.

이번에도 진우는 문이 양쪽으로 갈라지기 시작할 때부터 그 좁은 틈을 노리며 방아쇠를 당겼다.

투투투투투투— 투투투투투— 투투투투투—

메이저가 타고 있던 두 번째 엘리베이터에서는 외부에서 들려오는 총소리 때문에 총격전이 벌어지리라는 것은 이미 예상하고 있었다. 그래서 방패 두 개를 급하게 모으고 그 뒤에 한 대원이 MP5의 총구만 위로 내민 채 문이 열리기만을 기다리던 참이었다.

문이 열리는 것과 동시에 난사로 제압사격을 한 뒤, 방패를 앞세워 나간다는 계획이었다.

 하지만 적의 총알은 그들의 반응속도보다 더욱 빨리 날아왔다.

 티티티티티팅— 티티티티팅—

 투명했던 폴리카보네이트 방패의 상단부가 집중 타격을 받으면서 불투명한 흰색으로 너덜너덜하게 변했고, 방패를 맞고 튄 도탄들이 엘리베이터 내부로 불규칙하게 날아든다. 그럼에도 불구하고 MP5를 머리 위로 들고 있던 대원은 일단 방아쇠를 당겼다.

 뚜르르르륵— 뚜르르륵—

 하지만 빗발쳐 오는 총알의 힘을 이기지 못한 방패가 1초도 지나지 않아 뒤로 넘어가 버렸고, 방아쇠를 당기던 대원의 머리와 눈은 5.56㎜탄에 의해 관통되었다.

 퍼억—

 뒷줄에 앉아 있던 사람들의 얼굴에 뼛조각과 피, 뇌가 확 뿌려진다. 뒤통수가 날아가 버린 대원의 시체는 MP5의 방아쇠를 당긴 채 뒤로 넘어갔다.

 뚜르르르르르륵—

 통제에서 벗어난 총알이 빠르게 연사되며 엘리베이터 벽을 맞고 튕겨 나온다. 그 도탄만으로도 감당이 어려운 상황인데, 정면에서 날아오는 총알은 방패가 뒤로 꺾인 틈을 놓치지 않았다.

 투투투투투투— 투투투투투—

 "아아악! 으으으으!"

팔다리가 날아나고, 내장이 터져 나온 대원들이 바닥을 기며 비명을 지른다. 두 번째 방패 뒤에 몸을 숨긴 채 방아쇠를 당겨 보려던 메이저도 욕설을 내뱉으며 부하들의 시체 사이로 기었다.

"씨발! 아으으! 씨발! 으, 으, 응사해!"

그러고는 아무렇게나 MP5를 난사하며 엘리베이터 버튼을 눌렀다. 몇 층으로 가는 건지 생각할 겨를도 없었다. 일난 이 지옥을 빠져나가야 한다.

뚜르르르륵— 뚜르르르륵—

잠시 멈췄다 싶었던 적의 사격이 곧바로 다시 시작되었다. 메이저는 머리가 터진 병사의 시체를 방패처럼 내밀며 문이 닫히기만을 빌었다. 응사할 엄두조차 나지 않았다.

"컥!"

용감한 건지, 술에 너무 많이 취해 있어서 사리분별이 안 되는 상황이었는지 모르지만, 어쨌든 과감하게 엘리베이터 벽에 숨어 응사해 보려던 대원이 외마디 비명을 내지르며 뒤쪽으로 날아간다.

뻥 뚫린 녀석의 눈을 보며 메이저의 이빨이 딱딱 마주칠 때쯤에야 엘리베이터의 문이 닫혔다.

끼이이잉—

엘리베이터를 끌어 올리는 케이블의 소리가 구원처럼 느껴진다. 메이저는 부들거리는 손으로 자신의 몸을 더듬거렸다. 이 엘리베이터에 타고 있던 일곱 명 중 오직 그만이 한 발도 맞지 않았다.

"아아아악! 으으윽! 끄으으으!"

널찍한 엘리베이터 내부가 비명으로 가득 찼다. 살아남은 사람은 모두 세 명. 그중 하나는 허벅지의 근육이 다 터져서 너덜너덜해진 상태다. 녀석이 괴로움을 이기지 못해 몸을 챌 때마다 피가 주변으로 솟아오른다.

'도대체… 뭐였지?'

녀석의 뜨거운 피를 얼굴에 뒤집어쓰면서 메이저는 멍하니 조금 전의 전투를… 아니, 학살을 되짚어봤다.

자신들은 대비를 하고 내려갔다. 전술적으로 완벽했다고는 할 수 없지만, 그래도 개인화기만을 가지고 겨루는 싸움에서 그 정도면 나름 괜찮은 작전이었다.

두 패로 나뉘어 투입되는 병력, 그리고 처음의 몇 초 동안 적의 총알을 막아줄 방탄 방패.

투명 방패 뒤에서 적의 위치를 파악한 사수가 연사를 하면… 당연히 주도권과 우위는 이쪽으로 넘어와야 한다.

그런데… 이 결과는 그의 예상치를 훌쩍 뛰어넘는 참혹함, 그 자체였다. 방패가 그렇게 쉽게 무너지고, 방아쇠도 제대로 당겨 보지 못한 상태로 거의 모든 병력이 궤멸되어 버릴 동안, 메이저는 적의 사수가 몇인지도 제대로 보지 못했다.

떵—

메이저가 무작정 눌렀던 층수에서 엘리베이터가 멈춰 선다.

5층… 지원 요청 무전을 받고 기세 좋게 출발했던 시작점으로 다시 돌아왔다.

"다, 다른 엘리베이터에 타, 타, 타고 있던 놈들은 어, 어떻게 됐지?"

문이 열리자마자 메이저는 밖으로 기어 나왔다. 지하 1층에서 따라붙은 죽음의 악령이 아직도 엘리베이터 내부에서 맴도는 것 같아, 일단 그 피투성이 상자 안에서 벗어나고 싶었다.

"대장! 끄으으! 대장!"

방패로 총알을 막았던 대원이 간절하게 메이저를 부른다. 방패 안에 끼워져 있던 녀석의 팔꿈치는 총알의 운동에너지를 이기지 못해 안쪽으로 부러진 상태다. 녀석은 부러진 팔을 덜렁거리며 메이저의 뒤를 쫓아 나왔다.

찌이익―

녀석이 관통당한 다리를 끌자 바닥에 길게 혈흔이 남는다.

"아니… 여, 여, 여, 여기가 아니지. 8층으로 도, 돌아가자. 오 박사를……."

복도에 엎어져서 숨을 헐떡거리던 메이저가 중얼거렸다. 왜 이렇게 모든 것이 꼬여 버렸는지는 아직도 모르겠지만, 여기 이 건물이 떴다는 것만은 확실해졌다.

담과 정문이 무너졌고, 병력의 2/3 이상이 순식간에 사살됐다. 1층은 물론이고, 5층까지 갑자기 좀비가 돌아다니고… 이제 남아 있는 전투 가능 인원은 모두 다 긁어모아 봐야 열 명이 조금 넘는 수준이다.

더 이상 싸운다는 건 무의미하다. 엘리베이터 문이 열린 짧은 찰나의 겨루기에서 절실하게 느꼈다. 누군지 몰라도 이놈들과 싸워서는 못 이긴다는 걸…….

못 이길 상대에게 덤벼들 필요는 없다. 그럴 때는 일단 달아나야 한다.

메이저는 8층으로 돌아가서 오 박사와 그 면역자 년을 데리고 도망쳐야 한다고 결론을 내렸다. 그 둘만 있으면 어디로 도망을 쳐 몸을 의탁하든지 얼마든지 재기가 가능할 것이다. 옥상에는 아직도 헬리콥터 1호기가 있다. 그러려면 헬리콥터 조종사가 필요하다.

"헤, 헤, 헤, 헬리콥터 조종사 수, 수, 숙소가 몇 층이지?"

"끄으으… 여깁니다. 5층. 연구원 애들이랑 같은 층을 씁니다. 반대편 복도 쪽일 겁니다. 근데… 대장, 경보부터 올려야 하는 거 아닙니까? 화재 알람이라도……."

"아, 아니야. 조, 조용히 처리해야 돼. 헤, 헬리콥터 자리가며, 몇 개 없어."

메이저는 고개를 저었다. 경보를 울려 사람들의 주의를 끌어봐야 엘리베이터며 옥상이 붐비게 되어서 자신들이 탈출할 때 불편해지기만 한다. 그냥 최대한 빨리, 은밀하게 도망치는 게 최고다.

그는 피가 잔뜩 묻은 MP5를 들고 복도를 따라 걷기 시작했다. 대원이 피투성이 다리를 질질 끌며 그를 따랐다.

그라아아아—!

5층 여기저기에서는 좀비들의 포효가 더 자주 들려오고 있었다. 아까 구조 요청 때문에 깨끗하게 정리하지 못하고 서둘러 내려갔던 탓이다.


"괜찮아? 다친 데는 없어?"

진우가 열세 명의 쉐도우 실드 대원을 모두 패퇴시키고 경비 본부로 돌아오자, 유빈이 걱정스런 얼굴로 물었다. 진우는 담담하게 고개를 끄덕인다.

"음, 전혁."

그렇게 말하는 진우의 볼에서는 가느다란 핏줄기가 몇 개나 흘러내리고 있었다. 적이 MP5를 난사할 때, 천장의 조명이 깨지면서 그 파편이 얼굴을 할퀴고 지나간 흔적이다.

"다음엔 삼식이랑 나도 같이 쏠게. 암만 네가 잘 싸운다고 해도 그렇게 너 혼자 상대하도록 하는 게 아닌데."

"무슨 소리야? 위험해."

진우는 '천만에' 라는 표정을 지었다. 하지만 유빈과 삼식이의 생각은 흔들리지 않았다.

"총 잘 쏜다고 해서 날아오는 총알이 덜 위험해지는 건 아니지. 위험한 건 너도 마찬가지잖아. 우리 총 못 쏘는 건 알아. 하지만 일단 저쪽이 겁을 먹게 할 수는 있잖아."

유빈이 말했다. 객관적으로 틀린 말은 아니다. 복도의 양쪽에서 난사하면 적의 주의도 흐트러지고, 총소리가 울리는 동안에는 쉽게 머리를 들기도 어려울 거다.

"하아~"

한 번 깊이 한숨을 내쉰 진우는 결국 고개를 끄덕이며 주의 사항을 말했다.

"몸하고 머리는 복도 안쪽에 두고 총 끝만 내밀어서 갈기는 거야. 알았지? 맞추지 않아도 되니까 그렇게만 해. 너희는 하이바도 없고, 방탄조끼도 없잖아. 그러니 더 사려야 돼."

세 친구가 그렇게 사격 전술에 대해서 이야기를 하고 있을 때, 모니터를 노려보고 있던 태권소녀가 말했다.

"지금 올라간 놈들 5층에서 멈췄어. 저기, 저 모니터야."

모두의 시선이 모니터로 향했다. 두 놈이 복도 안쪽으로 걸어

들어가고 있다.

"아까 먼저 올라간 놈들도?"

"아니, 그놈들은 18층으로 올라갔어. 여기 이 화면."

태권소녀가 가리킨 모니터에는 18F—C2라는 글씨가 적혀 있다. 지금은 복도에 남은 핏자국만이 그들이 그곳을 지나갔다는 걸 보여준다.

"의, 의무실이 있는 곳입니다. 치료하러 간 거예요."

민구가 슬쩍 돌아보자 겁에 질린 보안 요원은 묻지도 않은 질문에 대해 답을 해줬다. 모니터 화면을 유심히 노려보던 유빈이 수염에게 물었다.

"저 엘리베이터들! 멈출 수 없나요?"

앞으로 계속 총으로 무장을 한 병력들이 엘리베이터를 타고 밀어닥치는 것도 문제지만, 그보다 먼저 이 건물 전체의 발을 묶어두고 싶었다.

그렇게만 되면 여기저기에 있는 엘리베이터들을 모두 신경쓰지 않고 계단으로 올라가는 일에만 집중할 수 있다.

"들었어?"

민구가 수염을 다그쳤다. 두 직원이 아주 짧은 시간 동안 슬쩍 얼굴을 마주 본다. 그러고는 수염이 대답했다.

"모, 못합니다. 그런 기능 자체가 없습니다."

민구는 수염의 얼굴과 그 옆 애송이의 얼굴을 동시에 보고 있었다. 수염이 멈출 수 없다는 말을 하는 순간, 애송이의 얼굴에 당혹스러운 빛이 스친다.

거짓말이군…….

민구는 곧바로 수염의 배에 쿠크리를 찔러 넣었다.

"크헉! 어어억! 으읍!"

수염은 배를 끌어안고 무릎을 꿇었다. 놈의 손가락 사이로 피가 줄줄 흘러내린다. 찔린 수염과 보고 있는 애송이, 두 놈 모두 얼굴에서 핏기가 싹 가셨다. 그리고 뒤쪽에 서 있던 제니도 깜짝 놀라 흑, 하고 숨을 삼킨다.

"너는 할 수 있겠지."

민구는 수염의 피가 묻은 쿠크리로 애송이를 가리키며 말했다.

"네! 네! 잠시만요! 잠시만요!"

애송이는 기다시피 하며 계기판으로 달려가 엘리베이터 비상 정지 버튼을 눌렀다.

덜컹—!

애송이는 빠르게 손을 놀려 차례대로 모든 엘리베이터 가동을 중단시켰다. 두 번 생각할 여유 같은 건 없다. 약은 척을 하다가 수염이 어떤 꼴을 당했는지 똑똑히 지켜본 그에게는 별다른 선택의 여지가 남겨져 있지 않았다.

"다, 다 멈췄습니다! 이제! 엘리베이터 움직이는 거 없습니다!"

작업을 마친 애송이는 이마의 땀을 훔쳐 낸다.

끄으으으~ 으으으~

수염은 여전히 배를 움켜쥐고 신음하는 중이다. 죽을 정도로 깊게 찌르지는 않았지만, 아마 두려움과 공포가 고통을 배가시키고 있을 터였다.

"테라가 안 보여요. 아까부터 아무리 찾아도… 여기 나오는 화면이 이 건물 전부 다 보여주는 건가요? 계속 좀비들만 뛰어

다니고……."

열심히 모니터 화면을 훑고 있던 제니가 초조한 표정으로 중얼거렸다. 수백 개의 작은 화면들을 쉼 없이 옮겨 다니며 노려보느라 머리가 어질어질할 지경이다.

"오 박사라는 놈 방 화면이 어떤 거야?"

민구는 애송이의 어깨에 팔을 걸치며 물었다. 바깥에서 있었던 대화에 대해 모르는 진우가 묻는다.

"오 박사? 그건 누굽니까?"

"저놈 말이… 오 박사라는 녀석이 테라를 데리고 있다더군. 15층이라고 했지?"

민구가 끄나풀 삼아 끌고 온 보안 요원을 가리켰다. 보안 요원이 고개를 끄덕였고, 애송이는 얼굴이 파랗게 질린 채 말을 더듬는다.

"그… 그, 오 박사는… 그 사람이 여기 책임자라서… 자기 방이나 연구실의 CCTV를 뽑아버렸습니다. 그렇게 작업한 데가 몇 군데 있습니다! 정말입니다! 아시잖아요! 말씀 좀 해주세요!"

애송이는 보안 요원에게 협조를 구하며 간절히 외쳤다.

"네! 맞습니다! 저기… 메이저 방도 그렇고… 보존소나, 식사실도 그렇고… 세균 배양 실험실도 그렇고… 혹시라도 기록이 남으면 큰일 날 곳들은 다 CCTV가 없습니다."

보안 요원도 애송이의 말을 긍정하며 자신이 아는 걸 다 털어놓았다. 조금 전 엘리베이터 앞 총격전을 보고 그는 확실히 깨달았다.

이 새끼들은 엄청난 괴물들이다!

그전까지 그가 알던 최고의 괴물은 메이저였다. 사격 실력도, 육탄전도 잘하고, 심지어 나이프도 기가 막히게 쓰는 막강 전력.

그런데 이 새끼들을 보고 나니, 메이저는 그저 동네 노는 형 수준 정도로밖에 안 느껴진다. 그러니 얌전히 협조하고 그저 선처를 바라는 게 현재로서는 가장 생존 확률을 높이는 방법이다.

"그럼 걔는 화면에 안 보이는 곳 중 한 군데에 있다는 소리군. 지금 말한 데가 15층하고 또 몇 층이냐?"

민구가 물었다. 보안 요원이 기억을 더듬으며 대답하기 시작했다.

"에, 또, 카메라 없는 곳이… 식사실은 8층이고요…….."

"식사실? 밥 먹는 데? 거기는 왜?"

"좀 다릅니다… 사람이 먹는 곳이 아니라, 좀비 밥을 주는 덴 니다. 그… 작은 회장이 좀비로 변해 버려서, 황 회장이 그거 굶으면 안 된다고… 그런데 지금은 아예 안 씁니다. 얼마 전에 작은 회장을 남쪽으로 싣고 갔어요."

보안 요원은 슬쩍슬쩍 눈치를 보며 식사실에 대해 설명했다. 그 비인간적인 시설 때문에 공연히 자신이 분노를 사게 될까 두려운 것이다.

하지만 그는 테라가 그곳에서 잔인한 동영상을 촬영하고 있다는 사실에 대해서는 전혀 모르고 있었다.

"그리고 또?"

"보존소라는 데는… 좀비를 얼려서 보관하는 덴니다. 그건 12층이에요. 세균 배양 실험실이라는 데는 16층… 뭘 하는 데인지는 잘 모릅니다. 그리고 해부실이 있는데……."

보안 요원은 계속 주워섬겼다. 듣고 있는 동안 태권소녀와 제니의 미간의 주름이 점점 더 늘어난다. 말도 안 되는 미친 짓이 정말 여러 군데에서 너무도 많이 벌어지고 있다.

"또, 그리고… 샘플 보관실이라고… 잡아온 사람들을 가둬두는 곳이 있습니다. 그냥 한 군데에 몰아놓는 건데요……."

"그게 여긴가요?"

제니가 모니터를 가리키며 물었다. 어둑한 조명과 바닥의 재질로 보아 지하 주차장 정도 되는 것 같다.

사람들이다. 잡혀온 사람들… 어둑한 조명 아래 천 단위는 훌쩍 넘을 만큼 많은 사람들이 불안이 가득한 얼굴로 굳게 닫힌 셔터를 흔들고 있었다.

"아뇨… 거긴 주차장입니다. 그건 요 며칠 잠실에서 데려온 민간인들……."

"세상에… 저 사람들을 다 어떻게 해야 돼… 혹시 테라도 저 안에 섞여 있으려나? 화면이 작아서 얼굴이 잘 분간이 안 되는데……."

태권소녀가 입을 감싸 쥐며 중얼거렸다.

"헬리콥터가 몇 대나 떠서 겨우 데려온 애를 저렇게 방치했을 리가 없지. 아까 저 사람이 말했던 카메라 없는 층 중 하나에 있을 거야. 그전에 일단 저 헬리콥터부터 박살 내놓아야겠네. 저건 옥상인가요?"

유빈이 헬리콥터 1호기가 멈춰 서 있는 헬리포트 화면을 가리키며 애송이에게 물었다.

"그, 그렇습니다."

"그럼 옥상 먼저 들렀다가 15층, 12, 8… 이런 식으로 쭉 훑으면서 내려오면 되겠다. 아까 보니까 엘리베이터 멈추는 스위치가 여러 개던데, 하나만 움직일 수도 있는 거죠?"

"네, 네… 됩니다. 어떤 걸 가동시킬까요?"

"가장 가까이 있는 걸로."

유빈이 대답했다. 아드레날린이 넘치는 세 명, 보안관, 민구, 그리고 진우는 벌써 각자의 장비를 챙겨서 방을 나설 준비를 하고 있었다.

이제 이 더러운 악마의 소굴을 화끈하게 쓸어버릴 시간이다.


긴급 수동 모드로 가동되는 화물용 엘리베이터는 빠른 속도로 올라갔다. 순식간에 32를 지난 표시 창을 보고 있으면서 삼식이가 걱정스럽게 중얼거렸다.

"근데 혹시 길이 엇갈리면 어쩌지? 우리가 올라가는 동안에 그놈들이 내려와서 도망가 버리거나 하면."

이 큰 건물에 계단이 한두 개도 아니고, 이론적으로는 충분히 가능한 일이다. 하지만 유빈은 자신만만하게 대답했다.

"설사 길이 엇갈린대도 밖으로 도망은 못 쳐. 지금 로비랑 주차장이 다 좀비 밭인데, 우리가 훑고 내려올 동안 그걸 다 죽일 수도 없을걸? 만에 하나 용케 그럴 수 있다고 해도 멀리 도망치지지도 못할 거고."

애초부터 장벽을 박살 냈을 때부터 그런 걸 기대했었다. 몰려들어온 좀비들이 경비견의 역할을 해줄 수 있을 거다. 아군, 적군 가리지 않고 공격해 대는 위험한 경비견.

"…다 왔습니다. 문… 엽니까?"

애송이가 땀을 뻘뻘거리며 뒤를 돌아보고 물었다.

이놈들… 대체 언제까지 자기를 끌고 다닐 건지…….

슬슬 불안해진다. 물론 배에 칼을 맞고 피투성이가 되어 화장실에 갇혀 버린 수염이나, 양팔이 다 피범벅이 된 채 끌려 다니는 저 보안 요원의 신세보다는 자신의 처지가 훨씬 낫긴 하지만…….

"잠깐만요. 준비 좀……."

유빈과 삼식이가 투명 폴리카보네이트 재질의 방패 손잡이를 꽉 잡고 자세를 낮추며 말했다. 경비 본부에서 가지고 나온 쉐도우 실드의 비품이다. 옥상 엘리베이터 문이 열릴 때, 혹시 습격을 받게 될지도 몰라 준비해 두었었다.

얼! 얼!

삼숙이가 밖을 향해 짖는다. 경계 중인 병력이 있다는 뜻이다.

"제니랑 혜주 잘 지켜줘."

사격 준비를 마친 진우는 삼숙이의 머리를 쓸며 다정하게 당부했다.

드르르륵—

화물 엘리베이터의 문이 위쪽으로 열리자마자 두 친구는 보폭을 맞추며 앞으로 뛰어나갔다. 그리고 그 뒤에 진우가 바짝 붙어 함께 움직였다.

나머지는 구조물 뒤로 모습을 숨겼고, 민구와 보안관은 반대편으로 돌아 달렸다.

탁탁탁탁—

드넓은 옥상 위에 세 사람의 발자국 소리가 울린다. 멀리 반층 정도 위쪽으로 툭 튀어나온 헬리포트와 검은 헬기가 보인다.

"거기 뭐야?"

헬리포트 주변에 앉아 초조하게 담배를 피우고 있던 대원들이 깜짝 놀라 묻는다.

문답무용! 진우는 방패 위로 총구를 내밀며 방아쇠를 당겼다.

투투둑— 투투둑—

이상한 낌새에 곧바로 MP5를 고쳐 잡으려던 두 명의 쉐도우 실드 대원들은 끅— 하는 짧은 비명과 함께 머리가 산산조각 난 채 뒤로 날아갔다. 세 친구는 계속 진형을 유지하며 뛰었다.

"엇! 저기!"

매의 눈을 가진 삼식이가 건물의 북쪽을 가리키며 얼른 자세를 갖춘다. 유빈도 녀석의 방패에 자신의 방패를 반쯤 겹치며 머리를 숙였다.

투투투투투투— 투투투투투— 투투투투—

헬리포트 건너편, 경비 초소 그늘아래에서 연사가 쏟아져 날아온다.

퍼버버벅— 피피핑—

총알은 방패를 사납게 두들기고 지나갔다. 방패를 움켜잡은 팔이 떨어져 나갈 듯 찌릿찌릿하다. 근처의 콘크리트 구조물과 파이프들에도 총알이 맞고 튄다.

스릉—

기척을 죽이며 다가간 민구는 오른손을 등 뒤로 돌려 쿠크리를 꺼냈다. 그러고는 그걸 왼손으로 옮겨 쥐었다. 10여 미터 떨어진 검은 군복 두 놈은 옥상을 가로질러 삼식이의 방패를 쏴대는 것에만 몰두해 있다.

쉬이익—

민구가 왼손을 힘껏 휘두르자, 초승달처럼 휜 쿠크리가 빙글빙글 돌며 빠르게 날아간다. 앞서 달리는 보안관을 스치고 지난 쿠크리는 방아쇠를 당기고 있던 대원의 목에 깊숙하게 박혔다.

"어어억!"

쿠크리가 박힌 대원이 총을 떨어뜨리며 비명을 지른다. 그의 옆에 있던 놈은 놀란 눈으로 자신의 동료를 돌아보았다.

웬 난데없는 칼이!

동료의 목에서 뿜어져 나오는 핏줄기와 커다란 쿠크리 나이프. 놈은 당황해하며 총구를 옆으로 돌렸다.

빠악—

번개처럼 휘둘러진 보안관의 해머가 놈의 왼손과 MP5를 동시에 후려친다. MP5는 하늘 높이 날아가 버렸다.

손의 모든 뼈가 박살 나는 고통! 그 지독한 아픔에 놈이 비명을 내지르기도 전에 보안관의 제2타가 얼굴을 향해 날아든다.

콰작!

엄청난 속도로 내리꽂힌 해머의 무게 앞에서 방탄 헬멧은 아무런 기능을 하지 못했다. 두개골이 터지고 목이 으깨진 쉐도우실드 대원은 맥없이 앞으로 쓰러졌다.

"하아아~ 하아아~"

눈과 코에서 피가 터져 나온 시체를 보며 보안관이 숨을 헐떡였다. 친구들과 자신의 목숨이 걸린 상황이어서 앞뒤 가리지 않았지만, 역시 사람을 때려죽인다는 건 괴로운 경험이다.

"몇 번 더 하다 보면 익숙해질 거다."

첫 번째 대원의 목에 박힌 쿠크리를 더 깊이 쑤셔 넣었다가 빼내면서 민구가 말했다. 놈에게 얕보인 것 같아 기분이 상한 보안관은 무뚝뚝하게 대답했다.

"나는 당신이랑 달라. 이런 거에 익숙해지고 싶지 않다고."

"그래? 하긴, 그렇게 센 척하다가 익숙한 새끼들 손에 뒈지는 것도 네 자유지……."

민구는 무심하게 중얼거리며 쿠크리에 묻은 피를 바닥에 털어내고는 다시 등 뒤의 홀더에 끼워 넣었다.

"그냥 내가 다 잡을 수 있었는데……."

진우가 구조물들 사이로 걸어오며 말했다. 민구는 삼식이에게서 얻은 담배에 불을 붙인 뒤, 씩 웃었다.

확실히… 늘 화가 나 있는 저 고릴라보다 이 표정의 변화가 없는 놈 쪽이 훨씬 더 위험한 인간이다.

"어으, 무지하게 아파."

유빈이 죽은 대원들의 목걸이를 빼서 주렁주렁 목에 거는 동안, 삼식이가 방패를 내려놓고 어깨를 주무르며 말했다.

"그래도 막 방패를 놓치거나 뒤로 넘어가거나 할 정도는 아니었는데… 아까 진우 총 맞은 놈들은 왜 그랬지?"

"저 총이랑 내 총이랑 쓰는 총알이 달라. 저건 그냥 권총탄이야. 당연히 방패에 맞을 때, 거기 전해지는 힘이 다르지. 그리고 나는 한 군데에만 몰아서 계속 쐈잖아. 그건 그렇고… 이걸 이제 어떻게 부순다?"

삼식이에게 설명을 해주며 헬리포트 위로 올라간 진우가 헬리콥터를 보며 중얼거린다.

헬리콥터의 조수석 문을 열고 잠시 내부를 들여다보던 진우는 몇 발 물러난 뒤, 조종간과 계기판을 향해 다짜고짜 방아쇠를 당겼다.

투투투— 투투툭— 투투둑— 투투투—

난사를 당해 엉망으로 박살 난 계기판 안쪽에서 불꽃이 튄다. 그렇게 해놓고도 부족했는지 진우는 방향을 바꿔 전면 유리창에 나머지 총알들을 전부 다 쏟아부었다.

유리가 엉망으로 금이 가서 도저히 앞을 볼 수 없는 상태가 되었지만, 진우는 탄창을 교환해 가며 계속 헬기에 총알을 퍼부었다.

딱 한 번 상대해 봤을 뿐이지만, 헬리콥터라는 건 꽤나 골치 아프고 무서운 적이다. 어떻게 방향이 바뀌고 어느 각도에서 총알이 날아오는지 도무지 종잡을 수가 없었다. 그러니 아예 떠오르지 못하도록 만드는 게 제일 좋다.

피지짓— 피짓—!

조금 전, 총알 세례를 받은 조종석 안에서 스파크가 튀며 조금씩 연기가 피어올랐다. 이제 이 헬기가 떠오를 가능성은 없어 보인다.

삼숙이가 지키고 있던 인질 둘과 태권소녀, 제니와 합류한 친구들은 아래로 이어지는 계단의 문을 열었다.


5


"뭐지, 이 개새끼들? 대체 뭘 하고 있는 거야?"

오 박사는 짜증을 부리며 신경질적으로 바닥에 담배를 비벼 껐다. 그로테스크한 좀비를 찾아오라고 보낸 놈들도, 그놈들을 데려오라고 보낸 놈들도… 다 돌아오지 않는다.

그는 내선 전화기로 15층 자신의 연구실에 딸린 연구 부서를 연결했다.

"나다!"

오 박사는 저쪽에서 수화기를 들자마자 짜증스러운 목소리로 말했다. 여자 연구원이 그의 목소리를 알아듣고 물었다.

— 오 박사님! 어디 계셨어요? 엄청 찾았습니다. 조금 전, 그 폭발 무슨 소리였습니……

"닥쳐! 너 궁금증 풀어주려고 내가 전화했겠어? 내가 네 비서냐? 너, 지금 당장 12층으로 가서 거기 놈들 다 데리고 나한테 와. 나 지금 8층 식사실에 있으니까."

그러고는 상대방이 대답하기도 전에 탁, 소리를 내며 수화기를 내려놓았다. 그의 기분이 안 좋아짐에 따라서 방 안의 분위기는 급격하게 가라앉았다.

네 명의 쉐도우 실드 대원을 제외한 나머지 인원들은 괜히 기가 죽어서 고개를 푹 숙이고 있다.

"개새끼들이 말이야… 무슨 백화점으로 쇼핑 나들이를 간 줄 아나……."

오 박사가 분을 못 이겨서 씩씩거리고 있을 때, 내선 전화가 울렸다. 수화기를 집어 들고 응답하던 직원이 쭈뼛거리며 오 박사를 바라본다.

"저기… 오 박사님. 조금 전에 통화하셨던 그 연구원이라고……."

"뭐어?"

오 박사는 이마를 찌푸리며 직원의 손에서 전화기를 잡아챘다.

"야이, 개년아! 내가 너한테 전화하라고 했어? 12층 가서 데리고 오라고 했지! 응? 그 간단한 명령을 수행 못해? 사람 말을 똥구멍으로 처듣냐?"

— 아… 오 박사님… 그렇게 하려고 했는데… 엘리베이터가……

여자 연구원은 갑자기 쏟아지는 욕설에 깜짝 놀라 기죽은 목소리로 중얼거렸다.

"엘리베이터가 뭐! 어떻게 하라고?"

— 엘리베이터가 먹통입니다… 한 대도 안 움직여요… 그래서 일단 그 사실부터 미리 말씀드리고 출발해야 기다리시지 않을 것 같아서……

"…뭐라고?"

당혹스럽게 묻는 오 박사의 목소리에서 분노가 걷힌다.

또 불길한 징조……

오 박사는 숨을 몰아쉬며 물었다.

"어느 섹션 엘리베이터 말하는 거야? 우리 연구실 앞에 그 A섹션?"

— 다른 데도 다 마찬가지였습니다… B랑 C섹션도……

철컥.

오 박사는 급하게 전화를 끊고 지하의 경비 본부를 연결했다. 열 대가 넘는 엘리베이터가 동시에 고장 난다는 건 불가능하다. 뭔가 잘못되었다. 그게 뭔지 경비 본부는 알고 있을 것이다.

뚜루루룩― 뚜루루루룩― 뚜루루룩―

단조롭고 지루한 통화 연결음이 계속 울려 댄다. 초조하게 기다리던 오 박사는 수화기를 곁의 직원에게 넘겨주며 말했다.

"계속 연결해. 전화 받으면 엘리베이터가 왜 가동되지 않는 건지 물어봐. 그리고 나 올 때까지 끊지 마."

오 박사는 식사실 밖으로 뛰어나갔다. 긴 복도를 내달려 엘리베이터 앞에 도착한 오 박사는 오르고 내려가는 모든 버튼을 다 누르고 상태창을 살폈다. 상태창의 숫자들은 조금도 변함이 없이 그대로 정지해 있다.

"이게… 뭐야… 왜 이래?"

오 박사의 얼굴이 점점 땀으로 뒤덮여 갔다. 이런 상황이 뭘 의미하는 건지… 정확하게는 모르겠다. 그래서 더 불안하고, 불길하다. 지은 죄가 많은 그로서는 당연히 무서운 것도 많았다.

"근데… 메이저 이 새끼는 뭘 하고 있어? 구멍은 다 막았나?"

반대편 복도로 뛰어간 오 박사는 창문에 이마를 박고 아래층을 내려다보았다. 장벽은 여전히 커다란 구멍이 뚫린 채 그대로 방치되어 있고, 주차장 안을 배회하는 좀비들의 수는 더욱 늘어났다. 반면에 단 한 명의 아군 병력도 보이지 않는다.

메이저까지…….

점점 더 커지는 압박감에 오 박사의 관자놀이에는 핏줄이 도드라졌다.

"하아아~ 하아아~ 씨발."

숨을 헐떡이며 식사실 안으로 뛰어 들어온 오 박사는 쉐도우 실드들에게 손을 내밀며 물었다.

"너희 대장이랑 무전으로 교신 좀 하자. 무전기 내놔."

"무전기요? 없습니다. 빌딩 내로 귀환하면 대장님하고 경비를 서는 당직 대원들 외에는 모두 무전기와 총기는 반납합니다. 그게 규정입니다."

쉐도우 실드 대원들은 당연하다는 얼굴로 대답했다.

"뭐어? 총기는 그렇다고 쳐도 무전기는 왜? 그러면 너희는 평소에 대장이랑 어떻게 연락해? 급한 용무가 있을 때 어떻게 연락하냐고!"

"급할 때… 뭐, 주로 숙소에 계시니까 거길 찾아가면 되고요… 아니면 경비 본부에 연락을 해서 거기에서 무전을 보내거나… 숙소에도 호출 가능한 무전기가 있습니다."

아찔해진 오 박사는 이를 빠득 갈며 눈을 감았다.

이런 씨발… 뭐, 이렇게 좆같은 경우가 다 있단 말인가. 경비본부는 아직 연락을 받지 않고, 직원 숙소에 있는 대원들을 싹다 끌고 내려가라고 한 건 자신이다. 의존할 수 있는 가장 강력한 무력 수단과 연결이 끊어져 버리자 갑자기 소름이 돋아 오른다.

"그래… 알았어. 그렇단 말이지? 너! 너는 쉐도우 실드 숙소에 가서 일단 무전기하고 총 인원수대로 챙겨 와. 아, 엘리베이터가 안 움직이니까 계단으로 가야 돼. 서둘러."

오 박사가 말했다. 지목을 받은 쉐도우 실드 대원은 떨떠름한 표정이다.

씨발, 30분 정도만 걸린다고 해서 테라 구경이나 할 겸 홍분되는 파티도 잠시 거르고 여기로 왔는데…….

여기는 8층, 대원 숙소는 21층. 열세 개 층을 뛰어 올라가서 무거운 무기들을 챙겨 또 돌아와야 한다니, 기분 좋은 심부름은 아니다.

대원이 오만상을 찌푸리며 방을 나간 뒤에, 오 박사는 미친 사람처럼 방 안을 오가며 뭘 해야 하는지 고민했다.

지금 그에게 주어진 이 비일상적인 현상들을 모두 연결하면 어떤 결론을 내릴 수 있을 것인지… 그는 입술을 잘근거리며 뇌를 풀가동했다.

"폭발… 그리고 경비 본부 마비… 엘리베이터 가동 중단… 아, 그러면… 12층에 갔던 놈들은……."

보존소에 갔던 놈들도 그로테스크한 좀비를 싣고 돌아오다가 엘리베이터가 멈춰 서는 바람에 갇혀 버린 것이 아닐까 하는 의심이 잠시 머리를 스쳤다.

이해해 주려고 하면 가능성이 아예 제로인 것은 아니다. 재촉하러 갔던 놈이 네 놈과 함께 좀비를 끌고 엘리베이터를 막 탔는데 멈췄다면… 그렇다면 그건 이상한 일에서 제외시켜 둬도 무방한 건가…….

오 박사가 거기까지 생각했을 때, 조금 전에 방을 나갔던 쉐도우 실드 대원이 비명 소리와 함께 문을 열고 뛰어 들어왔다.

"으아아! 으아! 으으! 하아! 하아!"

"어흑!"

뛰어 들어온 대원과 부딪친 연구원들이 뒤로 밀려 벽을 짚는다. 대원은 방 안에 들어와서도 고개를 들지 못하고 엎어진 채 숨을 헐떡거리고 있다.

"뭐야, 대체? 왜 그래? 너희들 오늘 단체로 무슨 약이라도 처먹었어?"

오 박사는 짜증을 부리며 물었다. 쉐도우 실드 대원은 문밖을 가리키며 말을 더듬는다.

"계, 계단에! 계단이 온통! 하아! 하아!"

"계단이 뭐! 말을 해!"

"계단이… 하아! 다 좀비 천지입니다! 좀비들이 존나게 돌아다닌다고요! 하아! 하아! 으아, 죽는 줄 알았네! 으아, 놀래라!"

"…뭐라고?"

오 박사가 믿을 수 없다는 듯 되물었다.

좀비가… 계단을 돌아다닌다고? 어째서?

물론 이 건물에는 좀비들이 엄청나게 많지만, 전부 다 안전하게 보관되어 있다. 실수로라도 그것이 풀려날 가능성은 제로에 수렴한다.

그렇다면 1층에서부터 올라왔다고?

아니, 그것도 말이 안 된다. 1층의 오픈식 계단은 3층까지 이어진다. 외부인의 출입을 차단하기 위해 3층의 계단 출입구는 스캐너에 아이디카드를 댄 후에야 열 수 있다.

"몇 마리나 되는데?"

"몇 마리고 자시고 셀 필요도 없어요. 그냥 계단이 위아래로 다 좀비들이란 말입니다!"

"어느 계단이 그 모양이야?"

"A섹션이요. 하아, 하아~!"

대원은 기억을 되살리는 것 자체가 불쾌하다는 듯 불손하게 대꾸했다. 오 박사는 잠시 녀석을 노려보다가 다른 대원들에게 명령했다.

"…들었지, A섹션은 못 쓴다는 말. 하지만… 다른 섹션 계단으로 가면 될 거야. 무슨 일인지는 모르겠지만, 계단들은 다 독립되어 있으니까… 얼른 다녀와."

"만약 거기도 상황이 똑같으면 어떡합니까?"

네 명 중 조장이 물었다. 오 박사의 입에서 바보 같은 대답이 나왔다.

"…아닐 거야."

대원들은 쉽사리 움직이려 들지 않는다. 오 박사가 생각해도 설득력이 없는 대답이었다. 어떻게 하면 이놈들을 꼬드겨 총을 가져오게 할 수 있을까에 대해 고민하고 있을 때, 그의 신경을 긁는 소리가 울렸다.

삐잉— 삐잉—

그리고 보니 조금 전부터 이 소음이 계속 들려왔었다. 오 박사는 엉뚱한 곳에 화풀이를 하듯 직원들을 향해 소리를 질렀다.

"뭐야! 이 삑삑거리는 소리 뭐냐고? 응?"

"네?"

직원들은 서로 얼굴을 마주 본다. 다들 오 박사와 쉐도우 실드 대원의 이야기에 집중해 있느라 소음을 인식하지도 못했다.

"어? 이게 왜……."

아래층의 모니터를 돌아본 직원이 깜짝 놀란다. 좀비들을 몰아 가둬뒀던 방의 격벽이 열려 있다. 조금 전 방 안으로 뛰어든 쉐도우 실드 대원과 부딪쳤을 때, 누군가 벽을 짚으며 스위치를 건드린 게 분명하다.

그롸아아아—

유심히 들어보니 닫혀 있는 크레인 바닥 틈으로 좀비들의 울음소리도 희미하게 들려온다. 입구의 대원들에게만 집중되어 있던 시선이 반대편으로 돌아갔다.

아래층을 환히 보여주는 사선의 유리 바닥 너머, 식사실로 들어와 배회하고 있는 좀비들의 모습이 보인다.

"야이! 개새끼들아! 가뜩이나 정신없는데 그건 왜 건드려, 왜? 당장 좀비들 격벽 안으로 들여보내!"

오 박사는 직원들에게 쌍욕을 퍼부은 후, 카메라와 연결되어 있던 노트북을 빼 들었다.

비주얼적인 박력이 좀 부족하기는 하지만, 어쨌든 여기에는 테라가 희한한 면역자라는 증거가 담겨 있다. 동영상이 제대로 있나 확인해 본 오 박사는 테라를 돌아보았다.

완전히 탈진했는지, 그녀는 가느다란 두 다리 사이에 고개를 박은 채 멍하니 앉아 있다. 주변의 혼란이 전혀 귀에 들어오지 않는 눈치다. 오 박사는 쉐도우 실드 대원들에게 다가가서 목소리를 낮춰 말했다.

"이봐… 너희들… 지금 혼란스럽고 겁도 나겠지만, 저기 앉아 있는 저년… 저년하고 이 노트북, 그리고 내 머리 속에 들어있는 그간의 연구 실적만 있으면 우리는 어디를 가든 떵떵거리며 큰소리치고 살 수 있어. 내가 무슨 말 하는 건지 알겠어? 총을 가지러 가자. 저기… 저 샘플 새끼들 보이지? 저걸 줄로 묶어서 끌고 가다가 계단에서 혹시 좀비를 만나면 하나씩 먹이로 던져 주면 돼. 열세 층이라야 금방이야."

쉐도우 실드 대원들은 철창 안에 들어 있는 사람들을 돌아보았다.

먹이로 던져 촬영을 하고 남은 건 모두 합쳐 열넷.

아슬아슬하다. 동시에… 될 것도 같다. 여기 가만히 버티고 있어봐야 별로 나아질 것 같지 않다는 사실이 그들로 하여금 무리한 모험에 대해 고민하게 만들었다.

"이 일만 성공하면 너희들은 더 이상 이런 짓 하지 않아도 돼. 메이저 바로 아래에서 총지휘만 해. 군인들을 잔뜩 부리게 해줄게. 아니지, 메이저가 돌아오지 못하면 서열도 하나씩 더 올라가야지. 가자! 더 늦기 전에 가서 총 가지고 헬리콥터 타고 도망가는 거야!"

대원들의 마음이 흔들린다는 걸 눈치챈 오 박사는 그들의 욕망을 자극했다.

그들 다섯 명이 그렇게 소리 죽여 모의를 하고 있을 때, 대부분의 직원들은 그들이 무슨 말을 하는 건지 엿듣기 위해 온 신경을 집중하고 있었다. 혹시 자신들이 미끼로 사용되는 건 아닐까 하는 두려움 때문이었다.

좀비들을 격벽 안으로 꼬드겨 들이기 위해 건너편 방의 크레인을 조절하던 직원도 정신의 반은 오 박사 쪽으로 가 있었다. 그러다가 실수로 크레인을 너무 내려 버렸다. 좀비의 손에 닿을 만큼 아래로 내려진 미끼용 인간의 사지가 처참히 뜯겨 나간다.

"어흑!"

모니터를 보고 있던 직원은 얼른 크레인을 끌어 올리고 바닥 해치를 닫은 뒤, 다른 사람들 틈에 섞여 버렸다.

일단 자신이 이 일과 무관하다고 발뺌해야겠다는 생각이 가장 먼저 들었고, 그래서 아예 모니터도 꺼버렸다. 다른 직원들은 그가 언제 자신의 옆으로 왔는지도 모를 만큼 오직 오 박사의 말소리에만 집중해 있었다.

하지만 그때, 그 방에서 단 한 사람만은 직원이 크레인을 어떻게 움직이는지, 바닥의 해치를 어떻게 여닫는지 아주 유심히 관찰하는 중이었다.

테라였다.

테라는 수그린 얼굴을 두 팔로 감싸 안고 자신의 시선을 감추면서 아무것도 보지 않는 척, 직원의 손놀림과 모니터 안의 변화를 전부 다 머릿속에 새겨 넣었다.

비록 그 직원이 조작한 것은 격벽 너머 다른 방의 크레인이지만, 이 방의 것과 조작 방법이 다를 것 같지는 않았다.

테라는 눈을 치켜뜨고 아주 조심조심 자리에서 일어났다. 그러고는 천천히 스위치가 있는 쪽으로 가까이 다가갔다.

"지금 당장이야 좀비들이 돌아다닌다고 하니까 조금 무섭겠지만, 총만 들어봐. 그까짓 거 아무것도 아니라고… 그렇잖아. 너희들 넷이 기관단총으로 갈기면, 좁은 계단에 좀비들이 달려 올라와 봐야 그냥 개죽음으로 끝이야. 그러니까 조금만 용기를 내면……."

오 박사는 아직도 쉐도우 실드 직원들을 설득하는 데 여념이 없다. 테라는 오 박사와 직원들을 노려보면서 바닥의 해치를 여는 스위치를 곁눈질했다.

이 빌딩에 뭔가 큰 위기가 닥친 게 분명하다. 그리고 저들은 자신을 데리고 여기에서 탈출하려 한다.

민구가 아는 것은 자신이 여기에 있다는 것까지다. 만약 그녀가 또 다른 곳으로 끌려가 버린다면, 세상에 그녀의 행방을 아는 사람은 단 한 명도 없어진다.

그렇게 구조 받을 가능성이 제로인 채 잔인하게 정신적 고문을 받으며 계속 버틸 자신은 없었다. 그럴 바에야 모험을 거는 편이 낫다. 물론 민구에게 항체가 전해졌는지 어떤지도 불확실하지만……

찰―칵!

테라는 아주 조심조심 천천히 안전장치를 해제하고 바닥의 스위치를 올렸다. 스위치 스프링이 울리며 나는 찰칵, 소리가 그녀에게만은 천둥소리처럼 들렸다.

끼이이이잉―

크레인 아래 해치가 요란한 소리를 내며 양쪽으로 벌어진다.

'왜 저렇게 느리게 열려…….'

테라는 발소리를 내지 않기 위해 애를 쓰며 벽에 붙어 크레인 쪽으로 걸었다. 저 변태 박사가 신발을 빼앗아 버린 게 이럴 때는 오히려 도움이 되었다.

"이게 뭔 소리야?"

그 순간, 오 박사와 쉐도우 실드 대원들이 뒤를 돌아본다.

들켰다!

"어! 저, 저게 왜? 저년이!"

그녀를 붙잡기 위해 손을 뻗으며 뛰어오는 직원들, 그리고 오 박사.

고양이 걸음을 걷고 있던 테라는 힘차게 크레인을 향해 내달렸다.

"야이 개년아!"

오 박사의 욕설! 그리고 쉐도우 실드 대원의 재빠른 움직임!

테라는 그 모든 악마들을 뒤로하고 열심히 뛰었다.

그녀는 어젯밤을 꼬박 새며 거의 아무것도 제대로 먹지 못했고, 밤새 체력이 고갈될 정도로 뛰고 또 뛰었었다.

그리고 새벽녘에는 민구에게 피를 나눠 주고, 조금 전까지 인간이 견딜 수 있는 극한까지 끔찍한 시각적 테러를 견뎌야 했다.

그렇게 지친 상태이니 당연히 속도가 나지 않는다. 마음보다 훨씬 더 느리게 팔다리가 움직이고, 바로 코앞처럼 보이던 크레인까지가 한없이 멀게만 느껴졌다.

"잡…아……!"

대원들의 고함 소리가 느린 화면 속의 음성처럼, 물속에서 울리는 소리처럼 들려온다. 모든 것이 아주 느리게 움직이고, 동시에 또렷하게 보인다.

벌어진 바닥의 해치, 그 아래로 돌아다니는 좀비들의 부패한 몸뚱이, 그리고 맞은편 유리에 희미하게 반사되어 비치는 오 박사의 분노한 표정까지…….

테라는 그녀에게 남은 모든 에너지를 바닥까지 끌어모아 집중시켰다.

부웅—

도움닫기를 한 그녀가 열린 해치를 향해 몸을 날렸다. 바닥에 떨어질 때 다치게 되지는 않을까 하는 걱정 따위는 들지도 않았다.

"잡았다!"

쉐도우 실드 대원이 외쳤다. 그는 하늘에 떠오른 테라의 허리를 우악스럽게 움켜쥐며 뒤로 당겼다.

하지만… 이미 중력은 그녀의 편이었다. 테라의 몸은 빠르게 해치 아래로 떨어져 내렸고, 그녀를 끌어 올리려던 대원도 중심을 잃고 테라와 함께 아래로 곤두박질쳐졌다.

쿠웅—

작은 회장의 부상을 막기 위해 설치했던 푹신한 바닥에 두 사람이 떨어져 내렸다. 엉덩방아를 찧은 테라가 고통을 참으며 황급하게 기어서 도망간다. 바닥을 짚고 일어나는 쉐도우 실드 대원의 얼굴에는 당혹감이 가득하다.

여기는……!

그로아아아아아—

사방에서 덮쳐 오는 좀비들의 울음소리!

대원은 본능적으로 대검을 빼 들었다.

사악—

가장 앞서 달려들던 좀비의 얼굴을 대검이 가르고 지나간다. 하지만 그런 부상은 좀비에게 아무런 문제가 되지 않음을 그도 이미 알고 있다. 좀비는 대원의 팔을 움켜쥐고 상완이두근에 이빨을 박아 넣었다.

"끄으윽! 이익!"

대원은 좀비를 뿌리쳐 보려고 안간힘을 썼다.

찌이익—

피부가 찢겨 나가면서 팽팽해져 있던 붉은 근육이 고스란히 드러난다.

"아으윽!"

이제껏 한 번도 겪어보지 못한 크기의 고통에 대원은 몸서리를 치며 경련했다. 그런 그의 뒤쪽에서 또 다른 좀비가 머리를 누르고 목을 물어뜯는다.

까드득—

자신의 피부와 근육이 뜯겨 나가는 소리가 고스란히 귀를 타고 전해졌다. 대원의 동공은 고통과 공포로 인해 엄청나게 확장됐다.

콱—

세 번째 좀비가 그의 왼팔에 달려든다. 그리고 그다음부터는 어디를 어떤 놈이 물어뜯는지 알 수 없을 만큼 수많은 좀비들이 한꺼번에 그를 덮치며 이빨을 박아 넣었다.

옷은 산산조각으로 찢기고 옆구리에서는 내장이 툭툭, 소리를 내며 바닥에 떨어진다.

푸슈슛—!

경동맥이 뜯겨 나가자 피가 천장에 닿을 만큼 강력하게 솟아올랐다. 대원은 눈을 홉뜬 채로 더 이상 움직이지 못했다.

꽈드득! 우드득! 꿀쩍! 꿀쩍! 찌이익—!

좀비들의 만찬은 주변을 피바다로 만들며 계속되었다. 조금 전까지만 해도 기세 좋게 '잡았다!'를 외쳤던 동료가 처참하게 죽어가는 걸 보며, 위층의 쉐도우 실드 대원들과 직원들은 마른침을 꿀꺽 삼켰다.

"이… 이… 개년이……."

오 박사는 씩씩거리며 욕설을 내뱉었다. 상황 파악이 조금 늦었다. 여러모로 정신이 없는 상황이었지만, 일이 이 지경까지 흐른 제일 큰 이유는 바로 그것 때문이다.

크레인 바닥이 열리는 걸 보고 있으면서도 테라 년이 그 안으로 뛰어 들어가려 한다는 걸 깨닫기까지 0.5초 정도 딜레이가 있었다.

당연한 일이다. 저 구멍은 그 누구도 들어가고 싶어 하지 않는 죽음의 구멍이었으니까… 그게 도피처가 될 수 있다고는 상상해 본 적도 없었다.

세상에서 오직 저 희한한 면역자 년만이 가질 수 있는 도피처다. 그리고 지금 그들이 가지고 있는 장비만으로는 쫓아갈 수 없는 곳이기도 하다.

"후우우~"

돌아서서 감정을 추스른 오 박사가 목소리를 가다듬은 뒤, 다시 테라에게 말을 걸었다.

"테라 씨, 거기로 간다고 해서 우리가 못 잡을 것 같습니까? 바쁜 사람들끼리 이게 무슨 시간 낭비입니까? 좀비들이 많으니까 든든한 아군 같아 보였어요? 하하하, 어림없는 이야기입니다. 그것들이랑 같이 평생 살 수 없다는 걸 잘 알잖아요. 제 행동에 화가 났다는 테라 씨의 뜻은 충분히 다 전달됐으니까, 이제 올라오세요. 크레인 내려보내겠습니다."

오 박사는 아무렇게나 떠들어 댄다. 구석에 웅그리고 앉아 있던 테라는 그를 노려보면서 벽을 짚고 일어섰다.

"윽!"

골반에 전해지는 통증!

테라는 이마를 찌푸렸다. 조금 전 쉐도우 실드 대원과 함께 바닥에 떨어졌을 때, 그의 무게까지 더해져 어딘가 삐끗한 모양이다. 그녀가 절룩거리며 걸음을 옮기는 걸 본 오 박사의 목소리에는 힘이 실렸다.

"그것 봐요. 괜히 무리한 행동 하다가 다쳤잖습니까. 세상에… 마음 아파라. 제 가슴이 찢어집니다. 이렇게 아름답고 가녀린 테라 씨, 혹시라도 신경이 다쳤으면 어쩌죠? 그런 상태에서 함부로 걷다가는 반신마비가 될 수도 있어요. 어서 올라오세요. 일단 검진부터 해야 합니다. 그리고 이제 그런 동영상 찍지 않을게요. 약속합니다."

그가 떠들어 대는 동안에도 테라는 보란 듯이 좀비들 사이를 스치며 뒷걸음질을 쳤다. 주둥이에서 아직도 뜨뜻한 붉은 피가 뚝뚝 떨어지는 좀비들이 바로 옆을 지나지만, 저 위에서 떠들어 대는 오 박사보다는 징그럽지 않다.

"안 되겠다. 방호복 입고 내려가서 저년 잡아와. 좋게 이야기해 줘도 말을 안 들어 처먹네."

잠시 테라를 노려보던 오 박사가 뒤로 돌아서며 현장 정리를 담당하는 직원들에게 명령했다.

"에? 저기를 내려가라고요? 무슨 말씀이세요? 죽습니다! 백프로 죽어요!"

별안간 날벼락을 맞은 직원들은 손사래를 치며 뒤로 물러났다. 하지만 오 박사는 천연덕스럽게 고개를 저었다.

"죽기는 왜 죽어? 방호복 입으라니까? 그거 원래 좀비들한테 물어뜯기지 않게 만든 옷이잖아. 그거 입고서 좀비들 대가리에 구멍 뚫어서 해체 준비시킨 경험들도 많이 있잖아. 뭘 새삼스럽게 그래? 자, 어서 갔다 와."

"아니요! 아니! 그건 한 마리일 때 여러 사람이 잡고 있었던 거잖습니까? 저기는… 좀비들이 수십 마립니다. 저기에서 어떻게 힘을 써요? 안 됩니다. 절대 무리예요. 뜯겨 죽는다고요."

공포에 질린 직원들의 얼굴에서 땀이 뚝뚝 떨어진다. 연구원들과 엔지니어들, 그리고 일반 직원들은 혹시라도 그들의 불행이 자신들에게까지 옮을까 봐 슬금슬금 옆으로 물러났다.

"하라면 해! 하라고, 이 새끼들아!"

오 박사의 눈짓을 받은 쉐도우 실드 대원들이 삼단봉을 휘두르며 직원들을 닥치는 대로 두들겨 팼다.

세 명의 전투 요원이 둔기까지 휘두르며 별안간 달려들자 세 명의 직원은 저항 한 번 해보지 못하고 일방적으로 맞아야 했다.

"당신들이 하면 되잖아! 이렇게 잘 싸우면서! 왜 우리한테 내려가라고 해? 당신들이 방호복 입고 내려가서 이 기세로 싸우라고! 아악!"

용기를 끌어내서 대들던 직원이 입을 감싸 쥐고 비명을 지른다. 삼단봉에 직격당한 그의 입에서는 부러진 이빨이 뜨거운 피에 섞여 바닥에 떨어진다.

"그게 네 일이니까 하라는 거잖아! 이 개새끼야! 어디 남한테 미루려고 들어! 씨발 놈이!"

쉐도우 실드 대원들의 매질은 더욱 사나워졌다. 조금 전, 이 직원 놈의 제안 때문에 혹시라도 자신들에게 그 일이 돌아오게 될까 봐 그들은 무서웠다. 그러니 빨리 이놈들에게 그 일을 온전히 떠맡겨야 한다.

"하, 할게요! 그만! 그만! 아악! 합니다! 제발 그만!"

직원들은 머리를 감싸 쥔 채 비명을 지르며 하겠다고 말했다. 당장 쇠몽둥이에 맞아 손가락이 부러지고 이가 부러져 나가는데, 더 버틸 재간이 없었다. 일단 이 매질에서 벗어나야 한다는 생각뿐이었다.

"후우~ 후우~ 곱게 말할 때 들을 것이지, 개새끼들이……."

쉐도우 실드 대원들은 매질을 멈추고 이마의 땀을 훔쳤다. 직원들은 비틀거리며 일어나 방호복을 걸친다.

방호복은 케블라 재질의 겉감에 두툼한 완충재를 댄 것으로, 일대일 상황에서 좀비와 마주하게 될 때는 나름 훌륭한 장비다.

하지만 그 무거운 옷에 방호용 헬멧과 중심을 잡기 위해 납을 넣은 신발까지 더해지면, 당연히 행동이 굼떠질 수밖에 없다.

"후우우우~ 으으윽! 후우우~ 개새끼들… 후우우~"

직원들은 눈물을 뚝뚝 떨어뜨리며 방호복의 지퍼를 올리고, 옷과 장갑, 그리고 신발을 단단히 결속시켰다. 그러면서 몰래 쉐도우 실드 대원들과 오 박사를 노려보았다.

방호용 헬멧을 쓰고 결속 장치를 채운 직원들이 장비함에 손을 뻗으려 하자 쉐도우 실드 조장이 앞을 막아선다.

"장비는 우리가 내려줄게."

조장은 직원들을 빤히 노려보며 말했다. 이 안에 들어 있는 무선 드릴이라든가, 해체용 무선 전기톱 따위를 방호복을 입고 있는 상태의 이 직원 놈들에게 넘기고 싶지 않았다.

혹시라도 이놈들이 앙심을 품고 달려들면, 지금 자신들이 가진 삼단봉이나 대검 따위로는 상대하기가 까다롭다. 그러니 아예 위험을 차단하려는 것이다.

"우린 그런 사람들 아닙니다. 걱정하지 않아도 돼요."

직원이 재차 장비함 쪽으로 몸을 기울이자, 조장은 삼단봉 끝으로 그의 안전 헬멧 철망을 탁탁, 두들겼다.

"한 번 말하면 좀 알아먹어라. 방호복 입고 있어도 이걸로 제대로 때리면 뼈는 부러진다."

"알았으니까… 그럼 부탁이나 하나 들어줘요."

조장의 얼굴을 노려보던 직원은 무겁게 한숨을 내뱉으며 뒤쪽을 가리켰다.

"저기에 있는 샘플들… 크레인 내리기 전에 저놈들 먼저 던져 줘요. 그래야 좀비들이 저것들 뜯어먹는 동안 우리가 저년을 데리고 오든 어떻게 하든 할 수 있을 것 같으니까."

조장과 오 박사는 눈동자를 돌리며 계산을 해봤다. 만약 지금 저 샘플들을 다 던져 주면 이따가 계단으로 이동을 할 때 좀비에게 던져 줄 먹이가 없어진다.

하지만… 저 테라라는 년은 분명히 엄청난 가치가 있는 년이기는 하다.

그리고 이 방 안에는 아직 연구원이라는 족속들도 있다. 노동이라고는 해보지 않은, 가느다란 손가락에 안경을 쓴 무리들. 정 급하면 그놈들을 미끼로 써도 될 것 같았다.

"그래, 좋아. 너무 원망하거나 속상해하지 마. 이 일만 잘 끝내면 너희들도 단단히 한몫 잡게 해주지. 남부에 가면 힘 있는 놈들이 아직도 매일 예쁜 년들 서넛씩 바꿔가며 양주 마셔. 우리도 그렇게 할 수 있어. 이 동영상을 보기만 하면, 이 프로젝트에 돈 댈 놈은 차고도 넘쳐. 힘내자!"

마음속으로 계산이 끝난 오 박사는 산양 해골 무늬 스티커가 붙어 있는 자신의 노트북을 가볍게 두들기며 웃어 보였다.

하지만 방호 헬멧 속 직원들의 얼굴에는 웃음기가 없다. 저 밑으로 내려가야 한다는 게 너무도 두렵다.

"나와!"

쉐도우 실드 대원들은 철창을 열고 발가벗은 사람들을 끄집어냈다. 사람들은 오열하며 애원했다. 살려 달라고 비는 사람들의 등짝과 얼굴에 삼단봉과 군홧발 세례가 쏟아진다.

"이익! 개새끼들아!"

용기를 낸 남자 하나가 욕설을 퍼부으며 달려들어 보지만, 계속 굶어왔던 그에게 건장한 전투 요원들을 당해낼 힘은 없었다. 그의 얼굴은 금방 피투성이로 변했고, 부러진 갈비뼈가 뻘겋게 부어올랐다. 오금이 끊기고 어깨가 비틀린 남자를 끌고 쉐도우 실드 조장이 해치 쪽으로 걸어갔다. 오 박사가 그들의 옆에 서서 테라를 향해 소리쳤다.

"테라 씨, 내가 분명히 경고했었잖아요! 또 사람들이 죽게 되면 그건 전부 테라 씨가 그 알량한 자존심을 부렸기 때문이라고! 지금 이 사람들, 아무 죄도 없는 불쌍한 사람들이 열네 명이나 죽을 건데, 그거 다 테라 씨 때문이에요! 내가 충분히 돌아올 기회를 줬는데도, 거기에 틀어박혀서 꼼짝도 않고 버티는 테라 씨 때문이라고… 윽!"

한참 신나게 떠들어 대던 오 박사가 얼굴을 감싸 쥔다. 피가 섞인 침이 손바닥에 묻어 나온다. 조금 전 반항하던 남자가 그의 얼굴을 향해 뱉은 것이다. 오 박사의 얼굴에 분노가 가득 차오른다.

"이런 벌레 같은 새끼가!"

오 박사는 남자의 얼굴을 사정없이 후려쳤다. 그런 후, 다시 한 번 손등으로 뺨을 갈겼다. 세 번째로 뺨을 때리려는 오 박사의 손을 남자가 덥석 움켜쥐었다. 그러고는 그의 손등을 사정없이 깨물었다.

"아악! 악! 이런 미친 개새끼가!"

오 박사는 손을 빼보려고 안간힘을 썼다. 옆에서 남자의 머리카락을 움켜쥐고 있던 쉐도우 실드 조장도 깜짝 놀라 남자의 뒤통수를 후려쳤다. 하지만 머리카락이 뭉텅 뜯겨 나가고 뒤통수에서 피가 흘러내려도 남자는 단단히 깨문 턱에서 힘을 빼지 않았다.

"이! 이! 씨발 놈아!"

오 박사는 발가벗고 있는 남자의 사타구니를 구둣발로 짓이겼다. 그제야 남자도 비명을 지르며 쓰러졌고, 오 박사는 황급하게 손을 거둬들였다. 살점이 뭉텅 뜯겨 나간 손등에서는 피가 철철 흘러나온다.

"아윽! 으으으!"

오 박사는 고통스러워 어쩔 줄을 몰라 한다. 그의 분을 풀어주기 위해서 조장은 남자를 모질게 두들겨 팼다.

끄윽! 끅!

남자의 입에서 반사적인 신음만이 터져 나온다.

"그만! 그만! 됐어! 그러다가 죽겠다. 숨은 붙여놔!"

조장을 만류한 오 박사는 남자의 얼굴을 노려보며 말했다.

"후우우~ 너, 이 개새끼… 오늘 아주 운수 대통한 줄 알아라. 원래대로였으면 넌 이렇게 곱게 못 죽었어. 아주 씨발, 천천히 고통스럽게 죽여 버려야 하는 건데, 내가 지금 상황이 너무 궁해서 너도 그냥 미끼로 써준다. 고마운 줄이나 알아. 어이, 준비 다 됐으면 차례차례 처넣어!"

오 박사는 손수건을 꺼내 상처를 동여매면서 짜증스럽다는 듯 손짓을 했다. 쉐도우 실드 대원들과 방호복을 입은 직원들이 사람들을 끌고 와 크레인 아래로 던지기 시작했다.

그라아아아—

첫 희생자가 멀찍이 던져지자마자 해치 아래에 모여 서 있던 좀비들이 달려들어 바짝 마른 남자의 몸을 사정없이 물어뜯는다.

"왜 그런 짓을 해요? 그런 옷을 입었으니까 칼에도 안 찔리는데, 차라리 싸워요! 저 사람들 총도 없다고 하는 말 들었잖아요! 어차피 내려오면 다 죽어요! 제발 그러지 말라고요!"

구석에 서서 그 끔찍한 광경을 지켜보던 테라가 방호복을 입은 직원들을 향해 울부짖었다.

"닥쳐! 이 씨발 년아! 사람 애먹이는 개 같은 년이 누구더러 이래라저래라하고 지랄이야! 내가 누구 때문에 이 고생을 하는데!"

두 번째 희생자를 바닥에 내던진 방호복 직원이 사납게 욕을 퍼붓는다. 너무도 의외의 반응이어서 테라는 말문이 턱 막혔다.

두 번째 희생자가 비명을 지르며 좀비들에게 뜯어 먹히고 있는 동안, 방호복 직원들은 각각 한 사람씩의 희생자를 끌어안은 채 크레인 위로 올라섰다.

끼이이잉—

크레인이 아래로 내려진다. 양쪽으로 크레인에 매달린 방호복 직원 둘이 먼저 바닥에 닿았다.

"장비! 장비!"

안고 있던 희생자를 달려드는 좀비들에게 밀어 치며 방호복 직원이 다급하게 외친다. 위에서 대기하고 있던 쉐도우 실드 대원이 무선 드릴과 무선 전기톱을 아래로 떨어뜨렸다.

그러는 동안 세 번째 대원을 실어 내리기 위해 크레인은 다시 끌어 올려졌다.

그롸아악— 칵— 칵—

좀비들은 희생자들의 목덜미에, 허벅지에, 그리고 팔에 이빨을 박고 사납게 그릉거린다. 하지만 수십 마리의 좀비들 중 어떤 놈들은 방호복을 입고 있는 직원들에게 더 큰 흥미를 느끼고 덤벼들었다.

"윽! 으윽!"

좀비들에게 이리저리 떠밀리면서 방호복 직원들은 필사적으로 무선 드릴의 방아쇠를 당기고, 전기톱의 톱날을 회전시켰다.

위이이이잉—

드릴이 맹렬하게 회전하면서 좀비의 미간을 뚫고 들어간다. 그러는 동안에도 놈은 뜯기지 않을 옷에 이빨을 박아 넣으려 하고 있다. 두개골에 닿은 드릴의 날 끝이 저항 때문에 부들부들 떨렸다.

쒸이이이잉— 웨에에엥—

두개골을 완전히 관통한 드릴이 뇌를 휘저으며 맹렬하게 돈다. 직원의 몸을 흔들어 대던 좀비의 몸에서 힘이 쭉 빠진다.

직원은 드릴을 비틀어 빼고, 바로 옆으로 방향을 틀었다. 방호 헬멧의 철망 때문에 시야는 좁고, 달라붙은 좀비들의 수가 늘어나면서 중심은 계속 흔들렸다.

위이이이잉— 파박! 파박!

배에 달라붙은 좀비의 관자놀이에 드릴을 가져다 댔을 때, 뒤에서 육중한 무게가 더해졌다.

윽! 중심을 잃고 흔들린 직원이 고통에 비명을 내지른다. 옆으로 튄 드릴이 자신의 팔을 향해 맹렬하게 회전하고 있다.

케블라 섬유를 관통한 것은 아니지만, 그 압력만은 살과 뼈에 고스란히 전해졌다.

"이 개새끼들!"

직원이 다시 드릴의 방향을 돌리려 할 때, 앞쪽에서 강력한 힘이 그의 헬멧을 잡고 흔든다.

뜨드득! 뜨드득!

결속 장치가 뜯기는 소리!

직원은 필사적으로 그 손을 때리며 뿌리쳐 보려 했다.

"억!"

직원의 팔이 돌연 뒤로 돌아간다. 뒤쪽에서 달려든 좀비가 그의 팔을 잡고 관절의 반대 방향으로 꺾은 것이다. 그다음부터는 아주 순식간이었고, 저항다운 저항도 없었다.

다리가, 팔이, 이상한 각도로 꺾여 버린 직원이 고통을 이기지 못하고 부들거리는 동안, 아무 곳이나 마구 할퀴어 대던 좀비들은 결국 결속 장치를 뜯어내고 그의 맨발과 얼굴에 이빨을 박았다.

"끄으으윽! 끄으으윽!"

직원은 몸을 들썩이며 끔찍한 고통에 몸부림을 쳤다. 죽어가는 그의 시야에 자신의 무기였던 드릴이, 그리고 그 너머에는 허리가 반대로 꺾인 채 이미 숨이 끊어진 두 번째 직원의 모습이 들어왔다.

그르륵— 그라악—

좀비들은 포악스럽게 그의 코와 귀를 잘라내고 손가락을 삼킨다.

"으아! 안 가! 안 갈래! 올려줘! 올려! 죽는다고!"

크레인을 타고 내려가던 세 번째 방호복 직원이 울부짖는다.

오 박사는 입술을 깨물면서 조장에게 올리라는 신호를 보냈다. 그러고는 방호복 직원에게 소리를 질렀다.

"샘플 꼭 안고 다시 데리고 올라와! 버리면 안 돼!"

이 방법으로는 안 된다는 게 명확해졌다. 그러니 방호복 하나, 샘플 하나라도 회수해서 계단을 오를 때 써먹는 편이 낫다는 게 그의 판단이다.

"흐아아아! 아아! 고맙습니다! 고맙습니다!"

다시 끌어 올려진 직원은 안고 있던 사람을 옆으로 밀어 치우고 바닥에 엎드려 숨을 헐떡거렸다. 오 박사는 그의 등을 두들기며 말했다.

"방호복 벗지 마. 계단으로 가자. 가서 총 가지고 돌아온다. 자, 다들 이동할 준비해! 여기 문 잠그고 간다!"

오 박사는 손뼉을 치며 모두 같이 나간다는 말을 반복했다. 쉐도우 실드 대원들이 삼단봉을 빙글빙글 돌리며 토끼몰이하듯 연구원과 직원들을 밖으로 내몰았다.

"저, 저도 총을 쏠 줄 압니다! 병장 만기 전역했습니다!"

"저도요!"

문 앞까지 밀린 엔지니어들이 돌연 자신의 사격 실력에 대해 어필하기 시작했다. 아무런 가치가 없다고 여겨지면 오 박사가 자신들을 미끼로 삼을 게 분명하기 때문이다.

"어, 그래그래. 좋아, 너희들도 무장하면 되지. 그럼!"

오 박사는 노트북을 꼭 끌어안은 채 고개를 끄덕였다. 방을 나서기 전, 그는 테라가 있는 쪽을 돌아보며 버럭 소리를 질렀다.

"이 개년아! 거기 천 날 만날 숨어 있을 수 있을 것 같아? 내

가 씨발! 총을 가지고 돌아올 거야! 그래서 그 좀비 새끼들 다
쏴죽이고 네년을 끌어낼 때! 절대로 곱게 안 끌어낸다! 응! 아주
씨발, 좆같이 해주마! 여태까지 오냐오냐해 주니까 내가 어떤
사람인지 잘 모르지? 제발 죽여 달라고 빌게 될 거다! 이 쌍년
아! 일단 홀딱 벗겨서 여기 있는 사람들 전부 다 차례대
로……."

오 박사는 차마 입에 담지도 못할 욕을 한참 동안이나 내뱉고
나서야 문을 탁, 닫고 나갔다.

사람이 사라진 방 안에 적막이 흐른다.

"하아아~"

테라는 힘없이 주저앉았다. 지금껏 억지로 버티고 서 있었던
건 오 박사에게 약한 모습을 보이고 싶지 않아서였다. 테라는
머리를 쓸어 넘기며 눈물을 닦았다. 조금 전 들은 그 끔찍한 욕
설과 폭력적인 일들을 정말로 당하게 될지 모른다는 게… 너무
무섭다.

하지만… 이렇게 반항한 걸 후회하지는 않는다. 그녀에게는
이게 마지막 기회처럼 여겨졌었다. 테라는 눈을 꾹 감고 제발
오 박사가 돌아오지 못하기만을 빌었다.

그르륵! 그으으으!

크레인 아래에서 낯선 좀비의 울음소리가 들려온다. 그녀와
함께 떨어져 내렸던 쉐도우 실드 대원의 시체가 비틀거리며 되
살아나고 있다. 테라가 그 모습을 허망하게 보고 있을 때, 아무
도 없는 위층에서 내선 전화가 울리기 시작했다.

6

때르르릉— 때르르릉— 때르르릉—!

"이, 이, 이상하군. 아, 아, 안 받아. 뭐지?"

메이저는 고개를 갸웃거리며 수화기를 내려놓았다. 8층의 식사실로 몇 번이나 전화를 걸었는데, 도무지 응답이 없다.

대체 오 박사는, 그리고 그 많던 인원들은 다 어디로 갔단 말인가.

15층의 오 박사 비서들에게 물어봐도 별로 신통치 않은 대답이 돌아올 뿐이다.

"혹시 자기들끼리 도망친 거 아닙니까?"

그와 함께 엘리베이터에서 빠져나온 대원이 물었다. 발목에서 계속 피를 흘리며 좀비들과 싸운 탓에 녀석의 얼굴은 핏기가 많이 사라져 있다.

"그, 그, 그럴 수도 있는 이, 이, 인간이지만, 어떻게 도, 도망을 쳐? 로, 로비에는 조, 좀비들이랑 초, 초, 총 든 새끼들이 자, 잔뜩 있고, 헤, 헤, 헬리콥터 조종사들은 여, 여기 다 있는데."

메이저는 뒤쪽에 서 있던 헬리콥터 조종사와 정비사들을 가리켰다. 좀비들이 뛰어다니는 5층을 정리하고 다니면서 그가 구출해 낸 사람들이다.

문을 꼭 잠그고 버티던 조종사들이 MP5를 든 구세주가 왔다는 사실에 안도하면서 방문을 열어줬을 때, 메이저도 뿌듯했다.

요즘 인간 같지 않은 괴물들에게 연일 치이느라 체면이 말이 아니지만, 그래도 아직 그는 대태양 그룹의 쉐도우 실드에서 넘버원의 무력을 가진 인물이다.

갈잖은 좀비 새끼들 몇 마리가 설치고 다닌다고 해도 그가 총을 잡은 이상 걱정거리가 되지 않는다. 복도에 자빠져 있는 수많은 좀비들의 시체가 그 자랑스러운 증거다.

그리고 조종사들의 숙소 안에 있던 내선 전화를 사용해 지금 막 8층에 연락을 한 참이다. 그런데 이렇게 아무도 전화를 받지 않다니…….

도저히 납득이 가질 않아서 메이저는 미간을 찌푸렸다. 침입자들이 이 건물에 대해 얼마나 많은 사전 지식을 가지고 있었는지는 모르지만, 적어도 지금 이 순간 테라와 오 박사가 8층 식사실에 있다는 것까지 콕 집어 알 수는 없다. 그건 그들이 침입하기 직전에 오 박사가 내린 결정이기 때문이다.

CCTV도 잡히지 않는 층에서 벌어지는 일에 대해 그만큼의 정보를 캐려면, 적어도 몇 군데의 사무실을 뒤지고 다니며 직원들에게서 꼬투리 단서를 얻고 그걸 바탕으로 추리를 해야 한다.

아직 그 모든 일을 할 수 있을 만한 시간은 지나지 않았다. 그리고 이 건물에는 CCTV에 잡히지 않는 층이 몇 개나 된다. 8층 말고도 공격해야 할 후보지가 아주 많다는 의미다.

"뭐, 뭐, 뭔지는 모, 모르겠지만, 이, 일단 8층으로 가자. 거, 거기 가보면 무슨 다, 다, 단서가 있겠지."

메이저는 MP5를 집어 들고 대원의 어깨를 두드렸다. 다른 건 다 포기할 수 있지만, 테라, 그년만은 그냥 두고 떠날 수 없다. 무슨 수를 쓰든 반드시 데려가서 피는 뽑아 팔고, 그년의 야리야리한 몸뚱이로는 온갖 재미를 볼 것이다. 그 희고 앙상한 등짝을 허리띠로 후려갈기고 싶다. 그년이 가늘고 고운 목소리로 비명을 지르는 상상만으로도 그의 숨결은 거칠어졌다.

"가, 가, 갑시다. 이, 일단 파, 팔층으로."

메이저는 조종사들과 다른 직원들에게 말했다. 그와 부상을 입은 대원을 제외하면 지금 여기 모인 사람들은 모두 여덟 명. 테라와 오 박사까지 태우게 된다면 자리가 부족할 테지만, 그건 그때 가서 몇 놈 처리하면 되는 일이다.

"근데 8층에 뭐가 있습니까? 거기 이제 폐쇄시킨 곳 아닙니까?"

1호기 조종사가 물었다. 내부의 사정이 어떻게 돌아가는지 훤히 꿰뚫고 있는 건 아니지만, 폐쇄된 조직 속에서 생활하다 보니 들려오는 소문은 있다.

며칠 전, 파멸의 마녀가 작은 회장 좀비를 헬리콥터에 싣고 남부로 가버렸다는 정도는 그도 안다.

"아, 거, 거기에 지금 테, 테, 테라, 그년이 있지. 그, 그건 데, 데, 데리고 가야 할 거 아냐. 어, 어떻게 손에 너, 넣은 건데… 따, 따라와."

메이저는 대수롭지 않게 대꾸하며 앞장을 섰다. 방 밖으로 발을 내디딘 순간부터 그의 표정에 조금씩 긴장감이 더해진다.

조금 전까지 복도를 쩌렁쩌렁 울리던 좀비들의 울음소리는 이제 깨끗이 사라졌지만, 그가 걱정하는 것은 지하 1층에서 그의 대원들을 몰살시켰던 그 악마 같은 놈들이다.

"잠시만요… 저희도 아쉬운 대로 무기 좀……."

직원들은 손에 잡히는 대로 아무거나 하나씩 집어 들었다. 정비용 보호 장갑과 스패너 정도면 그래도 맨손인 것보다는 마음이 훨씬 든든해진다.

다리를 다친 대원은 직원의 부축을 받으며 걸었다. 부러진 팔 때문에 부축을 받으면서도 그의 입에서는 계속 신음 소리가 흘러나온다.

"아, 아직 그, 그대로 있네. 자… 오, 오, 올라가 보자."

직원들을 인솔해서 엘리베이터까지 도착한 메이저는 자신이 내렸던 엘리베이터가 아직도 5층에 멈춰 서 있다는 걸 깨닫고 작은 기쁨을 느꼈다.

엘리베이터가 몇 분 전과 같은 위치라는 건 이 빌딩의 대다수가 제자리를 지키고 있다는 의미고, 아직 그리 큰 난리가 나지는 않았다는 뜻이다.

"응? 이, 이, 이게?"

메이저가 당황한 목소리를 냈다. 아무리 버튼을 눌러도 엘리베이터의 문이 열리지 않는다.

그는 이내 이 상황을 깨달았다. 아무도 엘리베이터를 불러올리지 않았던 게 아니다. 지하 경비 본부에서 가동을 중단시킨 것이다.

"허, 그, 그, 그렇게 하, 할 수 있다는 걸 어, 어, 어떻게 알았지? 개새끼들이……. 좋아, 아, 안 타면 되지. 그까짓 거, 겨, 겨, 겨우 세 층인데. 여기는 마, 막혔어! 계, 계단으로 간다!"

메이저는 다시 직원들을 쭉 끌고 비상 계단 쪽으로 걸어갔다. 어차피 한 섹션당 계단이 하나씩 있기 때문에 그리 멀리 걸어가지 않아도 된다.

"네, 네, 네가 조금 힘들겠다. 그 다리로 거, 걸어가려면… 부, 부축 좀 자, 잘해줘."

계단 앞에 선 메이저는 뒤쪽의 부상당한 대원과 그를 부축하고 있는 직원을 돌아보았다. 그러고는 가로로 긴 막대기처럼 생긴 손잡이를 꾹 누르며 문을 밀었다.

끄와아악—

소름 끼치는 울음소리가 열린 문틈으로 쏟아져 들어온다.

"엇?"

메이저는 반사적으로 손잡이를 꽉 잡으며 문을 멈춰 세웠다. 하지만 계단 안쪽에서 달려드는 놈의 움직임은 그의 반응속도보다 훨씬 빨랐다.

그라아아— 가아아—

문틈으로 팔이 쑥 들어와 문이 닫히는 걸 막는다.

저 특유의 부패한 피부! 좀비의 팔이다.

"으아아앗!"

메이저는 비명을 지르며 손잡이를 잡고 버텼다.

턱— 턱—

좀비는 계속 손을 휘저으며 문을 안으로 잡아당겨 댄다. 그러는 사이에 또 다른 놈까지 가세해 버렸다.

끄라아아악—

문에 걸쳐진 좀비의 팔이 두 개 더 늘어났다. 그리고 다른 좀비들의 울음소리와 계단을 뛰어내리는 발소리가 빠르게 가까워진다.

더 못 버티겠다고 생각한 메이저가 이판사판으로 MP5의 손잡이를 움켜쥐는 순간, 뒤쪽에서 따라오던 직원이 힘차게 도끼를 휘둘렀다.

콰작! 콱! 와작!

좀비들의 팔이 잘려 나가고, 문을 둘러싼 대치에서 메이저에게 아주 작은 여유가 생겼다. 그는 재빨리 MP5를 들어 올리며 문틈 안으로 총알을 퍼부었다.

투투투— 투투둑— 투투둑— 투투두—

머리와 가슴, 어깨가 꿰뚫린 좀비들이 뒤로 나가떨어진다. 다른 직원들은 그 틈을 놓치지 않고 막대형 손잡이를 당겨 문을 닫았다.

쿵—

문이 단단히 닫히는 소리가 울리고, 곧바로 모두들 참았던 숨을 내쉬었다.

쿠웅— 쿠웅—

안쪽에서 문을 들이받을 때마다 두꺼운 쇠문이 문틀과 부딪치며 울린다. 놈들이 안쪽 손잡이를 돌려서 문을 열지 못하는 게 정말 다행스러운 상황이다.

"하아아~ 하아아~ 이게 대체… 무슨 일입니까? 여기 5층만 그런 게 아니고… 건물 전체에 좀비들이 쫙 퍼졌던 겁니까?"

소방용 도끼를 휘둘러 좀비의 팔을 잘라냈던 직원이 헐떡이며 물었다. 메이저라고 해서 계단이 갑자기 왜 좀비들 천지가 되어버렸는지 알 수는 없었다. 다만, 상황이 더욱 악화되었다는 것만은 확실히 느낄 수 있다.

계단이 좀비들로 버글버글하다. 그 전체적인 규모가 얼마나 되는지 모르기에 더 두려울 수밖에 없다.

이제 그 혼자서만 총을 앞세운다고 해서 해결될 수 있는 문제가 아니다. 부러진 팔을 흔들어가며 관통상을 입은 다리를 질질 끌고 걷는 부하의 투지는 대견하지만, 녀석이 한 손으로 쏘는 총은 거의 맞지 않았다.

저 지옥 같은 데를 뚫고 8층까지 올라가려면, 더 많은 총과 사수가 반드시 필요하다. 예비 실탄도 슬슬 바닥을 보이는 중이다.

하지만 그걸 대체 어디서 구할 수 있단 말인가. 개인화기는 21층과 지하 1층에 있는데······.

"총··· 하아~ 하아~ 초, 총······."

거친 숨소리에 섞어 외마디 소리를 더듬거리던 메이저가 갑자기 엘리베이터를 돌아본다. 그러고는 조종사들에게 물었다.

"다, 다, 당신들, 초, 총 쏘, 쏘, 쏠 줄 알지?"

"그거야 당연한 거 아닙니까? 군대에서 먹은 밥이 몇 년인데······."

조종사들과 정비사들이 한목소리로 대답했다. 메이저는 고개를 끄덕이며 따라오라는 손짓을 했다.

"자, 잘됐어. 내, 내, 내가 총 구, 구해주지. 이, 이거 찍어서 여, 여, 열어."

다시 엘리베이터 앞으로 돌아온 메이저는 소방용 도끼를 들고 있던 직원에게 자신이 타고 올라왔던 엘리베이터의 문틈을 찍으라고 말했다.

"여기에 총이 있어요? 이 안에?"

"그, 그, 그래. 서, 서둘러! 빠, 빠, 빨리 무, 무장 갖추고 오, 올라가자!"

메이저의 확답을 들은 직원은 도끼로 엘리베이터의 문틈을 찍고 옆으로 벌렸다. 조금 틈이 생기자마자 다른 직원들도 각자 갖고 있던 연장을 이용해 그 간격을 벌렸다.

대여섯 명의 건장한 남자들이 힘을 합해 달려들자 굳게 닫혀 있던 엘리베이터의 문이 차츰 넓게 열렸다.

"윽! 어으!"

벌어진 문틈으로 엘리베이터 내부의 광경을 본 직원들이 코와 입을 가리며 얼굴을 찌푸린다.

처참하게 파괴된 다섯 구의 시체, 그리고 시체에서 뿜어져 나온 피와 뇌, 내장 조각들……. 엘리베이터 바닥에 웅덩이처럼 고여 있던 피가 주르륵 흘러내린다. 전부 다 쉐도우 실드 대원들의 시체다.

"이, 이 사람들 어떻게 된 겁니까? 왜 이렇게… 으읍!"

조종사가 떨리는 목소리로 물었다. 메이저는 일단 피에 흠뻑 젖은 MP5부터 주워 올려서 그걸 조종사의 손에 쥐어 주고, 죽은 부하의 전술 조끼에서 탄창을 빼내 자신의 탄창에 끼워 넣었다.

"내, 내, 내가 다, 당신이라면, 그딴 걸 무, 무, 물어볼 시간에 초, 총이랑 탄창부터 채, 챙기겠어. 이유가 뭐가 됐든 이, 이, 이런 짓을 할 만한 놈이 이 거, 건물 내에 있다는 거니까. 내, 내가 그래서 빠, 빨리 오, 올라가야 한다고 해, 했잖아!"

그 말을 들은 직원들은 구역질을 해가면서도 피 웅덩이 안에 발을 집어넣고 피범벅이 된 MP5와 탄창들을 꺼내왔다.

그들이 웃옷을 벗어 총기의 피를 닦아내는 동안 메이저는 부하들의 시체를 물끄러미 바라보며 담배를 피워 물었다. 아주 조금이기는 하지만, 죄책감이 밀려든다.

하지만 그럼에도 여전히 복수를 하겠다는 엄두는 들지 않았다. 저 아래 지하 1층에 있던 적의 사수들은… 인간이라기보다는 기계다. 그만큼 집요하고 잔인하고 실력이 빼어났다.

지금 그가 그 악마들에게 할 수 있는 최대한의 복수는, 이곳에서 테라를 데리고 달아나 그들이 목표를 완수하지 못한 분노에 떨게 만드는 것이다.

"가, 가, 각자 자기 총 나가는지 시, 시험 사격 한 번씩 해봐."

다시 계단 문 앞에 선 메이저가 문을 열기 전, 마지막으로 직원들을 둘러보며 말했다. MP5가 아무리 잘 만들어진 총이라고는 하지만, 저렇게 피를 잔뜩 뒤집어쓰고 있었으니 고장이 난대도 전혀 이상할 게 없다.

투투둑— 투투투— 투투투—

직원들은 두 사람씩 앞으로 나서서 먼 복도 쪽을 향해 방아쇠를 당겼다. 다행스럽게도 격발이 되지 않는 총은 없었다.

"다, 당신들은 뒤, 뒤로 빠져."

문을 열기 전, 메이저는 조종사들을 가장 뒤쪽으로 보냈다. 저것들이 없으면 모든 게 다 계획대로 풀린다고 해도 이 건물에서 탈출할 수가 없다.

다른 직원들도 그 점에 대해서는 암묵적으로 동의를 하는 분위기였다.

"여, 여, 열어!"

메이저도 다른 직원들과 나란히 서서 사격 자세를 갖춘 채 크게 외쳤다. 개인화기를 차지하지 못한 직원이 문의 손잡이를 콱 눌러서 힘껏 민 뒤, 옆으로 빠졌다.

삐이익—

활짝 열렸던 계단 문이 다시 되돌아 닫히려는 순간.

턱—!

좀비의 얼굴이 문틈 사이로 뛰어든다. 녀석을 신호로 더 많은 놈들이 계단을 뛰어 내려와 문을 향해 몸을 날린다.

"쏴!"

메이저는 외마디 명령을 내리는 것과 동시에 방아쇠를 당겼다. 그의 양옆에 서 있는 직원들도 입술을 꽉 깨문 채 문을 열고 뛰어오는 좀비들을 향해 3점사를 퍼부었다.

투투투— 투투투— 투투둑— 투투투—

ㄱ

"여기 이상하네. 계단에 뭐 이리 좀비들이 돌아다녀?"

15층 문을 열고 복도로 들어가며 태권소녀가 중얼거렸다. 옥상에서 이곳으로 오는 동안 스무 마리가 넘는 좀비를 죽였다. 이쯤 되면 단순히 1층이 뚫렸기 때문인 것 같지는 않았다. 게다가 조금 전 죽인 좀비들은 아이디카드까지 걸고 있었다. 여기 직원들인 것이다.

"내 생각에도 이상해. 사람들을 좀비로 만들어서 보관해 둔다고 하더니… 그 창고 같은 게 무너졌나? 왜 하필 오늘……."

방패를 들고 앞서 달리던 유빈도 태권소녀의 의견에 동의했다. 이 건물의 좀비들 수와 분포는 정말 이해하기 어려운 면이 있다.

"어디야? 그 오 박사라는 놈 방이?"

민구가 보안 요원을 다그치며 잡아끈다.

"으윽! 윽! 저기 A섹션으로… 아윽! 중요 시설은 다 그쪽에 있습니다! 아악! 팔은 잡지 마세요! 윽!"

녀석은 민구에게 애원을 하며 비명을 삼켰다. 피를 너무 많이 흘려 어지럽고 지치는데, 이 원수 같은 것들은 올라갈 때만 엘리베이터를 이용한 뒤, 그걸 딱 잠가두고 계단으로 뛰어 내려온다.

다들 체력은 또 얼마나 좋은지, 이 인정사정없는 칼잡이가 개중 가장 느린 인간이다.

괴롭다. 잠시만 쉬고 싶다.

"저, 저깁니다! 저기! 이제 저 조금만! 으윽!"

보안 요원은 오 박사의 연구실을 가리켜 준 뒤, 바닥에 쓰러져 버렸다. 심장에 조금씩 이상이 온다는 게 느껴진다. 숨을 쉬는 게 점점 더 고통스럽고, 머리로 전달되는 산소가 부족해서 메스껍다.

"안 열리는데? 안 열려!"

보안관이 먼저 아이디카드를 대보고 도움을 요청했다. 열 개가 넘는 아이디카드를 주렁주렁 목에 걸고 있는 유빈이 나서서 차례로 하나씩 스캐너에 대본다.

하지만 계속 삐익— 하는 불쾌한 소리만 울려 댈 뿐이다.

"젠장, 여기서 제일 높은 새끼 방이라더니… 자기 혼자만 열 수 있게 해놓았나? 그러면 아주 지랄 맞은데?"

유빈이 땀을 뚝뚝 떨어뜨리며 고개를 저었다. 보안관은 결국 다시 해머를 들었다. 좀비 세상이 시작된 이래로 잠겨 있는 모든 문과 그가 대화하고 타협하는 방식이다.

콰앙—

보안관이 있는 힘껏 해머를 휘두르자, 단단한 스테인리스 문이 요란한 소리를 내며 울린다. 자물쇠가 어지간히 단단했지만, 보안관은 몇 번이고 다시 해머를 다시 들어 올린 후 힘차고 집요하게 같은 자리를 내려찍었다.

콰앙— 쾅, 터엉—!

열 번이 넘는 매질을 당하자 그렇게 단단해 보이던 첨단의 잠금장치도 슬슬 우그러지며 틈을 보이기 시작했다. 보안관은 문틈에 얼굴을 바짝 대고 큰 소리를 질렀다.

"어차피 박살 날 문이니까 안에 있으면 지금 나와라, 이 개새끼야! 내가 따고 들어가면 너는 아주 돼지는 수가 있다!"

그렇게 협박의 말들을 늘어놓은 뒤, 보안관은 잠시도 기다리지 않고 다시 해머를 휘둘렀다. 복도는 다시 쇠와 쇠가 부딪치는 요란한 소리로 가득 찼다.

얼—! 얼!

삼숙이가 복도 반대쪽을 보며 짖는다. 삼식이가 녀석이 가리키는 방향에 맞춰 방패를 들었고, 그 뒤로 바짝 붙어선 진우가 총구를 겨눈 채 나타날 적에 대비했다.

덜컹—!

문이 열린다. 진우의 손가락은 방아쇠를 이미 아주 지긋하게 누르기 시작했다.

한데……

열린 문 안에서 뛰어나온 것은 딱 보기에도 싸움 따위와는 거리가 먼 백면서생들이었다. 가운을 입은 연구원들과 어두운 색 정장을 입은 여비서들이 비명을 지르며 달아난다.

아마 조금 전 보안관의 협박이 엉뚱하게 저쪽에 먹혀들었나 보다.

"거기 서요!"

진우가 외쳤다. 하지만 도망자들은 느려 터진 달리기로 뒤뚱거리며 계속 뛴다. 이쪽이 총을 가지고 있다는 것조차 잘 모르는 것 같다.

한심하군······.

김빠지는 수준의 적들을 보며 진우는 입맛을 다셨다. 그래도 일단 뛰어서 쫓아가야 잡을 수 있고, 그래야 아이디카드를 빼앗아서 이 문을 열든, 뭘 하든 할 수 있다.

"서라고! 내 말 안 들려?"

진우는 천장을 향해 위협사격을 날리며 달리기 시작했다.

얼—! 얼—!

삼숙이 녀석이 곧바로 속도를 올린다. 나머지 친구들도 그 둘의 뒤를 쫓아 뛰었다.

"쏘지 마요! 쏘지 마세요!"

두 명의 여직원이 바닥에 납작 쪼그려 앉으며 항복의 의사를 표했다. 민구가 그녀들의 머리끄덩이를 잡아 올리며 사납게 말했다.

"따라와! 오 박사 새끼 방 구경 좀 하자."

"아아악! 저, 저희한테는 키 없어요! 저기··· 저 사람! 저 사람이 열 수 있어요! 수석 연구원이라서요! 오 박사 행방도 알아요!"

여직원들은 비명을 지르며 막 코너를 돌아 사라진 놈을 지목했다. 그녀들의 말을 신뢰하는 것과 별도로 유빈은 일단 아이디카드부터 벗겨서 자기 목에 걸었다.

얼—! 얼—!

삼숙이가 가장 앞서서 수석 연구원의 뒤를 쫓는다. 진우와 보안관도 달리는 속도를 높였다. 코너를 돌자 거리가 완전히 좁혀진 삼숙이와 연구원의 모습이 눈에 들어온다.

얼—!

삼숙이가 몸을 날려 수석 연구원의 등을 덮쳤다. 수석 연구원은 맥도 못 추고 바닥을 나뒹굴었다.

"물지 마! 씨발! 이 개새끼가! 물지 말라고!"

삼숙이는 그저 앞발에 체중을 실어 제압하고 있을 뿐인데, 수석 연구원은 제풀에 겁을 먹고 발버둥을 쳐 댄다. 그러고는 가운 앞주머니에서 작은 권총형 주사기를 꺼냈다.

수석 연구원의 눈빛이 사납게 변한다. X—1이 들어 있는 주사기. 그가 지금까지 수많은 사람들을 좀비 밥으로 만들기 위해 사용한 충직한 무기!

제까짓 개새끼가 아무리 잘난 척을 해봐야 이것 한 방이면 운동 능력을 잃고, 두 방이면 심장까지 멈춘다. 그는 두 방을 잇달아 쏠 계획이었다.

타앙—

복도를 울리는 총성!

총소리에 깜짝 놀라 어깨를 움츠리던 수석 연구원이 비명을 지르며 바닥을 데굴데굴 구른다. 오른손이! 주사기를 들고 있던 오른손이 통째로 사라졌다!

"끄아아아아—! 으윽! 아흐으으!"

피가 좍좍 뿜어져 나오는 오른 팔목을 움켜쥐고 비명을 지르는 수석 연구원의 목을 뭔가가 콱 짓누른다. 진우의 등산화였다. 진우는 분노한 표정으로 수석 연구원을 노려보며 말했다.

"내 친구에게 무슨 짓 하려고 했어… 이 새끼야."

뭐지, 이 미친 새끼는…….

수석 연구원의 눈이 공포에 사로잡힌다.

개를 두고 자기 친구라니…….

하지만 진짜 미친 새끼가 곧바로 그의 눈앞에 나타났다. 민구는 연구원의 가슴과 어깨 사이에 쿠크리를 푹 찔러 넣으면서 물었다.

"오 박사 어디 갔나?"

"끄아아아악! 아악! 이 미친 새끼야!"

연구원의 입에서 또다시 비명이 터진다.

이런 미친! 개새끼가! 상식적으로 일단 물어보고 대답이 없으면 그때부터 고문이 시작되어야 하는 것 아닌가.

"모르면 그냥 죽어라."

연구원의 대답이 1초도 지연되지 않았을 때, 민구는 차갑게 내뱉으며 쿠크리의 날을 심장 쪽으로 당기기 시작했다.

"아이악! 8층이요! 8층입니다! 8층 식사실에 있어요! 아아악! 아익! 8층! 8층! 8츠웅!"

울부짖는 수석 연구원의 간절한 목소리가 계속 높아지고 커졌다.

"팔층이라니까아아! 이 칼 좀! 아아악! 칼! 칼! 제발!"

하지만 민구는 그리 쉽게 놈의 고통을 멈춰줄 마음이 없었다. 민구는 칼을 당기던 손에서 힘을 뺀 채 다시 물었다.

"몇 놈이나 같이 있어?"

"아아악! 오 박사, 연구원들, 메이저, 쉐도우 실드 대우으언… 어! 으! 아으으~으어."

비명을 내지르던 수석 연구원의 말이 점점 어눌해지는가 싶더니, 놈의 표정이 당혹스러워진다. 그러고는 잠시 뒤, 놈의 얼굴과 버둥대던 팔다리는 움직임을 멈췄다.

"뭐하자는 거지, 이놈?"

뜻밖의 상황을 만난 민구가 어처구니없다는 듯 중얼거렸다. 이놈들이 이상한 빨간색 주사기를 가지고 다닌다는 것은 예전에 본 적이 있어서 안다.

하지만 그건 심장을 멈춰 죽은 것처럼 만드는 약이었다. 이렇게 두 눈을 멀뚱멀뚱 뜬 채로 가슴이 벌렁거리는데, 움직임만 멈춰 버리는 게 아니었다.

혹시 무슨 연기인가 싶어 칼을 당기던 손에 힘을 줘봐도 녀석은 손끝 하나 까딱하지 않는다. 대신에 눈동자만은 고통과 공포에 질려 엄청나게 커진 채 끊임없이 좌우로 흔들렸다.

어리둥절해 있는 민구, 진우와 달리 수석 연구원은 자신의 신체에 지금 어떤 일이 일어나고 있는지 정확하게 알고 있었다.

진우의 총에 맞아 손안에서 폭발해 버린 X-1!

그때 터져 나온 약품이 노출된 혈관을 타고 침투한 것이다.

'끄으으윽! 으으으윽!'

고통은 고스란히 전달되는데, 운동 능력만 상실된다는 게 얼마나 무서운 일인지, 수석 연구원은 그때 처음으로 느꼈다. 가슴에 박힌 칼이 움직일 때마다 뇌의 끝까지 찌릿찌릿한 아픔에 튀겨지는 것 같은데, 비명조차 지를 수가 없다.

'해독제! 해독제!'

수석 연구원은 간절하게 해독제를 원했다. 단순히 10㎎이 주입되었다면 그나마 다행인데, 현재의 신체 변화로 보아 X-1의 양은 그 이상인 게 분명하다. 이제 이대로 조금 더 시간이 지나면 심장이 멈춰 사망하게 될 것이다.

그는 이 멍청한 미친놈들에게 해독제가 어디에 있는지 알리기 위해 계속 눈동자를 연구실 쪽으로 돌렸다. 그런데 도무지 알아봐 주지를 못한다.

"이 사람 왜 이래?"

뒤늦게 달려온 유빈이 굳어버린 수석 연구원의 얼굴을 보며 묻는다. 놈의 목을 밟고 있던 진우가 대답했다.

"무슨 약에 중독된 것 같은데? 조금 전에 삼숙이 찌르려고 주사기 같은 걸 들고 있었는데, 그게 터졌거든."

말이 통할 것처럼 생긴 유빈의 출현에 수석 연구원은 잠시 기대를 가졌다.

제발… 가서 여자 직원들에게 물어봐 다오. 해독제가 어디에 있는지…….

하지만 유빈은 놈에게 별 관심이 없었다. 대신 그는 팔을 뻗어 수석 연구원의 목에서 아이디카드를 빼냈다. 그러고는 목걸이 줄을 손에 쥔 채 복도를 다시 되짚어 달려가 오 박사의 연구실 문 앞에 섰다.

"열어요! 제가 오빠 뒤에 서 있을게요!"

제니가 MP5를 꽉 움켜쥐고 진우의 흉내를 내며 유빈을 엄호해 주겠다고 나선다. 혹시 방 안에 숨어 있다가 덤벼들지도 모르는 위험을 제거해 주겠다는 것이다.

"…혹시 놀라서 내 뒤통수 쏘면 안 돼."

자신의 방패 뒤에 몸을 숨기고 사격 준비를 하는 제니를 돌아보며 유빈이 말했다. 제니는 예전에 무대 위에서 보여주던 그 자신만만하고 사랑스런 미소를 지으며, 걱정하지 말라는 듯 유빈의 어깨를 톡톡, 두드린다.

유빈은 방패를 문이 열리는 방향에 대고 아이디카드를 스캐너에 가져다 댔다.

삐익— 띠리리릿

여자 직원들의 말이 거짓은 아니었다. 수석 연구원의 아이디 카드가 닿자 지금까지 굳게 닫혀 있던 오 박사의 연구실 문 자물쇠가 반응을 한다.

위잉— 덜컥—

그런데 자물쇠가 한 번에 빠져나오질 않고 안쪽에서 덜컥거린다. 보안관이 워낙에 호되게 두들겨 댄 탓에 문이 찌그러져 안쪽으로 휘어버린 탓이다.

위잉— 덜컥— 위잉—

문 안쪽의 전자자물쇠는 몇 번이나 같은 소리를 내며 반쯤 열리는 소리를 냈다가 다시 닫히기를 반복했다. 기다리다 못한 유빈은 위잉— 소리가 끝나갈 때에 맞춰 문을 거세게 걸어찼다.

콰앙—

문이 열렸다. 유빈은 두 손으로 방패를 꽉 잡고, 제니는 그의 어깨를 왼손으로 짚은 채 MP5의 총구를 앞세우며 연구실 안으로 뛰어 들어갔다. 하지만 잔뜩 긴장한 두 사람의 표정과 대조적으로 넓은 방 안에는 아무도 없었다. 그저 박스와 옷가지들, 그리고 서류들이 정신없이 어지럽혀져 있을 뿐이다.

"으아~ 엄청 시원하게 해놓고 살았네. 괜히 열 받는걸, 이 새끼들?"

둘을 뒤따라 방 안으로 들어오던 태권소녀가 중얼거린다. 연구실 내부는 복도나 계단과 비교도 되지 않을 만큼 서늘하고 쾌적했다. 천장에 설치된 에어컨디셔너에서는 정화된 차가운 바람이 계속 뿜어져 나오는 중이다.

움직이고 있는데 목덜미와 등의 땀이 식는다. 좀비 사태가 시작된 이래 한 번도 경험해 본 적 없는 일이어서, 에어컨이 풀로 가동되는 이 방이 너무나 낯설게 느껴졌다.

"뭐야… 박사라더니… 모르고 들어왔으면 디자이너 방인 줄 알았겠다."

테이블 주변에 널려 있는 박스와 흰 옷가지들을 지나치며 유빈이 고개를 갸웃거렸다. 넓은 연구실 안쪽까지 다 뒤져 봤어도 숨어 있는 사람은 없다.

"어! 이거…….."

소파 옆에 놓여 있는 박스를 보며 제니가 화들짝 놀라 눈을 크게 뜬다. 모두 그녀를 돌아보았다.

"이거… 테라 옷이에요."

제니는 박스 안에 들어 있던 검정색 미니드레스를 들어 올리며 말했다. 엄청나게 낡고 찢긴 곳도 여러 군데였지만, 그녀가 가장 아끼던 그 옷이 맞다.

드레스 아래, 속옷들까지 가지런하게 접어놓은 얌전함만 봐도 테라가 해놓은 것이라는 걸 알 수 있었다. 제니의 눈에 눈물이 왈칵 고인다.

"…여기에 있었어요. 바로 여기에… 근데 왜 옷을… 속옷까지…….."

태양 그룹이라는 장소와 벗어놓은 속옷이 겹쳐지자 그녀들의 마음속 깊은 곳에 남아 있던 상처가 자연스레 떠올랐다.

작은 회장은 이미 좀비가 되어버렸지만, 꼭 그놈이 아니더라도 못된 짓을 할 인간들은 차고 넘친다. 테라가 혹시 지금 이 시간에도 험한 꼴을 당하고 있는 건 아닐까… 제니의 마음이 급해졌다.

"아니, 아니… 다짜고짜 옷을 벗긴 게 아니야. 뭔가 목적이 있어. 여기 이거 봐. 전부 다 흰 옷이잖아. 속옷까지… 무슨 코스프레 같은 걸 하려는 거였을까?"

유빈은 일단 제니를 안심시켜 보려 했다. 이곳의 책임자나 되는 놈이 힘들게 잡아온 면역자를 다짜고짜 성적 노리개로 삼을 만큼 멍청이일 것 같지는 않았다.

이렇게 옷을 갈아입힌 걸 보면 분명 무슨 사연이 있다. 물론 단순히 흰 옷 페티시가 있는 놈일 가능성도 있지만…….

"아니… 잠깐만. 그거, 테라가 입고 있던 옷이랬지? 어디, 흐읍!"

한참 제니를 진정시키던 유빈은 갑자기 그녀의 손에 들려 있는 테라의 옷에 코를 박고 깊이 냄새를 맡았다.

"아, 뭐하는 짓이야? 이상하게에!"

유빈의 돌발적인 변태 행동에 태권소녀가 미간을 찌푸린다. 유빈은 급하게 손사래를 쳤다.

"아니, 아니. 그런 게 아냐! 소독을 했는지 확인한 거야!"

그러고는 유빈은 방 밖으로 나가서 삼숙이를 불렀다.

"삼숙아! 이리 와봐! 냄새 좀 맡아! 이리 오라고! 삼숙아! 야! 말 좀 들어라, 이 개새끼야!"

유빈이 암만 악을 써도 별 소용이 없었다. 삼숙이는 여전히 진우의 곁을 지키고 선 채 고개만 슬쩍 돌려 유빈을 잠깐 바라보다가 이내 눈길을 돌려 외면해 버렸다.

여전히… 저놈의 서열은 변하지 않았다. 개에게 무시당하고 있다는 게 분해서 씩씩거리고 있는 유빈의 옆으로 제니가 다가오며 손뼉을 짝짝, 친다.

"삼숙아!"

삼숙이는 유빈을 놀리기라도 하는 것처럼 볼 살과 큰 귀를 너풀거리며 빠르게 달려와 제니의 무릎 주변에서 빙글빙글 돈다.

제니는 녀석의 머리를 쓸어준 뒤, 손에 쥐고 있던 테라의 옷을 내밀어 냄새를 맡게 했다.

킁, 킁…….

삼숙이 녀석은 제법 영리한 척을 하며 신중하게 냄새를 맡는다.

"이 언니 찾아줘. 이 냄새 기억할 수 있지? 응, 삼숙아?"

제니는 녀석의 눈을 보며 간절하게 부탁을 했다. 삼숙이는 헥헥거리며 방 안으로 척척 걸어 들어간다. 그러고는 테라의 옷이 들어 있던 박스와 탁자 위의 재떨이를 한 번 스윽 스치며 냄새를 맡았다.

"내려가자. 테라가 8층에 식사실이라는 데로 끌려갔다는 것까지는 들었어."

진우와 민구가 연구실 쪽으로 다가오며 말했다. 복도 한쪽에서는 보안관과 삼식이가 직원들을 화장실 안에 가두고 문을 잠그는 중이다. 유빈이 민구에게 물었다.

"아까 그 수석 연구원이라는 사람, 혹시 이제 말할 수 있어요? 몇 가지 물어보고 싶은 게 있었는데……."

"죽었어."

민구와 진우가 거의 동시에 대답했다. 둘 다 별다른 감정이 없이 평온한 어조라는 점도 비슷하다. 놀란 건 유빈뿐이다.

"엑? 왜? 피가 그렇게 많이 흘렀나?"

"아아, 피는 죽을 정도로 나오지 않았어. 아마 그 약이 뭔가

서서히 죽어가는 독약인 것 같더라."

진우가 대답했다. 민구가 그 말에 동의한다는 듯 고개를 끄덕이고 보안 요원을 돌아보았다. 아직도 숨을 할딱거리며 복도 벽에 기대앉아 있던 보안 요원은 민구와 눈이 마주치자마자 화들짝 놀라며 곧바로 대답을 한다.

"하아, 하아! 뭐요, 그 약? 그거… 아마 그… X—1이라고 해서… 감각은 멀쩡한데, 몸이 말을 듣지 않게 만드는 약일 겁니다. 하아, 하아! 그… 저는 거기까지만 알아요. 왜 죽었는지는 모르겠어요. 너무 많이 맞으면 그런 부작용이 있나 봅니다."

녀석은 닥치는 대로 주워섬겼다. 어차피 뻗대야 할 의리 같은 것도 없고, 뻗대고 있으면 곧바로 저 미친놈의 칼이 몸을 쑤시고 들어온다. 그러기 전에 미리미리 다 털어놓는 게 훨씬 현명한 처세다.

"들었지? 가까이 붙을 때는 다들 조심해. 그건 그렇고, 이 새끼들… 어디서 희한한 약만 모아놨군. 예전에 본 건 10분 동안 심장이 뛰지 않게 해서 뒈진 놈처럼 보이게 해주는 주사였는데……."

민구가 입꼬리를 비틀어 올리며 웃었다. 빨간 주사기를 거론하는 민구의 말에 유빈은 내심 조금 놀랐다. 이 잔인한 남자와 의외로 많은 부분에서 공통분모를 가지고 있다. 임수정, 고 하사, 테라, 그리고 빨간 주사기까지…….

"내려가자! 다 가둬놨어!"

보안관과 삼식이가 합류했다. 새로 잡은 인질들을 모두 가둬버렸다는 걸 깨달은 보안요원의 얼굴에 절망감이 가득해진다.

"저기… 저는 이제 좀 놔주셔도… 하아, 하아! 쌩쌩한 애들 많이 잡으셨잖습니까… 식사실이 어디인지 정도는 걔들도 다 압니다… 인간적으로 이렇게 피를 뚝뚝 흘리고 있는데… 하아! 하아아~! 이제는 좀 쉽게 저는 놔주셔도……."

보안 요원이 열심히 애원을 해본다. 하지만 민구는 전혀 신경 쓰지 않았다. 민구는 녀석의 멀쩡한 쪽 귀를 꽉 쥐고 당기며 말했다.

"네가 나한테 칼 휘두른 거, 아직도 안 잊었어. 더 엄살 피울 것 같으면 여기서 죽이고 간다?"

"아, 아닙니다! 잠깐만요! 일어납니다! 아니! 형님! 제발 그 칼 좀 잡지 마세요!"

보안 요원은 식은땀을 뻘뻘 흘리면서 서둘러 자리에서 일어났다. 민구의 손이 쿠크리의 손잡이 쪽으로 움직이자 옆에 서 있던 애송이의 등에서도 덩달아 땀이 배어 나왔다.

"8층이면 멀지 않네."

유빈과 함께 방패를 잡고 앞으로 나서며 삼식이가 중얼거렸다.

그들이 A섹션의 계단 문에 거의 다 다다랐을 때, 갑자기 삼숙이가 코를 벌름거리며 멈춰 섰다.

"왜 그래, 삼숙아?"

진우가 녀석을 돌아보며 물었다. 삼숙이는 아주 진지하게 먼 복도의 코너를 돌아보며 낮게 짖었다.

얼ㅡ! 얼ㅡ!

다들 그 신호가 뭘 의미하는지 몰라 서로 얼굴만 마주 봤다. 그러는 사이, 삼숙이는 더 기다리지 못하겠다는 듯 복도를 내달리기 시작했다.

"어? 저놈, 왜 저래?"

이유는 모르겠지만, 삼숙이가 얼마나 영리한 개인지는 잘 알기에 친구들은 일단 녀석을 따라 뛰었다. 민구도 쑤셔오는 옆구리를 꽉 움켜쥐고 그 뒤를 쫓았다.

졸지에 남겨진 보안 요원과 애송이, 두 끄나풀은 잠시 고민하다가 민구를 따라 천천히 걸었다. 혹시라도 돌아와서 왜 쫓아오지 않느냐고 해코지를 할까 봐 무서웠다.

그리고 사실… 이미 계단 전체가 좀비들로 가득하다는 걸 보았기 때문에 딱히 도망갈 방법도 없다.

"으아! 저 새끼 엄청 빠르네!"

해머를 들고 뛰어야 하는 보안관이 숨을 헐떡인다. 삼숙이는 뒤도 한 번 돌아보지 않고 곧바로 내달렸다.

녀석은 이전에 한 번도 와보지 않은 길고 꼬불꼬불한 복도를 빠르게 돌파해서 C섹션의 계단 문 앞에 멈춰 섰다. 그러고는 단단한 철제문을 두드리며 사납게 짖어 댔다.

"뭐지, 대체? 이 안에 뭐가 있기에… 하이아~ 하이아!"

간신히 녀석을 따라잡은 진우가 호흡을 가다듬으며 묻는다. 제니가 자신의 배낭을 두드리며 말했다.

"저기… 하아, 하아! 제가 테라 옷 냄새를 맡게 해줬어요. 혹시… 그걸……."

거기까지 듣고 난 보안관이 망설임 없이 곧바로 문을 확 밀어 젖혔다. 유빈과 삼식이는 방패를 들어 올렸고, 진우는 얼른 사격 자세를 갖췄다.

여기에서 테라를 만날 가능성이 1퍼센트라도 있으면 그걸로 충분하다. 하지만… 안에서 뛰어나온 것은 그들의 기대와 전혀 달렸다.

"으아아아!"

엄청난 기합을 지르며 열린 문을 통해 내달려 온 것은, 우주인처럼 거창한 방호복을 입은 남자였다. 방호복남자는 보안관과 친구들의 모습을 보고 움찔하더니, 곧바로 드릴을 앞세워서 그들을 향해 뛰어들었다.

"뭐야! 이 새끼야!"

보안관은 코앞으로 찔러오는 드릴을 피하고는 방호복남자를 확 밀어 쳤다. 방호복남자는 뒤로 벌렁 나가떨어졌다.

그러는 사이 삼단봉을 든 쉐도우 실드 대원 둘이, 그리고 그 뒤에서는 좀비 다섯 마리가 차례로 문을 통과해 뛰어 들어온다.

"윽!"

한꺼번에 쉐도우 실드 두 명의 무게를 방패로 받아낸 유빈이 주춤하고 주저앉는다. 진우는 방아쇠를 당길 수가 없었다.

보안관과 삼숙이, 유빈과 삼식이가 목표물들과 너무 복잡하게 얽혀 있다. 어차피 보안관 혼자서도 처리할 수 있을 정도이니, 군이 그 아슬아슬한 틈을 노려 쏘는 모험을 감수할 만큼 위험한 상황은 아니다.

적이라고 해봐야 사람 셋에 좀비 다섯. 그 정도면 그냥 보안관에 맡기고 떨어져 나온 놈들만 잡아주는 편이 나을 거다. 진우는 시야를 넓히기 위해 오히려 뒤로 몇 걸음을 물러났다.

그러는 사이, 잔뜩 흥분한 삼숙이는 움찔거리는 쉐도우 실드 대원들을 밀어내고 좀비들이 우글거리는 계단 안으로 뛰어 들어가 버렸다.

"으아악!"

삼숙이에게 밀려난 쉐도우 실드 대원이 비명을 지른다. 녀석은 뒤쫓아오던 좀비에게 부딪쳐 쓰러졌고 좀비는 놈의 목덜미를 사정없이 물어뜯었다.

와드득!

놈의 뜯겨진 목에서 핏줄기가 솟아오르는 동안 다른 쉐도우 실드 대원은 보안관의 머리를 향해 삼단봉을 휘두르며 달려들었다.

아마도 방패를 든 두 명보다 이쪽을 뚫고 나갈 가능성이 더 높다고 생각한 모양이다. 물론 잘못된 판단이지만.

휘이잉—

놈이 휘두른 3단봉이 허공을 가르고, 보안관의 해머는 놈의 무릎을 반대쪽으로 돌려 버렸다.

"끄으윽!"

끔찍한 비명과 함께 뒤로 밀려 넘어진 쉐도우 실드 대원의 눈이 갑자기 더욱 커진다. 그런 후, 그의 입에서는 피가 왈칵 솟아올랐다.

위이이이잉—!

놈의 가슴을 뚫고 맹렬하게 회전하는 드릴의 날이 튀어나왔다. 놈은 죽어가면서 핏발 선 눈으로 뒤를 돌아보았다. 방호복 직원이 당황한 얼굴로 고개를 젓는다.

"아니… 아니! 이건! 나는… 그냥! 저 새끼들 공격하려던 거였는데… 갑자기 내 앞으로 넘어지는 바람에!"

방호복남자가 떨리는 목소리로 더듬거린다. 어찌나 당황했는지 그렇게 변명을 하는 동안에도 그는 드릴의 방아쇠를 누른 손가락에서 손을 떼지 않고 있었고, 몸이 꿰뚫린 채 흔들리는 대원의 몸에서는 엄청난 양의 피가 터져 나온다.

"으아아아! 으으으!"

죽어가는 대원과 죽이고 있는 방호복남자가 동시에 비명을 터뜨린다. 보안관과 친구들은 그런 대화를 듣고 볼 여유가 없었다. 당장 상대해야 하는 것은 아군의 무기에 꿰뚫려 죽는 얼간이들이 아니라, 남아 있는 좀비들이다.

부웅—!

보안관의 해머가 바람을 갈랐다.

으직—!

유빈의 방패 위에 올라타려던 좀비의 갈비뼈가 박살 나고, 좀비의 몸이 옆의 놈과 부딪친다. 엄청난 스윙에 밀려난 두 마리가 거의 동시에 하늘로 떠오른다. 진우는 그 틈을 놓치지 않고 방아쇠를 당겼다.

투두둑! 투두둑!

머리가 터진 좀비들이 뇌수를 쏟으며 바닥에 고꾸라진다. 보안관은 진우가 처리해 줄 것을 예상했다는 듯 세 번째 좀비의 턱을 후려갈기고 있었다. 유빈과 삼식이는 방패로 네 번째 좀비의 돌진을 막아내는 중이다.

"뒤로 빠져!"

보안관의 목소리가 들려온다. 유빈과 삼식이는 힘을 합쳐 좀비를 밀쳐 내고 좌우로 갈라졌다. 보안관이 그 사이로 확 뛰쳐나오며 해머를 내리찍었다.

콰직!

정수리가 박살 난 좀비가 힘없이 쓰러진다. 그러는 동안 방향을 바꾼 진우는 계단에서 후속으로 뛰어나오려는 좀비들을 상대하고 있었다.

투두둑— 투투두— 투두— 툭—

계단 위쪽에서 좀비들이 계속해서 나타난다. 죽은 지 꽤나 오래되어 보이는 놈들과 변한 지 얼마 되지 않는 놈들이 섞여 있다.

진우는 놈들이 복도의 조명 안쪽으로 들어오는 순간, 방아쇠를 당겨 머리를 꿰뚫었다.

위이이잉—

방호복남자는 쉐도우 실드 대원의 시체에서 드릴을 빼내려고 안간힘을 쓰고 있었다. 그까짓 무기가 아무 도움이 되지 못한다는 걸 깨닫지 못할 만큼 그는 흥분해 있고, 판단력이 흐려진 상태였다.

"어이, 아저씨! 그거 내려놔. 어차피 소용없어. 이쪽에는 총도 있다고!"

보안관이 녀석에게 경고를 했다. 하지만 방호복남자는 피투성이가 된 채 열심히 드릴을 역방향으로 돌려서 결국 드릴을 빼내는 데 성공했다.

"가까이 오지 마! 다 죽고 싶지 않으면!"

방호복남자가 맹렬하게 돌아가는 드릴의 날을 좌우로 흔들며 다시 벌떡 일어섰다. 보안관은 어처구니없어 하며 고개를 저었다.

"이거 뭐지? 네가 협박할 상황이 아닌데……."

"이야아!"

주변을 두리번거리던 방호복남자는 갑자기 몸을 홱 돌려 태권소녀와 제니를 향해 돌진했다. 여자들을 인질로 잡아야겠다고 판단한 모양이다. 그것이 보안관을 화나게 했다.

"이 개새끼가!"

보안관은 해머를 풀스윙으로 휘둘러 녀석의 머리통을 후려쳤다. 단단한 방호 헬멧으로 덮여 있는 머리지만, 그 안의 두개골과 목뼈는 그만큼 단단하지 않았다. 목이 부러진 방호복남자는 비명 한 번 지르지 못하고 맥없이 고꾸라져 버렸다.

"하아, 하아… 이 새끼… 왜 죽을 길을 택하는 거지?"

아직도 다리가 꿈틀거리며 경련하는 방호복남자의 시체를 바라보며 보안관이 중얼거렸다. 진우가 친구의 어깨에 손을 올려 진정시키며 대답했다.

"남들도 자기처럼 잔인하고 인정사정없다고 생각해서 그러는 거야. 절대 곱게 살려줄 리가 없다고 믿었겠지."

"이놈들은 뭐야?"

뒤늦게 합류한 민구가 헐떡거리며 물었다. 이렇게 건물 전체를 가로지르는 장거리 달리기는 도저히 쌩쌩한 놈들을 따라잡을 수가 없다. 잘려 나간 옆구리가 점점 더 견딜 수 없을 만큼 당긴다. 어영부영 따라온 끄나풀들과 별다른 차이도 없을 만큼 느렸다.

"모르겠어요. 아마 계단으로 탈출하는 놈들이었던 것 같은데……"

아래층에서 짖고 있는 삼숙이를 쫓아 내려가면서 유빈이 대답했다. 삼숙이는 문이 닫힌 12층 출구에 있었다. 발톱으로 문을 긁어 대는 삼숙이를 진우가 진정시켰다.

"왜 이렇게 흥분했어? 응?"

녀석의 얼굴을 쓰다듬어 주던 진우는 그 주둥이에 피가 묻어 있다는 걸 발견했다. 그러고는 녀석의 날카로운 이빨 사이에서 천 조각을 빼냈다. 찢긴 양복바지 조각이었다.

"얘가 누굴 물었나 본데?"

진우는 미간을 찌푸리며 중얼거렸다. 보안관이 12층의 문손잡이를 돌리며 말했다.

"누군지는 쫓아가 보면 알지."

"아니… 그럴 필요 없어."

진우가 보안관을 만류했다. 무슨 말인지 이해하지 못하는 보안관에게 진우는 자신의 팔을 보여줬다.

"소름 끼친 거 봐. 이 안에는… 그냥 좀비들 밭이야. 우글우글해. 누가 이리로 도망갔는지는 모르지만, 절대로 못 살아. 나도 못 버텨."

그래도 보안관은 미련을 버리지 못하고 조금 열린 문을 잡은 채 망설인다. 진우는 제니에게 손을 내밀며 말했다.

"제니야, 가방에서 옷 좀 줘봐. 테라 옷."

제니에게서 미니 드레스를 넘겨받은 진우는 흥분한 삼숙이의 코에 그 옷을 가져다 대며 물었다.

"삼숙아, 이 누나 찾은 거 아니지? 이 냄새 어디에 있어? 가자."

삼숙이는 몇 차례 킁킁거리며 냄새를 맡은 뒤, 조금 진정하는 기미를 보였다. 그러고는 아래쪽을 향해 걸어 내려가기 시작했다.

다들 녀석의 뒤를 따라 걷고 있을 때, 삼식이가 고개를 갸웃거리며 다시 계단 문을 빼꼼 열었다.

"야, 열지 마! 거기 감당 안 된다니까? 왜 그래?"

"그게… 왠지 아는 목소리가 들린 것 같아서…….."

삼식이는 문틈으로 들려오는 소리에 신경을 집중하며 대답했다. 물론 들려오는 것은 좀비들의 우렁찬 울음소리뿐이다.

"혹시 테라 목소리야?"

진우가 물었다.

삼식이는 고개를 저으며 문을 닫았다.

"아니… 그냥 내가 잘못 들었나 봐."

🔒

"헤에엑— 헤에엑! 끄으으으!"

오 박사는 필사적으로 다리를 끌며 걸었다. 개새끼에게 물려 뜯겨 나간 아킬레스건이 울릴 때마다 참기 어려운 고통이 전기 신호처럼 척추를 찌른다. 그런 와중에도 그는 곁에서 부축을 하고 있는 쉐도우 실드 조장에게 끊임없이 달콤한 제안을 계속했다.

"내가 말이지… 끄으윽! 이… 이 좆같은 위기만 벗어나면… 일단 자네부터… 끄으웅… 보안 책임자로 임명할 거야! 후우우~ 후우우! 그게 내가 제일 처음 내릴 명령이라고."

조장은 별다른 대꾸 없이 주변을 두리번거리며 경계하는 일에만 집중했다. 왜 일이 이렇게 꼬여 버렸는지 모르겠다. 비록 함께 끌고 온 직원들 대부분을 미끼로 삼아 던져 주면서였지만, 그래도 8층에서 15층까지 잘 올라왔다.

이제 21층까지 겨우 여섯 층만 남았다고 내심 조금은 안도하고 있을 때, 좀비들이 한꺼번에 들이닥쳤고, 거기에 더해서 느닷없이 계단 문이 열리며 이상한 놈들이 잔뜩 나타났다. 분명한 건 놈들의 꼴이 절대로 아군은 아니라는 사실이었다.

의리고 뭐고 다 버리고, 일단 오 박사와 함께 다시 아래층으로 달아났다. 그런데 갑자기 본 적도 없는 시커먼 개새끼 한 마리가 쫓아와 그의 팔과 오 박사의 발목을 물어뜯었다.

겨우겨우 놈을 뿌리치기는 했지만, 이제 그는 전투력이, 오 박사는 기동력이 심각하게 손상되어 버렸다.

"앞장서서 계속 걸어! B섹션 계단 어디 있는지 알잖아!"

조장은 왼손으로 삼단봉을 휘둘러 앞장서서 걷고 있는 두 명의 엔지니어를 재촉했다. A도, C도 쓸 수 없으니, 이제 B섹션으로 빙 둘러 돌아가서 그곳 계단에는 좀비들이 없기를 기대하는 수밖에 없다.

하지만 엔지니어들은 몇 걸음마다 겁먹은 얼굴로 뒤를 돌아본다. 조장을 신뢰하는 것은 아니지만, 그렇다고 해서 후다닥 달아나 버릴 만큼의 용기도 그들에게는 없다. 손에 들려 있는 조그만 연장 따위, 그저 무력하게만 보인다.

'하긴 씨발, 겁먹을 만도 하지… 뭔 놈의 복도에 피가 이렇게……'

복도 전체가 흥건하다고 해도 될 만큼 여기저기에 피의 웅덩이가 잔뜩 만들어져 있다. 거기에 더해서 저 끔찍하게 우렁찬 좀비의 울음소리. 다른 놈들보다 유난히 크고 사납다.

지금 당장은 조금 멀지만, 이제 곧 그들을 따라 가까워져 올 것이다. 서둘러야 한다.

"젠장, 너무 춥군… 이게 왜 이렇게 냉방이……."

피투성이 다리를 움켜잡으면서 걷던 오 박사가 몸서리를 친다. 온몸을 휘감아 얼려 버릴 것 같은 냉기. 갑자기 겨울의 한복판에 떨어지기라도 한 듯, 이가 딱딱 맞부딪칠 만큼 사무치게 춥다.

"정신 차려요. 비틀거리지 말고!"

조장은 오 박사의 몸을 거칠게 챘다. 오 박사 이놈이 살아 있어야 승진이고 부귀영화고 기대할 수 있지만, 만약 이놈 때문에 목숨을 위협 받게 된다면 곧바로 내던지고 달아날 참이다. 물론 오 박사 역시 그런 조장의 생각 정도는 빤히 읽고 있었다.

"하아, 하아… 이봐, 버릴 사람 앞에 둘이나 있잖아. 그러니까 그런 식으로 말하지 마. 끄으응, 우리는 끝까지 같이 가야 된다고. 이렇게 힘든 데서 의가 상하는 게 아니라 오히려 서로 힘이 되어주려고 해야… 정말 믿을 수 있는 사이인 거지. 알잖아, 서로 백업해 주는 팀 말이야."

말 같지도 않은 소리를 오 박사가 계속 지껄이고 있을 때, 뒤쪽에서 저벅거리는 발소리가 계속해서 들려온다. 조장은 이를 악물고 걸음을 서둘렀다. 저 복도의 코너를 돌아 나타날 게 반가운 얼굴일 리가 없다.

"왜, 왜 그래요?"

조장과 오 박사가 걷는 속도를 올리자 앞서 걷던 엔지니어들의 표정도 굳는다. 아무도 대답해 주지 않는다.

엔지니어들은 자신을 바라보는 조장의 눈빛이 이상하게 번뜩인다고 느끼며 뛸 채비를 했다. 그러나 조장이 손을 쓰는 게 조금 더 빨랐다.

빠악―!

조장은 삼단봉으로 두 엔지니어 중 왼쪽에 서 있던 놈의 발목을 사정없이 후려쳤다.

"아윽!"

엔지니어는 발목을 움켜쥐고 바닥을 뒹군다. 또 다른 엔지니어는 화들짝 놀라 무작정 앞으로 뛰어나갔다.

"어차피 너희들도 이럴 줄 알았잖아? 응? 너도 어떻게 하면 나를 미끼로 삼을 수 있을지, 그 궁리만 했을 거 아냐? 이 새끼야!"

조장은 엔지니어의 하체를 계속 후려치며 소리를 질러 댔다. 이놈이 걷지 못해야, 그래서 미끼가 되어 잡아먹히고 있어야 자신들이 달아날 수 있는 시간을 벌 수 있다. 엔지니어의 정강이와 발목은 금세 퉁퉁 부어올랐다.

"으아악! 아악! 이 개새끼야!"

엔지니어는 비명을 내지르다가 마지막 반항으로 들고 있던 망치를 집어 던졌다.

핏—

망치는 조장의 코끝을 스치고 날아가 복도 뒤쪽에 떨어져 버렸다. 코 안쪽에 확 번지는 비릿한 피 냄새를 맡고 나서 조장은 오히려 표정이 밝아졌다.

한 번 공격을 받았으니 이제 죄책감 같은 걸 깨끗이 지워 버릴 수 있다. 어차피 먹고 먹히는 세상. 언제든 승자와 패자가 바뀔 수 있었다. 먼저 기회를 잡은 쪽이 이긴 것뿐이다.

"죽어! 깨끗이 죽으라고, 이 새끼야!"

조장은 으직, 소리가 날 만큼 강하게 엔지니어의 무릎을 후려치고 나서 놈을 내버려 둔 채 앞으로 걸어 나갔다.

"으윽! 으윽! 윽!"

아킬레스건이 끊긴 발목이 질질 끌릴 때마다 오 박사의 입에서는 신음이 터져 나온다. 하지만 걸음을 멈추거나 속도를 늦추지는 않았다. 그랬다가는 죽는다는 걸 너무도 분명하게 알고 있었기 때문이다.

"아아악! 아아아!"

뒤쪽에서 좀비들의 포효와 엔지니어의 비명이 섞여 들려온다. 오 박사는 힐끔 뒤를 돌아보았다. 세 마리다. 세 마리의 좀비가 다리가 작살나 움직이지 못하고 있는 엔지니어의 몸을 덮치고 닥치는 대로 물어뜯고 있다.

"방… 일단 아무 방이나 들어가서 피해야 하는데……."

조장이 식은땀을 뚝뚝 흘리며 중얼거렸다. 하지만 도무지 문이 눈에 띄지 않는다. 오 박사도 놈의 넋두리를 듣고 나서야 깨달았다.

12층은… 보존소가 있는 층이다. 워낙에 거대한 보존소가 건물의 중앙을 차지하고 설치되는 바람에 이 층의 대부분은 벽으로 둘러싸여 있다.

그리고… 이 비정상적인 냉기와 갑자기 창궐한 좀비들이 어디에서 나타난 것인지도 깨달을 수 있었다. 보존소. 실험체가 된 좀비들을 보관하던 보존소의 문이 열린 것이다.

정확한 이유나 경위는 모르겠지만, 그로테스크한 좀비들을 찾으러 갔던 연구원, 그 개놈들이 뭔가 엄청난 실수를 저지른 게 분명하다.

"해부실이 있어! 해부실!"

오 박사는 조장에게 외쳤다. 조장이 잔뜩 찌푸린 얼굴로 돌아본다.

"해부실?"

"그래! 해부실로 가면 도망칠 수 있어! 거기에… 하아, 하아… 해부한 샘플들을 다른 층으로 실어 보내는 소형 엘리베이터가 있어. 소형이라고 해도 인체 샘플이랑 용기를 실어야 하는 거니까 꽤 커! 웅크리면 한 명씩은 충분히 들어갈 수 있다고! 오른쪽이야! 섹션 A로 가자!"

"하지만… 엘리베이터는 안 움직일 텐데……."

"그건 달라! 그냥 엘리베이터라고 불렀다 뿐이지, 사실은 리프트 비슷한 거니까… CCTV도 달려 있지 않고, 경비 본부에서 통제하는 것도 아니야. 15층이랑 16층 세균 배양실로까지 이어지는 거라고!"

뜻밖의 희망을 발견한 조장과 오 박사는 걸음을 서둘렀다. 복도의 코너를 돌았을 때, 그들을 기다리고 있던 건 앞서 도망가 버렸던 엔지니어와 그를 맛있게 뜯어먹고 있는 좀비들이었다.

"허억!"

조장과 오 박사는 다시 방향을 틀었다. 엔지니어의 목이 뒤로 완전히 젖혀져 있는 것으로 보아 놈의 목숨은 이제 몇 초 남지 않았다. 그사이에 어서 달아나야 한다.

다행히 이 길고 복잡한 피투성이 복도는 그들에게 익숙한 공간이었다. 특히 오 박사에게는…….

"여기서 돌아!"

오 박사는 몇 차례나 조장의 어깨를 당기며 방향을 틀었다. 조장은 너무도 두렵고 혼란스러워서 자신이 어디로 가고 있는지도 모를 지경이 되어버렸다. 하지만 복도 벽에 부착된 화재 대비 용품함에 도끼가 들어 있는 건 놓치지 않았다.

"잠깐… 이걸 챙깁시다."

조장은 삼단봉을 휘둘러 얇은 투명판을 깨고, 1미터 조금 넘는 길이의 빨간색 도끼를 집었다.

묵직한 쪼개기용 도끼. 이 정도면 한 마리와 마주 쳤을 때는 승산이 있을 것이다. 조장은 오 박사를 다시 부축하며 빠르게 걸음을 옮겼다.

지금까지는 오 박사를 내던지기 위한 최후의 미끼로 생각하고 있었지만, 소형 엘리베이터 이야기가 나온 지금은 사정이 달라졌다.

그는 그 리프트인지, 엘리베이터를 조작하는 방법을 모른다. 그러니 탈출을 위해서라도 오 박사를 살려서 해부실까지는 데리고 가야 한다.

"다 왔어! 저기! 저 표지판 왼쪽으로!"

오 박사가 기쁨에 찬 목소리로 외쳤다. 코너를 돌면 이제 해부실이다.

그때, 교차로에 들어선 그들의 앞을 가로막으며 좀비 한 마리가 다가왔다.

"뭐야! 너, 너는!"

오 박사가 떨리는 목소리로 외쳤다. 비록 끔찍한 몰골이 되어 있지만, 자신이 그로테스크한 좀비를 찾으라고 이곳으로 올려 보냈던 연구원 중 한 놈이라는 것만은 분명히 알아볼 수 있었다.

"물러나요!"

조장은 오 박사를 옆으로 밀어 치고 도끼를 두 손으로 잡으며 연구원 좀비를 마주했다. 다행히도 그리 빠르게 뛰는 놈은 아니었다. 척추가 꺾여 버린 탓에 아주 기묘한 자세로 비틀거리면서 좀비는 조장과의 거리를 좁혀왔다.

"으라아아!"

초조하게 입술을 핥던 조장이 먼저 공격을 날렸다. 그가 힘껏 내휘두른 쪼개기용 도끼가 연구원 좀비의 머리통 위쪽을 후려갈겼다.

쩌적!

두개골 위쪽의 살점이 날아가고, 연구원 좀비의 몸이 휘청한다. 하지만 놈을 죽일 만큼 제대로 들어간 타격은 아니었다.

그롸아아아—

연구원 좀비는 두 팔을 내민 채 조장의 목을 노리고 달려들었다.

"으얍!"

조장은 기죽지 않고 다시 도끼를 휘둘렀다. 도끼는 둔탁한 소리와 함께 좀비의 팔꿈치를 부러뜨렸고, 연구원 좀비는 다시 휘청거린다.

"하아~ 하아! 젠장……."

오 박사는 벽에 기대선 채 조장과 연구원 좀비의 일전을 초조하게 지켜보았다. 물론 조장과 운명을 같이하려는 생각 따위는 추호도 없었다. 그저 이 싸움에서 조장이 이기면 좋고, 만약 전세가 불리해지면 그때 달아나려고 마음을 먹고 있던 것뿐이다.

조장이 뜯어 먹히는 동안이면 충분히 해부실까지는 갈 수 있다. 하지만 그 혼자서 해부실의 엘리베이터로 용케 올라간다고 해도, 그때부터 또 막연해진다. 그러니 일단은 조장이 이겨서 함께 가주는 게 제일 좋은 경우의 수다.

"죽어라, 씨발!"

조장은 요란하게 소리를 지르며 열심히 도끼를 휘둘러 대고는 있지만, 워낙 겁에 질려 있어서 쉽사리 승부를 결정짓지 못했다.

단번에 죽이지 못한 탓에 연구원 좀비의 몸뚱이는 도끼 자국으로 엉망이 되어갔다. 두 팔은 부러져 덜렁거리고, 얼굴도 거의 반쪽이 날아갔다. 어쨌든 그래도 승기는 꽤나 이쪽으로 넘어온 상태였다.

"헉!"

그 순간, 뒤쪽을 돌아보던 오 박사가 절망적인 신음을 터뜨린다. 엄청난 크기의 좀비가 복도 저 끝에서 모습을 드러냈다. 보자마자 오 박사는 그것이 지금까지 그들을 두려움에 떨게 만들었던 문제의 그 커다란 포효의 주인공이라는 걸 알 수 있었다.

"내… 내가 아니잖아! 네가 원한을 가질 대상은!"

그 커다란 좀비가 E9104596이라는 것과, 그녀가 살아 있을 때 메이저로부터 지독한 폭행을 당하면서도 기록적일 만큼 긴 생존 기간을 가졌다는 걸 기억해 낸 오 박사가 울음 섞인 목소리로 말했다.

그라아아아아아—

복도 끝에 인간이 둘이나 있다는 걸 확인한 E9104596은 크게 울부짖고 나서 맹렬한 속도로 뛰어오기 시작했다. 그 뒤로 좀비들이 몇 마리나 따라왔지만, 그녀에 비하면 무서울 것도 없는 수준이었다.

"히에엑!"

오 박사는 앞뒤 재지 않고 무조건 조장 쪽으로 기었다. 이제는 먼 앞날을 걱정할 때가 아니다. 일단 이 자리를 벗어나는 게 우선이다. 이젠 두 명 모두 해부실까지 도달한다는 건 불가능해졌다.

"뭐요? 하아! 하아!"

겨우 연구원 좀비의 목을 잘라낸 조장이 숨을 헐떡이며 자신의 등 뒤에 달라붙은 오 박사를 돌아본다. 오 박사는 대답하지 않았다. 대신에 조장을 뒤로 당기며 그 반동을 이용해 앞으로 도망치려고 했다.

하지만… E9104596은 그의 예상보다 훨씬 더 빨랐다.

턱!

E9104596의 커다란 손이 오 박사의 팔목을 잡는다. 그러고는 사정없이 비틀어 당긴다.

"아아악!"

팔이 뒤로 꺾여 버린 오 박사는 비명을 지르면서도 조장의 뒤로 몸을 숨겼다. 뒤늦게 좀비들의 존재를, 특히 E9104596의 모습을 확인한 조장도 어떻게든 오 박사를 잡아 뒤로 던지고 달아나려 했다. 그러나 이미 늦었다.

콰드득!

E9104596의 이빨이 조장의 목덜미를 파고든다. 그러면서도 그녀의 손은 뒤에 서 있는 오 박사의 팔목을 계속 잡아당기고 있다. 아마도 앞뒤로 달라붙어 있는 두 사람의 신체를 분리해서 인식하지 못하는 모양이다.

"끄으으으으!"

목덜미가 뜯겨 나간 조장이 도끼를 휘둘렀다.

칵―!

도끼는 E9104596의 두툼한 어깨에 박혔다. 하나 그것뿐이다. 그녀의 어깨는 기진맥진한 조장 정도의 힘으로는 도저히 잘라낼 수 없을 만큼 크고 단단했다.

E9104596는 도끼가 박힌 채로 왼손을 휘둘러 조장의 턱을 움켜쥐었다. 그러고는 사정없이 비틀어 뜯었다.

"커컥!"

턱이 부서져 빠져 버린 조장이 끔찍한 고통을 이기지 못해 비틀거린다. 오 박사는 자신의 팔을 빼내려고 안간힘을 써봤지만, E9104596은 놔줄 생각이 없었다.

으지직!

오 박사의 팔꿈치가 조장의 어깨에 걸려 아래로 꺾여 버렸다.

"아이아악! 아으으으! 끄으으으!"

오 박사는 절규하며 펄쩍 뛰었다. 물어뜯긴 아킬레스건의 통증을 깨끗이 머릿속에서 지울 만큼 날카롭고 강렬한 고통!

하지만 팔목이 단단히 잡혀 있기에 마음대로 쓰러질 수도 없었다. 팔꿈치가 완전히 박살 난 그의 왼팔은 여전히 E9104596의 손아귀에 꽉 잡혀 있는 채다.

꿀쩍! 꿀쩍! 꽈득!

E9104596은 피투성이가 된 조장의 목을 계속 베어 물면서 버릇처럼 오 박사의 팔목을 쥔 손을 위아래로 휘둘렀다.

우득!

아래로 꺾인 오 박사의 팔꿈치가 다시 관절의 45도 방향으로 당겨진다. 오 박사는 날카롭게 부러진 자신의 팔뼈가 살을 찢고 밖으로 튀어나오는 광경을 자신의 두 눈으로 지켜봐야 했다.

"아윽! 으으윽!"

팔뼈가 이상한 방향으로 무리하게 돌아갈 때마다 오 박사의 입에서는 계속해서 극적인 비명이 터져 나왔다.

E9104596는 그의 팔을 부러진 나무젓가락처럼 빙글빙글 돌려서 완전히 뜯어내려고 하고 있다.

끄와아아아아―

그러는 동안 뒤늦게 출발했던 다른 좀비들도 속속 도착했다. 놈들은 E9104596과 오 박사 사이에 샌드위치처럼 끼어 있는 조장의 몸 여기저기에 이빨을 박고, 마구 뜯어냈다.

이제 오 박사에게는 선택의 여지가 많지 않았다. 고통을 줄이고 싶다는 안일한 욕망에 사로잡혀 있다가는 좀비들의 밥이 될 상황이다.

"끄으으으! 으윽!"

오 박사는 이를 악물고 조장의 몸을 밀어내면서 E9104596가 자신의 팔을 잡아 뜯는 걸 도왔다.

찌지직― 뜨득―!

신경이 손상될 때마다 눈앞이 번쩍이다가 금세 또 깜깜해지기를 반복한다. 제발 팔이 빨리 잘라지기만을 바라며 오 박사는 온 체중을 실어서 몸을 뒤로 잡아챘다.

빠득―!

한 번도 들어본 적 없는 끔찍한 소리. 그리고 한 번도 경험해 본 적 없는 끔찍한 고통!

이제까지 팔이 부러지고 근육이 찢어지던 그 모든 과정이 그저 장난 수준에 불과했다고 느껴질 만큼 엄청난 크기의 고통이 아주 짧은 순간 그의 전신을 휘감았다. 그리고 오 박사는 뒤로 밀려나 엉덩방아를 찧었다.

"으헥! 으윽! 헤엑!"

오 박사는 앞뒤 잴 틈 없이 몸을 돌려 정신없이 기었다. 오른손으로 바닥을 짚고 버릇처럼 팔뚝이 없어진 왼팔을 내미는 순간, 그는 끔찍한 통증을 느끼며 복도 바닥에 코를 찧었다.

뜯겨져 나간 왼팔의 팔꿈치 위쪽이 덜덜 떨린다. 아무 생각 없이 뼈가 드러난 단면으로 바닥을 짚은 대가는 혹독했다.

"흐ㅇㅇㅇㅇ! ㅇㅇㅇㅇ!"

오 박사는 온몸을 떨면서도 입술을 꽉 깨물고 어떻게든 다시 일어나 복도를 걸었다. 눈앞의 모든 것이 일렁거리고, 바닥은 양주 한 병을 다 마셨을 때보다 더 심하게 흔들렸다.

"아니! 아직은… 아직은……!"

자신의 팔꿈치에서 쫘쫘 뿜어져 나오는 피를 밟고 비틀거리면서도 오 박사는 포기하지 않고 해부실을 향해 걸어갔다.

이제 겨우 세 걸음, 그것만 걸어가면 이 지긋지긋한 12층과 작별할 수 있다.

"흐ㅇㅇㅇ! 이 개 같은 것들… 다 대갈통에 구멍을 뚫어서 죽여주마!"

해부실의 스캐너에 아이디카드를 가져다 댄 오 박사는 문이 열리는 동안 복도를 돌아보며 원한에 가득 찬 다짐을 중얼거렸다. 그러고는 서둘러 해부실 안으로 몸을 던졌다.

"흐ㅇ! 흐ㅇ!"

반가운 소독약 냄새!

오 박사는 비틀거리며 해부실 문의 닫힘 버튼을 눌렀다. 그때, 그의 귀에 쿵쿵거리며 달려오는 육중한 발소리가 들렸다.

"안 돼! 아… 안 돼!"

온몸의 피가 싹 빠져나가는 것 같은 공포!

이 발소리가 누구의 것인지는 이미 잘 알고 있다. 그리고 붙잡히는 순간, 어떻게 될 것인지도……

오 박사는 문에서 멀어지기 위해 뒤로 돌았다. 첫걸음을 떼는 순간!

쿵!

닫히려는 해부실 문 안으로 육중하고 두꺼운 팔뚝이 쑥 밀고 들어온다. 그리고는 그의 발목을 움켜쥐었다.

콰당—!

오 박사는 E9104596의 그 압도적인 힘을 이기지 못하고 앞으로 고꾸라졌다. 바닥에 짓찧은 그의 입에서 피가 주르륵 흘러내린다. 침이 닿자 반쯤 부러져 버린 앞니가 시큰거리고, 코는 순식간에 부어올랐다.

"커어억! 후우우! 으으!"

오 박사는 끌려 나가지 않기 위해 정신없이 두 팔을 휘저었다. 아무것이라도 잡아보겠다는 마음밖에는 없었다. 왼팔의 팔꿈치 아래가 없어졌다는 것도 잠시 잊을 만큼 다급했지만, 상황은 그에게 별로 유리하지 않았다.

와장창!

그가 꼭 붙잡고 버티던 진열대가 당겨지는 힘을 이기지 못하고 그의 몸 위로 쓰러져 버렸다. 진열대 위에 놓여 있던 각종 해부 기구들과 보존용 유리 기구의 파편들이 오 박사의 등 위에 박힌다.

"아으으윽!"

진열대의 모서리에 맞아 머리가 찢긴 것만으로도 고통스러운

데, 날갯죽지에 메스가 꽂히고 유리 조각들이 얼굴을 가른다. 오 박사는 광대뼈에 박힌 커다란 유리 조각을 빼낼 여유도 없이 해부용 침대의 다리를 향해 손을 뻗었다.

쿠웅—

E9104596의 팔에 걸려 닫히지 못한 해부실의 문이 다시 열렸다 닫히기를 반복한다. 저 그로테스크한 좀비 괴물 년이 멍청해서 그나마 다행이라고, 오 박사는 생각했다.

만약 이렇게 문이 열렸을 때, 저 엄청난 괴물이 해부실 안으로 뛰어 들어온다면 그것으로 모든 게 끝나 버린다. 그러니 아직 기회가 있을 때 빨리 방법을 찾아야 한다.

"어? 으윽!"

다급하게 좌우를 두리번거리던 오 박사의 시선에 뼈 절단용 전기톱이 들어왔다. 조금 전, 진열대에서 떨어져 내린 모양이다. 오 박사는 얼른 그걸 집어 들고 스위치를 켰다.

위이이잉—!

둥근 톱날은 아주 매서운 소리를 내며 힘차게 돈다.

무기는 이제 확보됐다. 전기톱으로 저 지긋지긋하고 강력한 괴물의 팔목을 잘라 버리면 된다. 문제는 어떻게 하면 그걸 쓸 수 있는가 하는 데 있었다.

오 박사는 지금 엎드린 채 쓰러져 있고, E9104596은 뒤에서 그의 발목을 사정없이 잡아당기는 중이다.

몸을 돌려 돌아눕는다는 일 자체가 불가능한 상황. 그러니 자신의 발목을 제대로 보고 이 전기톱을 사용할 수가 없다.

콱!

그렇게 고민하는 동안에도 E9104596은 다시 그를 잡아당긴다. 오 박사는 아킬레스건이 뜯겨 나간 발을 문 옆의 벽에 대고 힘을 주어 버텼다. 그렇게 할 때마다 끊긴 인대는 끔찍한 통증을 아낌없이 선사해 주었다.

콰앙— 덜컥—!

다시 문이 열린다. 다행히도 레일에 끼어 있는 해부용 도구들에 걸려 문이 온전히 개방되지는 않았다. 그리고 문은 입력된 명령을 수행하기 위해 다시 닫히다가 E9104596의 팔에 걸려 열리기를 반복했다.

"끄으으! 으으!"

오 박사는 전기톱의 손잡이를 입에 물고 멀쩡한 오른손으로 바닥을 짚으며 몸을 돌리기 위해 애를 썼다. 하지만 이번에도 역시 커다란 산처럼 단단히 발목을 움켜쥐고 버티는 E9104596의 힘이 문제였다. 어느 각도 이상은 도저히 몸이 돌아가지 않는다.

"히이익!"

비스듬히 엎드린 채 문 쪽을 보며 헐떡이고 있던 오 박사가 숨넘어가는 비명을 지른다.

좀비들! 복도 반대편에서 뛰쳐나온 엄청난 수의 좀비들이 그와 E9104596이 대치 중인 해부실을 향해 달려오고 있다. 이제는 몸을 돌아 눕히고 상태를 봐가며 저 괴물의 팔목을 끊을 여유 같은 건 없어져 버렸다.

"끄으으! 끄윽!"

오 박사는 가능한 최대로 몸을 굽혔다. 오른손에 든 전기톱으로 왼 발목을 움켜쥔 팔목을 잘라내야 하는 상황! 결코 녹록치가 않다.

하지만 여기에서 머뭇거렸다가는 몰려드는 좀비들에게 찢겨 죽고 말 것이다. 오 박사는 부들거리는 오른팔을 아래로 최대한 뻗었다.

그라아아아아— 크와아아아아—

그러는 동안에도 좀비들은 복도를 가득 메운 채 빠르게 달려온다. 이제 그에게 허락된 시간은 불과 몇 초!

"끄윽! 뒈져라! 개년아!"

전기톱의 둥근 날이 E9104596의 손목 부근에 닿은 걸 확인하자마자 오 박사는 스위치를 위로 올렸다.

위이잉—

전기톱은 빠르게 E9104596의 피부를 가르고, 근육과 힘줄을 잘라내기 시작했다. 절단면에서 타는 냄새가 피어오르기 시작한 바로 그 순간!

끄와아아아—

E9104596이 더욱 강력한 힘으로 오 박사의 발목을 잡아챘다. 온전한 오른손에 전기톱을 들고 있던 오 박사로서는 그 끌어당기는 힘에 버틸 수 있는 수단이 아무것도 없었다.

그가 어떤 반응을 하기도 전에 전기 톱날은 한 번 튕겨져 올랐다가 아래쪽으로 당겨진 E9104596의 엄지손가락과 그의 발목을 동시에 절단했다.

"까으으윽! 으으아!"

발목뼈를 가르며 안으로 파고들어 가는 톱날!

오 박사는 쇳소리를 지르며 스위치에서 손을 뗐다. 피부와 근육, 신경과 뼈가 한꺼번에 잘리는 그 끔찍한 고통에 그의 이성은 온통 마비되었다.

그 순간만큼은 복도에서 뛰어오는 수십, 수백의 좀비들도, 문 앞에서 버티고 있는 저 무시무시한 E9104596의 모습도 전부 중요하지 않았다. 오직 발목의 통증을 멈추는 것만이 그가 원하는 바였다.

"으흐으으윽!"

오 박사는 땅에 머리를 짓찧으며 어떻게든 고통을 분산시켜보려 애를 썼다. 이제… 차라리 죽는 것이 낫다. 이렇게 생으로 신체가 절단되는 고통을 두 번, 세 번 연거푸 경험할 바에는, 그냥 한 번에 죽어버리는 편이 훨씬 더 자비롭게 느껴진다.

텅—

모든 걸 포기한 오 박사가 얼굴을 잔뜩 찌푸린 채 바닥을 긁고 있을 때, 잘린 엄지손가락 때문에 악력을 상실한 E9104596이 그제야 그의 발목을 놓치며 뒤로 엉덩방아를 찧었고, 지금껏 가로막고 있던 장애물이 사라지자 문이 굳게 닫혔다. 물론 오 박사가 그런 사실을 인지하기까지는 약간의 시간이 더 필요했다.

"후우우! 후우! 후우!"

격렬한 통증의 파도로부터 겨우 정신을 추스른 오 박사는 잔뜩 찌푸려 감았던 눈을 떴다. 그리고 자신의 발목이 이제는 자유롭다는 것과 문이 닫혔다는 것을 깨달았다.

그는 자신의 발치로 시선을 돌렸다. E9104596의 잘린 엄지손가락이 바닥에 떨어져 있고, 자신의 발목은 1/3가량 깊이 잘려 나가 있다.

고속 회전 날에 의해 절단되는 것과 동시에 화상을 입은 발목 주변에서는 피조차 터져 나오지 않았다.

쿵— 쿵—

해부실의 문이 울린다. 손바닥 두 개만 한 크기로 문에 나 있는 창은 포효하는 좀비들의 얼굴로 가득 채워졌다. 놈들은 바로 눈앞에서 먹이를 놓쳤다는 사실에 엄청나게 분노한 것처럼 보인다.

그리고…….

터엉— 터엉—

해부실의 좌우 양쪽 창문에도 좀비들이 잔뜩 달라붙어 머리와 팔로 유리를 두들겨 대고 있다. 그 수가… 적어도 100마리는 되는 것 같다.

아무리 단단한 강화유리라지만, 저 정도의 체중이 한꺼번에 실리고 계속 박치기를 해 대면 결국 부서지는 건 시간문제다.

"으으윽, 으윽!"

오 박사는 거친 숨을 몰아쉬면서 오른손으로 바닥을 짚어가며 뒤로 물러났다. 잘린 발목들의 뼈가 흔들릴 때마다 쩌릿쩌릿한 고통이 척추를 경직시키고 숨 쉬는 걸 어렵게 만든다.

이를 딱딱 부딪치며 뒤로 물러나고는 있지만, 오 박사는 자신의 처지가 너무도 절망적이어서 도저히 믿기지가 않았다. 오른발은 힘줄이 끊겼고, 왼 발목은 뼈가 잘렸다. 거기에 왼 팔꿈치 아래는 뜯겨 나갔으니, 이제 사지 중 멀쩡하게 남은 곳은 오른팔, 단 하나뿐이다.

"윽! 젠장! 씨발! 이런 씨발! 으아아아아!"

벽에 기대앉은 채 땀과 피로 범벅이 된 얼굴에서 유리 조각을 뽑아내던 오 박사가 울부짖었다. 걸을 수도 없게 되어버린 이 상황이 너무도 저주스럽다. 그러는 동안에도 정면의 문과 양쪽

측면의 유리창은 시끄럽게 울려 대고 있다. 거기에 달라붙은 저 좀비들은 도무지 포기라는 걸 모른다.

"크흑! 그래도 내가… 내가 이긴 거다… 너희들이 아무리 시끄럽게 짖어 대도 내 살을 뜯어먹기 전에는 내가 이긴 거라고! 이 개새끼들아……."

조금 기운을 차린 오 박사는 오른팔만을 이용해 리프트를 향해 기어가면서 이를 빠드득, 갈았다. 바닥에 어지럽게 널려 있는 각종 약품과 해부용 기구들, 깨진 유리 용기 때문에 그 모든 과정은 지독하게도 고통스러웠지만, 얌전히 기대 누워 쉰다고 해서 해결될 수 있는 문제가 아니었다.

"후우우! 후우우! 이이익!"

리프트 앞에 도달한 오 박사는 일어서기 위해 안간힘을 썼다. 일단 여기에서 벗어나려면 어떻게든 기기를 조작한 뒤, 리프트 위에 몸을 눕혀야 한다.

"어디로… 어디로 가야 하는 거지? 생각해! 후우우! 후우우~ 생각하라고!"

리프트가 내려오는 동안 오 박사는 머리카락을 쥐어뜯으며 스스로를 다그쳤다. 깨져 버린 안경 렌즈 때문에 시야는 좁아졌고, 2초가 멀다 하고 온몸을 휘감아오는 고통 때문에 머리는 뿌연 안개 속을 헤매는 것처럼 무겁다.

몇 층으로 가야 이 지긋지긋한 좀비들로부터 자유로울 수 있는 것일까… 그리고… 부하 직원들을 만날 수 있을까… 부하들을 무장시켜 데려와야 식사실의 좀비들 틈으로 도망친 테라 년을 잡아올 수 있는데…….

그렇게 고민하고 있던 오 박사의 눈에 바닥을 적시며 뚝뚝 떨어지는 붉은 피가 들어왔다. 그것이 뜯겨 나간 자신의 왼팔에서 흘러내리는 피라는 걸 깨닫기까지는 별로 오랜 시간이 필요하지 않았다.

"그렇지… 일단 치료를 해야 돼… 응급처치를……."

오 박사가 멍한 얼굴로 중얼거렸다. 지혈을 하지 않고 이대로 계속 방치하면 아무것도 이루어내지 못한 채 먼저 과다 출혈로 죽을 수밖에 없다.

오 박사는 눈높이에 설치된, 그러나 지금의 자신으로서는 까마득히 높기만 한 진열대를 손으로 더듬거리며 지혈제를 찾았다.

"베티젤… 베티젤……."

오 박사는 간절하게 지혈제의 상표명을 불렀다. 주사기 모양의 튜브를 짜서 바르기만 하면 폴리머가 작용을 해서 콸콸 쏟아지는 피도 10여 초 만에 멎게 만든다.

"젠장! 또 이거야! 이건 왜 이렇게 잔뜩 가져다 놨어!"

비슷한 모양의 D.E.M이 손에 걸릴 때마다 오 박사는 얼굴을 찌푸리며 그 빨간 주사기를 바닥에 집어 던졌다. 아마도 위기 대응용으로 비치해 놓은 모양인데, 지금의 그로서는 짜증스러울 뿐이다.

"찾았다! 하아, 하아… 끄으으으!"

겨우겨우 두 개의 베티젤 주사기와 하나의 D.E.M을 동시에 집어 든 오 박사는 안도의 한숨을 내쉬었다. 손바닥 안의 베티젤은 그냥 두고 D.E.M만 내던져 버리고 싶었지만, 손이 하나뿐이라 그 정도의 정교한 작업은 여의치 않다. 그는 일단 리프트 위로 기어 올라가 숨을 헐떡거리며 목적지 층수인 16을 눌렀다. 그때, 도저히 믿을 수 없는 일이 일어났다.

삐링―

경쾌한 알림 음과 함께 쿵쿵대며 흔들리던 해부실의 문이 열린다.

'어째서?'

논리적으로 도저히 납득이 가지 않는 일이어서 오 박사는 놀란 눈을 동그랗게 뜬 채 문 쪽을 바라보았다.

대체 어떻게 좀비들이 보안용 카드가 필요한 이 문을 연단 말인가…….

그렇게 그가 의문을 가지는 동안 문은 활짝 열렸고, 좀비들은 안쪽으로 뛰어든다.

"으앗!"

아무 의미 없는 저항이라는 걸 알면서도 오 박사는 리프트의 미닫이식 문을 닫았다.

콰작!

얇은 알루미늄 문은 좀비의 손길이 닿자마자 대번에 심하게 우그러진다. 리프트의 모터가 가동되는 소리가 위잉― 하고 울리지만, 그가 이 층을 벗어나기도 전에 좀비들은 문을 뜯어내고 그를 산산조각 낼 것이다.

"안 돼… 흐으으~ 안 돼!"

오 박사는 미친 사람처럼 침을 뚝뚝 떨어뜨리며 D.E.M의 뚜껑을 젖히고 그걸 자신의 왼쪽 어깨에 박아 넣었다. D.E.M의 주사 부위가 심장에서 가까울수록 깨어날 때 고통이 크다는 기본 지식조차 까맣게 망각할 만큼 그는 다급했다.

"끄윽!"

심장을 콱 움켜잡는 것 같은 고통에 오 박사의 얼굴은 잔뜩 일그러졌다. 그가 바닥에 쓰러져 의식을 잃어가기 직전에 알루미늄 문이 뜯겨 나간다.

고개를 모로 틀고 있던 오 박사가 마지막으로 본 것은, 목에 아이디카드를 덜렁거리며 매달고 있는 또 다른 연구원 좀비였다.

'저놈의 카드가 스캐너에 접촉되었던 건가……'

그 생각을 미처 다 하기도 전에 오 박사의 심장박동은 정지됐다. 오 박사를 향해 이빨을 박아 넣으려던 좀비들이 우왕좌왕하며 멈춰 선다.

위이이이잉―

심장이 멎은 오 박사를 싣고 리프트가 천천히 16층으로 올라간다. 갑자기 먹이를 잃은 좀비들이 사납게 포효하는 소리가 12층 해부실과 주변의 복도를 울렸다.

그라아아아아아―


ㅁ


"거, 거, 거기 누, 누구야?"

좀비들을 죽여가며 7층을 막 지나온 메이저가 계단 위쪽을 향해 물었다.

시끄럽게 울려 대는 개 짖는 소리, 그리고 저벅거리는 전투화 소리.

분명 아군일 것 같기는 하지만, 그래도 일단 확실히 해두고 싶었다. 그를 뒤따르던 헬리콥터 조종사와 엔지니어들은 MP5의 총구를 위쪽으로 겨누며 혹시나 발생할지 모르는 총격전에 대비했다.

"대장? 대장님이십니까? 무사하셨군요! 다행입니다!"

컹컹거리는 개 짖는 소리 사이로 누군가 물어왔다. 분명히 아는 목소리다. 옆 엘리베이터를 타고 그와 함께 지하 1층으로 출동했던 대원이다. 메이저는 고개를 끄덕였다.

"그, 그래! 나, 나, 나다! 개, 개는 뭐야?"

"아아, 이놈들이요… 14층에 들러서 데리고 왔습니다. 여차할 때 이놈들이라도 풀면 다만 몇 초는 건질 수 있을 것 같아서요. 근데 어디 가시는 길입니까?"

쉐도우 실드 대원들이 개와 함께 아래로 내려온다. 무장한 대원은 다섯, 개는 여섯 마리. 대단한 대군이라고는 할 수 없겠지만, 그래도 현재 그들이 동원할 수 있는 최대한의 병력이 모였다. 긴장한 채 계단을 오르고 있던 메이저도 조금은 숨통이 트이는 것 같았다.

"너, 너, 너희 엘리베이터는 피, 피해가 그리 크, 크지 않았나 보군. 다, 다, 다섯 명이나 내려오는 걸 보면……."

"아닙니다. 저희 두 명 즉사, 두 명 관통상이었습니다. 멀쩡하게 남은 건 저희 둘뿐이었고, 애들은 부상당한 대원들 병원으로 데려다 주고, 그 앞 호위하고 있던 걸 억지로 끌고 왔습니다. 근데 대장, 지금 옥상으로 가시는 길입니까?"

개들을 진정시키던 대원이 헬리콥터 조종사들을 알아보고 물었다. 아마 이 녀석들도 조종사를 찾으러 내려오던 길인가 보다. 메이저는 고개를 저었다.

"아, 아니, 8층부터 드, 들렀다 간다."

"8층이요?"

"그래. 거, 거, 거기에 테, 테라가 있었어. 가자. 개, 개, 개들 데리고 아, 앞장 서."

메이저는 늘어난 팀원들을 이끌고 8층 계단 문 앞에 도착했다. 내선 전화를 걸었을 때 아무도 응답을 하지 않았다는 점이 그를 불안하게 하지만, 그래도 일단 식사실에 가봐야 한다. 그래야만 단서든 뭐든 찾을 수 있다.

컹! 컹! 월! 월! 으르르르—!

개들은 몹시 흥분해서 문을 열기도 전부터 사납게 짖어 댔다. 개들의 목줄을 움켜잡고 있던 대원이 말했다.

"어째… 이 8층에 우리만 있는 게 아닌 모양입니다. 이 새끼들이 이렇게 시끄럽게 구는 걸 보면……."

메이저도 동의한다는 표정을 지어 보였다. 논리적으로는 말이 되지 않지만, 갑자기 지하 1층의 엘리베이터에서 겪었던 그 끔찍한 꼴을 여기에서도 겪게 될지 모르겠다는 불안감이 본능적으로 그를 감쌌다.

"개, 개, 개부터 한 두, 두어 마리 머, 머, 머, 먼저 내보내 봐."

메이저의 명령을 들은 대원은 계단 문을 조금만 열고 그 사이로 셰퍼드 두 마리를 집어넣었다. 복도 안에 들어선 개들은 줄이 팽팽히 당겨질 만큼 앞으로 달려 나가고 싶어 한다.

월! 월월!

대원이 끈을 놓자 두 마리의 셰퍼드는 맹렬하게 짖어 대며 복도 안쪽으로 뛰어 들어갔다. 그런 후, 메이저 일행은 모두 가만히 귀를 기울였다.

2초, 3초, 4초… 5초가 지나도록 총소리 같은 건 들려오지 않았다. 그렇다면 일단 이 부근은 아닌 모양이다.

"나, 나, 나가자!"

메이저가 비장한 목소리로 외쳤다. 나머지 네 마리의 개를 앞세운 대원들과 메이저, 엔지니어, 그리고 조종사들이 줄을 지어 계단 문을 지났다.

8층은… 그들이 우려했던 것보다 훨씬 더 고요했다. 들려오는 소리라고는 그들이 조금 전 풀어놓았던 개들이 짖어 대는 소음뿐, 그 외에는 별다른 소리랄 게 없다고 느껴질 정도로 조용하다.

메이저 일행은 서로 손짓으로 사인을 주고받으며 발소리를 죽인 채 앞으로 전진했다. 두 번의 코너를 무사히 돌았다. 이제 긴 복도의 중앙에 다다르기만 하면 거기에 식사실이, 그 안에는 테라가 있다.

하지만… 그 긴 복도라는 것이 가진 독특한 성격 때문에 그들은 ㄱ자 형태 코너의 끝에서 좀처럼 몸을 내밀지 못했다. 만약 누군가 그들을 쏴 죽이려 한다면, 바로 저 구간에서 그 목적을 달성하려 들 게 뻔하다.

시야는 뻥 뚫려 있지만, 좌우 어느 쪽으로도 피할 길이라고는 없는 죽음의 구간에서…….

"개들 다 풀겠습니다."

메이저의 고개가 위아래로 움직이는 것을 확인하자마자 쉐도우 실드 대원은 자신이 붙잡고 있던 네 마리의 목줄을 동시에 놓았다.

컹컹! 컹! 컹!

네 마리의 개가 빠른 속도로 코너를 돌아 식사실 복도 안쪽으로 내달린다. 만약 이 부근에 상대가 있다고 해도 이만하면 충분히 주의를 끌었겠다 싶어졌을 때, 대원 한 놈이 복도 벽 바깥쪽으로 슬쩍 얼굴을 내밀었다.

"어, 어때? 뭐가 이, 이, 있나?"

메이저의 질문에 대원은 안도하는 표정으로 고개를 저었다.

"아뇨… 아직 아무것도 눈에 안 띕니……."

타아앙—

복도를 흔들며 울려 퍼지는 총성!

그와 동시에 코너 바깥을 내다보고 있던 대원의 뒤통수가 퍽— 터져 나갔다.

"흐억!"

동료의 뇌수와 피를 뒤집어쓴 메이저와 대원들은 기겁을 하며 벽에 달라붙었다. 엎어진 시체에서는 끊임없이 피가 흘러나온다. 당황한 대원 둘이 총구를 밖으로 내밀고 마구 대응사격을 했다.

투투투투투투— 투투투투—

적이 어디에 있는지, 자신의 총구가 어느 정도 방향을 향하고 있는지도 전혀 가늠하지 못한 채 그냥 무작정 갈겨 대는 난사였다.

깨갱! 깨갱~!

아군이 등 뒤에서 쏜 총알에 맞은 셰퍼드들이 비명을 지르며 쓰러진다. 나머지 두 마리도 깜짝 놀라 방향을 바꿔 달아났다.

"후우~ 후우~"

발밑을 적시는 붉은 피를 보면서 메이저는 숨을 헐떡였다. 잠시 잊고 있었던 그 지하 1층에서의 악몽이 떠오른다.

설마 또… 또 그 마귀 같은 놈들과 마주하고 있는 것인가…….

그는 거친 숨을 내쉬며 뒤를 돌아보았다. 다섯 명의 부하가 잔뜩 긴장한 채 명령을 기다리고 있다. 그중 하나는 다리와 팔에 부상을 입은 녀석. 전투력이 온전하다고는 할 수 없다. 그리고 여섯 명의 직원과 두 명의 헬리콥터 조종사.

조종사들을 전투에 써먹는 건 정말 최후까지 고민해야 하는 일이다. 저놈들이 죽어버린다면 전투에 이긴다고 해도 여기에 고립되어 버린다.

조종사 둘을 계산에서 제외한다면 일단 전투에 쓸 수 있는 가용 병력은 그 자신을 포함해서 열한 명과 부상병 하나.

'적은 몇이나 되는 걸까…….'

메이저는 침을 꿀꺽 삼키며 생각했다.


잠시 벽 뒤로 몸을 숨겼던 진우는 총소리가 그치자마자 고개를 살짝 내밀고 복도 반대편을 노려보았다. 거리는 약 40미터. 코너 바로 앞에는 머리가 박살 난 채 죽은 시체가 보인다.

달려오던 네 마리의 셰퍼드 중 두 마리는 죽고 나머지는 열려 있는 사무실 안으로 모습을 감춰 버렸다.

'젠장, 조금만 빨리 왔으면 좋았을걸…….'

진우는 속으로 혀를 찼다. 하필이면 8층 식사실 앞에 거의 다 다랐을 때, 이렇게 적과 대치를 하는 상황에 처해 버렸다. 삼숙이가 미리 경고를 해줘서 대비는 하고 있었지만, 그래도 마음이 조급하다.

좋은 소식이라면 저놈들이 저렇게 지원을 올 만큼 중요한 무언가가 식사실 안에 아직 있다는 점이다. 그리고 그 '중요한 무언가'란 테라일 가능성이 높다.

다만, 식사실 안에 있는 테라가 지금 어떤 상황인지, 적들이 전부 몇 놈이나 되는 건지 전혀 모른다는 사실 때문에 자꾸 서두르고 싶어진다.

"방패 들고 나갈까?"

그의 등 뒤에서 삼식이가 속삭였다. 식사실까지는 불과 20여 미터. 무리해서 방패를 앞세워 전진한다면 충분히 도착할 수도 있을 것처럼 보이기는 한다. 진우가 대답했다.

"아니… 있어봐. 조금 있다가 저쪽에서 한 놈 더 머리를 내밀어서 이쪽을 볼 거야. 그놈부터 잡고, 그다음에 몇 놈이나 되는지도 알아야 돼."

"설마? 방금 한 놈이 머리가 터져서 죽었는데, 또 그렇게 할 리가……."

"우연이라고 생각할 테니까."

진우가 단호하게 대답했다. 그리고 10여 초 후, 정말 그가 말했던 것처럼 한 놈이 슬금슬금 얼굴을 내밀었다.

진우는 딱 치명상을 입힐 수 있을 만큼만 기다렸다. 정찰하려는 놈의 머리통 절반 정도가 벽 밖으로 빠져나왔을 때, 그는 방아쇠를 당겼다.

타앙―

빨간색 피 안개가 목표의 귀 뒤쪽에서 확 뿜어져 나오는 걸 확인하자마자 진우는 코너 안쪽으로 몸을 숨겼다. 곧바로 요란한 총소리가 들려온다.

투투투투투투— 투투투투투투—

벽의 코너에 무수한 흠집이 나고, 시멘트 먼지가 정신없이 날렸다. 귀를 쩌렁쩌렁 울리는 총성을 들으며, 진우는 놈들이 몇이나 되는지 파악하기 위해 애를 썼다.

투투투투투— 투투투투투—

세 정 이상의 총이 난사를 해 대고 있다. 그리고 탄창을 교환할 시점이 지났는데도 그 기세가 줄어들지를 않는다. 그러면 적어도 다섯 명 이상의 개인화기로 무장한 적이라는 의미다. 진우는 친구들을 돌아보며 소리쳤다.

"꽤 많은가 봐! 좀 있으면 몇 놈이 저쪽으로 돌아올 거야! 그리고 아마 반대쪽으로도!"

진우가 가리킨 것은 조금 전 그들이 지나온 복도. 그 사이마다 미로처럼 복잡한 길들이 나 있다. 엘리베이터 앞에서 떼어온 건물의 구조도는 가지고 있지만, 그래도 여전히 그들은 지형적으로 불리하다. 여기는 어디까지나 적에게 더 익숙한, 낯선 전장이다.

방패가 두 개 있다고는 해도 저 정도 화력이 난사를 퍼부어 대면 버티기가 어렵다. 함부로 벽 바깥으로 몸을 내미는 건 자살 행위다.

"그럼 우리도 갈라지지."

민구가 말했다. 진우는 유빈을 돌아보며 그의 판단을 기다린다. 유빈은 잠시 망설였다.

"그럼 적어도 세 방향이어야 하는데……."

지금 그들이 대치 중인 식사실 복도, 그리고 오른쪽, 왼쪽 통로. 갈라져서 싸우자는 흉터사내의 말은 옳다. 이대로 가만히 있으면 세 방향에서 협공을 당하게 될 상황이니까.

그렇다고 이 복도를 포기해 버리면 놈들은 식사실에서 나온 녀석들과 합류해서 테라를 데리고 도망쳐 버릴 것이다.

적이 늘어나는 것도, 이 넓은 건물 어딘가로 놈들이 숨어버리는 것도… 유빈이 원하는 것과는 거리가 멀다. 그러니 이쪽도 적어도 세 팀으로 나눠서 각기 다른 방향에서 접근해 오는 적들을 상대하는 게 맞다.

하지만… 다른 말로 하면, 그건 한 단계 더 큰 위험과 마주해야 한다는 의미이기도 하다. 진우와 떨어져서… 총으로 무장한 적과 싸운다는 게 과연 현명한 결정인 걸까……

"조를 이렇게 나누자."

마침내 마음을 정한 유빈이 입을 열었다. 그는 먼저 진우와 삼식이, 그리고 보안관을 가리켰다.

"너희 셋이 한 조야! 삼식이가 방패 들고, 진우, 네가 다 죽여야 돼! 보안관은 문짝이든, 테이블이든 뜯어서 방패막이를 같이 해 주고, 가까이 오는 놈들하고만 싸워! 아, 그리고 혹시 개가 덤벼들면 삼숙이랑 같이 그것도 상대해야 돼! 보니까 진우 이놈은 개 못 쏘겠나 봐. 알았지? 너희가 왼쪽으로 가!"

"왼쪽? 여기를 맡는 게 아니고?"

K-2의 총구만 내밀어서 마구잡이로 응사를 하고 있던 진우가 깜짝 놀라 다시 확인한다. 유빈은 고개를 끄덕였다.

"응! 쟤들 계속 아무렇게나 쏴대기만 하고 접근하지 않잖아! 뭐, 이상할 것도 없지. 머리를 내밀다가 두 명이나 죽었는데. 이 중앙 복도에서는 시간 끌고 우리 주의만 흐트러뜨리려는 거야. 양쪽으로 나뉜 놈들이 여기로 들이닥칠 때까지."

"근데 왜 하필 왼쪽이야? 오른쪽도 있는데!"

진우는 탄창을 갈아 끼운 K-2로 한 번 더 응사를 하며 물었다.

"쟤들한테는 그게 오른쪽이고, 복도를 지나지 않아도 접근할 수 있는 방향이니까. 분명히 더 많이 올 거야. 나라도 그렇게 하겠어."

유빈이 대답했다. 논리적으로 다 말이 되는 이야기 같아서 진우는 고개를 끄덕였다.

보안관을 이 팀에 붙인 이유도 간단했다. 친구들은 저 총알이 빗발치는 구간을 재빨리 가로질러 가야 하니까, 커다란 엄폐물을 들고 화력 에이스를 보호해 줄 완력이 필요한 것이다.

"혜주는 저 아저씨랑 같이 오른쪽으로 가줘. 네가 총을 쏴야 돼. 삼식이가 너보다는 좀 더 잘 쏘지만, 쟤는 마음이 여려서 사람 머리 쉽게 못 날려. 꼭 명중시키지 않아도 돼. 그냥 저 아저씨랑 같이 저놈들이 어느 선 이상으로 넘어오지 못하도록 저지만 해줘. 어차피 진우 팀에 70퍼센트 이상 전력이 몰려 있으니까, 진우가 알아서 해결할 거야."

유빈이 태권소녀에게 부탁했다. 태권소녀는 민구를 한 번 힐끔 보고 나서 물었다.

"내가 총을 쏘면, 방패는 누가 들어?"

"저기 있잖아, 방패 들 사람들."

유빈은 보안 요원과 애송이를 가리켰다. 그들이 성실하게 엄폐물을 들어줄 것인가에 대해서는 크게 걱정하지 않아도 될 것이다. 민구의 쿠크리가 엄청난 동기부여를 해줄 테니까.

"그럼 여기는?"

진우가 물었다. 아무리 병력을 나누는 거라고는 해도 중앙이 너무 텅 비는 것 같아 불안하다.

"나랑 제니가 번갈아가며 쏘면서 발만 묶어놓을게. 그사이에 네가 해치워."

그건… 뜻밖의 작전이었다. 조금 전, 두 번에 걸쳐 이뤄진 원샷, 원 킬로 인한 적의 두려움이 가장 클 공간인 중앙. 그래서 감히 함부로 접근하지 못하리라는 배짱을 등에 업고, 제일 약한 두 명이 맡겠다는 역발상. 다시 말해 왼쪽으로 돌아 접근하는 진우 팀에게 처음부터 모든 것을 거는 작전이다.

하지만 말은 된다. 둘이 적당하게 난사만 계속 유지해 줘도 적들은 쉽사리 접근할 엄두를 내지 못할 것이다. 바닥에 쓰러져 있는 두 구의 머리 뚫린 시체가 계속 그들에게 무언의 압박을 가할 테니까.

"제니가… 이거, 너무 위험하지 않을까?"

보안관이 잠시 걱정스런 눈빛으로 제니를 바라본다. 그러다가 이내 납득을 하고 삼식이와 함께 뒤쪽의 빈 사무실로 들어갔다. 복도를 가로질러 이동하려면 방탄 엄폐물이 필요하다.

유빈과 제니도 그 뒤에 숨어 싸운다면, 벽에 기대 고개를 내미는 것보다 훨씬 안전할 것이다. 그리고 진우를 제외하면, 그들 중 제일 총을 잘 쏘는 건 제니다.

"비켜!"

몇 초 뒤, 두 친구는 커다란 회의용 테이블을 들고 사무실에서 나왔다. 그러고는 그걸 모로 눕혀 바닥에 내려놓았다.

"자! 이거 뒤에 몸을 숨기고 쏴!"

그렇게 말한 보안관은 긴 직사각형 모양의 테이블을 복도 쪽으로 밀어 넣었다.

피잉— 핑— 핑—

테이블이 벽 밖으로 노출되자마자 너덧 발의 총알이 적중된다.

"이거 뚫리잖아!"

두꺼운 테이블을 관통한 총알구멍을 보고 보안관이 깜짝 놀라 외쳤다. 폴리카보네이트 방패가 총알을 막아내는 걸 보고 이 정도면 끄떡없을 거라고 생각했었는데, 역시 아무 재질이나 방탄 기능을 가지는 건 아닌가 보다.

"잠깐 기다려! 다른 걸로 가지고 와볼게!"

보안관은 다른 사무실 안으로 다시 뛰어 들어가서 좀 더 튼튼해 보이는 걸 찾았다. 하지만 사무실에 있는 집기라야 엄연히 한계가 있다.

테이블, 의자, 책상, 그리고 몇 개의 선반…….

책상 서랍에서 덕테이프를 찾은 보안관은 결국 다시 똑같은 크기의 테이블을 끌고 나왔다. 그러고는 해머로 때려 한쪽 방향의 다리 두 개를 떼어냈다.

"그놈, 고집 어지간히 세군. 자기 입으로 뚫린다고 했으면서……."

덜덜 떨고 있는 애송이에게 방패를 들고 어떻게 앞장을 서야 하는지를 가르치고 있던 민구가 보안관의 모습을 보며 혀를 찬다.

보안관은 아무렇지도 않다는 듯 두 개의 테이블을 겹쳐 놓으며 다리끼리 덕테이프로 단단히 고정시켰다.

"하나가 뚫리면 두 겹으로 하면 되지! 그래도 안 되면 세 겹으로 하면 되고!"

두 테이블을 고정시킨 뒤, 보안관은 다시 그 엄폐물을 복도 밖으로 밀었다.

핑ㅡ! 핑ㅡ! 피잉ㅡ!

또다시 총알이 테이블을 때린다. 하지만 이번에는 관통되지 않았다. 두 개가 합쳐져 한 뼘 가까운 두께가 된 테이블의 합판 은 4분의 3 지점에서 9㎜ 파라블럼탄을 저지시켰다.

투투투투투ㅡ 투투투투ㅡ

테이블이 복도 밖으로 삐죽이 나온 이후에도, 적들의 사격 빈 도는 별다른 변동이 없었다. 유빈의 말이 맞았다. 이놈들은 고 개조차 내밀지 않고, 그저 기계적으로 제압사격만 해 대는 중이 다. 테이블 때문에 복도에 변화가 생겼다는 사실도 모르고 있을 것이다.

투투둑ㅡ 투투투ㅡ 투투둑ㅡ

진우는 새로 생긴 엄폐물에 의지해서 한차례 3점사를 퍼부어 준 뒤, 보안관, 삼식이와 함께 왼쪽 복도로 돌아 나갔다.

"다들 조심해."

친구들은 서로에게 조심하라는 인사를 남기고 헤어졌다. 삼 숙이도 코너를 돌아 사라지기 전에 제니를 한 번 돌아보았다.

이제 민구와 태권소녀 조가 복도를 가로질러 반대편을 향해 출발할 차례다.

"탁자를 밀어."

유빈이 총구를 밖으로 내밀고 갈겨 대는 동안, 민구는 애송이 와 보안 요원에게 명령했다. 유빈으로부터 방패를 건네받은 애 송이는 덜덜 떨면서도 테이블을 민 뒤, 허리를 굽히고 천천히 앞으로 걸어갔다.

티팅―! 핑―!

총알에 맞아 테이블이 밀릴 때마다 애송이는 기겁을 하며 주저앉았다가 겨우 다시 정신을 차리고 앞으로 기었다.

"무리하면 안 돼."

엄폐물에 몸을 가린 채 재빠르게 복도 건너편으로 뛰어간 태권소녀가 제니와 유빈을 향해 웃어준다. 그러고는 MP5의 손잡이를 꽉 잡은 채 민구 일행과 함께 복도의 오른편 코너로 돌아나갔다.

피이잉― 핑! 핑!

친구들이 모두 사라진 뒤, 복도에는 유빈과 제니, 그리고 총알이 튀는 요란한 소리만이 남았다.

투투투― 투투둑― 투투투― 투두둑―

유빈이 먼저 테이블 안으로 뛰어 들어가서 머리 위로 총구를 내민 뒤, 방아쇠를 당겼다. 대응 수칙은 간단하다. 교대로 한 번씩 총구만 위로 내밀어 3점사를 퍼부으며 좌우로 총구를 돌린다. 한 사람이 천천히 탄창 30발을 다 쓰는 동안 다른 사람이 탄창을 교환하고 자신의 차례를 기다리면 된다.

투투투― 투투투―

유빈은 마음속으로 숫자를 세어가면서 부지런히 방아쇠를 당겼다. 놈들이 쏜 총알이 날아와 박힐 때마다 테이블이 미세하게 흔들렸다.

ㅣㅁ

탁탁탁탁—

진우 팀은 빠르게 왼쪽 복도를 내달렸다. 혹시나 적이 매복하고 있는 건 아닐지에 대해 걱정하며 시간을 지체할 필요는 없었다. 이쪽에는 삼숙이라는 훌륭한 디텍터가 있으니까. 만약 적이 가까워지면 녀석이 먼저 경고를 해줄 것이다.

방패를 들고 앞장선 삼식이도, 그 뒤를 따르는 진우와 보안관도 복도 뒤쪽에서 울려오는 총성을 들을 때마다 마음이 급해졌다. 조금은 무모한 이 작전의 성패는 그들이 얼마나 빨리 우회한 적의 별동대를 격파하고 본진의 뒤를 치느냐에 달려 있다.

만약 시간이 너무 많이 걸리면 상대도 유빈과 제니의 명중률이 그리 위협적이지 않다는 걸 깨닫게 될 테고, 그러면 훨씬 더 과감하게 거리를 좁히려 들 것이다.

얼—!

진우와 속도를 맞춰 달리던 삼숙이가 낮게 짖는다. 녀석이 몸으로 가리키는 방향은 T자형으로 갈라진 복도의 오른편.

친구들은 발소리를 죽이고 진형을 갖춘 채 앞으로 접근했다. 적의 발소리는 아직 조금 거리가 있다.

"나는 일루 돌아간다."

보안관이 왼쪽 갈림길을 가리키며 귀엣말을 한다. 혹시 놈들이 진우에게 막힌 뒤, 다시 도망을 쳐서 중앙의 복도 놈들과 합류할까 봐 미리 뒤에서 길목을 막으려는 것이다. 진우는 고개를 끄덕이면서도 걱정스럽게 물었다.

"먼저 나서면 위험해."

"걱정하지 마. 총소리 들리면 그때 눈치 봐가면서 덤빌 테니까."

그렇게 대담한 보안관은 해머를 들고 왼쪽 복도 안쪽으로 사라졌다. 진우와 삼식이는 기척을 숨긴 채 발소리에 귀를 기울이며 기다렸다.

대략 네 명에서 여섯 명 사이의 규모라고 추측하고 있을 때, 별로 반갑지 않은 소리가 들려왔다.

으르렁! 월! 월! 컹컹!

뒤쪽에서 달려드는 두 마리의 세퍼드. 중앙 복도에 있던 놈들은 아니다. 적들이 처음 8층에 도착했을 때 풀어놓은 두 마리가 복도를 배회하다가 그들의 배후를 치는 상황이 온 것이다.

개새끼들이 짖어 대기 시작했으니, 이제 완벽한 기습으로 우회 병력을 전멸시키는 건 텄다.

"나가자!"

진우는 삼식이의 어깨를 쳤다. 삼식이는 커다란 키를 잔뜩 수그린 채 방패를 들고 코너 밖으로 뛰어나갔다. 그리고 마치 한 몸인 것처럼 진우도 녀석의 뒤에 바짝 붙어 함께 따라 나갔다.

투투투투투— 투투투투—

복도에 서 있던 적들의 MP5가 먼저 불을 뿜는다.

퍼버벅— 파박— 꽉—

폴리카보네이트 방패에 총알이 박힌다. 해머로 두드리는 것보다 더 큰 충격이 가해질 때마다 실금이 쫙쫙 가며, 투명했던 방패가 우윳빛으로 변한다. 동시에 머리 위로도, 바닥으로도 총알이 튀고 바람을 갈랐다.

누구라도 오줌을 찔끔 싸며 제자리에 주저앉을 만큼 무서운 일이지만, 삼식이는 눈을 똑바로 뜨고 버텨냈다. 남을 해치는 일에는 모질지 못하지만, 친구를 지키는 일이라면 그 누구보다 용감한 녀석이다.

투투툭— 투투툭— 투투둑—

든든한 삼식이의 등 뒤에서 첫 번째 공격을 받아낸 진우는 곧바로 몸을 일으키며 3점사를 퍼부었다.

퍽! 퍼벅—!

삼식이를 향해 총알을 날리던 두 놈의 머리통이 아예 절반 이상 날아가 버렸고, 뒤돌아 달아나며 마구잡이로 쏴대던 놈의 얼굴에도 커다란 구멍이 생겼다.

거의 동시에 쓰러지는 세 구의 시체 너머, 코너의 안쪽으로 도망가는 놈의 다리가 보인다. 녀석을 맞추기 위해 방패 밖으로 몸을 빼내려던 진우는 다급하게 고개를 숙였다. 반대편 코너에 그들을 향해 내밀어진 총구가 있다.

투투투투투투— 투투투투투—

난사를 받아내는 동안 삼식이의 방패는 거의 걸레쪽처럼 너덜너덜해졌다. 잘게 바스러진 방패의 모서리가 사방으로 튀어나간다.

진우는 삼식이의 목덜미를 잡고 살짝 당겨서 후퇴하자는 의사를 전했다. 삼식이는 진우와 발을 맞추며 다시 벽 안쪽으로 물러났다.

컹! 컹! 월! 월!

그렇게 적들과 총알을 교환한 몇 초 동안 계속 달려온 셰퍼드들은 이제 코앞으로 다가왔다. 그래도 진우는 복도 반대편에서 시선을 떼지 않은 채 총구를 내밀어 제압사격을 했다.

투투둑— 투투둑—

그에게는 삼식이 말고도 든든하게 믿는 녀석이 또 있기 때문이다. 셰퍼드들이 진우를 향해 뛰어오르려고 하는 바로 그 순간!

얼—!

진우의 뒤쪽에서 잔뜩 도사리고 있던 삼숙이가 벼락처럼 날아오르면서 앞선 놈의 목을 콱 깨물고 벽에 짓찧었다.

으르르르르! 으르르!

삼숙이는 사납게 머리를 흔들면서 셰퍼드의 목덜미 안으로 더 깊이 이빨을 박아 넣었다. 물론 다른 셰퍼드도 가만히 보고 있지만은 않았다.

놈은 삼숙이의 뒤로 돌아가기 위해 애를 쓰며 날카로운 이빨이 가득한 주둥이를 크게 벌리고 짖어 댔다.

삼숙이는 물고 있던 놈을 놔주지 않은 채 몸을 이리저리 돌리며 또 다른 한 마리의 공격을 피했다.

바닥에 깔린 셰퍼드는 어떻게든 일어나 보려 버둥대지만, 삼숙이의 커다란 덩치와 강력한 치악력은 녀석의 저항을 무력화시키기에 충분했다.

으르렁! 얼! 얼!

두 번째 셰퍼드가 마침내 기회를 얻어 삼숙이의 뒷다리를 문다. 그때까지 계속 첫 번째 개의 목을 물고 흔드는 데에만 집중하고 있던 삼숙이는 갑자기 벌떡 몸을 일으키며 체중을 실어 녀석의 뒤쪽을 덮쳤다.

끼잉—

목 뒷덜미를 물린 두 번째 셰퍼드가 구슬프게 울부짖는다. 녀석의 입에 물려 있던 삼숙이의 굵은 뒷다리는 이제 자유로워졌다. 삼숙이는 앞발에 힘을 주어 녀석의 등에 비스듬히 올라타면서 귀와 목덜미를 사정없이 물어뜯었다.

털썩—!

누르는 무게를 이기지 못한 두 번째 셰퍼드가 바닥에 쓰러졌다. 그때부터는 삼숙이의 일방적인 공격이었다. 삼숙이는 녀석의 주둥이를 옆에서 깨물고 앞발로 머리를 꽉 누른다.

끄응~ 끄응~!

두 번째 놈이 당하는 동안에 겨우 몸을 추스른 첫 번째 셰퍼드는 비틀거리며 뒤로 물러났다. 안쪽으로 둥글게 말려 들어간 녀석의 꼬리가 이미 전의를 상실했다는 걸 보여주고 있다.

삼숙이는 놈을 곁눈으로 노려보면서 자신의 발밑에 깔려 있는 두 번째 녀석의 주둥이를 계속 꽉 깨물고 머리를 챘다.

그렇게 2대 1의 승부는 전직 대장 개의 승리로 끝을 맺었다.

"다시 나갈까?"

진우가 벽에 기댄 채 힘겹게 복도 양쪽의 적들과 총격전을 벌이고 있는 걸 보며 삼식이가 물어온다.

하지만 녀석의 방패는 이미 더 이상 방패의 기능을 수행할 수 없을 만큼 심하게 손상되었다. 만약 한 번 더 난사에 노출되었다간 산산조각이 나버릴 것이다.

"아니야! 가만히 있어! 위험해!"

진우는 삼식이의 어깨를 뒤로 잡아당기며 소리를 질렀다. 그러고는 슬쩍 총구를 내밀어 3점사를 퍼부었다.

딱 한 번.

딱 한 번만 두 놈 중 한 놈이 탄창을 교환하는 순간까지만 기다리면 된다. 양방향에서 동시에 총알이 날아오지만 않으면 저런 놈들 따위, 단번에 처리해 버릴 수 있으니까.

투투투투― 투투투투투―

총소리가 겹치지 않는다. 둘 중 한 놈이 총에서 총알이 떨어진 것이다. 곧 찾아올 거라고 생각했던 바로 그 기회가 왔다. 진우는 벽에 바짝 붙어 몸을 숨긴 채 한차례의 난사가 지나가기를 기다렸다.

피이잉― 핑― 핑―!

돌가루와 먼지가 어지럽게 날린다. 총알이 날아오고 튀는 각도를 보면 지금 쏘고 있는 게 대각선 방향의 놈이라는 걸 알 수 있다. 그리고 놈이 어정쩡한 자세로 서서 마구잡이로 쏴대고 있는 중이라는 것도.

투투투투투―

한차례의 총성이 훑고 지나가자마자 진우는 벽 밖으로 몸을 내밀었다. 그러고는 빠르게 3점사를 날렸다.

투투둑― 투투둑― 투투두―

처음 세 발은 놈의 총구를, 그다음 세 발은 놈의 머리를 때렸다. 놈은 손에 전해진 충격을 이기지 못해 앞으로 몸을 숙이다가, 비명도 지르기 전에 머리가 터져 뒤로 날아갔다. 오른쪽 복도의 흰 벽과 대리석 바닥은 순식간에 피투성이로 변해 버렸다.

진우는 곧바로 총구를 왼쪽 복도를 향해 돌렸다. 두 번째 놈이 이제 곧 탄창 교환을 마치고 고개를 내미는 순간, 머리를 날려 버릴 계획이었다.

그런데……

놈의 기척이 느껴지지를 않는다. 진우는 당황한 표정으로 복도 저편을 바라보았다. 복장으로 보아 지금 적들은 전문 전투요원과 그렇지 않은 사람들이 섞여 있다는 건 알았지만, 탄창을 갈아 끼우는 그 간단한 일이 이렇게나 긴 시간을 잡아먹을 것 같지는 않다.

그런 고민을 하는 동안에 또 1초가 지났다. 걷혀가는 총성의 메아리 사이로 멀어지는 발소리가 작게 들려온다.

"젠장!"

상황을 깨달은 진우는 총구를 겨눈 채 복도로 뛰어나갔다.

"왜 그래?"

영문을 모르는 삼식이가 너덜너덜해진 방패를 꽉 붙잡고 진우의 뒤를 따른다. 셰퍼드 두 마리를 완전히 제압한 삼숙이도 덩달아 달린다. 진우가 소리쳤다.

"잡아야 돼!"

두 번째 놈… 탄창을 교환하는 거라고만 생각했었는데, 이제 보니 그냥 뒤돌아 도망을 친 거다. 혹시라도 녀석이 유빈이 있는 방향으로 돌아가거나 하면 안 된다.

유빈과 제니는 양쪽으로 나간 병력들만 철석같이 믿고, 등 뒤를 완전히 내준 채 전방에만 신경을 쓰고 있다. 한 놈이라도 놓치면 무방비 상태로 당하게 될 것이다.

탁탁탁탁탁—

진우는 이를 악물고 전속력으로 뛰었다. 놈을 따라잡아야 한다고 생각하면서도 삼숙이가 자신보다 앞서 달려 나가는 건 원치 않았다.

도망치는 중이라고는 하지만 상대는 총으로 무장한 상태. 무모하게 정면에서 달려들었다가는 단 한 방에 목숨을 잃을 수도 있다.

빠악— 쿠웅—!

복도 저편에서 들려오는 엄청난 소리. 쫓아가던 진우와 삼식이가 동시에 깜짝 놀랐다.

"보안관?"

삼식이가 크게 소리쳐 물었다.

"어! 여기 끝났어."

곧바로 답이 돌아왔다. 진우는 그래도 걱정을 떨쳐 내지 못하고 보안관에게 외쳤다.

"방심하지 마! 일단 총부터……!"

"끝났다고!"

보안관은 귀찮다는 듯 대꾸했다. 진우가 코너를 도는 순간, 해머를 짚고 서 있는 보안관의 커다란 덩치가 눈에 들어왔다.

그로부터 2미터쯤 떨어진 바닥에는 쉐도우 실드 대원이 등을 보인 채 쓰러져 있다.

"젠장, 준비를 다 하기도 전에 뛰어와 가지고… 너희, 다친 데 없어?"

녀석이 떨어뜨린 총을 주워 챙기면서 보안관이 물었다.

"응."

진우가 대답했다. 보안관은 아직 사람을 죽인다는 게 영 익숙지 않고 불편한 모양이다.

벽에 묻어 있는 피, 쓰러진 대원의 각도, 꺾인 목, 놈의 입과 코에서 주르르 흘러내린 피, 보안관의 해머…….

이런 것들을 종합해 보면 어떤 상황이었는지 그림이 그려진다.

쉐도우 실드 대원이 코너를 돌자마자 보안관과 맞닥뜨렸고, 다급해진 보안관은 사정을 두지 않고 해머를 휘둘렀다. 달리고 있던 대원이 총구를 돌릴 시간도 없었을 것이다.

몸통을 직격당한 대원이 벽에 머리를 찧고 목이 부러진 채 바닥에 떨어져 죽어버렸다…고 보면 앞뒤가 다 들어맞는다.

"다섯 명이었네……."

대원의 시체를 바라보며 진우가 중얼거렸다. 중앙에 적어도 셋, 혹은 넷. 놈들의 주력 우회 병력이었을 이쪽 복도가 다섯.

그렇게 계산해 보면 8층에 들어온 놈들의 인원수가 그리 많지 않았거나, 또는 유빈의 예측과 달리 오른쪽으로 돌아오는 놈들이 주력이라는 게 된다.

전자라면 별문제가 될 게 없지만, 만약 후자라면… 그건 꽤나 신경이 쓰인다. 진우는 격려와 위로의 뜻을 담아 보안관의 어깨를 두드려 준 후, 삼숙이와 함께 성큼성큼 앞서 걸었다.

빨리 뒤를 쳐서 깨끗하게 다 시체로 만들어놓아야 이놈들이 더 이상 말썽을 부리지 못한다.


한편, 오른쪽 복도의 중간 지점 코너에서는 애송이가 방패로 몸을 가린 채 덜덜 떠는 중이었다. 그의 앞에는 위장을 위해 일부러 끌어다 놓은 커다란 소파와 화분이 있고, 그의 바로 뒤에는 태권소녀가 복도의 끝을 향해 MP5를 겨누고 있다.

"미리 말해두는데… 나 태권도 선수예요. 국가대표."

태권소녀가 전방에서 눈을 떼지 않으며 작게 말했다. 애송이는 무슨 말인가 싶어 뒤를 돌아본다.

"…에? 예?"

"괜히 여자랑 일대일이면 해볼 만하지 않을까 해서 덤빌 생각 하지 말라고요. 나 엄청 세니까."

태권소녀가 보충 설명을 해준다.

"네… 절대 안 합니다, 그런 생각."

애송이는 잔뜩 겁먹은 얼굴로 고개를 끄덕였다. 태권도 선수였든 아니든 그런 게 지금 무슨 상관이란 말인가. 총을 들고 등 뒤에 서 있으면서……

다시 침묵이 이어졌고, 두 사람은 초조하게 기다렸다. 이제 곧 만나게 될 적이 몇이나 될지 모르는 상황이어서 애송이의 마음속은 두려움으로 가득했다.

기묘한 상황이었다. 잠시 뒤, 복도 반대편의 저 코너를 돌아 나올 사람들은 사실 그의 아군들인데… 지금은 적이 되어버렸다. 아군이 많이 오면 올수록, 그가 총에 맞고 죽을 확률이 높아진다.

'씨발… 좆같은 상황이다, 진짜.'

애송이는 마음속으로 욕설을 내뱉으며 자신의 처지를 원망했다. 이렇게 허술한 위장이 성공할 리가 없다.

저벅저벅.

발소리가 들려온다. 애송이는 마른침을 꿀꺽 삼키고 방패를 움켜쥔 손에 힘을 꽉 주었다.

사삭—

선봉에 선 쉐도우 실드 대원은 복도의 벽 사이에 몸을 숨겨가며 앞쪽을 살폈다. 이곳까지 오는 동안에는 별다른 위험은 없었다. 그런데 지금, 그의 경계심을 자극하는 뭔가가 시야에 들어왔다.

'소파… 저런 게 복도에 나와 있었었나?'

선봉은 벽과 나란하게 놓여 있는 소파를 노려보며 기억을 더

듬었다. 소파의 앞에 놓여 있는 커다란 화분과 작은 나무… 저건 복도를 오가며 보았던 기억이 난다. 그런데 소파는, 그건 이야기가 좀 다르다.

선봉은 뒤따라오는 일행들에게 멈추라는 신호를 보낸 뒤, MP5의 총구를 소파 쪽으로 겨눴다. 바로 그때, 그의 것이 아닌 총성이 울렸다.

투투투— 투투둑— 투투둑—

선봉은 얼른 몸을 움츠리고 벽 뒤에 숨었다. 총소리가 나고 돌가루가 튀자 심장이 얼어붙는 것 같았지만, 그래도 마음 한구석에 매복을 알아봤다는 희열이 한 줄기 빛처럼 비쳤다.

보아하니 한 놈이 쏘는 거다. 아까 엘리베이터에서는 죽을 고비를 넘기면서도 반격 한 번을 제대로 못했었지만, 지금은 이야기가 다르다. 이쪽도 얼마든지 몸을 숨길 수 있는 공간이 있다.

"앞서서 가! 쏘면서 저쪽 벽에 붙으라고!"

총성이 뜸해진 틈을 타서 대응사격을 하며 선봉은 뒤따르던 일행들에게 소리를 질렀다. 일행이라야 둘뿐, 그것도 그처럼 훈련을 받은 쉐도우 실드 대원이 아니라 일반 직원들이다.

물론 군필자들이겠지만, 그래도 전투 수행 능력이 잘 갖춰져 있다고 기대하기는 어렵다. 이놈들은 어디까지나 총알받이로 쓰면 딱이다.

"이야아아아!"

선봉이 엄호를 해주는 동안 뒤에서 눈치를 보고 있던 놈이 MP5를 난사하며 뛰쳐나갔다. 그러고는 놈은 복도를 대각선으로 가로질러 반대쪽 벽에 바짝 붙었다.

투투투투투투투— 투투투투—

녀석이 가진 두려움의 크기만큼이나 길게 난사가 이어졌다. 그러는 동안 세 번째 놈도 코너 밖으로 뛰어나가 복도를 가로질러 달렸다.

투투투투— 투투투투—

세 정의 MP5가 불을 뿜자 화분과 나무는 순식간에 박살 나 버렸고, 소파에서 터져 나온 솜이 어지럽게 날린다.

파바박— 퍽— 퍽—

애송이가 들고 있던 방패에도 총알이 날아와 박힌다.

"아윽!"

9㎜탄이 방패를 때릴 때마다 팔에 전해지는 얼얼한 충격에 애송이는 비명을 지르며 재빨리 뒷걸음질을 쳤다. 모든 걸 다 집어 던져 버리고 도망치고 싶은 마음은 굴뚝같지만, 스스로가 죽지 않기 위해서라도 버텨내는 수밖에 없었다.

다행히 코너는 그리 멀지 않다. 그의 뒤에서 응사하는 태권소녀도 잔뜩 움츠러들어 있다.

퍼벅—! 핑—!

쏟아지는 총탄의 수에 비해 결코 명중률이 높은 것은 아니지만, 이따금 한 번씩 방패가 흔들리고 금이 쫙 가면 오금이 달라붙는 것 같다.

"쫓아가! 죽여!"

방패와 태권소녀가 코너를 돌아 벽 뒤로 사라지는 것을 보며 선봉은 기가 살았다. 그는 앞서 있는 두 명을 독려하며 뒤를 따랐다.

그가 복도 벽에 달라붙으며 신이 나서 총구를 위로 들어 올릴 때, 불 꺼진 뒤쪽 사무실 문이 열리며 뭔가가 확 튀어나왔다.

번쩍!

전방에만 온 신경을 집중하고 있던 선봉이지만, 그 번뜩임만은 곁눈을 통해 보였다. 그는 본능적으로 시선을 왼쪽으로 돌렸다.

대체 그 번쩍거리는 게 뭐였는지 깨닫기도 전에 그의 왼 팔목에서 견딜 수 없는 통증이 느껴졌다.

썽둥—!

총을 받쳐 들고 있던 왼손이 날아갔다. 지지대를 잃은 MP5는 아래로 확 기울었고, 잘려 나간 팔목이 바닥에 떨어졌을 때쯤에야 선봉의 입에서 비명이 터져 나왔다.

"끄아아아아아—!"

고통과 공포는 그의 판단력에 심각한 영향을 주었고, 때문에 선봉이 다시 총구를 위로 올려 왼쪽으로 돌리기까지는 0.5초 정도의 딜레이가 생겼다.

푸슉—!

마세티를 내리 돌린 힘을 그대로 살려서 찔러 넣은 민구의 쿠크리가 선봉의 목 깊숙이 박혀 들어간다.

피피핏—

민구가 쿠크리를 확 끌어당기자 선봉의 목이 뒤로 꺾이며 피가 치솟는다. 놈의 잘린 기도와 식도 안으로 피가 역류해 들어가기 시작했다.

얼굴에 피를 뒤집어쓴 민구는 재차 왼손의 마세티를 돌려 놈의 오른쪽 어깨를 찍었다. 방아쇠를 움켜쥐려던 손에서 힘이 빠지고 축 늘어진다.

"끄르륵… 끌럭!"

선봉은 핏발 선 눈을 크게 뜨고 피가 끓는 소리를 내며 고꾸라졌다. 앞쪽에서 애송이가 숨은 방향을 향해 난사를 해 대던 두 놈은 총소리에 홀려 그런 정황을 전혀 모르고 있다.

"죽어! 씨발, 죽어!"

놈들은 욕설을 퍼부으며 방아쇠를 당기는 데에만 몰두해 있다. 민구는 빠르게 달려가 태권소녀를 죽이겠다는 광기에만 사로잡혀 있는 놈들의 등 뒤를 덮쳤다.

몇 발 뒤처져 왼쪽에 서 있는 놈 먼저!

민구는 마세티를 백스윙해서 놈의 뒷목을 사정없이 후려쳤다.

덜컥!

놈의 목을 전부 자르고 지나친 칼날이 벽에 깊은 상흔을 남긴다. 머리를 잃은 놈의 시체가 앞으로 고꾸라지기도 전에 민구는 쿠크리를 빙글 돌려 날이 아래쪽으로 향하게 한 다음, 오른쪽에서 난사를 해 대고 있는 놈의 겨드랑이 안쪽을 확 베어 올렸다.

"어윽!"

놈의 몸이 휘청한다. 민구는 녀석의 등 뒤로 돌며 어깨에 쿠크리를 박아 뒤로 당기고, 활짝 젖혀진 놈의 목에 마세티의 날을 가져다 댔다.

사악─!

민구가 마세티를 쥔 왼손에 힘을 줘서 아래쪽으로 쭉 당기자, 곧바로 뜨거운 피가 그의 오른 손등을 적신다.

투투투투투투─

녀석은 MP5의 방아쇠를 꽉 움켜쥔 채 힘없이 무릎을 꿇었다. 놈에게서 흘러나온 피로 바닥은 이내 붉게 물들었다.

민구는 놈의 오른손을 걷어차 총을 치워 버리고, 마세티의 피를 털어낸 다음 가방 안에 넣었다. 복도에 쓰러져 있는 세 구의 시체를 보면서 민구는 입꼬리를 씰룩거리며 웃었다.

덫으로 끌어들여 처치한 계략은 아주 깨끗하게 먹혀 들어갔다. 물론 이보다는 조금 더 올 거라고 기대했었는데……

"…조용하네. 끝난 건가……"

총소리가 뚝 끊기자 태권소녀가 중얼거렸다. 그녀와 애송이는 벽 뒤로 몸을 피한 채 총구만 내밀어 겨우 가끔씩 응사를 하고 있었다.

애송이의 방패를 의지한 채 고개를 들어보니 복도 저편에서는 붉은 피가 가느다란 줄기를 이뤄 흐른다.

"가자."

태권소녀와 눈이 마주치자 민구는 쿠크리의 날에서 피를 닦아내며 평온한 어조로 말했다. 민구와 함께 사무실에 숨어 있던 보안 요원은 잔뜩 웅크린 채 바닥에 떨어져 있는 MP5와 등을 돌리고 서 있는 민구를 번갈아 주시하고 있었다.

욕심이 난다. 그와 총의 거리는 불과 2미터 남짓. 당연히 장전도 되어 있고, 모드도 연사로 조정되어 있다. 비록 피가 뚝뚝 떨어지는 왼손밖에 쓸 수 없지만, 그것으로도 총을 집고 방아쇠를 당기는 정도는 할 수 있다.

어차피 여자애는 그리 총을 잘 쏘는 것 같지 않으니 큰 문제가 아니다. 저… 민구라는 놈만 해치우면 승산은 오히려 이쪽에 있다고도 할 수 있다.

하지만… 할 수 있을까?

여기에서 몸을 날려 왼손으로 총을 집고, 불편한 자세로 총구를 들어 올린 뒤에 쏘기까지… 몇 초나 걸릴 것인가, 그것이 관건이었다.

"집어보려고?"

어느새 고개를 돌린 민구가 보안 요원을 보며 흥미롭다는 표정을 짓는다.

"해봐도 되지. 아슬아슬하게 승부가 갈릴지도 몰라. 이기면 영웅이잖아."

민구와 눈이 마주친 보안 요원은 자신도 모르게 몸을 부르르 떨며 일어서서 복종의 눈빛을 지어 보였다. 그가 칼을 휘두르는 상상을 하는 것만으로도 팔의 상처들이 쑤셔온다.

"앞장서."

민구는 보안 요원과 애송이의 등을 떠밀며 미로처럼 복잡한 복도 속을 다시 걷기 시작했다.

11

"…이, 이, 이상해. 왜 아, 아직까지도 도, 도착을 모, 못했지? 계, 계속 우, 우, 우리 편 총소리가 났는데?"

복도 저편의 테이블을 향해 방아쇠를 당겨 대던 메이저는 미간을 찌푸리며 고개를 갸웃거렸다.

도대체 어째서… 양방향으로 나눠 우회시킨 두 병력이 똑같이 이렇게 늦는단 말인가……

세 명이 출발한 쪽은 조금 지체가 된다고 해도 이해가 된다. 하지만 다른 한쪽으로는 다섯이나 되는 인원이 갔다. 게다가 모두 개인화기로 무장을 하고… 뭔가 이상하다.

"탄창! 탄창이 떨어졌습니다!"

바닥에 엎드린 채 MP5를 난사하고 있던 대원이 또 탄창을 달라고 손을 벌린다. 메이저는 못마땅한 눈으로 놈의 뒤통수를 노려봤다.

다리를 다쳐 제대로 움직이지도 못하는 녀석이라 여기에서 제압사격을 시켰더니, 이놈… 총알을 들이붓다시피 하고 있다. 그러면서도 또 명중률은 형편없다.

왼팔이 부러져서 오른손으로만 잡고 쏴대고 있으니, 총알이 사방으로 아무렇게나 날아가는 게 당연하다.

"아, 아껴 써! 이, 이게 마지막이야!"

두 개 남은 탄창 중 하나를 녀석에게 넘겨주며 메이저는 잔뜩 짜증을 부렸다. 그의 뒤에 서 있다가 번갈아가며 한 번씩 총구를 내밀어 지원사격을 하던 헬리콥터 조종사들도, 정비사 놈도 이제는 여유 탄창이 없다. 아무래도 우회 병력만 믿고 이 대치를 너무 오래 끈 모양이다.

"저, 저쪽에 며, 며, 몇이나 있는 것 같나?"

"둘? 많으면 셋? 그 정도입니다. 그리고 한 번에 꼭 한 놈씩만 쏘고 있어요."

대원의 대답을 들은 메이저는 슬쩍 고개를 내밀어 복도 저 멀리에 있는 테이블을 바라보았다. 처음 저게 엄폐물로 등장할 때만 해도 금방 박살이 나버릴 거라고 내심 비웃었었는데… 생각보다 오래 버틴다.

그게 다 초반에 단 두 발만으로 두 명의 아군 머리를 날린 개새끼 때문이다. 그 후로는 완전히 쫄아서 도통 머리를 내밀고 조준 사격을 할 수가 없다.

하지만 지금 상황으로 보면, 그 저격수 놈은 지금 이 중앙 복도에 없는 것 같다. 무주공산을 털려면 지금이 기회라는 의미다.

"여, 여기서 쏴, 쏘고 있어. 다, 다, 당신들은 얘 도, 돕고, 다, 당신은 나 좀 따라와."

메이저는 대원의 어깨를 두드리며 명령한 뒤, 1호기 조종사에게 따라오라고 말했다. 대원이 물었다.

"어디 가십니까, 대장?"

"타, 타, 탁자 가지러. 우, 우, 우리도 저, 저런 거 하나 만들어서 시, 시, 식사실까지 쭉 밀고 가, 가자."

유빈과 제니가 몸을 숨긴 테이블을 가리키며 메이저가 말했다. 저격수가 사라진 지금, 수적 우위를 가진 이쪽에서 테이블을 밀고 전진하면 적의 두 명이 할 수 있는 일은 거의 없으리라는 계산이다.

가는 도중에 낑낑거리며 숨어 있는 개들도 회수해서 내보낸다면 식사실까지 도달하는 건 어렵지 않을 것 같았다.

"따, 따라와!"

메이저는 1호기 조종사를 끌고 뒤쪽의 방문을 열었다. 처음 몇 개의 방들은 연구실이어서 쓸 만한 가구가 없었다. 방끼리 이어진 칸막이 문을 개방해 가며 더 깊숙하게 들어가자 그제야 책상이 몇 개 나타난다.

유빈이 엄폐물로 삼은 것 같은 커다란 테이블은 아니지만, 그래도 네 명이 몸을 숨길 수 있을 정도는 된다. 한 사람이 엄호할 공간은 비워놔야 하니까 오히려 딱 적당한 크기라고도 할 수 있다.

"이, 이걸로 하지! 하, 하, 한 세, 세 겹 겹치면 되, 될까? 다, 다리를 나, 날리면 세 겹도 되, 되는데."

메이저는 책상을 바닥에 엎으며 말했다. 그를 따라 다른 책상을 끌던 1호기 조종사가 갑자기 정곡을 찌르는 질문을 던졌다.

"근데… 식사실에 테라가 있기는 있는 겁니까? 이렇게 총을 시끄럽게 쏴대는데, 그 방에서 아무도 문을 열어보는 사람이 없어요."

메이저의 등골이 서늘해진다. 지금 자신이 뭘 위해서 그 많은 실탄을 소모하고, 병력을 나누고, 심지어 두 명이나 죽게 만든 것인가 하는 의문이 들었다.

조종사 놈이 옳다. 그가 마지막으로 봤을 때는 멋진 영화를 찍고 있었지만, 테라가 지금도 거기에 있다는 근거는 전혀 없다.

"그, 그럼 어디에 이, 있다는 거야? 여, 여기에 없으면……."

"그야 나는 모르죠. 그냥 이상해서 물어보는 거예요."

복잡하게 얽혀 있는 랜 케이블을 뽑아내서 덧댄 책상의 상판을 고정시키고 있던 조종사가 답답하다는 듯 대꾸한다.

그때, 복도에서 지금까지 울려 대던 MP5와 다른, 낯선 총소리가 들렸다.

투투둑― 투투둑― 타타― 타이앙―!

전신을 훑고 지나가는 불길한 예감!

메이저는 살짝 열린 사무실 문틈에 얼굴을 가져다 대고 조금 전까지 자신들이 몸을 숨긴 채 사격을 해 대던 위치를 엿봤다.

"헉! 흐으!"

그는 신음이 터져 나오려는 입술을 꽉 깨물었다.

"왜 그러세… 읍!"

메이저는 조종사의 입을 꽉 틀어막고 그를 뒤로 당겼다. 겁에 질린 놈이 갑자기 뛰쳐나갈까 봐 두려웠다. 이제 이놈마저 잃으면 모든 것이 물거품이 된다.

"조, 조용… 쉿!"

전부 다… 죽었다. 조금 전까지만 해도 팔팔하게 살아서 복도 저편을 향해 아무렇게나 MP5를 난사하고 있던 쉐도우 실드 대원도, 그 옆에서 덜덜 떨며 방아쇠를 당기던 정비사도, 그리고 또 한 명의 헬리콥터 조종사도… 모두 죽어버렸다.

엎어진 채 꼼짝할 줄 모르는 세 구의 시체. 근처의 벽과 바닥에는 피와 뇌, 그리고 뼛조각이 흩뿌려져 있다. 이제 저 망할 놈의 복도 벽 앞에 쓰러진 시체는 총 다섯 구나 된다.

"그만 쏴! 유빈아! 여기 정리 완료!"

보이지 않는 각도에서 낯선 목소리가 외쳤다.

얼! 얼!

개도 짖는다. 조금 전 외쳤던 목소리가 말했다.

"그럼, 그럼, 우리 삼숙이도 잘했어."

그래도 총소리가 그치지 않자 조금 전의 것보다 훨씬 더 큰 목소리가 고함을 지른다.

"쏘지 마! 다 죽였다고!"

기차 화통을 삶아 먹은 것처럼 커다란 그 목소리!

어딘가 귀에 익다. 분명히 들어본 적이 있다. 그것도 아주 최근에…….

"아, 그래? 다 끝난 거야?"

반가워하는 목소리. 그리고 총성은 끊겼다. 그리고 잠시 후, 엿보는 시야에 들어온 근육질의 팔뚝!

이상한 장갑을 낀, 솥뚜껑만 한 손이 방패 아래로 보이자마자 메이저는 조종사를 이끌고 반대편으로 난 사무실 문을 열고 복도를 내달렸다.

이제 기억났다! 저 목소리! 잊을 수가 없다! 저 덩치! 저놈의 커다란 주먹! 단 한 방에 자신의 갈비뼈를 박살 낸 괴물! 개새끼!

그는 복수할 수 있는 기회라는 것도 인식하지 못할 만큼 겁에 질려서 무작정 계단을 향해 달렸다. 이제 테라고 뭐고, 그런 건 나중 문제. 우선 내가 살아야 후일을 도모할 수 있다. 달아나야 한다.

"어디로 가는 거요? 하아! 하아! 항복합시다!"

그에게 팔목을 잡혀 끌려오던 1호기 조종사가 말했다. 메이저는 뒤도 돌아보지 않고 소리를 질렀다.

"다, 닥쳐! 씨발 놈아! 그, 그냥 뛰어!"

항복을 한다고 해서 살려줄 놈이 아니다. 저 주먹에 한 번 더 걸렸다간 겨우 뼛조각을 맞추고 꿰매놓은 얼굴이 다시 다 터져서 걸레처럼 되어버릴 것이다.

얼— 얼! 얼!

개가 짖어 대는 소리까지 울리자 메이저의 머릿속은 완전히 하얘졌다.

콰앙—

그는 계단 문을 거칠게 열어젖혔다. 무조건 달려서 옥상의 1호기로 가겠다는 생각, 그것 하나뿐이었다. 하지만 계단 안에서 기다리고 있던 또 다른 존재들은 그를 순순히 보내줄 생각이 없었다.

그라아아아아아―

소름이 끼치는 포효! 그리고 계단 위에서 정신없이 뛰어내리는 좀비들!

메이저는 다급하게 MP5의 방아쇠를 당겼다.

투투투투투투투―

"으아아악!"

좀비에게 붙잡힌 1호기 조종사가 비명을 지른다.

카득!

살이 뜯기는 소리! 좀비의 악취와 함께 순식간에 퍼지는 피비린내!

메이저는 뒷걸음질을 치며 MP5를 난사했다. 달려들던 좀비들이 내장을 쏟으며 뒤로 날아간다. 그다음부터는 모든 것이 스틸 컷으로 기억에 남았다.

조종사의 목덜미를 피로 물들인 좀비!

무릎을 꿇은 조종사의 몸 위로 수십 마리의 좀비들이 한꺼번에 덮친다.

자신을 쫓아오던 세 마리가 모두 MP5의 총알을 맞고 쓰러지는 장면!

탄창을 교환했다. 그러고는 뒷걸음질을 치며 마구 난사를 했다.

철컥― 철컥―!

어느새 새로 갈아 끼운 30발도 다 바닥이 났다. 메이저는 MP5를 집어 던진 뒤, 권총을 빼 들었다.

타앙— 탕! 탕!

손끝이 옷깃을 스칠 만큼 가까이 쫓아왔던 좀비의 얼굴이 터진다. 허공에 이빨과 살 조각이 날린다. 놈의 시체가 허물어지기도 전에 또 다른 좀비들이 그를 향해 팔을 휘저으며 뛰어온다.

"으아아아아!"

메이저는 미친 사람처럼 울부짖으며 계속해서 방아쇠를 당겼다. 19발짜리 탄창이 끼워진 그의 글록 17의 총구가 불을 뿜을 때마다 눈앞을 가득 메운 좀비들의 몸뚱이 어딘가에 구멍이 뚫렸다.

탕! 탕! 탕! 타앙!

그를 향해 몸을 날리던 좀비가 눈이 꿰뚫린 채 바닥에 떨어져 딩군다. 바로 옆에서 달려오던 놈의 코가 날아갔다.

턱—

뒷걸음질을 치던 메이저는 얼굴이 파랗게 질린 채 엉덩방아를 찧었다.

아직 한 마리가 남았는데!

뒤로 넘어지면서 그는 팔을 쫙 뻗어 좀비의 아가리를 향해 방아쇠를 당겼다.

타앙—!

운명의 장난처럼 마지막 발이 날아가고, 슬라이드가 뒤로 밀린다.

'이제 죽는 건가······.'

바닥에 등을 찧으면서 그는 생각했다. 좀비는 여전히 아가리를 쫙 벌린 채 그를 향해 덮쳐 온다. 하지만 다행히, 놈은 이미 죽어 있었다.

아가리로 들어간 총알이 놈의 뒤통수를 뚫고 나갔고, 좀비의 시체는 메이저의 가슴에 뇌수를 묻히며 맥없이 쓰러졌다.

"하이아! 하이아! 이익!"

메이저는 정신없이 놈의 시체를 옆으로 밀어 치며 뒤로 기었다. 보안관에게 맞아 부러진 갈비뼈의 통증도, 태권소녀에게 파운딩을 당해 조각조각 난 광대뼈의 욱신거림도 이 순간만큼은 느껴지지 않았다. 그저 운이 좋게 살아남았다는 생각 하나뿐이었다.

"으아아악!"

멀리 계단 쪽에서는 불운하게도 아직 숨이 붙어 있는 조종사가 끔찍한 비명을 지르며 죽어가고 있다. 메이저는 곧바로 뒤돌아 뛰기 시작했다.

아직… 아직 죽고 싶지 않다. 조금 더 많은 쾌락을 느끼고… 조금 더 오래 살고 싶다… 마지막에는 평안하게 잠자듯이 숨을 거두고 싶다. 저렇게 살이 뜯겨 고통스럽게 죽는 건 질색이다.

투투둑― 투투둑― 투투투―

계단 쪽에서 총소리가 울리기 시작했다. 아까 그 커다란 주먹 덩치의 일행들이 도착한 것이다. 메이저는 자신의 모든 병력을 잃었다는 걸 깨달았다. 이상한 K―2를 들고 까만 하이바를 쓴 놈에 대한 기억도 되살아난다.

건대에서 헬기를 제압했던 놈……

메이저는 테라를 놓고 벌인 이 승부에서 졌다. 이제 와서야 알게 된 거지만, 적이 너무 강했다. 하지만 그럼에도… 그는 아직 죽음을 받아들일 준비가 되지 않았다.

'도망치면 돼! 일단 도망쳐서 숨어 있으면… 기회는 또 와!'

메이저는 기다시피 하며 보안관의 반대편 복도로 무작정 내달렸다.

"허억! 헉! 헉!"

숨이 턱까지 차오른 메이저는 가장 가까운 방의 문을 열고 안으로 뛰어 들어갔다. 그러고는 테이블 아래로 기어 구석에 틀어박혔다.

그는 전술 조끼의 어깨를 더듬어 대검을 빼 들고 그것이 무슨 대단한 무기라도 되는 양 꽉 쥔 채 방 안을 꽉 채운 어둠을 노려보았다.

"후우우~! 후우우!"

입술을 떨며 뿜어내는 메이저의 거친 숨결이 닿을 때마다 그의 대검 날이 뿌옇게 흐려진다.


"으아! 이거 뭐야!"

메이저의 발소리를 쫓아 달려왔던 보안관은 모퉁이를 돌자마자 만난 좀비 떼을 보고 진저리를 쳤다.

활짝 열린 계단 문과 그 앞을 가득 메운 좀비들!

아무리 적게 잡아도 서른 마리는 넘는 것 같다. 그리고… 지금 이 순간에도 열린 문을 통해 계속 뛰어 들어오고 있다.

그라아아—

복도 깊숙한 곳까지 들어와 있던 좀비가 그를 보고 달려온다. 보안관은 놈의 머리통을 있는 힘껏 후려갈겼다.

와작—!

뼈가 박살 나며 복도 벽으로 날아가 꽂힌 좀비. 그와 동시에 뒤쪽에 서 있던 좀비들이 보안관과 진우를 향해 달려들었다. 너무 많고, 또 너무 가깝다.

"보안관! 뒤로 빠져!"

진우가 고함을 지른다. 보안관이 허리를 숙이고 뒤돌아 뛰어오는 동안, 진우의 K—2가 불을 뿜었다.

투투둑— 투투투— 투투— 툭— 투투둑— 투투투—

복도를 가득 매우고 달려오던 좀비들이 좌에서 우의 방향으로 머리가 터져 나간 채 쓰러진다. 진우는 뒷걸음질을 치며 계속 방아쇠를 당겼다.

그러는 동안 그의 머릿속에서는 남은 실탄 수에 대한 계산이 이뤄지고 있었다. 탄창 속의 총알이 빠르게 줄어든다. 그렇다고 모드를 단발로 바꾸기에는 타깃이 너무 많다.

'탄창을 갈아 끼우는 몇 초 동안 버틸 수 있을까……'

서둘러 뒷걸음질을 치는 동안 진우의 가장 큰 걱정은 그것이었다. 뒤따라오는 삼식이에게서 MP5를 건네받을 틈도 없는데……

투투둑— 탁—! 철컥—!

마침내 공이가 빈 약실을 때리는 순간이 왔다. 진우는 K—2를 모로 틀어서 빈 탄창을 날리고 전술 조끼로 손을 뻗어 새 탄창을 꺼냈다. 그러는 동안에 벌써 좀비들은 그들과의 거리를 확 줄여 다가왔다.

"빠져!"

보안관이 외친다. 그런 후, 그는 진우를 향해 달려드는 좀비들을 향해 해머를 힘껏 집어 던졌다.

빠악―!

엄청난 기세로 날아간 4킬로그램짜리 쇳덩이는 앞서 뛰어오던 두 마리의 머리통을 뒤로 꺾고, 퉁― 튀어 뒤따르는 좀비들의 다리를 때렸다.

놈들이 잠시 주춤하는 사이에 보안관은 삼식이에게서 넘겨받은 폴리카보네이트 방패를 프리스비 원반처럼 잡고 수평으로 던졌다.

후웅― 후웅―

빙글빙글 돌며 날아간 방패가 좀비들의 무릎을 때렸다.

우당탕!

다리가 꺾인 좀비들이 앞으로 구르고, 뒤따르던 놈들이 거기에 또 얽혀 자빠진다. 그렇게 해서 번 2초 정도의 시간!

진우가 무사히 재장전을 마치기 위해서 아주 중요한 보너스 타임이었다.

철컥―!

새 탄창을 끼워 넣은 진우가 곧바로 총구를 정면으로 겨누며 방아쇠를 당겼다.

투투투― 투투둑― 투투투― 투투두― 투투투―

또다시 추풍낙엽처럼 좀비들의 머리통이 터져 나간다. 복도의 바닥은 좀비들의 시체로 가득 찼고, 벽과 천장은 좀비들의 뇌수로 물들었다.

두 번째 탄창을 다 비울 때쯤, 비로소 복도를 울려 대던 좀비들의 포효가 잠잠해졌다.

"하아~ 하아~! 좀 놀랐다."

진우는 바닥에 쓰러진 채 꿈틀거리고 있는 몇 마리의 좀비들을 노려보며 세 번째 탄창을 끼워 넣었다.

그때, 중앙 쪽의 복도에서 좀비들의 포효가 들려왔다. 모든 좀비가 그들을 따라 달려왔던 게 아닌 모양이다.

"거기 유빈이랑 제니가 있는데!"

"안 돼! 보안관!"

무작정 달려 나가려는 보안관을 삼식이와 진우가 붙잡았다. 저 좀비 시체 밭 어딘가에는 아직도 목숨이 달라붙은 채 버둥대는 놈들도 몇이나 있다. 아무 생각 없이 뛰어가다가 시체를 밟고 미끄러지기라도 하면 그걸로 끝이다.

"뒤로 돌아가야 돼! 저리로는 못 가!"

진우는 보안관을 잡아당기면서 함께 뛰었다. 그의 말이 옳다는 걸 알면서도 보안관은 내심 불안해서 죽으려고 한다. 진우는 숨을 헐떡거리면서 그를 달랬다.

"제니를 믿어! 내가 가르쳐 준 대로 잘할 거야!"


"대체 이건 또 무슨 일이야……."

유빈이 퀭해진 얼굴을 비비며 중얼거렸다. 지난 1분 정도의 시간이 영 이상한 흐름이다.

보안관이 이제 총을 그만 쏴도 좋다고, 다 끝났다고 해서 식사실 쪽으로 걸어가고 있었는데… 갑자기 복도 저편에서 뭔가 낯선 사람들의 형체가 하나둘 나타났다.

맨 처음 그림자가 어른거렸을 때에만 해도 진우 일행이 나타날 거라고 기대했다. 그런데 아니었다. 좀비들이라는 걸 깨닫기까지 유빈도, 제니도 몇 초간의 시간이 필요했다.

거리가 멀어 잘 보이지 않았던 건 아니다. 어차피 그들이 서 있는 복도 중간에서 그저 30여 미터 정도 떨어진 지점이었으니까. 그냥… 머리가 맑지 못했다.

10분이 넘는 시간 동안 계속해서 고막을 때리는 총소리를 들어야 했고, 등을 쿵쿵, 울리는 합판 엄폐물의 충격을 느껴야 했으며, 총을 맞을지도 모른다는 두려움에 떠느라 약간 제정신이 아니었다.

가만히 서 있어도 계속 등 뒤가 울려 대는 것 같고, 머리는 빙글빙글 돌아 합판 조각이 튀며 할퀸 수많은 생채기 정도는 고통도 느끼지 못할 정도의 상태였다. 물론 제니도 마찬가지다.

"어! 어! 조, 좀비잖아!"

뒤늦게 상황을 인식한 유빈은 다급하게 MP5를 들어 올렸다. 사람 기척을 느낀 좀비들도 달리기 시작했다.

모두 다섯 마리.

탁— 탁—

방아쇠가 당겨지지 않는다. 조금 전 사격을 중지하라는 보안관의 말을 들었을 때, 모드를 안전으로 돌려두었던 걸 잊고 있었다. 유빈은 파랗게 질린 얼굴로 조종간을 돌렸다.

타타타— 타타타— 타타타—

급하게 발사한 3점사가 좀비들의 몸통을 때리고 허공을 가른다. 하지만 진우가 하는 것처럼 깔끔하게 머리를 꿰뚫지 못하고 있다.

겨우 10여 미터 거리일 뿐인데!

계속 방아쇠를 당기면서 사격 각도를 수평으로 유지하는 것만도 초보자인 유빈에게는 엄청나게 힘이 드는 일이었다.

타타타— 타타타—

총알은 이제 다 떨어져 가는데, 아직 한 마리도 죽이지 못했다. 관통당한 다리로 기어오는 놈이 둘, 벽에 나가떨어졌다가 다시 일어서는 놈이 둘, 무엇보다도 달려오는 놈이 하나! 놈과의 거리는 5미터 이내!

"으아아!"

유빈은 MP5를 꽉 붙잡고, 애원하듯 마지막 여섯 발을 날렸다. 맞지 않았다. 이번에도 머리를 맞추는 데 실패했다!

어깨가 날아간 좀비는 빙그르르 돌며 바닥으로 내리꽂혔지만, 이내 비틀거리며 다시 일어나려 든다.

"도망가! 제니야!"

유빈은 총을 몽둥이처럼 휘둘러 싸울 각오를 하고 뒤돌아 외쳤다. 총열을 잡은 케블라 장갑의 안쪽으로 뜨듯한 열기가 느껴진다.

어차피 그의 서툰 손놀림으로 탄창을 교환하는 것보다, 이쪽의 승산이 더 높다. 물론 둘 다 엄청나게 낮은 확률이지만……

"다 갈아 끼웠어요!"

제니가 주섬주섬 총구를 들어 올렸다. 진우에게 배웠던 그 자세 그대로 가늠자를 눈에 대고 가늠쇠와 수평을 맞춘다. 아마 새 탄창으로 교환을 하고 있었던 모양이다.

떨리는 손 때문에 조준이 미세하게 흔들리지만, 제니는 입술을 꽉 깨물고 호흡을 멈춘 뒤, 침착하게 방아쇠를 당겼다.

투두둑—

첫 세 발이 날아가고 제니는 들려 올라간 총구를 얼른 아래로 내렸다. 다른 쪽 어깨마저 날아간 좀비가 비틀거리며 다시 몸을 일으키려 하고 있다.

투투투—

또다시 날아간 세 발의 9㎜ 총탄. 이번에는 명중이다. 탄착군을 이룬 세 발은 좀비의 귀와 눈, 그리고 두개골을 꿰뚫었다.

건대에서 야간에 건물 안으로 뛰어들 때 좀비들을 향해 난사를 했던 적은 있지만, 이렇게 실전에서 조준 사격으로 좀비의 머리를 뚫은 건 처음이다.

제니는 흥분하지 않기 위해 애쓰면서 두 번째로 가까운 좀비를 향해 총구를 돌렸다.

그롸아아아아—

어느새 일어난 좀비는 유빈을 향해 직선으로 달려오고 있다. 녀석이 뛸 때마다 유빈의 총탄에 맞아 찢어진 복부에서는 튀어나온 내장이 덜렁거린다. 제니는 눈을 크게 뜨고 힘껏 방아쇠를 당겼다.

투투투— 투두둑—

처음부터 총구가 들릴 것을 감안하고 쐈다. 세 발의 총알은 놈의 가슴을 때렸고, 또 세 발의 총알은 놈의 머리 부근을 스쳤다. 엉덩방아를 찧은 좀비의 얼굴로 겨냥을 바꾼 제니는 다시 세 발을 날렸다.

투두둑—

좀비의 목과 입 주변에 총알구멍이 뚫리고, 뒤통수에서는 뇌수가 팍 터져 나온다.

이제 두 마리…….

제니는 다시 총구를 오른쪽으로 돌렸다. 한 마리만 더 맞추면 된다. 나머지 두 마리는 다리가 날아가 버려서 기어오기 때문에 그렇게 아슬아슬하지 않다.

"꺄악!"

예상했던 것보다 훨씬 더 가까운 좀비의 얼굴!

제니의 입에서는 비명이 터져 나왔다. 하지만 해야 할 일을 잊을 만큼 배짱이 없지는 않다.

투투둑— 투투투— 투투투—

조준을 마칠 틈도 없이 쐈다. 아가리를 벌리고 날아들던 좀비는 얼굴과 가슴, 배가 엉망이 된 채 바닥에 떨어졌다.

이제 다 끝났다. 기어오는 두 마리만 처치하면!

제니는 오른쪽 눈을 꾹 감은 채 총구를 아래로 내렸다.

그롸아아아—

두 팔만으로 빠르게 기어오는 좀비들!

그야말로 기괴하고 소름 끼치는 모습이었다. 속도는 달려오는 놈들보다 느리지만, 각도와 면적이 줄어든 만큼 명중을 시키기가 더 어렵다.

앞서 있는 놈 먼저!

제니는 호흡을 고른 뒤, 방아쇠를 당겼다.

투투둑—

첫 번째 세 발은 좀비의 등을 때렸다. 그녀가 계산했던 것보다 놈들이 기어오는 속도가 더 빠르다는 의미다. 제니는 침착하게 다시 조준을 마쳤다.

투투투—

이번에는 성공했다. 머리가 엉망으로 꿰뚫린 좀비는 태엽이 끊긴 기계장치처럼 곧바로 움직임을 멈췄다.

"후우우~! 후우우!"

처음으로 만난 고비에서 불과 몇 초 만에 8부 능선을 넘었다는 기쁨!

제니는 숨을 고르고 옆으로 총구를 돌렸다. 앞 땅을 때린다는 생각으로… 타이밍을 재고 있던 제니는 바닥을 짚는 좀비의 손이 가늠자 안에 들어오는 순간, 방아쇠에 걸고 있던 손가락에 힘을 꽉 주었다.

틱— 틱—

벌써?

자신이 벌써 서른 발을 다 퍼부었다는 게 놀라워서 제니는 몇 차례나 다시 확인을 했다. 그래도 총알은 나가지 않는다. 그렇게 망설이는 사이, 기어오는 마지막 한 마리의 좀비는 거리를 확 좁혔다.

"…총알 없어?"

제니의 곁으로 물러나 있던 유빈이 물었다. 제니는 고개를 끄덕이며 서둘러 빈 탄창을 뽑았다. 유빈이 그녀를 뒤로 밀어내며 앞으로 뛰어나갔다. 그러고는 MP5를 힘껏 휘둘러 손잡이로 좀비의 머리통을 후려갈겼다.

콱! 콱!

두 손으로 바닥을 짚으며 기어오던 좀비로서는 방어할 수단이 없었다. 놈은 자신의 머리가 찢기고 깨지는 동안에도 유빈의 다리를 잡아보려고 팔을 휘저으며 아가리를 벌렸다.

"이익! 익!"

유빈은 안전화 바닥으로 좀비의 손을 짓밟고, 쇠가 들어 있는 안전화 앞코로 녀석의 얼굴을 걷어찼다. 두 번의 킥이 입 주변에 꽂히자, 좀비의 이빨이 뭉텅 빠지고 입술이 찢겨 덜렁거린다.

"이야아!"

유빈은 미친 사람처럼 다시 MP5로 좀비의 머리통을 때리기 시작했다.

세 번! 네 번!

귀가 찢기고, 눈알이 빠진다. 좀비가 벽 쪽으로 밀려나자 유빈은 그 틈을 놓치지 않고 관자놀이에 사커킥을 날렸다.

쩡—

유빈에게 걷어차인 좀비의 정수리가 벽에 맞고 다시 튀어나온다. 유빈은 발차기 연습을 하는 듯이 계속 같은 동작을 반복했다. 가끔 놈이 팔을 휘저으면 MP5로 사정없이 때렸다.

관자놀이와 정수리가 모두 움푹 파여 들어갔을 무렵에야 좀비의 움직임이 멈췄고, 그 후에도 유빈은 몇 번이나 더 그 파인 정수리를 향해 총을 휘둘렀다.

"하이아~! 하이아~!"

마침내 좀비가 확실히 죽었다는 걸 확인한 유빈이 뒷걸음질을 치며 물러났다. 그러는 사이, 제니는 다시 새 탄창을 끼워 넣었다.

총구를 앞으로 겨냥하려던 제니가 더 이상 새로 나타나는 놈들이 없다는 걸 깨닫고 깊은 한숨을 내쉰다.

다섯이나 되는 좀비들의 습격을… 막아냈다. 유빈 오빠와 단둘이서……

제니는 자신이 한 일을 돌아보았다. 머리가 터지고 내장이 튀어나온 채 죽어 있는 것이, 모두 사람의 형상이라 구역질이 치숫지만… 그래도 지금 이 순간만은 약한 모습을 보이고 싶지 않았다. 악몽에는 나중에 시달려 주면 된다.

"후후후… 내가 네 마리 해치웠네요. 오빠가 하나 잡는 동안."

제니는 유빈의 머리카락을 흐트러뜨리며 웃었다. 유빈은 그녀의 눈을 바라보며 고개를 끄덕였다.

"잘했어. 정말 장해."

"그것 봐요. 지켜줄 수도 있다고 했잖아요."

제니는 아직도 흥분이 가라앉지 않아서 가슴을 들썩이고 있는 유빈을 가볍게 안고, 그의 어깨를 도닥였다. 그러고는 곧바로 몸을 뗀 뒤, 몇 미터 앞에 있는 식사실의 문을 바라보며 총을 고쳐 잡았다.

이제 저 안으로 들어갈 차례다.

"유빈아! 제니야! 괜찮아? 도망쳐! 우리 금방 가!"

복도 저편에서 보안관의 간절한 목소리가 들려왔다. 유빈은 숨을 고른 뒤, 힘차게 대답했다.

"우리 무사해! 제니가 다 죽였어!"

"오오! 진짜네!"

잠시 후, 중앙 복도에 도착한 보안관 일행은 바닥에 쓰러져 있는 시체들을 보며 감탄했다. 유빈이 이 정도 사격 실력을 보일 리는 없으니, 이건 거의 다 제니의 공이다.

"조금 전, 그 좀비들은 대체 뭐야?"

유빈이 물었다. 진우가 대답했다.

"내가 다 죽였다고 생각했었는데, 한쪽 구석방에 숨어 있는 놈이 있었어. 그놈이 도망가려고 계단 문을 열었을 때, 다 뛰어

들어온 모양이야."

"그럼 그 도망치려던 놈은?"

"계단 문 앞에 사람 하나 물어 뜯겨 죽어가고 있더라."

그렇게 된 거군.

유빈은 고개를 끄덕였다. 그럼 이제 걱정할 건 별로 없는 모양이다.

얼―! 얼―!

그때, 진우의 곁을 지키고 있던 삼숙이가 뛰어와 앞발로 식사실의 문을 긁어 댄다. 그러고는 제니를 돌아보았다.

헥헥헥―

삼숙이의 얼굴이 이렇게 말을 하는 것 같다.

― 이 안에 있어, 아까 그 옷 주인.

3장

공주는 잠 못 이루고

1

식사실에 홀로 남겨진 뒤, 처음 한동안 테라는 어떻게 하면 여기에서 탈출할 수 있을지에 대해 고민했다. 오 박사가 정말로 기관단총으로 무장한 대원들을 데리고 돌아오기 전에 여기에서 도망쳐야 한다.

그들이 모두 자리를 비운 이 짧은 틈이 아마도 자신에게 허락된 유일한 기회일 거라고, 그녀는 생각했다.

하지만 말처럼 그리 간단한 일은 아니었다. 식사실의 사방은 쿠션이 대어진 벽으로 막혀 있고, 열려 있는 위층 바닥까지는 적어도 4미터 이상이 떨어져 있다.

장신의 농구 선수가 도움닫기를 해서 뛰지 않는 한, 저기까지 그냥 올라갈 수는 없다.

'저건…….'

초조하게 주변을 돌아보던 테라의 시야에 방호복 직원들이 가지고 들어온 장비가 들어왔다.

소형 전기톱과 무선 드릴.

두 가지 모두 그녀가 한 번도 써본 적이 없는 물건이다. 좀 더 구체적으로 말하자면, 그녀가 무서워하는 물건들이다. 하지만 지금은 그렇게 사치스러운 어리광을 부리고 있을 상황이 아니었다.

멍하니 배회하고 있는 좀비들 사이로 절룩거리며 걸어간 테라는 피 웅덩이를 피해 발을 디디며 조심스레 무선 드릴을 집었다.

권총처럼 생긴 모양의 방아쇠. 방호복 직원이 죽기 직전까지도 이걸 들고 저항을 했으니, 별다른 예비 조작은 필요하지 않을 것이다.

테라는 좀비들이 오가지 않는 쪽으로 물러나 쿠션이 있는 벽에 드릴을 대고 스위치를 눌렀다.

위이잉—

드릴은 순식간에 쿠션을 뚫고 안으로 파고들었다. 하지만 곧바로 단단한 콘크리트 벽의 저항을 만났다.

투퉁— 퉁— 텅—

웨에에엥—

뚫고 들어가지 못하는 표면에 날이 부딪쳐 튀고, 허공에서 맹렬하게 돈다. 몇 차례 더 힘을 주어 밀어보던 테라는 스위치에서 손가락을 뗐다.

이렇게 해서 뚫릴 벽이 아니다. 괜히 날이 튀어 다치지나 않으면 다행이다.

'혹시 그렇게 하면 올라갈 수 있을까…….'

순간, 머릿속을 스치는 아이디어가 있었다. 쿠션에 드릴로 여러 개의 구멍을 뚫은 뒤, 그 구멍에 손가락을 넣어 홀더로 삼고 클라이밍을 하듯 위로 기어 올라가면 어떨까 하는 발상이었다.

계속 구멍을 뚫고 올라가다 보면 천장까지는 닿을 수 있다. 그러면 저 비스듬히 나 있는 유리 바닥을 깨고…….

거기까지 생각한 테라는 팔을 위로 뻗어 쿠션에 구멍을 내기 시작했다. 드릴 날이 벽에 닿으면 곧바로 빼내서 바로 옆을 뚫는다. 그런 작업을 몇 번 반복하면 손으로 움켜쥘 수 있을 만한 틈이 생긴다.

'될 수도 있겠어.'

첫 번째 구멍에 손을 넣고 몸을 끌어 올리는 시늉을 해본 테라는 입을 꾹 다물고 고개를 끄덕였다.

다행히도 그녀는 몸무게가 그리 많이 나가지 않는다. 제니만큼 운동으로 단련되어 있지는 않지만, 그래도 춤과 노래로 무대를 섭렵하던 아이돌 스타의 체력. 자기 한 몸 벽을 타고 기어오르는 정도는 할 수 있을 거라 생각했다.

하지만 현실의 벽은 그리 녹록치 않았다. 머리 위로 팔을 뻗어 묵직한 드릴을 지탱하며 구멍을 뚫는 것만으로도 이내 그녀의 가녀린 팔이 덜덜 떨려오기 시작했다.

밤을 꼬박 샜고, 극심한 스트레스에 시달렸기 때문에 테라는 그녀 자신이 생각하는 것보다 훨씬 더 지쳐 있었다.

"윽!"

겨우 2미터도 오르지 못했을 때, 왼팔에 힘이 빠진 테라는 바닥에 떨어져 버렸다. 민구에게 피를 주기 위해 찢어낸 왼팔의 상처가 견디기 힘든 고통을 준다. 그리고 위에서 뛰어내릴 때 다쳤던 골반도 깨지는 것만 같다.

"으으윽! 아흐으으!"

테라는 저릿한 허벅지를 붙잡고 겨우 몸을 일으켰다.

"발판이 없어서 그래… 발을 디딜 만한 곳부터 먼저 만들어 놔야……."

그녀가 멍하니 벽면을 바라보고 있을 때, 좀비 두 마리가 천천히 그쪽으로 걸어왔다. 테라는 좀비들이 지나칠 때까지 일단 자리를 피했다.

의식하지 않으려 하는데도 저 흰 막이 덮인 눈동자만 보면 끔찍해서 온몸이 다 얼어붙을 것만 같다.

다시 벽면에 돌아온 테라가 30여 센티 높이부터 발 디딤을 위한 구멍을 뚫으려 할 때, 처음으로 총성이 울리기 시작했다.

워낙 두껍게 만들어진 식사실의 벽과 문이지만, 바로 근처에서 쏴대는 총소리마저 온전히 차단할 수는 없었다.

타앙—

단발의 총소리. 그리고 곧바로 천둥이 퍼붓는 것처럼 사나운 연사 소리가 들려왔다.

"아아!"

좀비들을 가두는 격벽 쪽으로 도망간 테라는 바닥에 주저앉아 귀를 막았다.

총소리…….

오 박사의 협박이 기억났다. 총을 가지고 돌아오면 그녀에게 어떤 끔찍한 짓을 할 건지, 길고도 잔인하게 떠들던 그의 목소리…… 테라의 이가 딱딱 맞부딪친다. 무섭다.

그리고 조금의 시간이 더 지난 뒤, 테라는 계속해서 들려오는 총소리가 단순히 오 박사 쪽에서 쏴대는 것만은 아닐 수 있다는 걸 깨달았다.

이 느낌은… 총격전이다. 그렇지 않고서는 이렇게 계속 연발로 쏴댈 이유가 없다.

'대체 누굴까… 왜 여기에서 총싸움을…….'

테라는 한쪽이 오 박사 팀일 거라고 제멋대로 규정하고, 다른 한쪽의 정체를 상상해 봤다. 하지만 추리가 잘 되지 않는다.

총은 군인들이 쓰는 건데…….

군인들이 그녀를 구하러 왔다고 생각하면 너무 허황되다.

'설마 그 아저씨가… 살아난 다음에 군인들에게 일러줘서?'

테라는 민구의 얼굴을 떠올렸다. 그것이 그녀가 기대할 수 있는 가장 좋은 경우의 수였다. 하지만 정말로 그런 일이 가능할까?

투투투투— 투투투투— 투투둑—

가끔씩 끊길 때도 있지만, 총소리는 아주 사납게 오랫동안 지속되었다. 실제로는 불과 몇 분 정도에 불과한 짧은 시간이지만, 초조하게 기다리는 그녀에게는 영원처럼 길고도 무시무시하게 느껴졌다.

"멈췄다……."

얼굴을 감싸 쥐고 있던 테라가 고개를 들었다. 시끄럽게 귀를 때리던 총소리가 사라지자 세상이 순식간에 적막 속에 휩싸인 것 같다.

어떻게 된 걸까?

그녀가 불안에 떨며 고민하고 있을 때, 식사실의 전자자물쇠가 열리는 소리가 났다.

삐익— 따리릭—

총격전의 승자가 식사실 안으로 들어오려는 것이다. 테라는 눈을 감았다. 두 손은 배에 붙인 채 꼭 마주 잡았다. 그녀의 입술이 파르르 떨린다.

무서웠다. 이제 눈을 뜨면 어떤 얼굴과 마주하게 될는지… 문이 열리고 들려오는 목소리가 누구의 것일지…….

찰나의 시간 동안 그녀는 간절하게 빌었다.

제발… 제발… 오 박사가 아니기를… 만약 그 소름 끼치는 얼굴을 다시 봐야 한다면…….

그때는 차라리 죽어버리는 게 더 나을지도 모르겠다.

스르릉—

문이 열린다. 운명과 마주할 시간이다. 그녀는 드릴을 한 손에 잡고, 입술을 꽉 깨문 채 눈을 떴다.

"테라야!"

환청이라고 생각했다. 너무도 두렵고 그리워서 뇌가 제멋대로 귀에 들려주는 환청.

이렇게 좋은 일이 현실일 리는 없다. 하지만 그 목소리는 몇 번이고 계속해서 그녀의 이름을 부른다.

"테라야! 없어! 어떡해요… 없어……. 테라야!"

"으아! 저거 뭐야! 제니야, 그리 너무 가까이 가지 마! 바닥이 열렸잖아! 저 밑에 다 좀비라고!"

낯선 이의 목소리가 부르는 그리운 친구의 이름. 그리고 곧바로 또 친구의 목소리.

"오빠, 테라가… 없어요! 여기에 없으면… 그럼 어디로 데려간 거죠? 어! 여기 신발이 있어요! 이거! 테라 샌들!"

얼―! 얼―!

"삼숙아, 왜? 저 밑에?"

듣고 있던 테라의 눈에 눈물이 왈칵 솟았다. 그녀는 비틀거리며 일어나서 격벽 밖으로 얼굴을 내밀었다.

대각선의 유리 바닥을 통해 보이는 위층. 거기엔 정말로… 정말로 제니가 있었다. 꿈에도 잊지 못하던 그리운 얼굴이 거기에 있다. 제니의 얼굴을 보자마자 테라는 다시 얼굴을 감싸고 주저앉아 버렸다.

펄쩍펄쩍 뛰며 손을 흔들어줄 생각이었는데… 왠지 울음이 터져서 도저히 그렇게 할 수가 없었다.

제니… 어딘가에 살아 있을 거라고 믿으며 버텨왔지만, 이렇게 자신을 구하러 와줄 거라고는 상상도 안 해봤는데… 이건 필시 꿈이다…….

"테라야!"

그녀의 모습을 본 제니도 깜짝 놀라 소리를 지른다. 그녀는 유리 바닥을 손으로 두들기며 테라에게 외쳤다.

"나야! 나! 제니! 응? 테라야! 정신 차려! 여기 봐!"

제니의 목소리에도 울음기가 잔뜩 묻어 있다. 테라는 흐느끼며 작게 중얼거렸다.

"…그렇게. 잠깐만…….."

"으아… 말로 들어서 알고는 있었지만, 실제로 이렇게 보니까 정말 이상한 기분이네. 좀비들, 테라 옆을 막 걸어 다녀… 저렇게 내버려 둬도 되나?"

유빈이 어깨를 감싸며 중얼거렸다. 좀비들 사이에 꿇어앉아서 울고 있는 건 테라인데, 덜덜 떨리는 건 그 자신이다.

"각이 나올지 모르겠네… 이 방 구조가 쏘기 영 불편하게 되어 있어서."

진우는 K—2를 붙잡고 이리저리 사격 자세를 취해본다. 발판 구멍 사이로 몸을 내밀어 아래층의 좀비들을 싹 다 잡아버릴 셈인가 보다. 유빈이 얼른 배낭을 벗어 열면서 진우를 만류했다.

"그럴 거 없어. 어차피 좀비들 눈에 안 보인다니까 저것들은 방해도 안 할 거야. 그냥 끌어 올리자. 제니야, 이리 가까이 와 달라고 해."

그리고 유빈은 배낭 안에 들어 있던 여러 표준 장비들 중에서 등산 로프 묶음을 꺼내 풀었다. 높이도 얼마 되지 않으니 그냥 로프를 내리고 테라가 거기에 자신의 몸을 묶기만 하면 된다.

저 정도 마른 몸이라면 보안관이 왼손 하나만 써도 금방 끌어 올릴 수 있을 테니까.

"테라야, 일어날 수 있어? 다쳤어?"

제니는 유리 바닥에 얼굴을 가까이 대고 물었다. 그녀의 흰 블라우스에 묻은 피 때문에 걱정이 든다. 테라는 고개를 저으며 일어났다.

"아니… 그냥 너무 좋아서……."

그녀는 머리를 들고 유리 바닥에 엎드려 있는 제니와 눈물 가득 고인 눈을 마주쳤다. 제니는… 조금도 변하지 않았다. 여전히 아름답고 기운차다.

"밧줄을 내릴게! 거기에 허리를 묶어! 알았지?"

제니가 말했다.

"응! 응!"

테라는 절뚝이면서도 걸음을 서둘렀다. 이게 꿈이라도 좋다. 깨기 전에 꼭 한 번 다시… 제니의 손을 잡고 싶다. 그리고 그녀에게 사랑한다고, 건강하라고 말해주고 싶다.

로프는 이미 아래에 닿아 있었다. 테라는 그걸 집어 자신의 허리에 묶고, 두 손으로 로프의 위쪽을 꽉 잡았다.

"올린다!"

제니가 물었다. 테라가 고개를 끄덕이자마자 보안관은 로프를 잡아당겼다.

정말이지, 가볍기도 하다.

쭉— 쭈욱— 쭈욱—

네 번을 잡아당기자 테라의 손이 발판 위로 올라온다.

"테라야! 내 손 잡아!"

제니가 테라에게 손을 내민다.

덥석!

두 미소녀의 작고 고운 손이 드디어 맞잡혔다. 타이밍을 맞춰 보안관은 한 번 더 로프를 끌어 올렸고, 테라는 마침내 발판 위로 올라섰다.

"아아! 아아! 미안해, 테라야!"

테라를 끌어안아 옆으로 옮긴 제니는 그녀의 목에 얼굴을 묻고 참아왔던 울음을 터뜨렸다. 초췌해진 그녀의 얼굴이, 바짝 말라 갈라진 입술이… 그리고 잘린 발가락의 상처가 다 자신의 탓인 것만 같아서, 제니를 견딜 수 없게 만들었다.

그날… 자동차에서 뛰어내려야 했다. 겁에 질린 눈으로 쫓아 오는 테라와 함께 도망쳤더라면… 그랬더라면 이 연약하고 겁 많은 아이가 이렇게 고통스럽지 않아도 됐을 텐데… 오빠들과 함께 웃으면서 살아올 수 있었을 텐데…….

"왜… 미안하다고 해. 나는 이렇게 고마운데… 울지 마."

테라는 자기도 눈물을 뚝뚝 떨어뜨리면서 제니의 머리카락을 쓸어주며 달랬다.

고맙고도 궁금하다. 지금까지 어디에서 어떻게 살았었는지, 여기엔 어떻게 오게 된 건지… 그리고 자신이 이 방에 있다는 걸 어떻게 알게 된 건지…….

듣고 싶은 게 너무 많다. 제니의 얼굴을 마주 보면서 그녀가 들려주는 이야기에 고개를 끄덕여 주고 싶다.

"너… 다쳤어. 피나."

테라는 제니의 얼굴에 난 생채기 주변을 손으로 쓸며 말했다.

"응?"

제니는 자신의 얼굴을 손바닥으로 슥, 훔쳤다. 따끔하다. 엄 폐물로 쓰던 합판이 부서지면서 얼굴을 스치고 지나갈 때 난, 얕은 상처들이었다. 제니는 활짝 웃으며 대답했다.

"이까짓 거야 뭐, 그냥 긁힌 건데……."

제니는 마치 오빠라도 되는 양 터프하게 미소를 지어 보였다. 테라는 그제야 제니가 총을 메고 있다는 걸 알았다.

총… 총소리!

"아! 맞다! 이럴 때가 아니야! 일단 도망부터 쳐야 돼! 여기 무서운 사람들이!"

별안간 이성이 돌아온 테라는 깜짝 놀라 제니에게 말했다. 그녀의 겁먹은 눈동자를 보고 제니는 또 울음을 터뜨렸다.

"흐윽! 아니야… 테라야, 이제 괜찮아. 아무것도 무서워하지 않아도 돼. 나쁜 사람들… 이 오빠들이 다 죽였어. 전부 다……."

"정말?"

테라는 믿기지 않는다는 듯 다시 물었다. 제니는 깊이 고개를 끄덕였다.

"응, 전부 다 좋은 오빠들이야. 엄청 착하고 강하고… 좋은 오빠들이야. 이제 우리 같이 살면 돼. 안전하고 행복한 곳에 서……."

제니의 말을 들은 테라는 비틀거리며 일어서서 두 손으로 눈물을 닦았다. 머리카락을 차분하게 넘긴 그녀는 방 안에 들어와 있는 한 사람, 한 사람의 은인을 눈에 새겼다.

전혀 강할 것 같지 않은 조그만 덩치의 오빠부터, 산처럼 커다랗게 버티고 있는 오빠와 총을 든 오빠, 옆에서 헥헥거리고 있는 커다랗고 검은 개까지…….

"정말 고맙습니다."

테라는 울먹이는 목소리로 인사를 하고 두 손을 공손하게 모은 채 깊이 허리를 숙였다. 그 모습은…….

심장 어택!!

진우와 보안관은 거의 동시에 끄응~ 하고 앓는 소리를 냈다. 이럴 상황이 아니라는 걸 아는데… 당장에라도 꼭 안아서 그녀를 달래주고 싶어진다. '나만 믿어'라고 말해주고 싶다.

"왜 하필… 와이셔츠만……."

취향을 저격당한 보안관이 모깃소리처럼 중얼거렸다. 제니와 함께 지내면서 이제 아름다운 것에는 어느 정도 익숙해졌다고만 생각했었는데… 그의 눈앞에 선 테라는… 또 완전히 다른 종류의 극치다. 너무도 연약하고 위태로워 보인다.

'아니… 나는 일편단심 제니니까… 이건 뭐랄까, 그냥 보호 본능…….'

머릿속에 바보 같은 말들이 둥둥 떠다니는데, 얼굴이 빨개진다. 그리고 시선을 떼지 못하겠다.

오! 신이시여! 이 정도 훔쳐보는 건 죄가 되지 않는다고 제발 말씀해 주세요! 그냥 처음이라 낯설어서 그래요!

근원을 따지자면 테라파였던 진우도 가슴이 두근거린다.

이렇게 애처로울 수가! 아아, 저 가느다란 팔, 다리…….

똑, 하고 부러지지나 않을까 두려울 정도다. 그런데 그게 예쁘다고 느껴진다.

둘 중 그 누구도 포기하지 않겠다던 김 상병님, 당신이 옳았습니다! 제가 직접 만나보니까 그렇군요!

"혜주랑 같이 간 그 아저씨한테도 알려주자. 얼굴 보면 반가워할 텐데……."

뒷목을 긁적거리고 있던 삼식이가 입을 열었다.

"어? 아아, 응. 그래야지."

보안관은 고개를 끄덕이며 복도로 나갔다. 저 와이셔츠 차림의 테라를 그 칼잡이 놈한테 보여줘야 한다는 게 썩 유쾌하지는 않지만, 그 녀석도 목숨을 걸고 싸우면서 여기까지 왔으니까.

그리고 애초에 그놈이 없었다면, 테라가 어디로 끌려간 건지 단서조차 못 잡았을지도 모르니까.

"혜주야! 혜주야!"

보안관은 커다란 목청을 완전히 개방해서 우렁차게 소리를 질렀다.

"테라 찾았어! 식사실로 와!"

## ㄹ

보안관의 외침이 넓은 8층 전체를 찌렁찌렁 울릴 때, 태권소녀와 민구는 계단 문을 닫고 있었다. 들어와 있던 좀비들을 진우가 거의 다 사살했지만 그 후에도 몇 마리인가가 더 뛰어 들어왔고, 다른 방향으로 돌아다니던 놈들이 몇이나 있었다.

"계단 문! 저것부터 닫아요!"

태권소녀는 총을 옆으로 돌려 메고 삼단봉을 빼 들었다. 아까 선착장에서 봤던 발차기만으로도 그녀의 실력을 대강 파악한 민구가 씨익 웃으며 뒤를 따랐다.

드물게 보는 씩씩한 계집애다. 좀비를 향해 싸우려 달려드는 여자…라는 것도 특이하지만, 민구 자신이 칼 쓰는 걸 보고 나서도 이래라저래라 명령하는 계집애는 처음 봤다.

다들 벌벌 떨거나 적어도 온순해지기 마련인데…….

"하앗!"

태권소녀는 달려드는 좀비의 내디뎌진 발목에 로우킥을 날려서 놈이 앞으로 고꾸라지게 만들고, 그 힘에 더해서 삼단봉을 위로 쳐 올렸다.

덜컥—!

쫙 벌어졌던 아래턱이 박살 난 채 좀비가 바닥을 뒹군다. 태권소녀는 덮쳐 오는 두 번째 놈의 가슴에 뒤돌려 차기를 날려서 거리를 벌리고, 쓰러진 좀비의 뒤통수를 뒤꿈치로 내리찍었다.

"하하, 꽤나 날래군. 설칠 만도 해."

그녀의 싸움을 곁눈질로 지켜본 민구가 재미있어 한다. 물론 그는 태권소녀가 두 마리를 상대하는 사이, 이미 세 마리의 머리를 날리고 네 마리째의 좀비 어깨에 마세티를 깊게 박아 넣은 뒤였다.

마세티 손잡이를 당겨 좀비의 몸이 앞으로 기울게 만든 민구는 쿠크리를 바깥쪽으로 돌려서 놈의 목을 베었다.

꿀꺽—!

뒤쪽으로 비켜서서 태권소녀와 민구가 좀비들을 상대로 한바탕 살벌한 춤을 추는 걸 보던 애송이와 보안 요원이 마른침을 삼킨다. 특히 몸을 써서 먹고살아 온 보안 요원 쪽이 느낀 충격이 더 크다.

저런 움직임이 실제로 가능하다는 걸 오늘 처음 알았다. 그런 줄도 모르고 감히 대검을 들고 베어보려 했던 자신이 얼마나 멍청했던 건지…….

쿵—

순식간에 복도에 남은 좀비들을 모두 해치운 민구와 태권소녀는 계단 문을 잡아당겨 단단히 닫았다.

"진우, 얘는 대체… 뭐하고 있지? 여기가 이 모양인데……."

태권소녀가 이해할 수 없다는 표정으로 복도 반대편을 바라보고 있을 때, 중앙 복도 쪽에서 보안관의 목소리가 들려왔다.

"테라 찾았어! 식사실로 와!"

반가운 일이다. 이제 이 위험하고 긴 난투극의 목적을 이뤘다. 태권소녀도 목청껏 외쳤다.

"찾았어? 알았어, 갈게!"

그러고는 태권소녀는 민구를 돌아보았다.

"아저씨, 가요! 테라 찾았대요."

"음……."

무표정한 얼굴로 고개를 끄덕이던 민구는 보안 요원과 애송이들을 돌아보았다. 그는 홀더에 넣어두었던 쿠크리를 다시 슥, 꺼내며 말했다.

"그럼 이것들은 이제 아무 쓸모 없잖아."

뜻밖의 돌발 행동에 두 끄나풀은 다급하게 소리를 질렀다.

"아닙니다! 아니에요! 저희 쓸모 있어요! 나가실 때 길도 알려 드릴 수 있고! 아니… 아까 분명히 협조하면 살려주신다고!"

두 놈의 파랗게 질린 얼굴과 흔들어 대는 손을 보며 민구는 킥킥댔다.

"이것들 데리고 먼저 가. 아직 쓸모가 있다고 하니까."

그것이 민구의 농담이라는 걸 뒤늦게 깨달은 두 놈도 식은땀 범벅이 된 얼굴로 히스테릭하게 따라 웃었다. 태권소녀가 물었다.

"먼저 가라니… 아저씨는요?"

"아아, 담배 한 대 피우고 천천히 따라가지. 도통 못 피웠더니 옆구리가 영 결리는 것 같아서 말이야."

민구는 꺽다리 기생오라비에게서 받은 담뱃갑을 들어 보였다. 그러고는 한 대를 꺼내 물었다. 아무리 이 연기가 괴물들을 불러들인다고는 하지만, 여기는 폐쇄된 건물의 8층. 이미 들어와 있던 괴물들은 다 죽었다.

일을 성공시킨 이후의 한 대 정도는 괜찮을 것이다. 태권소녀는 떨떠름한 표정으로 고개를 끄덕였다.

"그래요… 그럼 천천히 와요."

태권소녀가 두 끄나풀을 데리고 코너를 돌아 사라진 뒤, 민구는 담배에 불을 붙였다.

찰—칵!

싸구려 1회용 라이터는 아주 작은 불꽃을 피워 올렸다가 겨우 담배에 불을 붙이자마자 맥없이 꺼졌다. 가스가 다 바닥난 것이다. 몇 번 불꽃을 찰칵거리던 민구는 라이터를 바닥에 던졌다.

"후우우우~!"

길고 긴 싸움을 승리한 뒤에 피우는 담배의 맛은 각별했다. 적당히 맵고, 쓰고, 목구멍 저 안쪽까지 할퀴고 지나간다. 민구는 주변에 떠다니는 연기를 가만히 바라보며 생각에 잠겼다.

결국… 약속을 지킬 수가 있어서 다행이다. 테라, 그 연약한 계집애……. 이제 그녀가 가고 싶다는 곳으로 보내주면 된다. 아마 그녀는 자신의 가장 친한 친구 곁에 남고 싶을 것이다.

수많은 사람들의 피와 원한을 뒤집어쓰고 있는 자신보다 더 믿고 의지할 수 있는 일행을 찾았다는 게 테라에게는 정말 좋은 일이라고, 민구는 생각했다.

보아하니 고릴라와 총잡이 일행들은 꽤나 오래된 친구 사이인 것 같고, 민구와는 다른 종류의 '쓸 만한' 놈들인 것처럼 보였다. 그들과 함께 있었던 제니의 태도를 보면 알 수 있다.

민구는 그녀에게서 별다른 구김살이나 눈치를 보는 약자의 모습을 찾을 수 없었다. 제니를 그렇게 아껴주고 살아남도록 보호해 줄 수 있는 놈들이 테라에게 같은 일을 해주지 못할 리는 없다.

테라 역시 가장 친한 친구와 또래의 애들과 함께 있는 편이 더 행복할 것이고.

민구는 젠킨스의 것이었던 버클을 톡톡 두드렸다. 이걸로 신호를 보내 JL로 가야 하는 탐탁지 않은 선택은 피할 수 있게 된 모양이다. 이제 행복한 결말이 왔으니까…….

"응?"

생각에 잠긴 채 사라지는 담배 연기를 눈으로 쫓던 민구가 고개를 갸웃거렸다.

뭔가… 이상한 점이 눈에 띈다. 그가 이곳에 도착했을 때부터 이미 죽어 자빠져 있던 좀비들의 시체. 그 방향이 너무 일관되게 복도의 반대쪽을 향해 나 있다.

서너 마리의 시체, 그리고 또 두 마리, 마지막으로 한 마리.

조금씩 거리를 두고 쓰러져 있는 좀비들……. 이건 꼭 누군가를 쫓아 뛰어가다가 차례로 총에 맞아 바닥에 뒹굴게 된 모양새다. 게다가 중간에 떨어져 있는 기관단총과 권총.

"흐음, 냄새가 나는군."

민구는 좀비들의 시체가 쫓았던 방향을 따라 걸음을 옮겼다.

"풋!"

민구의 입에서 실소가 터졌다. 좀비의 체액이 묻은 발자국이 어떤 방 앞에서 끊겼다. 어떤 놈인지는 모르겠지만, 이런 걸 잔뜩 묻히고 돌아다니면서도 그 사실을 인지하지 못할 만큼 다급했나 보다.

하긴 총을 다 내던졌을 정도니…….

그래도 핏자국이 없는 걸 보니 물리지는 않은 모양이다.

끼이익—

민구는 아주 살짝 손잡이를 돌리고 문틈에 눈을 가져다 댄 뒤, 방의 안쪽을 엿봤다. 불이 꺼진 방 안에는 여러 개의 커다란 스테인리스 테이블이 있고, 그 위에는 잡다한 연장들이 잔뜩 어지럽혀져 있었다.

겁 많은 사람들은 보는 것만으로도 소름이 끼칠, 그런 종류의 연장들이었다.

톱, 칼, 도끼… 전부 다 깨끗하지 않은 것들이었다. 그리고 한쪽 벽에는 개수대가 길게 늘어서 있다.

여기는 사람을 썰고 나서 연장을 세척하던 곳인가?

하지만 민구의 시선은 그 섬뜩한 스테인리스 테이블 위가 아니라 아래쪽을 향해 있었다. 어둠 속에 누군가 잔뜩 움츠린 채 숨어 있었다. 놈이 대검을 들고 부들거리는 모습이 우스웠다.

"여어, 너 뭐하냐?"

민구는 장난기 가득한 얼굴로 문을 열며 물었다. 테이블 아래에 숨어 있던 놈은 화들짝 놀라며 몸을 일으키려 했고, 그 때문에 스테인리스 테이블이 뒤로 넘어가면서 연장들이 쏟아졌다.

쨍그렁— 쨍강—!

요란한 쇳소리에 눈살을 찌푸리면서도 민구는 벽을 더듬어 스위치를 켰다.

파팟—

천장의 Led 등에 불이 들어오자 메이저의 흉측한 얼굴이 보인다. 이리저리 꿰매놓은 보랏빛 얼굴… 민구는 그게 자신의 목 딸 리스트에 들어 있는 놈인 줄도 알아보지 못했다. 그저 놔두면 귀찮아질 것 같아서 지금 처리해 두려는 것뿐이다.

이렇게 덜덜 떨던 놈도 총만 잡으면 언제든 등에 바람구멍을 낼 수 있으니까.

하지만 메이저는 민구의 얼굴을 알아보았다. 그 특색 있는 커다란 흉터는 웬만해서는 잊기 어렵다.

어쩌다 이런 새끼까지 여기에…….

"너, 너, 너! 이, 이 새끼! 자, 자, 잠실 맞지! 조, 조용히 해! 떠, 떠, 떠, 떠들면 주, 죽여 버릴 거야! 무, 무, 문 닫아!"

잔뜩 쫄아 있던 메이저는 급격하게 자신감을 회복하고 민구를 향해 대검을 내밀었다. 어떤 사유로 이 습격 팀에 끼었고, 또 양복은 어디에서 주워 입었는지 모르지만, 메이저는 이놈의 실력이 어느 정도인지 분명히 안다.

조금 빠르기는 해도 그 근육질의 큰 덩치와는 비교도 할 수 없을 약골이다. 이놈을 죽이든 인질로 삼든, 하여튼 일단 조용히부터 시켜야 한다. 일행을 불러올 수 없게.

"하, 하하하하! 하하하하! 아나, 이런 참… 너였어? 큭큭큭, 누군가 했네, 이 새끼. 야, 너 얼굴 우습게 됐다? 큭큭큭, 하마

터면 못 알아볼 뻔했잖아."

놈의 말투를 듣고 나서야 민구도 상대가 메이저라는 걸 알아챘다. 민구는 문을 닫고 경쾌하게 방 안으로 들어갔다.

꿈처럼 찾아온 소중한 만남. 누구에게도 방해 받고 싶지 않다. 방 안은 널찍했다. 이놈뿐 아니라 기동이도 함께였더라면 얼마나 좋았을까 싶을 정도로 활개 치기 좋은 곳이다.

민구가 자신이 시키는 대로 고분고분 명령을 따랐다고 생각한 메이저도 만족한 웃음을 지었다.

"새끼… 마, 말 잘 듣네. 하긴 돼, 돼, 돼질 뻔했으니까 무, 무섭기도 하겠지……."

"아아, 그때… 나 그때 일부러 맞아준 건데… 그리고 말이지, 그때는 내가 몸이 좀 그랬어… 체력이 한~ 5퍼센트 정도였달까?"

민구는 왼손 엄지와 검지로 아주 작은 크기를 만들어 보였다. 약골 놈의 빤한 허세라고 받아들인 메이저도 덩달아 실실거린다.

"지랄하고 앉아 있네. 그, 그럼 지, 지금은 며, 몇 프로냐? 응? 이 주, 주둥이만 호, 홀랑 까진 새끼야."

"음… 지금은 한 50퍼센트는 되는 것 같다. 아니다. 잠을 설쳤으니까 45프로라고 하자. 어쨌든……."

민구는 빙긋 미소를 지어 보이며 등 뒤로 손을 돌렸다.

스릉——

쿠크리와 마세티가 동시에 자태를 드러냈다.

맑은 울림과 함께 뽑혀 나온 두 자루의 커다란 칼이 조명을 받아 번뜩인다. 민구는 쿠크리를 빙그르르 돌리며 웃는 낯으로 말했다.

"넌 이제 큰일 났어."

메이저의 얼굴에서 웃음기와 여유가 싹 걷혔다.

저 커다란 두 자루의 칼… 자신은 짤막한 대검…….

놈이 아무리 허접한 약골이라고 해도 장비에서 이 정도의 차이가 나면 상대하기가 쉽지만은 않다.

게다가 자신은… 그 덩치에게 맞아 갈비뼈가 나간 상황…….

"어이, 어이, 이 새끼야."

메이저가 얼빠진 표정으로 대검에 시선을 던지고 있자 민구가 마세티를 쫙 뻗어 놈의 귀를 살짝 그었다.

상처는 대번에 벌어지고 피가 뚝뚝 떨어진다. 예상치 못했던 예리한 고통에 메이저는 움찔하며 뒤로 물러선다.

"정신 차려! 나는 너를 얼마나 또 만나고 싶었는데, 이렇게 김빠지게 굴면 안 되지. 왜? 칼이 영 구려? 그거로는 실력 발휘가 안 될 것 같아?"

민구는 마세티로 녀석의 등 뒤를 가리켰다.

"사람이 여유도 갖고, 주변도 좀 돌아보고 살아라. 네 뒤에 연장 많이 있잖아, 이 새끼야."

그제야 메이저는 방 안을 둘러보았다. 민구의 말처럼 정말로 살벌한 연장들이 잔뜩 놓여 있다. 메이저는 일단 가장 가까운 스테인리스 테이블에 손을 뻗어 손도끼를 집어 들었다.

"그거면 되겠어? 후회 없냐고?"

민구가 빙글거리며 물었다.

후회?

메이저는 다시 주변을 곁눈질했다. 마음이 급해서 자신이 정확히 뭘 원하는지도 잘 모르겠다.

방금 귀가 잘릴 때, 저 흉터새끼가 내지른 칼이 전혀 보이지 않았다. 그냥 번쩍하는가 싶더니, 귀에 날카로운 아픔이 느껴졌다.

"5초 줄게, 빨리 골라. 이왕 하는 일인데, 재미있게 하자. 약한 새끼 괴롭혔다는 말은 듣기 싫으니까. 하나!"

민구가 수를 헤아리기 시작하자 메이저는 후다닥 뒤로 뛰어가서 바쁘게 눈알을 굴렸다. 뭔가 날카로운 것들이 잔뜩 있기는 한데, 그가 익숙하게 보았던 것들이 아니다.

"이익!"

메이저는 일단 날 길이가 25센티인 뼈 절단용 나이프부터 집어 왼손에 쥐었다. 엄청나게 묵직하고, 칼등도 두툼하다. 생긴 모양도 일반 식칼과 비슷한 형태여서 사용하기에 전술용 나이프와 큰 차이가 없을 것 같다.

"셋!"

민구의 숫자는 이미 셋을 지났다. 메이저는 퉁퉁 부은 입술을 날름거리면서 바쁘게 고개를 돌렸다. 대검을 내려놓은 그는 손도끼와 뼈 절단용 톱을 번갈아 만지작거렸다. 저 커다란 마세티를 상대로 어느 게 더 효과적일지 모르겠다.

"넷… 다섯!"

마음을 정한 것처럼 손도끼를 들어 올리는 척하던 메이저는, 민구의 입에서 다섯이라는 숫자가 떨어지자마자 손도끼를 민구를 향해 집어 던졌다.

그러고는 재빨리 자신의 대검을 다시 집어 들고 민구를 향해 뛰어들었다.

"그 정도는 다 읽는다."

민구는 몸을 틀어 날아오는 도끼를 뒤로 흘려 버리고, 왼손의 마세티를 크게 휘둘렀다.

챙—

대검을 앞세워 돌진하던 메이저가 기겁을 하며 뒤로 물러난다. 마세티의 강력한 타격을 이기지 못하고 그의 손에서 빠져나간 대검이 허공에서 빙글빙글 돌다가 바닥에 떨어졌다.

"흐윽!"

메이저는 두려움에 휩싸여 거친 숨소리를 냈다. 그는 바로 옆의 테이블을 더듬거려 30센티 길이의 스테인리스 맬릿을 집었다. 작고 단단한 해머. 뼈를 부수기 위해 만든 것이니 마세티도 버텨낼 수 있을 것 같다.

"간다!"

민구는 환하게 웃으며 쿠크리를 앞세워서 거리를 좁혀왔다. 쿠크리가 빙글빙글 돌면서 메이저의 눈을 현혹시킨다.

스윽—

팔뚝에서 느껴지는, 날카로운 고통!

메이저는 이를 악물었다. 분명히 본 나이프로 막는다고 내밀었는데… 저 이상하게 휘어 있는 칼날은 뱀처럼 그의 팔을 가르고 지나갔다.

메이저의 팔에서 붉은 피가 뚝뚝 떨어지는 걸 보며 민구는 조용히 말했다.

"우연히 만난 것치고는 타이밍이 아주 좋았어. 할 일을 다 하고 나서 개운한 마음으로 이렇게 여유롭게 즐길 수가 있잖아. 나는 찬찬히 정성을 다할 테니까, 너도 열심히 해봐라."

"으아아! 개새끼야!"

메이저는 욕설과 함께 스텝을 내디디며 힘껏 맬릿을 휘둘렀다. 민구가 발을 뒤로 빼며 피한다.

이놈… 이런 움직임을 할 줄 아는 놈이었나?

메이저는 허공을 가르는 자신의 맬릿을 보며 생각했다.

사악—!

또다시 스며드는 날카로운 고통!

이번에는 손등이다. 핏줄이 베이고 갈라진 손등에서 피가 왈칵왈칵 솟는다. 메이저는 서둘러 팔을 거두며 왼손에 쥔 본 나이프를 휘둘렀다.

슥!

또! 또 베였다! 이번에는 세로로!

팔의 안쪽을 따라 나란히 쿠크리의 칼날이 가르고 지나갔다.

"으으윽!"

메이저는 고통에 몸을 부들부들 떨며 뒷걸음질을 쳤다. 일단 저 칼의 범위에서 벗어나야 한다.

"내가 말이지……."

민구는 녀석을 쫓지 않고 쿠크리로 겨누기만 한 채 다시 입을 열었다.

"정말 죽이고 싶은 놈이 셋 있었어. 그래서 내 머릿속 수첩에다가 아주 꾹꾹 눌러서 적어놨지. 생각 속에서도 글씨는 잘 못 쓰더라고. 크큭, 뭐, 어쨌든 너는 거기에서 세 번째 리스트였는데, 아마 실제로 죽이게 되는 건 네가 처음이자 마지막일 것 같다. 왜 그런지 이야기하자면 긴데, 하여간 일이 그렇게 됐어. 그래서 너한테 선택권을 주려고 해."

"무, 무슨 서, 서, 선택권……."

메이저는 숨을 헐떡거리며 물었다. 놈의 약점이 뭐였는지 이제야 기억이 났다. 저놈은 오른쪽 옆구리를 잘 못 움직였었다.

하지만 아닌데… 저렇게 멀쩡하게 움직이는 것처럼 보이는데……

"죽는 방법 말이지. 네 목숨이니까 그 정도는 선택할 권리가 있을 것 같다. 그러니까 부담 갖지 말고 편안하게 골라. 1번은… 가죽을 까는 거야. 팔부터 시작해서, 등, 가슴, 얼굴, 머리 끝까지 싹 다 까줄게."

"까, 까불지 마! 개새끼야!"

메이저는 맬릿을 휘두르며 뛰어들었다. 민구가 몸을 튼다. 그때, 녀석이 마세티를 휘둘러서 그 무게로 중심을 잡는 걸 메이저는 똑똑히 보았다.

역시… 이놈은 오른쪽 옆구리가 시원치 않다! 바로 여기가!

메이저는 본 나이프를 있는 힘껏 내질렀다. 하지만 민구는 아주 능숙하고 여유롭게 쿠크리의 날을 돌려서 녀석의 손목을 찍고 확— 당겼다.

찌익—!

근육과 함께 정맥이 뜯겨 나간 메이저의 손목에서 피가 치솟는다. 팔의 방향이 틀어진 바람에 무방비로 노출된 메이저의 얼굴 위로 쿠크리의 날이 번쩍 스친다.

"으아악!"

콧등이 반으로 잘린 메이저는 야수처럼 울부짖으며 다시 뒤로 물러났다. 민구는 여전히 문을 등지고 선 채 이야기를 계속

했다.

"너, 잘 듣고 신중하게 선택하는 게 좋을 텐데… 이런 식으로 하다가 혀가 잘리거나 해서 의사 표현을 못하게 되면 내 마음대로 해버리는 수가 있어. 그건 좀 비인간적이잖아. 2번은… 다지는 거야. 말 그대로 뼈랑 근육이 잘 구분이 안 갈 만큼 곱게… 이걸로."

민구는 마세티의 커다란 칼날을 들어 보이며 사랑스럽다는 표정을 지었다. 메이저의 등골이 오싹해진다.

실수다… 차라리 그 근육 덩치 놈에게 덤벼볼걸… 이 비열한 놈이 실력을 감추고 있었을 줄이야… 다진다니… 씨발…….

그 어휘를 상상하는 것만으로도 정강이뼈가 시큰거리는 것 같다.

'아니! 아니야! 정신 차려!'

메이저는 입술을 꽉 깨물어 자신을 다그쳤다. 저놈의 현란한 말에 현혹되지 말아야 한다. 예전에 잠실에서도 저놈이 쉐도우 실드 대원들을 죽였다는 도발에 말려 일을 그르쳤었다.

비록 빠르기는 하지만, 저놈의 몸뚱이는 온전하지 않다. 일단 저 마세티를 무력화시키면… 그러면 놈은 중심을 잡지 못한다.

"너! 듣고 있냐?"

민구는 펜싱 선수처럼 풀쩍 뛰어 거리를 좁힌 뒤에 손목만으로 마세티를 놀려 메이저의 양쪽 광대뼈 주변을 차례로 그었다.

그 공격을 막아보려 뒤늦게 들어 올린 맬릿에서 쇠끼리 부딪치는 소리가 나는 것과 동시에 양쪽 볼에서 뜨거운 피가 흘러내린다.

쨍강!

민구는 쿠크리로 맬릿을 내려치며 가드를 무력화시키고, 다시 칼날을 역으로 돌려서 메이저의 옆구리를 그었다.

"끄으으윽!"

메이저는 얼굴을 찌푸리며 본 나이프를 내질렀다.

사각!

뭔가가 처음으로 칼끝에 걸렸다!

메이저는 팔을 틀어 한 번 더 반대쪽으로 그어봤다. 이놈도 결국 인간이다!

후웅—

하지만 그의 회심의 일격은 허공을 갈랐고, 민구의 매서운 응징이 곧바로 이어졌다. 민구는 마세티 칼등으로 메이저의 무릎을 사정없이 후려갈겼다.

콰직—!

무릎뼈가 박살 나는 것 같은 고통!

메이저가 앞으로 허물어진다. 민구는 녀석의 오른쪽 겨드랑이 사이로 쿠크리를 집어넣고 죽 훑었다.

"아으으윽! 아악!"

메이저가 경련하며 뒤로 나자빠지자 민구는 다시 물러났다. 그리고는 녀석이 일어날 수 있을 만큼 여유를 주기 위해 쿠크리를 테이블 위에 올려놓고 담배를 꺼냈다.

"방금, 뭔가 걸린 것 같았지? 그거 옷자락이었어. 그걸 느낀 거 보면 네놈도 의외로 감각이 예민하구나. 생긴 거나 움직이는 건 미련하기 짝이 없는데… 아, 맞다. 젠장."

말을 하며 계속 라이터를 찾아 주머니를 뒤지던 민구는 자신이 조금 전, 마지막 한 번의 불꽃을 쓰고 버렸다는 걸 깨달았다.

민구는 메이저를 돌아보았다. 전에 바짝 붙었을 때, 입에서 담배 찌든 냄새가 진동했으니, 놈 역시 흡연자다.

"너 지금 라이터 가지고 있지? 뒈진 다음에 그 라이터는 내가 가져야겠다. 그건 그렇고… 세 번째는……."

"씨발 놈아! 다, 닥쳐!"

메이저는 맬릿을 집어 던지고 벽을 짚으며 일어났다. 집어서 쓸 수 있는 무기는 아직 많다. 이번에는 수술용 톱이다. 맬릿보다 가볍고 의외로 리치가 길어서 처음부터 이걸 쓸 걸 그랬다는 생각이 들 정도다.

"끄으으! 끄으~!"

메이저는 스테인리스 테이블을 짚고 힘겹게 일어났다. 조금 전 베인 겨드랑이에서 걱정했던 것보다 피가 많이 흘러나오질 않아 다행이다.

대신에 반으로 갈라진 코에서는 쉬지 않고 피가 흘러넘친다. 그게 숨을 쉬기 어렵게 만들었다.

"이야압!"

잠시 고개를 숙인 채 숨을 고르는 시늉을 하던 메이저는 느닷없이 테이블을 뒤집어 민구 쪽으로 엎었다.

위에 늘어져 있던 자잘한 날붙이들이 민구를 향해 날아간다. 민구는 스텝을 밟으며 마세티를 휘둘러 날아오는 메스를 바닥으로 쳐냈다.

"이익!"

그 틈을 노려 달려든 메이저가 톱날을 민구의 어깨를 향해 내

굿는다. 예리한 톱날이 전등 불빛을 받아 번쩍인다.

빠악!

민구가 쫙 내뻗은 마세티의 뭉뚝한 칼끝이 메이저의 팔목을 때린다. 톱을 휘두르던 팔이 뒤로 돌아가고 방어가 열린 틈을 타서 민구는 허벅지를 사정없이 그었다.

서걱—!

허벅지 뒤쪽 근육이 끊어졌다!

메이저는 입을 벌린 채 온몸을 부르르 떨었다.

비명조차 터져 나오지 못할 만큼 날카로운 통증!

무방비로 경련하면서 메이저는 죽음을 직감했다. 이제 곧 저 마세티의 커다란 칼날이 자신의 목을 치리라!

하지만 민구는 아직 이 회합을 끝낼 생각이 조금도 없었다. 그는 쿠크리를 빠르게 놀려 메이저의 어깨에 세 줄의 날카로운 칼자국을 남긴 뒤, 놈의 옆구리를 걷어차 자빠뜨렸다. 그러고는 다시 놈이 일어나기를 기다렸다.

"으으으! 아으으윽!"

메이저는 분을 이기지 못해 땅을 치다가 울부짖기 시작했다.

"흐으으! 으윽! 주, 죽여라. 나, 나, 남자답게… 하아아! 끄으으!"

숨을 헐떡이며 눈물까지 뚝뚝 떨어뜨리던 메이저가 손에서 칼을 떨어뜨리고 힘없이 중얼거렸다.

어차피 저 흉터 놈에게는 못 이긴다. 그건 확실해졌다. 이렇게 계속 모욕과 고통을 당하느니, 그냥 죽는 게 낫다. 저놈의 솜씨라면 베이는 줄도 모르는 사이에 숨이 끊길 것이다.

"집어!"

민구가 차갑게 내뱉었다. 지금까지 빙글거리던 표정이 사납게 변한다. 메이저는 자신도 모르게 움찔했다.

놈이 뭔가… 더 끔찍한 벌을 내릴까 봐… 그게 무서웠다. 잠시 칼을 집을까에 대해 고민하던 메이저는 고개를 저었다.

"네, 네, 네 마, 마음대로 다, 다, 다 되지는 않을 거다, 개새끼야! 그, 그냥 주, 죽여!"

"큭큭큭!"

민구는 곧바로 웃음을 터뜨렸다. 사실 죽고 싶으면 그냥 바닥에 떨어져 있는 아무 날붙이나 집어서 제 목을 그으면 된다. 아무리 다치고 기진맥진했어도 그 정도 기운이 없지는 않을 테니까.

말은 저렇게 해도 저놈은 살고 싶은 거다. 그러면서도 어린아이처럼 유치하게 땡깡을 부려 대는 중이다.

민구는 전략을 바꾸기로 했다. 유치한 놈에겐 유치한 방법을 써주면 된다.

"좋아, 결국 이거잖아. 이게 싫은 거지? 나만 이렇게 큰 칼을 들고 있으니까 불공평해서."

민구는 마세티를 들어 보였다가 바닥에 내려놓았다.

"자, 이제 난 저거 안 쓸 거야."

그 말을 했을 때, 메이저의 눈이 흔들리는 걸 민구는 놓치지 않았다. 그는 계속 놈을 유혹했다.

"그리고 네가 지정하는 팔로만 싸울게. 왼쪽? 오른쪽?"

거기까지 양보했는데도 메이저는 아직도 머뭇거리고 있다.

쳇, 귀찮게 구는 놈이군……

민구는 속으로 혀를 차면서 또 조건을 하나 붙였다.

"내 피 한 방울만 흐르게 하면, 그때는 내가 지는 걸로 하지. 약속해. 두말도 안 하고 보내줄게. 거기에 마세티 안 쓰고, 네가 쓰라는 손으로만."

"그, 그걸 미, 믿으라고?"

놈이 걸려들었다. 민구는 마세티를 놈의 옆으로 밀어 던진 후, 진지하게 놈의 눈을 쏘아보며 말했다.

"이러면 믿겠나? 나는 태어나서 한 번도 약속은 어긴 적이 없어."

"조, 좋아! 사, 사내새끼라면 그 말 지, 지, 지, 지켜라!"

메이저는 이를 악물고 서둘러 무기를 집었다. 두말할 것도 없이 그의 선택은 마세티였다. 그리고 왼손에는 익숙한 대검을 골랐다.

놈이 절뚝거리며 덤벼들 자세를 취하자, 민구가 다급하게 물었다.

"새끼, 어지간히 급하네. 어느 쪽 팔을 쓰라는 건 정해줘야지!"

"하아~ 하아! 왼쪽!"

메이저는 눈을 빛내며 말했다. 코에서 역류한 피가 입안 가득 차서 입술을 열 때마다 침에 섞인 피가 줄줄 흘러나온다.

민구가 쿠크리를 왼손으로 고쳐 들자마자 메이저는 걸음을 떼며 거리를 조절했다.

"이야아아아!"

메이저가 힘차게 마세티를 휘두른다. 산이라도 가를 기세다.

20여 분이 흘렀다.

비명과 헐떡이는 숨소리, 그리고 애원이 계속해서 이어진 20여 분이었다. 민구에게는 꽤나 알찬 시간이었다. 쉽사리 끝나지 않았으면 싶은, 그런 시간이었다.

하지만 인간의 삶은 유한하고, 메이저의 것은 20분을 넘기지 못했다. 민구는 새 담배를 입에 물고, 피투성이 시체를 무표정하게 내려다보았다.

"라이터가……."

민구는 아직 굳지 않은 메이저의 시체를 뒤져서 라이터를 찾기 시작했다.

뭔 놈의 주머니가 이렇게 많은지… 피가 흥건하게 젖은 주머니를 뒤적거리면서 민구는 어느 주머니에 들어 있는지 정도는 미리 물어볼 걸 그랬다는 후회를 했다.

놈은 끝내 고집을 피우며 어떤 방법으로 죽고 싶은지 고르지 않았다. 나중에는 마음을 바꿔먹었는지도 모르지만, 그땐 이미 선택을 표현할 수 있는 수단이 없었다.

그래서 민구는 임의로 3번을 골라줬다. 가장 창의적이면서도, 길고 생생하게 고통을 느낄 수 있는 방법.

"찾았다."

마침내 상의 오른쪽에서 지포 라이터를 찾아낸 민구는 뚜껑을 열고 불을 켰다.

찰칵—!

특유의 기름 냄새가 담배 연기와 함께 섞여 코로 들어온다. 민구는 만족스러운 표정으로 길게 연기를 내뿜었다. 달달하다. 이 복수처럼.

개인적으로 가장 흥겨웠던 부분은 육체에 고통을 가하던 게 아니다. 실컷 놀 만큼 놀고 나서 놈의 손에 들려 있던 마세티를 빼앗아 오른손으로 세차게 휘둘렀을 때, 놈의 얼굴에서 느껴지던 그 당혹감! 그 어리석은 배신감!

그게 가장 좋았다. 그다음부터는 그저 기계적인 과정이었다.

"젠장, 손을 닦을 데가 없네……."

온통 시뻘겋게 물든 두 손을 닦아보려고 메이저의 옷을 살펴보던 민구는 포기하고 벽의 개수대로 걸어갔다. 아직 물이 나온다는 건 정신을 잃었던 녀석을 몇 차례나 깨울 때 이미 확인했다.

쏴아아아아—

두 손을 대강 비벼 닦은 민구는 라이터 표면의 피도 함께 닦았다. 테라에게 약속을 지킨 것만으로도 충분히 만족스러웠는데… 거기에 더해 반가운 얼굴에, 신나는 놀이에, 기념품까지… 상쾌한 콧노래가 담배 연기와 함께 저절로 흘러나온다. 이제 아주 개운한 기분으로 테라의 얼굴을 볼 수 있을 것 같다.

3

"끄으으윽!"

오 박사는 비명을 지르며 눈을 떴다.

"우우웁! 웁!"

의식이 돌아오자마자 견딜 수 없는 욕지기가 인다. 가슴이 토사물로 꽉 막혀 있다.

"아아아악! 아윽!"

토하기 위해 급하게 몸을 일으키려던 오 박사는 다시 얼굴을 찌푸리며 쓰러졌다.

심장이… 심장이… 견딜 수 없이 아프다. 누군가 커다란 손으로 꽉 움켜쥔 채 즙을 짜내려고 하는 것 같다.

"우욱! 우우욱!"

그러는 동안에도 계속 토사물은 치솟아 올라온다. 오 박사는 자신이 토한 위액에 익사하지 않으려고 필사적으로 발버둥을 쳤다. 그러다가 또다시 가슴을 잡고 뒹굴며 비명을 질렀다.

"커헉! 커헉!"

거친 숨을 내뱉던 오 박사는 고통을 참기 위해 자신의 주먹을 꽉 깨물었다. 아니, 깨물려 했다. 하지만 그가 들어 올린 왼손에는 더 이상 주먹 같은 게 달려 있지 않았다.

순식간에 밀려오는 절망감! 그리고 상실감!

너무도 분해서 견딜 수가 없다.

"으으으으! 으윽!"

뒤늦게 기억이 되살아난 오 박사는 오열하며 오른 주먹을 꽉 물었다. 이내 살갗이 찢기고 피가 배어 나온다. 하지만 심장의 통증은 조금도 줄어들지 않았다. 그리고 거기에 더해 머리가 터질 것처럼 아파온다.

"우우욱!"

또다시 밀려오는 욕지기.

오 박사의 얼굴은 새빨갛게 달아올랐다.

이 고통은!

정말로 말로 표현하기조차 힘들다. D.E.M을 다리에 찔렀어야 했는데! 너무 다급해서 아무 생각이 없었다. 하필 가장 고통스러운 심장 주변에!

"아으으으으!"

진저리를 치다가 잘려 나간 팔뼈의 단면이 리프트 바닥과 닿자, 그것이 고통스러워 오 박사는 또다시 울부짖었다.

그의 심장이 불규칙하게나마 활동을 개시한 것과 동시에 잘려 나간 혈관에서는 또 피가 찍— 찍— 뿜어져 나온다.

"까으으윽! 으윽~!"

오 박사는 이를 갈며 울었다. 16층의 넓은 세균 배양실 전체에 걸쳐 그의 울음소리만이 커다랗게 울려 댔다.

"꺼으으으윽! 으으윽!"

심장과 머리가 동시에 쪼개지는 것 같은 고통 속에서 얼마를 울부짖었는지 모르겠다. 너무 처절하게 비명을 질러 댄 탓에 목소리는 갈라졌고, 목구멍에서는 비릿한 피 맛이 난다.

쿠당탕—!

그는 요란한 쇳소리와 함께 리프트에서 벗어나 아래쪽 바닥으로 굴러 떨어졌다. 잘린 왼팔을 보호하기 위하여 몸을 굴린다는 것이, 그만 정면으로 코를 찧었다. 차가운 대리석 바닥에 그의 뜨거운 피가 또 왈칵 쏟아져 내렸다.

"쿨럭! 쿨럭! 컥!"

오 박사는 마른기침을 하며 엎어졌다. 기침을 하며 흔들릴 때마다 머리는 지끈거리고 가슴이 터지는 것 같다. 바짝 말라 있는 목이 물을 갈구하는데, 코에서는 피가 줄줄 흐른다.

"끄으으! 끄으으!"

오 박사는 눈물을 글썽거리며 바닥을 짚었다. 비정상적일 정도로 더딘 회복.

도대체 얼마나 오랫동안 심장이 정지된 상태였던 걸까?

모든 것이 불분명하다. 시계가… 그 괴물 좀비가 뜯어낸 왼 팔목과 함께 사라져 버렸기 때문에 지금이 몇 시인지도 도통 가늠되지 않았다.

"베티…젤!"

피가 뿜어져 나오는 왼 팔꿈치를 멍하니 보고 있던 오 박사는 그제야 지혈제가 기억이 났다. 그는 리프트에 매달린 채 손을 더듬거려 스테인리스판 위에서 지혈제를 찾았다.

"헉! 흐으윽! 끄으으!"

겨우 베티젤 튜브를 집는 데 성공한 오 박사는 신음을 삼키며 베티젤의 뚜껑을 입으로 열었다. 그러고는 주사기 형태의 튜브 입구를 상처에 가져다 댔다.

"으윽!"

컨트롤되지 않고 덜덜 떨리는 손 때문에 튜브가 상처에 닿을 때마다 그의 입에서는 고통스러운 숨소리와 울음소리가 터져 나왔다. 신경이 고스란히 드러나 있는 상처는 지옥처럼 끔찍한 고통을 그에게 던져 주었다.

그는 이를 악물어가며 튜브 한 통을 전부 다 잘린 팔꿈치 주변에 짜 넣었다. 순식간에 피가 굳기 시작하고… 그로부터 10여 초 후, 콸콸 솟던 피가 멎었다.

피잉—

머리를 때리고 지나가는 어지러움!

오 박사는 순간 중심을 잃고 바닥에 쓰러졌다. 피를… 너무 많이 흘렸다. 목이 마르고 어지러워 미칠 것만 같다.

"무~울! 허억~ 허억! 물!"

그는 사력을 다해 기었다. 물이 어디 있는지는 알고 있다. 세균 배양실 외부의 소독실 세면대. 거기까지만 가면⋯⋯.

그러나 한쪽 팔과 무릎만으로 기어가는 그에게 실험실은 엄청나게 넓은 공간이었고, 그러는 동안 고통과 갈증은 끝없이 그를 괴롭혔다.

슈우욱― 슈우욱―

세균 배양실 안쪽, 세균이 주입된 좀비들을 가둬놓은 공간에서는 이따금 한 번씩, 공기가 순환되는 소리가 들려온다.

연구원들과 함께 있을 때에는 아무런 감흥도 없던 일상적인 소리였지만, 지금 없이 무력해진 그에게는 왠지 무시무시하게만 느껴져서 오 박사는 몇 번이나 흠칫 놀라며 뒤를 돌아보았다. 물론 아무것도 움직이지 않는다.

오 박사는 몇 개의 실험대를 지나 멸균실에까지 도착했다. 그는 팔을 뻗어 열림 버튼을 눌렀다.

치유우우욱―!

겨우 멸균실 안으로 기어 들어가자 혹시 옷에 묻어 있을지 모르는 세균을 날리기 위해서 사방에서 강력한 공기가 분사된다. 베이고 잘린 상처에 뿜어져 나오는 바람이 닿아 벌어질 때마다 오 박사는 절규하며 바닥을 데굴데굴 굴렀다.

길고 긴 시간 동안 겨우 방 두 개를 가로질러서 소독실에 도착했을 때, 오 박사의 몸은 불덩이처럼 뜨겁게 끓어올랐다. 열 때문에 모든 것이 뿌옇게 보인다.

"이이익! 으윽!"

그는 팔을 뻗어 세면대를 짚고 어떻게든 몸을 일으켜 보려 애를 썼다. 개에게 물어뜯긴 발목으로 땅을 짚었다. 뼈가 잘린 쪽보다는, 인대가 끊긴 쪽의 고통이 그나마 더 견딜 만하다.

몇 차례나 바닥을 뒹군 끝에 그는 겨우 세면대에 기대설 수 있었다. 천장의 Led 불빛이 빙글빙글 돈다.

쏴아아아아—

자동 센서가 달린 수도꼭지에 손바닥을 가져다 대자 물이 콸콸, 쏟아져 나온다. 오 박사는 손바닥에 물을 받아 입으로 가져갔다.

비릿한 피 맛이 입안 가득 번진다. 코에서 쏟아져 내린 피와 그 자신이 입술을 깨물 때 찢긴 입술, 그리고 몇 차례나 얼굴로 바닥을 찧을 때 부러진 이 때문이다.

하지만 그런 상황에서도 한 모금의 물은 그의 감각을 다시 깨워낼 만큼 달콤했다. 오 박사는 몇 차례나 더 물을 받아 마시고, 눈 주변에도 끼얹었다.

따끔한 통증과 함께 조금씩 제정신이 돌아온다. 그리고 자신이 무엇을 잃어버렸는지도 깨닫게 되었다.

"내 노트북!"

오 박사는 눈을 크게 뜨며 비어 있는 자신의 손을 보고 울부짖었다. 식사실에서 나올 때 소중하게 껴안고 있던 노트북!

사람들을 뜯어먹는 좀비들 사이에서 혼자 다른 차원인 것처럼 서 있는 테라를 찍은, 그 동영상이 든 노트북이 없어졌다. 게다가 언제 어디에서 잊어버렸는지도 기억이 전혀 없다.

그 계단에서 개에게 쫓길 때였나? 아니면… 12층의 그 괴물에게 쫓길 때 쉐도우 실드 조장과 부딪치면서 떨어뜨린 걸까…….

모르겠다. 그때의 일들은 아무것도 구체적으로 기억이 나지 않는다. 그저 두렵고 다급하던 감정들만이 아픔의 날카로운 감각과 함께 마구 뒤엉킨 채 남아 있다.

"이런 씨발… 이게 뭐야… 이래서야 이게… 내가 놀라운 면역자를 찾아냈다는 증거가 하나도 없잖아……."

오 박사는 땀과 피가 점철된 머리카락을 쥐어뜯으며 중얼거렸다. 비록 만신창이가 되어버렸지만, 그는 아직도 자신이 이 위기를 극복해 내고 다시 연구 조직의 정점에 오를 것이라는 희망을 버리지 않고 있었다.

메이저가… 분명히 지금 이 순간에도 병력을 끌고 자신을 찾아 건물 내부를 헤매고 있을 것이다. 그러니 그가 이 부근을 지날 때, 도움을 청하면 된다. 그와 함께 테라, 그 망할 년을 되찾아와서 아주 단단히 버릇을 고쳐 줘야겠다.

만에 하나 메이저에게 무슨 일이 있더라도 약으로 며칠만 버텨내면 파멸의 마녀 년이 보낸 샘플 수집용 헬기가 도착할 것이다. 그때, 자신의 가치를 높이기 위해 테라는 반드시 필요한 존재다. 하다못해 그녀의 증거물이라도…….

좀비들에게 보이지 않는 면역자.

얼마나 매혹적인가.

"그래… 혈액 샘플… 그년 피를 뽑아놓은 게 있었지."

잠시 벽에 기대 숨을 헐떡이고 있던 오 박사가 고개를 끄덕인다. 테라의 동영상을 찍기 전에 그녀의 혈액을 채취해 보관해 뒀다는 데 기억이 미쳤다.

오 박사는 비틀거리며 소독실 벽에 걸려 있는 내선 전화를 향해 다시 기어가기 시작했다.

"끄으으응!"

오 박사는 떨리는 손으로 버튼을 눌러 비서실을 연결했다. 한 층 아래에 있는 자신의 연구실 바로 옆방이다. 혈액 보존실로 보내놓은 피를 가지고 올라와서 자신을 부축해 내려가자고 할 참이었다.

뚜루루룩— 뚜루루룩—

단조로운 연결음은 신호가 정상적으로 가고 있다는 걸 알린다. 하지만 아무리 기다려도 전화를 받지 않았다.

"후우우~"

한숨을 내쉬며 성질을 삭이고, 이번에는 연구원들의 대기실을 호출했다. 하지만 역시 전화벨만 계속해서 울려 댈 뿐이다.

"뭐하는 거야, 개새끼들이!"

오 박사는 이를 악물며 소리쳤다. 이 커다란 건물에 자신 혼자만 남겨진 것은 아닌가 하는 공포가 의식 저 너머에서 스멀스멀 피어 올라온다. 두려움이 커지자 왠지 고통도 더욱 강렬해졌다. 뜯겨 나간 팔과 자신이 전기톱으로 끊은 다리가 욱신거려 견딜 수가 없다.

"이이익! 이익! 씨발! 씨발!"

몇 차례나 전화를 돌리는 동안 계속해서 통화 연결음만 들어야 했던 오 박사는 마침내 성질을 못 이기고 수화기를 바닥에 내동댕이치며 욕설을 내뱉었다.

이해가 가지 않는다. 대태양 그룹의 권위와 최신의 철통같은 보안 시스템, 그리고 메이저가 이끄는 수십 명의 쉐도우 실드 대원들이 전부 다 일시에 무력화되었단 말인가.

그건 말이 안 된다. 압도적인 병력의 군대라도 끌고 왔다면 모를까……

하지만 오 박사는 분명히 보았다. 좀비들이 우글대는 주차장에 군대의 흔적은 없었다. 그들이 타고 왔을 법한 장갑차량도 없었고, 대규모의 병력이 이동하는 것도 보지 못했다. 그럼 대체 뭐란 말인가…….

"으윽!"

또다시 쑤셔오는 팔꿈치의 통증에 오 박사는 온몸을 비틀어가며 부들부들 떨었다. 생으로… 팔을 뜯어내고 그 이후로 계속 얼마를 버텼던가. 이건 정말이지, 지독한 고문이다. 진통제 생각이 너무도 간절하다. 모르핀이든 코데인이든, 아무거나 강력한 마약성 진통제로 일단 이 아픔을 달래야만 살 수 있을 것 같다.

"하아아! 하아아!"

한 번의 지독한 고통이 격랑처럼 지나가고 난 뒤, 오 박사는 의료실을 생각해 냈다. 어제 메이저가 수술을 받고 입원해 있던 곳. 거기에는 항상 경비를 보는 쉐도우 실드 대원들이 둘 있다. 의료진에게 연락을 해서 그들과 함께 내려오라고 하면 된다.

뚜르르르륵— 뚜르르르륵— 철컥!

단 두 번의 통화 연결음 만에 수화기가 들리는 소리가 났다. 오 박사의 얼굴에 짧은 희열이 스쳐 간다.

마침내! 마침내 누군가와 연결이 되었다.

— 여… 여보세요?

얼빠진 목소리가 전화기 너머에서 들려온다.

"나다!"

오 박사는 다짜고짜 말했다. 하지만 상대는 그의 목소리를 알아듣지 못한다.

— 네? 누구…….

"야, 이 개새끼야! 태양 본사에서 일한다는 새끼가 내 목소리도 몰라? 오 박사다! 이 등신 새끼야!"

그동안 쌓여왔던 분노가 엉뚱한 상대에게 폭발했다. 오 박사는 씩씩거리며 전화기 너머의 목소리를 향해 욕설을 퍼부었다.

— 아… 예, 아, 아니… 그게… 목소리가 완전히 달라지셔서…….

상대가 쭈뼛거리며 변명을 한다. 오 박사도 그의 말을 듣고 나서야 자신이 지금 어떤 목소리를 내고 있는지 새삼 깨달았다. 쇳물을 마신 것처럼 완전히 갈라지고 쉰 목소리.

"큼, 큼… 수석의 바꿔."

오 박사는 몇 번의 헛기침으로 목소리를 가다듬은 후 명령했다. 상대는 여전히 떨리는 목소리로 대답했다.

— 안 계십니다. 지금… 여기 남아 있는 의사는… 저 하나뿐입니다. 다들 도망 나갔는데…….

"뭐어? 도망을 쳐? 왜?"

— 아니… 그게… 복도에 좀비들이 돌아다니는데, 진압 병력이 아무도 출동을 하지 않으니까 불안해서…….

오 박사는 어금니를 빠득, 갈았다.

18층까지 좀비가… 이런 젠장…….

하지만 그는 아직 희망을 버리지 않았다.

"알았어. 그럼 너라도 간호사들 데리고 빨리 내려와. 입구 경비 대원들이랑 같이, 들것 챙겨서. 나 지금 16층이다. 세균 배양실이야."

— 경비 대원들도 없어요… 아까 쉐도우 실드 대원들이 총 맞은 사람들을 잔뜩 데리고 와서는 경비 보던 사람들을 싹 다 데리고 갔어요…….

"뭐? 후우우~ 좋아. 알았으니까 부상자들한테 모르핀 놔주고 총 쥐어줘서 끌고 와. 어디를 얼마나 다쳤는지 모르지만, 총 정도는 잡을 수 있을 거 아니야."

— …다리가 날아간 사람들인데요? 그리고 그마저도 지금쯤은 다들 좀비들한테… 억! 어흐~! 어우, 놀라! 어흑!

뭐라고 주절주절 떠들어 대던 상대가 갑자기 비명을 지른다. 수화기를 통해 아주 작게 철문이 울리는 소리가 나고, 여자들이 울부짖는 게 들려왔다. 상황이 대강 어떤지는 오 박사도 짐작이 간다.

좀비들에게 둘러싸인 의료실… 아마 이놈은 환자들까지 다 포기하고 사무실 문을 잠근 채 숨어 있는 모양이다.

오 박사는 한숨을 내쉬고 수화기를 내려놓았다. 이제 다 텄다. 의료실로부터는 아무런 지원도 기대할 수 없다.

오 박사는 눈을 질끈 감았다. 상황을 알아갈수록 절망적이라는 것만 확실해진다. 어지럽다.

"뭐지? 이제 다 끝난 거라고? 방법이 없다고?"

자신의 입으로 뱉은 말이지만, 도저히 믿기지가 않는다. 바로 오늘 아침에… 그는 테라를 생포했고, 세상을 다 가진 것처럼 들떠서 이 건물로 돌아왔었다.

그런데 불과 몇 시간 만에… 손발이 잘린 채 죽음이 다가오기만을 기다리고 있다. 이렇게 순식간에 몰락한다는 걸… 그는 도저히 받아들이기 어려웠다. 허망하고… 분하다. 대체 어디서부터 잘못된 걸까?

"이대로는 못 죽지… 내가 죽을 거면, 다른 것들도 모두 죽여버리겠어. 아무렴."

한참 동안 생각에 잠겨 있던 오 박사는 혼잣말을 중얼거리며 고개를 끄덕였다. 그는 수많은 좀비들이 보존되어 있는 세균 배양실 쪽으로 고개를 돌렸다.

놈들의 몸속에는 아주 치명적인, 감염되었다는 것을 알기도 전에 이미 목숨을 잃게 되는 수많은 세균들이 주입되어 있다. 저 세균 좀비들을 몽땅 풀어버릴 거다.

"큭큭큭큭!"

그는 발작적으로 웃었다. 풀려난 세균 좀비들이 밖으로 나가 서울을 지금보다 훨씬 더 끔찍한 죽음의 땅으로, 그 어떤 인간도 살 수 없는 불모의 땅으로 만들어줄 생각을 하니, 죽음에 대한 분노나 공포도 한풀 꺾이는 것 같다.

하찮은 인간들이 괴로워하며 죽어가는 걸 직접 목격하지 못하고 그전에 자신이 먼저 죽어야 한다는 것만이 아쉬울 뿐이다.

"어!"

퀭한 눈으로 바닥을 응시하며 실실대고 있던 오 박사가 깜짝 놀라 문 쪽으로 시선을 돌렸다.

방금… 흰 가운을 입은 연구원이 유리문 앞을 지났다. 곁눈으로 스친 것이지만, 분명히 봤다.

"이봐! 이봐! 야! 여기!"

오 박사는 황급하게 기어가며 소리를 질렀다. 아직, 아직 희망이 있다. 어쩌면 마지막 희망일지도 모른다.

"끄으으으! 으윽! 여기라고! 야!"

잘린 다리뼈가 울릴 때마다 쇳소리로 울부짖으면서도 오 박사는 기어가는 속도를 높였다.

그의 정성이 닿은 것일까, 조금 전 지나친 연구원이 다시 돌아온다.

"헉!"

연구원과 눈이 마주친 오 박사가 일순 얼어붙었다.

피 묻은 주둥이, 뜯겨 나간 피부, 그리고 흰 막이 덮인 눈동자… 연구원의 가운 앞쪽은 온통 붉은 피로 덮여 있다.

그롸아아아아아—

연구원 좀비가 유리문을 들이받으며 포효한다.

"허억! 허어억!"

오 박사는 숨을 헐떡이며 뒤돌아 기었다.

쿵— 쿵—!

등 뒤에서 계속 유리문이 울려 댄다. 그리고… 연구원 좀비의 포효는 이 층에서 배회하고 있던 더욱 많은 좀비들을 불러들였다.

둘… 셋… 다섯… 일곱… 모여든 좀비들의 수는 순식간에 열마리를 넘어섰다.

텅— 텅—!

소독실 상단의 긴 유리창을 좀비들이 두들기기 시작했다. 그놈들이 일제히 몰려와 그 난리를 치는 동안 오 박사는 겨우 소독실의 절반까지밖에 기어가지 못했다.

마음은 다급하고 호흡은 가빠지는데, 손에는 기운이 빠지고 머리는 빙글빙글 돈다.

"닥쳐! 이 개새끼들아! 닥치라고!"

오 박사는 욕설을 내뱉으며 울부짖었다. 그러고는 필사적으로 앞을 향해 기었다. 그 너머에 있는 세균 배양실! 그곳까지는 무슨 일이 있어도 갈 거다! 그리고 인생의 마지막 과업으로 서울에, 어쩌면 대한민국 전체에 사형선고를 내릴 것이다.

쩌적!

유리창에 금이 가고, 균열이 생기는 소리가 여기저기에서 울려온다. 오 박사의 눈에 눈물이 고인다.

이대로… 이대로 죽을 수는 없다. 어떻게든 저 세균 배양실까지는…….

그라아아아아—

창가의 좀비들이 유리창을 뚫고 손과 머리를 집어넣기 시작했다. 유리창이라는 차단제가 사라진 뒤 들려오는 좀비들의 포효는 몇 배나 더 끔찍했다.

우당탕— 콰장창!

창문을 넘은 좀비들이 스테인리스 테이블을 엎으며 나뒹군다. 뒤를 돌아보고 있지 않은데도 소리만으로 모든 상황이 선명하게 눈앞에 그려진다.

"안 돼에에! 안 돼! 제발!"

오 박사는 눈물과 콧물로 범벅이 된 얼굴을 잔뜩 찡그리며 울부짖었다. 이제 멸균실은 바로 코앞이다. 저 안으로 들어가기만 하면… 그러면 좀비들이 문을 부수는 동안 그는 세균 배양실에 도착할 수 있다.

"끄으으으! 끄으으으!"

가까스로 멸균실 문 앞에 도착한 오 박사는 자신의 아이디카드를 빼서 스캐너에 가져다 댔다.

삐익—

그의 신분이 확인되고, 문이 열린다. 그때!

그라아아아—

발목을 움켜쥐고 흔드는 좀비. 놈이 손에 힘을 준 채 잡아챌 때마다 잘린 다리뼈로부터 뇌를 향해 견디기 어려운 고통이 쏟아진다.

"으아아악! 아아악!"

오 박사는 사람의 것처럼 들리지 않는 날카로운 비명을 지르며 몸서리를 쳤다. 울부짖고 있는 그의 입안으로 좀비의 손가락이 쑥 들어온다.

"어걱! 억! 걱!"

당황한 오 박사가 채 반응을 하기도 전에 좀비는 사정없이 그의 입술과 아래턱을 잡아당겼다.

찌지직—

입술이 뜯기고 턱뼈가 아래로 빠진다. 찢어진 입술부터 시작해서 얼굴의 가죽이 조금씩 옆으로 뜯겨 나간다.

"거거걱! 거걱! 으윽!"

입안에 들어와 있는 좀비의 손가락 때문에 오 박사는 비명조차 제대로 지를 수 없었다.

까드득—

또 다른 좀비가 뜯겨 나간 그의 팔꿈치 뼈를 물어뜯기 시작했다. 신경이 뜯길 때마다 오 박사는 감전된 사람처럼 온몸을 떨었다. 그러는 동안에도 그의 얼굴 가죽은 점점 더 넓게 사선으로 찢겨지고 있다.

뿌득!

좀비에게 잡힌 발목의 반쯤 잘려 있던 뼈가 마침내 동강이 났다. 오 박사의 눈동자는 실핏줄이 터져 온통 빨갛게 변해 버렸다.

우둑! 뜨드드드득!

그의 사지 중에 마지막으로 멀쩡하게 남아 있던 오른팔에서 끔찍한 소리가 난다. 머리 위로 당겨져 한계치 이상 돌아간 어깨의 인대가 끊어지고 뼈가 부러진 것이다.

"끄가가각! 끄그극! 끄으윽!"

온몸에서 전해져 오는 극한의 고통에 오 박사의 찢긴 입에서는 피인지, 침인지도 모를 것들이 줄줄 흘러내린다. 자살이라도 하고 싶다. 혀를 깨물어서라도… 아니, 바닥에 머리를 찧어서라도…….

하지만 입안에 들어와 있는 좀비의 손가락은 그것마저도 허락해 주지 않았다.

뚜두둑! 빠각!

마침내 그의 오른 어깨는 180도 이상을 돌아가 버렸다. 오 박사의 눈에서는 피눈물이 뚝뚝 떨어진다.

푸걱!

또 다른 좀비가 무지막지하게 내지른 손가락이 그의 왼쪽 눈을 꿰뚫는다.

덜그럭, 덜그럭.

안구를 터뜨리고 안와 내부로 들어와 있는 좀비의 엄지손가락이 비어 있는 공간을 마구 휘저을 때마다 그 소리가 뼈를 울리며 들리는 것 같다. 그런데도 오 박사는 신기하게… 아직 살아 있다.

까드득! 찌지직!

여기저기의 살이 뜯겨 나가고 그의 몸은 이리저리 마구 흔들렸다. 고통에 지친 그의 몸에서 서서히 힘이 빠져나간다. 이제 이보다 더 아플 수는 없을 거라는 생각이 든 순간!

"커걱! 커거걱! 칵! 극! 그극!"

여러 마리 좀비들에게 깔린 오 박사가 마지막 남은 힘을 다해 격렬하게 몸을 흔든다. 너무도 묵직한 고통에 뇌와는 무관하게 온몸의 근육이 저항을 하는 것이다. 그의 사타구니를… 뒤에서 달려든 좀비의 무릎이 꽉 누르고 있다.

빠드득! 뜨득!

다리가 관절의 반대 방향으로 벌려진 채 돌아간다. 그러는 동안 사타구니의 고통은 점점 더 커졌다.

콰장창!

이미 달라붙어 있는 좀비가 몇 마리인지도 모르겠는데, 뒤쪽에서 또 유리창을 넘어 떨어지는 좀비들이 있다.

찌지직!

두 마리 좀비에 의해 양방향으로 당겨지던 그의 얼굴 가죽이 더 버티지 못하고 위쪽으로 쫘악, 뜯겨 나간다. 그러다 갑자기 두 그룹의 좀비들이 그의 몸을 가지고 줄다리기를 시작했다.

상체에 달라붙은 놈들은 그의 덜렁거리는 팔과 잘린 팔꿈치, 그리고 안와를 붙잡은 채 당겼다. 하체 쪽의 놈들은 그의 두 다리에 매달려 체중을 실었다.

"우구루루룩! 그르르륵!"

아래턱이 빠져 버린 오 박사의 입에서 피와 함께 마지막 신음이 터져 나온다. 팽팽하게 양방향으로 당겨진 그의 배에 견딜 수 없는 통증이 퍼부어진다.

뚝—!

허리뼈가 당기는 힘을 이기지 못해 빠져 버렸다. 그 순간 이후, 하체의 고통은 더 이상 느껴지지 않았다.

찌지지지직— 찌지직—

그의 몸이 반으로 찢겨 나가기 시작했다. 오른쪽 옆구리에서 부터 피가 배어 나온다.

까드득! 우드득!

그러는 동안에도 몇몇 좀비들은 열심히 그의 살을 잘라내고 있다. 목덜미에서는 이미 조금 전부터 피의 분수가 치솟아 오른다.

빠득!

겨우 뼈만 남아 있던 그의 목이 완전히 뜯겨 나갔다. 오 박사의 눈구멍에 엄지손가락을 꽂은 채 열심히 잡아당기고 있던 좀비가 멍한 표정으로 돌아간다.

피싯— 피시싯—

머리를 잃은 그의 목에서는 핏줄기가 쭉쭉 뿜어져 나온다.

그르르르르—

좀비들이 오 박사의 몸에서 흥미를 잃고 입을 뗀다. 그들은 다시 멍한 얼굴로 배회하기 시작했다. 그리고 놈들 중 한 마리의 오른손 엄지에는 아직도 오 박사의 머리가 끼워진 채 걸려 있다. 놈이 걸으며 팔을 휘저을 때마다 오 박사의 머리도 함께 덜렁대며 따라 움직인다.

오 박사의 마지막 얼굴은 고통스럽게⋯ 그가 목숨을 앗았던 그 어떤 희생자의 표정보다도 훨씬 더한 공포와 고통으로 일그러져 있었다.

4

"그 아저씨는 담배 한 대 피우고 온대⋯ 안녕!"

태권소녀가 민구의 말을 전하며 테라에게 첫인사를 건넸을 때, 테라는 믿기지 않는다는 표정으로 물었다.

"아⋯ 네, 감사합니다. 저기⋯ 그 아저씨라는 건⋯⋯."

"아, 왜, 있잖아. 이름이 뭐였더라? 하여간 껄렁껄렁한 사람. 칼 잘 쓰고, 여기 이렇게 한 줄로⋯ 아, 뭐, 이 정도 설명했으면 알지? 금방 올 거니까 기다리면 돼."

태권소녀가 자신의 얼굴에 민구의 흉터를 묘사하는 순간, 테라의 눈에는 또 눈물이 왈칵 고였다. 그녀가 세상에 남겼던, 마지막 간절한 소망이 이뤄진 것이다.

"하지만 어떻게⋯⋯."

민구가 항체를 가지게 되었다는 것보다 더 놀라운 일은, 제니와 이 고마운 사람들이 민구를 만났다는 사실이다. 아무리 생각해 봐도 두 사람이 만날 일은 없을 것 같았는데⋯⋯.

"그런 이야기는⋯ 나중에 천천히 해도 돼. 이제 앞으로 시간은 얼마든지 있으니까⋯⋯."

그렇게 말하며 테라의 얼굴에서 눈물을 닦아주던 제니가 또 울음을 터뜨렸다. 이 순간이 너무도 꿈같아서, 너무나 소중해서 자꾸만 눈물이 난다.

꿈속에서 이미 수없이 만났지만, 이만큼 기쁘지 않았었다. 이렇게 미안하지도 않았었다. 피가 배어 나온 테라의 왼쪽 손목 붕대만 봐도 마음이 아프다. 그 겁 많은 아이가 지금까지 얼마나 무섭고 힘이 들었을까.

흐느끼며 꼭 끌어안고 서로를 달래는 미소녀들… 진우는 멍하니 그녀들을 바라보았다. 아름답다. 눈물에 촉촉하게 젖어 있는 긴 속눈썹이, 저 희고 부드러운 볼을 타고 흐르는 눈물이, 계속 울어 대느라 부어 있는 입술이……

'…원래 내 꿈속에서는 애들이 나를 끌어안고 키스를 막 퍼붓는 건데…….'

진우는 하이바를 벗었다. 땀으로 흠뻑 젖은 하이바 안쪽의 사진을 잠시 물끄러미 바라보던 진우는 다시 눈앞의 실제 핑크 펀치에게 시선을 돌렸다.

친구들과 다시 만나기 전까지 얼마나 많은 강원도의 춥고 외로운 밤을 그녀들과 만나는 망상의 힘으로 견뎌내었던가… 하이바 속에 붙여둔 사진이 닳을 때까지 얼마나 가만히 손으로 쓸어봤던가…….

그런데 그 모든 상상보다 더 아름다운 실체가 지금 그의 눈앞에 있다.

'나… 한 번만 둘 다 꼭 끌어안아 보고 싶은데… 내 꿈속에서처럼… 생명의 은인이라고 부르면서 안겨주면 얼마나 좋을까… 아, 이런 말 입 밖으로 꺼내면 추잡하다는 소리 듣겠지?'

진우는 생각했다. 분명히 머릿속으로.

"흐윽… 아뇨, 하나도 안 추잡해요. 이리 와요, 생명의 은인 오빠."

그런데… 제니가 눈물을 훔치며 팔을 벌려 진우에게 손짓을 한다. 테라도 고개를 끄덕이며 미소를 지었다. 진우는 얼굴이 빨갛게 달아올라서 물었다.

"서, 서, 설마… 내가 또?"

내가 또 혼자서만 생각한답시고 입 밖으로 소리 내서 중얼거린 건가?

친구들 모두가 어처구니없다는 표정으로 고개를 끄덕인다.

"으아……."

진우는 얼굴을 감싸 쥐었다. 미친 듯이 창피하다.

세상에… 혼자 있을 때 중얼거리던 버릇이 하필이면 지금 이 순간 부활할 줄이야. 그만큼 얼이 빠져 있었나 보다.

둘 다 꼭 안아보고 싶다는 말까지는 할 수 있다. 그건 그렇게 부끄러운 말도 아니다. 친구끼리 허그라고 둘러대면 되니까.

그런데… 생명의 은인이니까 한 번쯤은 안아볼 수 있지 않느냐는 말까지 나와 버렸다니! 이건 진짜 쿨하지 못한 개망신이다.

"어휴……."

얼굴을 쓸어내린 진우는 하이바를 들고 제니와 테라에게 다가갔다. 망신은 이미 당했으니, 늘 꿈꿔왔던 소원을 이룰 순간이다. 두 팔을 활짝 벌리려는 진우를 보안관이 막았다.

"아니, 이건 좀 보기 이상해. 한 사람씩 이렇게… 자축하는 의미로 서로 포옹을 하는 것까지는 그런대로 이해가 가겠는데… 두 명을……."

"괜찮아! 나는 둘 다 좋아하니까!"

진우는 당당하게 외쳤다. 그러자 보안관은 자신이 덫에 걸렸다는 걸 알았다. 둘 다 좋아한다는 말 같은 거, 그 자신은 못한다. 이제까지 제니만을 사랑한다고 수천, 수만 번을 말해 버린 주제에 그런 말은 입 밖에도 낼 수 없다.

"고마워요, 오빠. 정말로 고마워요."

제니가 진우를 먼저 와락 끌어안았다. 테라도 두 사람에게 몸을 겹쳐 끌어안고 울먹인다.

"네⋯ 저를 구해주신 것도 정말 고맙고, 제니를 지켜주신 것도 고마워요."

아아! 내 가슴과 팔에 핑크 펀치가 안겨 있다.

어쩌나 작고 가녀린지 금방이라도 녹아버릴 것 같은 그녀들의 어깨. 한동안 눈을 꼭 감고 있던 진우가 말했다.

"나도⋯ 나도 고마워. 너희들이 지켜줘서⋯ 지금까지 싸울 수 있었어."

그리고 진우는 그녀들에게 자신의 하이바 안쪽을 보여주었다. 나긋하게 해지고 닳아버린 핑크 펀치의 사진. 이렇게 감사의 말을 직접 주인공들에게 할 수 있을 줄 몰랐다.

"어머."

제니와 테라가 동시에 입을 막으며 놀란다. 살짝 웃은 것도 같다. 진우는 벅차오르는 가슴을 진정시키며 말했다.

"고마워. 내가 혼자 잠들 때, 꿈속에서 나와 함께 있어줘서⋯ 그리고 우리 분대원들이 마지막까지 아름다운 꿈을 꿀 수 있게 해줘서."

분대원들이라는 말을 하는 순간, 진우의 눈에도 눈물이 고였다. 다들… 지금 그가 누린 이런 순간을 꿈꾸며 죽어갔다.

"아!"

진우의 솔직한 고백을 듣고 제니와 테라가 다시 그를 와락 안아준다.

"왜 그 새끼만!"

질투심을 이기지 못한 보안관이 펄펄 뛰자 그때까지 느긋이 바라보고만 있던 삼식이가 녀석의 손을 잡고 진우와 핑크 펀치를 함께 끌어안았다.

"바보, 이렇게 서로 안아주면 되지! 이제 계속 같이 살 건데!"

"야! 나는?"

태권소녀도 지지 않고 보안관과 삼식이 사이를 파고들었다.

"아, 이게 지금 무슨……."

여섯 명이나 되는 사람이 서로 꼭 부둥켜안고 있는 이상한 모습을 보며 유빈이 중얼거렸다. 진우가 팔을 뻗어 녀석의 어깨를 확 당겼다. 그런 후, 제니가 뒤로 손을 뻗어 유빈이 달아나지 못하게 막았다. 이제 한데 뭉쳐 있는 사람은 일곱 명이 되었다.

"좁아! 이거 왜 해야 하는데!"

유빈이 투덜댔다. 하지만 아무도 떨어지려 하지 않았다. 이렇게 모두가 함께하고 싶어서 그 길고 잔혹한 싸움을 다 참아왔다. 그러니 서로를 꼭 끌어안아 칭찬해 주고 싶다.

얼! 얼!

삼숙이가 진우의 엉덩이에 코를 댄다. 이 상황에 녹아들지 못한 것은 둘뿐이었다. 보안 요원과 애송이… 두 놈은 이 갑작스런 허그 열풍을 어떻게 대해야 할지 당황스러워 눈을 아래로 깐채 숨을 죽이고 기다렸다.

그리고 잠시 후, 또 한 명의 남자가 그 묘한 연쇄 허그를 보고 당황했다.

"뭐야……."

손의 물기를 털어내며 다가오던 민구는 흠칫하며 문 앞에 멈춰 섰다. 어린애들 일곱 명과 개 한 마리가 서로 허그를 하는 건지, 스크럼을 짜는 건지 모르겠는 자세로 한데 뭉쳐 있다.

"훗."

그 무리의 가운데에서 제니와 테라의 모습을 발견한 민구는 헛웃음을 지었다. 이제 앞으로 테라가 행복해질 수 있다는 걸 눈으로 확인한 기분이다. 이렇게 유난스러운 놈들이니 서로 사이좋게 아웅다웅하며 잘 지낼 것 같다.

"아!"

문가의 인기척을 느끼고 고개를 돌린 테라가 민구를 향해 반가운 미소를 지어 보인다. 민구는 눈으로만 그녀의 인사를 받았다. 그러고는 뒤로 물러나려 했다.

'아뇨, 가지 말아요.'

테라의 눈이 민구에게 말했다. 그녀는 스크럼 밖으로 팔을 빼서 민구에게 손을 내밀었다.

이리 오라고… 부드럽게 손짓하는 그녀의 작은 손이 썰물처럼 민구의 마음을 끌어당긴다.

'그래, 이렇게 만났으니 한 번 정도는…….'

민구는 천천히 걸어가서 테라의 팔 안에 자신의 어깨를 넣었다.

생명의 은인… 자신을 살리기 위해 피를 나누어 준 고마운 아이. 그리고 그 바로 옆은… 뾰족 머리 고릴라…….

쿵—

민구와 보안관의 머리끼리 부딪친다. 민구도 미간을 찌푸리며 버텼다. 이렇게까지 허그에 집착하고 싶은 마음은 없었는데, 이 고릴라 놈이 자리를 내주지 않으려 버티는 걸 보니 은근히 승부 근성이 불타오른다.

민구는 몇 번이나 밀려나면서도 계속 보안관의 옆자리로 집요하게 파고들었다.

네깟 놈한테 질까 보냐.

5

"자, 진정하고 물 좀 마시자. 뭐라도 좀 먹고. 우리 지금 너무 흥분해 있어."

치열하게 들떠 있는 포옹의 사슬을 끊은 것은 언제나처럼 분위기 브레이커, 유빈이었다. 유빈은 모두가 팔을 벌려 부둥켜안고 있는 무리에서 빠져나와 배낭의 지퍼를 열었다. 그러고는 물병을 꺼내 제니에게 주었다.

"너도 마시고, 테라랑 혜주도 줘."

"오빠 먼저 마시고 줘요."

제니가 물병을 되돌려 주려 하며 말했다. 유빈은 손사래를 친다.

"괜찮아. 나는 삼식이 배낭에 든 거 나눠 마시면 돼. 수돗물 마셔도 되고."

유빈은 배낭 앞주머니를 뒤적거려 사탕도 몇 알 꺼내 친구들과 나눴다. 민구에게도 세 개의 사탕이 돌아온다. 민구는 레몬

맛이 나는 사탕을 입안에 넣고 돌리면서 신기하다고 생각했다.

이 녀석들의 배낭… 요술 주머니도 아닌데 뭐가 자꾸 나온다. 아까 계단에서도 헤드 랜턴을 꺼내 쓰는 걸 봤다.

꿀꺽—

유빈 일행들이 물을 돌려 마시고 사탕을 나눠 먹는 걸 보며 보안 요원과 애송이가 침을 삼켰다.

그들 역시 꽤나 오랜 시간 동안 물 한 모금 제대로 마시지 못하고 끌려 다닌 탓에 입술이 바짝 말라 있다. 눈도 쾡하다. 물이야 사방에 널려 있어도, 그걸 마시러 갈 자유가 없다.

"자요, 아저씨. 많이 남지는 않았지만, 일단 이거라도 좀 마셔요."

늦은 순번으로 한 모금을 겨우 기울인 삼식이가 두 꼬나풀에게 사탕 두 개와 물병을 넘긴다. 잠시 민구와 보안관의 눈치를 보던 보안 요원은 얼른 한 모금을 입에 머금고 병을 애송이에게 넘겼다.

애송이도 아주 맛있게 물을 마셨다. 보잘것없는 한 모금의 물과 사탕 한 알일지라도 에너지를 재충전하고 있노라니, 그동안 정말 힘들었다는 게 절실하게 느껴진다.

"이제 다른 사람들 구하는 문제만 남은 건가……."

사탕 두 개를 입안 가득 물고 빨아 먹으면서 유빈이 말했다. 지하 경비 본부에서 보았던 CCTV, 지하 주차장 두 개 층에 나뉘어 갇혀 있던 사람들. 그 수만 해도 몇 천에 달할 정도로 많았다.

친구들 몇 명만으로 그들을 통솔해 무사히 탈출시킨다는 건 불가능하다. 그리고… 그 이전에 먼저 확인하고 싶은 부분이 있다.

"전에 헬리콥터 타고 다니면서 잡아왔던 사람들, 그 사람들도 지하에 가둬뒀어요?"

유빈이 보안 요원에게 물었다. 예전에 잡혀간 태권소녀의 일행들. 혹시 그중에 몇 명이라도 아직 생존해 있을지 모른다. 멍하니 사탕을 빨아 먹고 있던 보안 요원이 깜짝 놀라 컥컥, 헛기침을 한다.

"아, 예? 누구요?"

보안 요원은 짐짓 모르는 척을 해본다. 힘든 끄나풀 노릇도 다 끝났고 이제는 살려주는가 싶었는데, 지금 이 시점에 예전에 잡혀온 사람들 이야기를 꺼내면……

그 사람들… 이미 다 죽었다. 여기에서 좀비 밥이 되거나, 아니면 남부로 끌려가 거기에서 실험체로 사용되었거나. 하지만 여기에서 죽었다고 해봐야 공연히 분노만 사게 될 것 같다.

"아, 그… 예전에 잡아온 사람들은… 몇 명 안 남아 있습니다. 파멸의 마녀, 그년이 싹 다 데리고 가버려서……"

보안 요원은 모든 책임을 파멸의 마녀에게 넘기기로 마음먹었다. 듣고 있던 보안관이 미간을 찌푸린다.

"파멸의 마녀? 그게 뭐야?"

"아… 그거, 저희들끼리 부르는 별명입니다. 황 회장 큰딸… 황 이사인지 뭔지… 하여간 손대는 일마다 다 쫄딱 망한다고 해서."

"그 마녀라는 여자가 데리고 갔다고? 어디로?"

"막연히 남부라고는 하는데… 저희 같은 말단은 잘 모릅니다. 아마 부산 지사나 울산이나… 그쪽 아닐까요? 거기에 이 회사 공장도 많고 하니까."

보안 요원은 진실해 보이기 위해서 최선을 다했다. 그리고 사실 완전히 거짓말인 것도 아니다. 잡아온 사람들 중에 어느 정도 비율은 마녀 년에게 조공으로 바쳐졌으니까.

이 거대한 건물만으로도 부족해서 어딘가에 또 더 큰 악의 무리가 존재한다는 사실에 유빈 일행은 잠시 말을 잇지 못했다.

남부… 그들이 생각해 보지도 않았던 지역이다.

"…여기에서도 죽였어요. 제가 저 방에 끌려 들어간 뒤에도 저 우리 안에 갇혀 있던 사람들을 저 아래로 던져서… 다들 엄청 야위어 있었어요."

테라가 식사실 구석의 철제 우리를 가리키며 말했다. 모두의 표정에 분노가 어리자 보안 요원은 움찔하며 한 걸음 뒤로 물러섰다.

"그 사람들 가둬놓은 데로 갑시다."

유빈이 짐을 챙기며 말했다. 제니는 테라가 샌들을 신는 걸 도왔다. 보안 요원은 떨떠름한 표정으로 고개를 끄덕였다.

"바로 위층부터이긴 합니다만… 보시면 속상할 텐데요. 책임자 새끼들이 진짜 비인간적으로 가둬놔서……."

발가벗긴 채 음식도, 물도 주지 않고 짐승처럼 한 군데에 가둬뒀다는 말을 하기가 무서워서 보안 요원은 말끝을 흐렸다.

만약 이놈들이 찾는 누군가가 그런 꼴로 남아 있어도 문제고, 이미 좀비 밥이 된 다음이라고 해도 문제다.

"너더러 책임지라고 하지 않을 테니까, 빨리 앞장이나 서라고. 시간 끌지 말고."

보안관이 녀석의 등을 떠민다. 그들은 긴 복도를 돌아 다시

C섹션의 계단으로 향했다.

"끄응!"

몇 걸음을 걷던 테라가 얼굴을 찌푸리며 고통스러운 신음을 삼킨다. 그녀의 손을 잡고 있던 제니가 걱정스레 물었다.

"발가락 때문에 그래?"

잘려 있는 발가락… 피가 맺힌 상처를 볼 때마다 마음이 아프다. 테라는 애써 미소를 지으며 고개를 저었다.

"아니… 아까 아래로 떨어졌을 때, 좀 삐끗한 거야. 발가락은 이제 익숙해."

"그럼 나한테 기대. 부축해 줄게."

제니가 어깨를 대준다. 테라는 고집 피우지 않고 그녀의 부축을 받았다. 삼숙이도 반대편에서 자기 등을 짚으라는 듯 바짝 붙어 호위를 해준다.

"잠시 대기."

계단 앞에 도착한 진우가 문에 귀를 대고 안쪽의 동향을 살폈다. 이 부근에 가까이 왔을 때부터 소름이 끼친 걸 보면, 아직도 계단 내에는 좀비들이 잔뜩 돌아다니는 것 같다.

그롸아아아—

두터운 쇠문 너머에서 좀비들의 포효가 들려온다. 많다.

"먼저 끌어당겨서 문 근처에 있는 놈들 싹 다 정리한 다음에 내려가자. 계단 내려가서 둘러싸이면 골치 아프니까."

진우가 친구들을 돌아보며 작전을 설명했다. 모두가 고개를 끄덕인다. 만일에 대비해 보안관과 민구가 일행들을 막아서는 형태로 뒤쪽에 서고, 진우가 문과 정면으로 마주 보고 사격 자세를 취했다. 문을 여는 건 발이 제일 빠른 삼식이의 담당.

"아… 이거, 영 허전하네. 들고 있는 게 너무 시원치 않아서……."

아까 복도의 좀비들을 막기 위해 해머를 던져 버렸던 보안관이 삼단봉을 휘둘러 보며 중얼거렸다. 단 한 방이면 확실하게 죽을 것 같던 해머와 달리, 이 무기는 영 믿음이 가지 않는다.

"연다!"

삼식이가 신호를 보냈다. 진우가 고개를 끄덕이는 걸 확인한 삼식이는 계단 문의 긴 손잡이를 누른 뒤에 있는 힘껏 밀어 치고 옆으로 돌아 나왔다.

쾅당—

문이 안쪽으로 확 밀려 들어가고 정점까지 열렸을 때!

그라아아아— 그와아아아—

접근해 있던 좀비들이 몰려 들어오기 시작한다. 계단을 뛰어 오르는 놈들과 떨어져 내려오는 놈들이 한데 뒤엉켜 문 앞에서 대혼전이 벌어졌다.

투투둑— 투투투— 투투둑— 투두두—

진우는 놈들이 복도 밖까지 빠져나오기를 기다렸다가 방아쇠를 당겼다. 계단 입구에 시체들을 쌓아서 발 디딜 틈도 없이 만들어놓기는 싫다.

픽— 파박— 팍—!

대가리가 터진 좀비들이 복도 바닥에 엎어지며 달려오던 속도를 이기지 못해 이리저리 미끄러진다. 제니는 혹시라도 테라가 너무 무서워하지 않을까 싶어 그녀의 어깨를 꼭 끌어안았다.

하지만 테라는 제니의 걱정과 달리 숨을 죽인 채 진우와 좀비의 싸움이 끝날 때까지 얌전히 기다렸다.

어깨가 덜덜 떨리기는 했지만 비명도 지르지 않고, 울음을 터뜨리지도 않았다. 테라 역시 거친 좀비 세상을 거쳐 오면서 꽤나 단련이 되었다는 걸, 제니는 새삼 깨달았다.

바퀴벌레만 봐도 그 자리에 꼼짝없이 얼어붙어 다급하게 도움을 요청하던, 그런 소녀는 이제 없다.

투투투— 투투투— 투투투—

진우는 몰려드는 좀비들을 빠르고 효과적으로 모두 정리했다. 그의 K—2 탄창이 바닥나기까지 복도에는 스무 마리 가까운 좀비들의 시체가 쌓였다. 마세티 손잡이에 왼손을 얹어 대기하고 있던 민구가 나설 필요도 없었다.

"그런데… 왜 이렇게 많지?"

좀비들을 모두 쓰러뜨린 뒤, 탄창을 갈아 끼우며 진우가 고개를 갸웃거린다.

다양한 모양의 좀비들이 섞여 있다. 죽은 지 며칠 되지 않은 것처럼 생생한 좀비와 흙먼지를 잔뜩 뒤집어쓴 채 닳아 빠진 넝마를 걸치고 있는 놈들, 그리고 오늘 물린 게 분명한 생생한 녀석들까지……

이 건물 내의 어딘가에 보관해 두고 있던 좀비들과 주차장에서부터 올라온 놈들, 그리고 탈출하려다 그들에게 물린 직원들까지… 온갖 종류의 좀비들이 한데 섞여 있다.

이곳으로 내려오며 이미 계단을 싹 정리했던 터라 이렇게 많은 놈들이 또 모여 있다는 게 이상했다. 게다가 아까 A섹션 계단 앞에서는 이보다 더 많은 좀비들에게 쫓겨졌다.

"저놈들은 계단에서 물렸겠지. 사람들이 뛰어 내려오니까 좀비들도 쫓아왔을 거고."

보안관이 대수롭지 않게 대답했다. 그래도 진우의 의문은 해소되지 않았다.

"여기… 8층이야. 건물이 크고 천장이 높으니까 실제 동네 조그만 건물로 따지면 10층 높이는 될 거야. 애초에 여기까지 올라온다는 게 이상해. 불이 난 건 밖의 주차장인데… 우리 코스트코 옥상 정도의 높이에서 조용히 있어도 좀비들이 몰려오지는 않았잖아."

그건… 확실히 이상한 일이었다. 몇 명쯤이 1층으로 도망가려다가 소수의 좀비들을 이끌고 계단을 어지럽힐 수는 있다. 하지만 이렇게 지속적으로 외부의 좀비들이 몰려오지는 않는다. 좀비들이라고 해서 천리안처럼 먼 곳에 숨은 사람들을 다 찾아내는 건 아니니까.

"이쪽입니다."

9층에 도착한 보안 요원이 계단 입구 왼쪽을 가리켰다. 건물의 중앙으로부터 L자로 꺾여 나와 꽤나 떨어져 있는 폐쇄적 위치였다.

심지어 조명도 들어오지 않아서 어둑어둑하고 긴 복도는 불길하게만 보인다.

"여깁니다… 아마 이 층은 여자들 모아둔 곳일 겁니다."

문 앞에 선 보안 요원이 땀을 뚝뚝 떨어뜨리며 말했다. 혹시 옛 동료들을 만날 수 있을지도 모른다는 생각에 태권소녀가 다급하게 문을 열려고 하자 보안관이 그녀를 막았다.

"아니, 잠깐만. 문 뒤에 물러나 있어. 먼저 안전한지 확인하고."

보안관은 그렇게 말하며 애송이가 들고 있던 방패를 빼앗아

쥐었다. 비록 엉망으로 금이 가고 망가진 상태였지만, 누군가 안쪽에 숨어 있던 놈이 총을 쏜다면 그걸 한 번 막을 정도는 된다.

준비를 마친 보안관은 자신이 걸고 있던 아이디카드를 스캐너에 가져다 댔다.

띠릿─

일반 쉐도우 실드 대원의 아이디카드였는데도 잠금장치는 단박에 열렸다. 잡아온 여자들에게 아무나 접근할 수 있었다는 말이다. 보안관은 손잡이를 돌리고 천천히 문을 안으로 밀었다.

"어후─!"

지독한 악취!

문이 열리자마자 내부의 열기와 함께 악취가 확 풍겨져 나온다. 모두들 얼굴을 찌푸렸다. 좀비 냄새는 아니었다. 사람의 배설물과 땀 냄새가 한데 섞여 썩어 들어간다.

"까아악!"

문의 잠금장치가 해제되자마자 방의 안쪽에서는 여자들의 힘없는 비명이 들려온다. 단지 문이 열렸다는 것만으로도 저렇게 두려워하고 있다. 그녀들이 여기에서 어떤 대접을 받았던 건지 대충 짐작이 간다.

보안관은 문을 활짝 열어젖히고, 방패를 앞세워 머리를 들이밀며 외쳤다.

"무서워하지 마요! 구하러 왔습… 어윽!"

깜짝 놀란 보안관이 황급히 고개를 돌린다. 방 안에 있는 사람들 전부 다 옷이라고는 걸치고 있지 않다.

"왜 그래? 누가 지키고 있어?"

보안관이 당황해하는 걸 보며 태권소녀가 물었다. 보안관이 고개를 젓자마자 태권소녀는 방 안으로 뛰어 들어갔다.

경순이 언니가 아직 살아 있을지도 모른다……

"허!"

방 안의 광경을 목격한 태권소녀의 입에서도 당혹스러운 감탄사가 터져 나왔다. 외부에서 문이 열린 이래 줄곧 울부짖으며 서로 문에서 더 멀어지기 위해 한데 뒤엉킨, 발가벗은 여자들.

누구 하나 예외랄 것 없이 갈비뼈가 앙상하게 드러나 있다. 패닉 상태의 그녀들은 아예 문 쪽을 돌아보려고도 하지 않는다.

배설물이 뒹구는 바닥에는 맥없이 고꾸라져 있는 바짝 마른 시체도 두 구 있다. 여기는… 지옥이다.

'이런 데에 경순이 언니가! 그리고 애들이!'

거기까지 생각이 미치자 태권소녀의 눈빛은 분노로 활활 타올랐다. 하지만 아무리 두 눈을 부릅뜨고 찾아봐도 방 안에 그녀가 아는 얼굴은 없었다. 이미 전부 다 희생된 모양이다.

"진정들 하세요! 구조하러 왔습니다!"

태권소녀는 안타까운 마음을 담아 외쳤다. 하지만 여자들은 듣고 있지 않았다. 그저 한없이 웅크린 채 덜덜 떨며 비명만 질러 댄다. 죽음과 고통에 대한 스트레스 때문에 정신이 반쯤 나가 있다.

물 한 잔 얻어먹지 못한 상태에서 누군가가 죽기 위해 끌려가는 걸 계속 지켜봐야 한다면 누구라도 이렇게 망가질 수 있으리라……

"원래는 처우를 이렇게까지 심하게 하지는 않았는데… 남부쪽에서 지원을 확 줄이면서 오 박사도 반쯤 돌아 가지고……"

그녀가 흥분했다는 걸 깨달은 보안 요원이 변명을 한다. 태권소녀는 휙 돌아서서 녀석의 멱살을 움켜쥐었다.

"이 개새끼들아! 어떻게 사람이……!"

"아! 아닙니다! 제가 한 일이 아니에요! 제가! 제가 그럴 힘이 어디 있었겠어요!"

보안 요원은 공포에 질린 얼굴로 다급하게 외쳤다. 녀석을 노려보던 태권소녀는 한숨을 내쉬며 꽉 쥐었던 주먹을 폈다.

그녀가 정말 죽이고 싶은 건 오른 손가락이 몇 개나 날아가 피투성이가 되어 있는 이런 잔챙이가 아니라 자신에게 거짓말을 했던 그 우두머리 놈이다.

"어제 얼굴이 곤죽이 돼서 온 놈 있었지? 너희 검은 군복 중에 꽤 높은 놈 같았어. 그놈 어디 있어?"

태권소녀가 덜덜 떨고 있는 보안 요원에게 물었다.

"얼굴이 곤죽이 된 사람? 혹시 메이저요? 말 심하게 더듬는 사람 말씀하시는 겁니까?"

"그래, 그놈! 그놈 숙소는 어디야?"

"21층이긴 한데요… 그… 당연히 거기에 없을 겁니다. 지금 이 난리가 났는데, 명색이 쉐도우 실드 대장이 자기 방에 누워 있겠습니까?"

태권소녀는 놈의 멱살을 놓고 벽을 쾅! 내려쳤다. 이 넓은 건물 내에서 그놈을 찾는다는 건 불가능한 일이다. 분하다. 복수를 할 수 있는 기회가 왔을 때, 확실히 끝냈어야 했다.

"어제 그냥 죽였어야 했는데……."

태권소녀가 분을 이기지 못해 중얼거린다. 그때까지 잠자코 보고만 있던 민구가 입을 열었다.

"죽었어, 내 손에."

말해줘야 할 필요는 없는 일이지만, 이 망아지같이 씩씩한 계집애가 저렇게 한을 갖게 하고 싶지 않았다. 민구는 그녀의 괄괄함이 마음에 들었다.

"정말이요? 누군지 알고 하는 이야기예요?"

"그래. 너 보내고 담배 피우고 있을 때, 숨어 있는 걸 찾았지. 여기랑 여기에 막 수술해서 꿰맨 흔적이 있더군."

민구가 자신의 얼굴에 손가락으로 선을 그으며 담담하게 대답했다. 태권소녀는 그의 눈을 바라보았다. 거짓말을 하는 것 같지는 않다. 그럴 이유도 없고, 수술했다는 부위가 자신이 때렸던 곳과 일치한다.

"아… 길게 이야기할 거 없지. 자, 이게 그놈 라이터였어. 저놈은 알아볼지도 모르겠군."

민구는 메이저에게서 빼앗은 지포 라이터를 태권소녀에게 던져 주며 보안 요원을 가리켰다. 꽤나 오래 사용한 것 같은 구식 지포 라이터다. 보안 요원이 눈을 크게 뜨고 고개를 끄덕인다.

"네, 그 라이터 맞습니다. 본 적 있어요."

"한 방에 죽인 게 아니었으면 좋겠네요… 아주 고통스럽게 죽어야 하는 새끼였는데……."

태권소녀가 라이터를 돌려주며 한숨을 내쉬자 민구가 엷은 웃음을 지었다.

"그거라면 걱정하지 않아도 돼. 특별 대우를 해줬으니까."

태권소녀와 민구가 이야기를 나누는 동안, 유빈은 여자들이 갇혀 있는 방의 문을 닫아버렸다.

"이 사람들, 우리가 도저히 데리고 나갈 수 없을 것 같아. 지금 누구 지시를 받고 움직일 상황이 아니네. 군인들이 와서 데리고 가야지."

패닉 상태의 사람들을 억지로 진정시킨다고 해도 좀비들이 돌아다니는 건물을 누비고 도로를 내달리는 동안에 다시 발작을 일으킬 게 뻔하다.

저 사람들이 안정을 찾으려면 안전한 환경에서 꽤나 오랜 시간의 요양이 필요할 터였다.

"근데 이 건물에 놔두고 가는 건 안 될 것 같은데…… 여기에 아직 몇 놈이나 무장을 하고 돌아다니는지도 모르잖아."

삼식이가 말했다. 그의 의견이 옳다. 건물은 넓고, 층수도 까마득히 높다. 적의 주력 병력은 다 사살했다지만, 그래도 어디에서 어떤 놈들이 돌아다니고 있는지 완전히 모른다.

그렇다고 해서 이 팀을 반으로 나누는 것도 탐탁지 않았다. 그렇게 하면 남아서 이 건물을 경계하는 팀도, 도로를 내달려서 용산철로의 군에게 이 사실을 알리는 팀도 모두 위험에 노출되는 거다.

그리고… 군에게 이런 이야기를 전한다고 해도 실제 구조 병력이 언제쯤 꾸려질는지는 아무도 장담 못한다.

미리 정해져 있는 군소 쉘터의 이송이 어느 정도 마무리된 뒤에야 군은 행동을 취할 게 분명하다. 그럼 그동안 건물에 남겨진 팀은 연락도 받지 못한 채 하염없이 기다릴 수밖에 없다.

"이놈들에게 갱생의 기회를 줘볼까?"

의외로 골치 아픈 문제에 모두가 고민하고 있을 때, 민구가 두 끄나풀을 가리키며 말했다.

"갱생? 그거랑 지금 이 문제가 무슨 상관이야?"

보안관이 물었다. 민구는 보안관의 질문을 무시한 채 끄나풀들에게 말했다.

"너희들, 그 태양 그룹 마크 찍힌 옷 벗어버리고, 용산철로까지 뛰어가."

"네?"

보안 요원과 애송이가 이해가 가지 않는 표정을 지었다. 놈들이 말귀를 못 알아먹자 민구는 애송이의 머리에 알밤을 한 방 먹이고는 다시 설명을 해준다.

"탈출한 민간인인 척하면서 살려 달라고 하란 말이야. 너희 같은 사람들이 여기에 잔뜩 있으니까 구해 달라고. 도망치다가 손에 총도 맞았다고 하면 더 좋겠지."

"하, 하지만⋯ 용산철로까지 꽤 먼데요."

애송이가 비지땀을 흘리며 말했다. 좀비들이 언제 어디서 튀어나올지 모르는데, 맨몸으로 대로 위를 2킬로미터가량 뛰어간다는 건 그냥 적극적인 자살과 다를 바 없는 일이다.

"총을 드리겠습니다. 탄창 하나씩이랑."

가만히 듣고 있던 진우가 끼어들었다.

"좀비를 만난다고 해도 어지간히 많은 놈들이 아닌 이상 두 명이 그 정도 무장이면 충분히 해볼 만할 겁니다."

진우의 말을 들은 애송이와 보안 요원은 서로 얼굴을 마주 보았다.

각자 30발의 총알을 가지고 2킬로미터⋯⋯.

비록 한 사람은 왼손으로 방아쇠를 당기는 것이긴 하지만, 불가능한 일은 아닌 듯하다. 위에서 지켜보다가 대규모의 좀비 무리가 부근에 없을 때 출발하면 된다.

"탄창은 분리한 채로 드릴 테니까 건물 외벽 밖으로 나가서 장착하십쇼. 마당의 좀비들은 제가 처리할 거고, 어느 정도 거리까지는 엄호를 해주겠습니다."

바꿔 말하자면, 계속 주시하고 있다가 허튼 마음 먹는 순간 언제라도 머리를 날려주겠다는 뜻이기도 하다. 그걸 알면서도 두 끄나풀은 적극적으로 고개를 끄덕였다.

"네, 네! 감사합니다!"

이 이상한 K−2를 든 녀석에게 감히 엉겨볼 생각 같은 건 애초에 하지도 않았다. 클래스가 달라도 너무 다르다.

"그, 그럼 그다음에 저희는 어떻게……."

보안 요원이 잔뜩 긴장하며 물었다. 민구가 말했다.

"너희 내키는 대로 해. 우리도 나쁜 놈이었다고 자수를 하든가, 아니면 그냥 모르는 척하고 사람들 틈에 섞여 들어가서 조용히 살든가."

오늘 수많은 동료들의 죽음을 본 두 끄나풀에게 그건 나름대로 매력적인 제안이었다. 목숨을 걸고 뛰어가 볼 가치가 있어 보인다.

"이 사람들이 용산철로에 도착한 다음에 아저씨가 시킨 대로 구조 요청을 안 하면 어떻게 해요? 그냥 생존자인 척하고 다른 사람들 따라 내려가 버릴 수도 있잖아요."

태권소녀가 의심을 거두지 않고 물었다. 민구는 태연하게 대꾸했다.

"찾아서 포를 뜨는 거지."

"그, 그럴 일은 없습니다. 저희도… 이 사람들 살리고 싶어요."

애송이가 간절하게 말했다. 그를 딱히 믿는 것은 아니지만, 현재로서는 가장 위험부담이 적은 방법이어서 친구들은 두 끄나풀에게 전령 역할을 맡기기로 했다.

일단 지하의 사람들에게 진정하고 구조를 기다리라는 메시지부터 방송으로 전하기로 한 일행은 계단을 따라 내려갔다.

"이것도 그 요술 가방 안에 넣어둬. JL로 가려면 쓰는 신호기다. 이건 신호 보낼 위치고."

아래층으로 내려가던 중에 뒤쪽에서 걷는 유빈에게 민구가 천천히 다가와 젠킨스의 버클과 지도를 내밀며 속삭였다.

"JL로 가다뇨? 그게 뭔가요?"

"아아, 이야기하려면 기니까 그냥 챙겨뒀다가 나중에 테라가 좀 진정되면 물어봐. 쟤가 나보다 더 잘 알아. 혹시 잊어먹을까봐 미리 챙겨놓는 거야. 어차피 쓸 것 같지는 않지만… 그리고 이건 테라 거다. 이것도 나중에 주면 돼."

민구는 가방에서 울트라나이프를 꺼내 유빈에게 건넸다. 한번 주었던 선물이니까 이제 그녀의 것이다.

"아니, 왜 이런 걸 다 저한테… 나중에 아저씨가 직접 주시면 되지… 어! 설마?"

중얼중얼하면서도 배낭 안에 물건을 챙겨 넣던 유빈이 약간 놀라며 말을 멈춘다.

이 사람, 우리와 같이 가지 않을 생각인 건가…….

"쉿—!"

민구가 히죽 웃으며 다른 사람들에게 말하지 말라는 시늉을 한다. 유빈은 이해할 수가 없었다. 테라를 구하기 위해서 그렇게 목숨을 내놓고 덤벼들던 사람이 왜 갑자기…….

"저기… 같이 가셔도 돼요. 먹을 건 충분하니까요. 보안관이랑 영 껄끄러우면 다른 숙소에서 지내셔도 되고… 또……."

"강요하지 마."

민구는 딱 잘라서 냉정하게 말했다. 테라, 그리고 이 어린애들과 자신은 어울리지 않는다. 맑고 밝은 것들끼리, 그리고 탁하고 더러운 것들끼리 함께 있어야 격에 맞는 법이다.

이놈들과 함께 있는 편이 테라에게 더 좋을 거라고, 그는 판단했다.

이놈들은 강하다. 고릴라 덩치 놈이 의외로 무른 구석이 있어서 그게 좀 마음에 걸리지만, 총잡이 놈이 충분히 냉혹하니까 그 부분은 보완이 된다. 그래서 녀석들이 어디로 갈 것인지 묻지 않아도 안심할 수 있다.

쿵— 쿵쿵—

관리 본부가 있는 지하 1층의 A섹션까지 거의 다 도착했을 때, 삼숙이가 갑자기 코를 쿵쿵거리기 시작했다.

얼—!

삼숙이는 지금까지와 다른 톤으로 짖으며 진우의 옷을 잡아끌었다. 예전에 강원도에서 덤불처럼 위장한 저격수들을 피할 때와 비슷하지만, 뭔가 차이가 있다. 이번에는 녀석이 소리 내는 것을 크게 두려워하지 않는다.

"뭐야? 왜 그래, 삼숙아? 네가 무슨 말 하고 싶은 건지 잘 모르겠어. 피하라고?"

진우가 당황해하며 삼숙이에게 물었다. 그러는 동안에도 삼숙이는 끙끙거리며 다른 친구들까지 등을 떠민다.

"뭔데 그러지?"

개의 언어를 이해하지 못해 다들 당혹스러워하고 있을 때, 이 번에는 삼식이가 코를 벌름거린다.

"킁, 킁, 이거……."

점점 허리를 굽히다가 바닥에 납작 엎드리기까지 하며 계속 냄새를 맡던 삼식이가 고개를 들며 말했다.

"이 안 어디서 가스 샌다."

"뭐라고? 왜? 잡혀 있는 사람들은?"

친구들의 얼굴은 파랗게 질렸다. 왜 가스가 새는 건지 그 이 유는 중요하지 않았다. 폭발해서 불이 나면… 연기가 아래로 깔 릴 거고, 지하 주차장에 갇혀 있는, 수천 명의 잡혀온 사람들은 전부 다 질식사하게 된다. 그건… 정말로 대참사다.

"안 돼!"

친구들은 좌우를 둘러보았다. 지하 1층. 창문도 없는 길고 복 잡한 복도, 밀폐된 사무실들… 불길이 타오르고 연기가 퍼지기 딱 좋은 구조다.

"어디야? 어디!"

당황한 친구들은 삼숙이의 얼굴을 바라보았다. 하지만 녀석 이라고 해서 가스의 근원지까지 알아맞힐 수는 없는 노릇이다.

"너희들, 다 계단으로 올라가! 빨리! 내가 찾을 테니까!"

민구는 유빈의 등을 제니와 테라 쪽으로 떠밀며 소리쳤다. 어 차피 가스가 퍼져 있다면 총은 쓸 수 없는 상황. 모두 한데 몰려 다닌다고 해서 도움이 되는 것도 아니다.

"아저씨!"

테라가 깜짝 놀라 멈춰 선다. 민구는 난감했다. 어차피 너 와 갈 길이 다르다는 말을 지금 이 순간 어떻게 설명할 수 있을까…….

"말도 안 되는, 센 척하지 마!"

보안관이 민구의 팔을 잡고 계단 쪽으로 당기며 뛰었다. 이런 일로 이딴 녀석에게 생명을 빚졌다는 소리는 듣고 싶지 않다. 일단 피하고, 불은 나중에 함께 끄면 된다. 하지만…….

그들은 이미 C부터 시작해서 A섹션까지 이르는 긴 복도를 죽 따라 걸어온 상태였고, 돌아가는 길은 까마득히 멀다. 그사이에 무슨 일이 생길지 아무도 보장 못한다.

"미안! 급해서 그래!"

다친 골반 때문에 좀처럼 속도를 내지 못하는 테라를 삼식이가 달랑 들어 안았다. 이제야 좀 속도가 난다.

"이쪽이야!"

계단 앞에서 떼어온 건물 구조도를 보며 유빈이 방향을 안내했다. C섹션의 계단까지는 너무 멀다. A섹션 계단을 찾아가면…….

세 번째 코너를 돌아서 계단 문의 손잡이를 잡았을 때, 유빈은 가스 누출의 원점을 발견했다. 원점에 있던 놈들도 유빈을 발견했다.

"헉!"

문이 반쯤 열린 주방 내부, LPG 가스통을 몇 겹으로 쌓아놓은 채 밸브마다 활짝 열어놓고 있던 놈들이 기겁을 하며 놀란다. 복장을 보아하니 직원이다.

그들이 테라를 구하기 위해 미친 듯이 뛰어다니는 동안 아마 이놈들은 여기로 내려온 모양이다.

자신들의 죄가 들통나는 게 두려워서 군이 오기 전 모든 증인들을 싹 다 죽여 버리려는 것일까?

이런 미친 개새끼들⋯⋯.

"하지 마! 하지 마! 그러다 너희도 죽어!"

유빈은 놈들을 향해 다급하게 외쳤다. 범죄를 은폐하려다 얼굴을 들켜 버린 세 명의 직원도 광인처럼 울부짖었다.

"가까이 오지 마! 씨발 놈아! 봤지? 봤지? 으아아아아!"

"아니! 아니! 못 봤어! 난 아무것도 못 봤어!"

유빈은 말도 안 되는 소리를 하며 눈을 가리는 시늉을 했다. 하지만 손가락 사이로는 놈들을 주시했다. 등 뒤의 친구들은 인기척을 숨기고 코너 뒤에서 달아날 방법을 찾고 있다.

"거기 꼼짝 말고 서 있어! 이 씨발 놈아!"

가운데에 있던 녀석이 주방 벽에 걸려 있는 식칼을 뽑으려 뛰어간다.

"허!"

유빈의 입에서 짧은 신음이 터져 나왔다. 놈이 식칼을 들고 달려 나오면⋯ 그 순간, 모든 게 골치 아파진다. 놈을 죽여도 문제고, 놈이 안 죽어도 문제다. 나머지 둘을 자극해 봐야 좋을 게 하나도 없다.

"이익!"

가운데 녀석이 식칼을 붙잡고 씨름을 하며 짜증을 부린다. 놈도 어지간히 당황해 있는 터라 벽걸이 고리에서 칼을 제대로 빼내지 못하는 것이다.

칼이 스테인리스 고리에 부딪칠 때마다 유빈의 심장은 절반으로 쪼그라드는 것 같았다.

저러다가 점화가 되면⋯⋯.

불과 몇 초 정도가 지났지만, 유빈에게는 몇 십 분처럼 느껴진다.

유빈은 뒤를 돌아보며 보안관에게 달아나라는 신호를 보냈다. 어차피 이 상황에서는 몇 명이 있어도 달라지는 게 없다.

채앵—

또 한 번 칼과 스테인리스 싱크대가 부딪치는 소리!

유빈이 움직이려 하자 오른쪽 놈이 욕설을 퍼부으며 라이터를 꺼내 든다. 이 미친 새끼들은 이제 이성도, 뭣도 없는 것처럼 보였다.

유빈은 더 견디지 못하고 열려 있던 주방문을 발로 차 닫은 후, 뒤로 돌아 뛰었다. 이건 절대 곱게 안 끝난다.

띠리릭—

삼식이가 다급하게 아무 문이나 열었다. 식당이었다. 모두들 그 안으로 뛰어들었다.

"엎드려!"

가장 늦게 방 안에 들어온 세 남자가 몸을 날리며 외쳤을 때, 그들의 목소리는 전달되지 않았다. 대신에 그보다 훨씬 더 크고 강렬한 소리가 그들의 고막을 덮쳤다.

콰콰앙—!

복도 저편의 주방에서 점화된 폭발이 퍼져 나가기 시작하던 가스를 타고 순식간에 번져 나갔다. 조금 전 막 잠갔던 식당의 양쪽 문도 두 갈래로 튀며 사납게 터져 나갔다.

화르륵—

깔려 있던 가스가 공기의 흐름에 따라 뱀처럼 춤을 추며 순간적으로 타오른다. 얼굴이 화끈거리고, 귀는 찢겨 나가는 것 같다. 납작 엎드린 친구들의 머리 위로 열기의 폭풍이 지나갔다.

쾅당탕—!

뜯겨져 나갔던 쇠문이 천장을 치고 떨어지며 요란한 소리를
낸다.

화르륵— 화르륵—

아직도 남아 있던 가스의 줄기에 불이 붙어 한 번씩 타오른
다.

치잇— 치이이잇—

천장에 붙어 있는 스프링클러가 가동되는가 싶더니, 이내 꺼
져 버렸다. 그래도 열기에 달궈진 얼굴을 식힐 정도는 됐다.

일행들은 감각이 마비된 채 눈을 껌뻑이며 소리를 질러 서로
의 안녕을 확인했다. 귀는 잘 들리지 않고, 조명이 모두 꺼져 버
려서 거의 암흑 속이다.

"끄으으으으!"

누군가 신음하고 있다. 고막이 윙윙거리는 와중에도 희미하
게 들린다.

"쿨럭! 쿨럭!"

진우는 기침을 하며 K—2에 부착된 플래시를 켰다. 작은 광
원이 조금 움직였을 때, 바닥에 떨어져 있는 무언가가 눈에 들
어왔다. 불에 탄 팔목이다.

〈『좀비묵시록 82—08』 제18권에서 계속〉

www.bbulmedia.com

www.bbulmedia.com